Jamie McGuire

Happenstance – Zartes Erwachen

PIPER

Zu diesem Buch

Erin Easter hat nur ein Ziel: Raus aus Blackwell, dieser verschlafenen Kleinstadt. Die Schule hinter sich lassen, auf der sie keine Freunde hat, und auch ihre Mutter, die nie für sie da war. Was sollte sie hier schon vermissen? Doch plötzlich interessiert sich Weston Gates für sie – kann es wirklich sein, dass sie Gemeinsamkeiten mit dem beliebtesten Jungen der Schule hat? Er steht vor seinen Freunden für sie ein, und die beiden kommen sich näher. Aber dann bringt ein tragischer Unfall, bei dem zwei Mädchen sterben, Erins Leben völlig durcheinander. Schlagartig scheint alles, was ihr immer gefehlt hat, zum Greifen nah …

Jamie McGuire ist in Tulsa, Oklahoma, aufgewachsen und lebt mit ihrem Mann und ihren drei Kindern auf einer Farm in der Nähe ihrer Heimatstadt. Ihr erster Roman, »Beautiful Disaster«, war ein internationaler Erfolg, an den sich viele weitere New York Times-Bestseller anschlossen.

Jamie McGuire

HAPPENSTANCE
Zartes Erwachen

Roman

Aus dem Amerikanischen von
Henriette Zeltner

PIPER
München Berlin Zürich

Mehr über unsere Autoren und Bücher:
www.piper.de

Von Jamie McGuire liegen im Piper Verlag vor:
Beautiful Disaster
Walking Disaster
Beautiful Wedding
Beautiful Oblivion
Happenstance – Zartes Erwachen

Bound to you – Requiem
Bound to you – Eden

Für Lori Bretch,
Kelly Barrows
und Fred LeBaron

MIX
Papier aus verantwortungsvollen Quellen
FSC® C083411
FSC
www.fsc.org

Deutsche Erstausgabe
September 2015

Titel der amerikanischen Originalausgabe:
»Happenstance. A Novella Series«
Deutschsprachige Ausgabe:

Umschlaggestaltung: Mona Kashani-Far
Umschlagabbildung: RTimages (Blumen), djmilic (Würfel),
Triff/ilolab/Oleg Filipchuk (Hintergrund)/alle Shutterstock
Satz: Uhl + Massopust, Aalen
Gesetzt aus der Bembo
Druck und Bindung: CPI books GmbH, Leck
Printed in Germany ISBN 978-3-492-30724-6

Für Lori Bretch,
Kelly Barrows
und Fred LeBaron

Teil 1

Kapitel 1

»Geh nach Hause. Mach das Licht aus. Und bring dich um.«

Erin Alderman funkelte mich wütend an. Purer Hass sprühte aus ihren wunderschönen honigfarbenen Augen. Sie führte auf der anderen Seite eines kleinen, rechteckigen Fensters eine Gruppe von neun Cheerleadern an. Aber das Glas war nicht das Einzige, was uns trennte.

Achtzehn Augenpaare tanzten über meine schwarze Schürze, die mit Schokoladenmilchshake und Karamellsoße bekleckert war. Dabei wurde gekichert. Offenbar genossen sie die Szene, aber keine von ihnen sah mich direkt an.

Erin Masterson, Erin Aldermans beste Freundin und Co-Captain der Cheerleadertruppe, hielt das Banana Split Blast, das ich gerade für sie gemacht hatte, mit rächendem Blick hoch. Sie war genauso attraktiv gebaut wie ihre beste Freundin, nur hatte sie statt der langen, wallenden goldenen Haare lange, wallende kastanienbraune. »Ich sagte mit Walnüssen obendrauf. Du erfüllst hier eine einfache Funktion: Du sollst Eis in ein Schälchen, einen Becher oder eine Waffel füllen und ein paar Extras dazugeben. Aber wenn du mit siebzehn Jahren nicht zu einem Minijob bei Dairy Queen in der Lage bist, wie willst du dann später deinen Alltag als Erwachsene meistern? Du solltest besser gleich aufgeben, Erin. Stirb mit Würde.«

Erin Masterson sagte diese Worte nicht zu ihrer besten Freundin. Sie redete mit mir, mit Erin Easter, der dritten Erin in unserer Abschlussklasse. Dabei waren wir nicht immer Feindinnen gewesen. In der Vorschule und der ersten Klasse versuchten wir sogar, jeden wachen Moment miteinander zu verbringen, sodass unsere Lehrer und Eltern sich Spitznamen ausdachten, um Verwirrung zu vermeiden. Erin Alderman wurde zu Alder. Erin Masterson hieß fortan Sonny. Nur ich blieb einfach Easter. Wir teilten uns nicht nur einen Vornamen, sondern auch denselben Geburtstag, den 1. Mai. Die beiden hatten Eltern, die Mitglieder im Country Club waren und später führende Funktionen bei den Freimaurern und der National Parent Teacher Association übernahmen. Ich dagegen hatte eine Mutter, die bei meiner Geburt erst knapp zwanzig war und niemanden hatte, der sie unterstützte, nicht einmal meinen Vater.

Aber unsere Freundschaft endete dramatisch in der fünften Klasse. Aus Gründen, die mir bis heute nicht ganz klar sind, wurde ich von da an zu ihrem Lieblingsopfer. Jetzt, im letzten Jahr an der Highschool, versuche ich meist, ihnen aus dem Weg zu gehen. Aber sie lieben es, mich bei Dairy Queen aufzusuchen, wo ich an den Wochenenden und auch an fast jedem Wochentag nach der Schule jobbe.

Ich schob das Fensterchen ganz hoch und streckte meine Hand hinaus. »Tut mir leid. Gib es mir zurück, dann mache ich es neu.«

Da stieß Frankie mich mit der Hüfte beiseite und riss Sonny den Eisbecher aus der Hand. Sie holte die große

Portion Eis mit Erdnussstückchen heraus, warf sie in den Müll. Dann löffelte sie ein halbes Dutzend Walnüsse in den leeren Becher und reichte ihn wieder nach draußen. »Ich vergeude nicht einen ganzen Eisbecher, nur weil deine Mama dir nicht beigebracht hat, mit Enttäuschung fertigzuwerden. Und jetzt sieh zu, dass du weiterkommst«, giftete sie und machte eine entsprechende Kopfbewegung.

»Ich werde meine *Mama* wissen lassen, was Sie von ihrer Erziehung halten, *Frances*.« Sonny spuckte jedes Wort aus und nannte Frankie absichtlich bei ihrem richtigen Namen, den sie verabscheute. »Ich bin mir sicher, dass dein räudiges Rudel dich zur Expertin macht.«

Frankie grinste höflich. »Der Ausdruck passt nur zu Kötern, Masterson. Und niemand außer deiner Mutter nennt seine Kinder so.«

Die beiden Erins starrten sie böse an, bevor alle Mädchen geschlossen abmarschierten.

»Tut mir leid«, sagte ich und schaute den Cheerleadern nach, die fröhlich über die Straße liefen und sich von der Auseinandersetzung anscheinend gestärkt fühlten.

Frankie runzelte die Stirn und stemmte eine Hand in die Hüfte. »Warum entschuldigst du dich? Ich habe es dir schon hundertmal gesagt, aber ich wiederhole es auch noch ein weiteres Mal. Lass dir von diesen Harpyien nichts gefallen. Dann treiben sie es nur noch schlimmer. Ignorieren funktioniert bei solchen Tyrannen nicht. Glaub mir. Ich weiß das.«

»Es sind ja nur noch drei Monate«, sagte ich und wusch mir die klebrige Milch und den Zucker von den Händen.

Frankie seufzte und richtete die Augen zur Decke. »Ich erinnere mich an meinen Abschluss. Einer der besten Abende meines Lebens. Diese große Freiheit, die nur darauf wartete, erkundet zu werden. Alles lag vor mir: der Sommer, das College, einundzwanzig werden.« Der verträumte Ausdruck verschwand aus ihren Augen, und sie begann, die Theke zu putzen. »Eine Nacht mit Shane genügte, um das alles zunichtezumachen. Sieben Jahre danach habe ich immer noch denselben Job wie zu Highschoolzeiten.« Sie schüttelte den Kopf und lachte kurz auf, während sie an einem hartnäckigen Schokofleck herumkratzte. »Aber meine Babys würde ich natürlich gegen nichts in der Welt eintauschen.«

Ich hob einen Mundwinkel, während ich sehen konnte, wie sie über die Entscheidungen grübelte, die sie bei Dairy Queen festgehalten hatten. Sie schätzte sich glücklich, überhaupt einen Job zu haben. Die Ölfirma war weitergezogen und hatte alle gut bezahlten Jobs mitgenommen, deshalb war ein Gehaltsscheck von Dairy Queen nicht das Schlechteste, was einem in unserer gebeutelten Stadt passieren konnte.

Da klingelte das Telefon, und Frankie ging dran. »Nein, Keaton, du darfst keine Erdnussbutter direkt aus dem Glas essen. – Weil ich es sage. – Wenn du am Verhungern bist, iss eine Banane. – Dann bist du auch nicht am Verhungern! – Ich habe Nein gesagt, und dabei bleibt es. Hol Nana mal ans Telefon. – Hallo, Mama. – Okay. Wie immer. Und bei euch? – Gut. – Nein. – Kendra hat um sechs Tanzunterricht, Kyle um sieben Baseball.« Sie lächelte. »Alles klar. Ich hab dich auch lieb. Bye.«

Sie legte auf, drehte sich zu mir um und schien sich über meine fragende Miene zu wundern.

»Hast du eins vergessen?«, fragte ich.

Frankie kicherte. »Nein. Das Baby schläft Gott sei Dank.«

Sie begann wieder, die Theke zu putzen, und ich

räumte weg, was ich bei der Zubereitung von Sonnys Banana Split Blast gebraucht hatte. Unsere Dairy-Queen-Filiale befand sich in einem der kleinsten und ältesten Gebäude in dem winzigen Fleck namens Blackwell auf der Landkarte von Oklahoma. Die Besitzer, Cecil und Patty, waren immer stolz und glücklich, wenn Leute von außerhalb anhielten, um das unverwechselbare Haus im Stil der Fünfzigerjahre zu fotografieren. Kunden konnten an einem der zwei Schiebefenster vorne oder beim Drive-Thru an der Südseite bestellen. Drinnen hatten Frankie und ich kaum Platz, uns zu bewegen, und oft stießen wir zusammen, wenn es nach Baseballspielen oder in der Woche während des Rummels hoch herging. Eine einsame Bank stand im Schatten neben dem Gebäude für Kunden, die ihr Softeis mit Schokoüberzug oder ihren Hotdog gleich hier essen wollten, aber meist war sie leer.

»Du meine Güte! Das Training ist vorbei«, sagte Frankie, als sie die verschiedenen Autos und Trucks des Baseballteams in hohem Tempo kommen sah. Einige fuhren auf den Parkplatz von DQ, ein Dutzend verschwitzter Jungs sprang heraus und kam über den Asphalt zu meinem Fenster. Frankie schob ihres auch auf, und sofort bildeten sich zwei Schlangen.

Weston Gates musste sich bücken, um mich anzusehen. Er schaute zwischen strubbeligen, feucht verschwitzten braunen Haarsträhnen in meine Augen. Auf seinem dunkelgrauen T-Shirt stand BLACKWELL MAROONS, wobei die weinroten Buchstaben von den vielen Wäschen nach seinem inzwischen vierten Jahr im Football-, Basketball- und Baseballteam der Highschool verblassten. Schon sein Vater war eine Sportskanone an der Blackwell Highschool gewesen, seine Mutter und die ältere Schwester Whitney hatten jeweils die Cheerleader angeführt. Inzwischen war Whitney im zweiten Jahr des Colleges an der Duke University, wo sie Jura studierte. Sie kam nur selten nach Hause. Ich kannte sie nicht gut, aber sie hatte genauso hübsche Augen und den gleichen freundlichen Blick wie Weston.

»Einfach irgendwas, Erin. Ist ja alles gut«, sagte er mit einem schüchternen Lächeln.

»Hast du grad gesagt, sie wäre gut, Wes?«, scherzte Brady Beck. »Woher willst du das denn wissen? Ich wusste gar nicht, dass du dich unters gemeine Volk mischst.«

Die anderen Jungs kicherten und machten dämliche Geräusche.

Westons Wangen waren vom Training sowieso schon rot. Das sah aus, als hätte jemand mit einem hellroten Pinsel darübergemalt oder ihn geohrfeigt – zweimal. Jetzt wurde das Rot noch zwei Nuancen dunkler. Durch den Kontrast strahlten seine smaragdgrünen Augen nur noch heller. Schon seit der Grundschule bemühte ich mich, nicht in diese Augen zu starren. Und seit Alder sie in der achten Klasse ins Visier genommen hatte, erst recht.

»Hör gar nicht auf sie, Erin. Lauter Idioten.« Er räusperte sich und drehte den Kopf weg, um in die Beuge seines Ellbogens zu husten.

Ich machte ihm ein einfaches Erdbeersofteis mit Schokodip – extra groß, weil ich wusste, dass er das am liebsten mochte. Dann nahm ich sein Geld und sah ihn das Wechselgeld in meinen Trinkgeldbecher werfen.

»Danke«, sagte er und biss schon ein großes Stück ab, während er zu seinem Truck zurückging.

Die anderen Jungs waren nicht so höflich, die meisten sahen mich nicht einmal an. Aber das war ich gewohnt. Nachdem ich bei einer Mutter aufgewachsen war, die eine Gefängniszelle mehr als einmal von innen gesehen hatte, machten die anderen Eltern keinen Hehl daraus, ihre Kinder von Gina Easters Tochter fernzuhalten. Dabei war meine Mutter nicht immer so gewesen. 1995 hatte man sie sogar noch zur Homecoming Queen von Blackwell gewählt. Das wusste ich allerdings nur, weil ich zufällig die Fotos gesehen hatte. Sie war wunderschön gewesen mit ihrem blonden seitlich gescheitelten Pony und vollen, rosigen Wangen, die ihre großen braunen Augen zu schmalen Schlitzen gemacht hatten.

Wie Frankie war auch sie jung schwanger geworden. Aber anders als bei Frankie wurde ihre Wut darüber, dass ein ungeplantes Baby ihre Träume zunichtegemacht hatte, so unerträglich, dass sie zum Alkohol griff. Und zu Gras. Und während der Berg der Enttäuschungen mit den Jahren wuchs, war ihr irgendwann jede Droge recht, die ihr half zu vergessen, was aus ihr hätte werden können. Das hätte mir wahrscheinlich nicht so viel ausgemacht, wenn es ihren Zorn gedämpft hätte, aber an den meisten Abenden sorgte ein Sixpack Bier zusammen mit ihrer Wut nur dafür, dass es noch schlimmer wurde.

Jeden Abend, wenn Frankie die Lichter ausmachte und ihren Lieblingssatz sagte, zog sich in mir alles zusammen, weil es Zeit war, zu Gina nach Hause zu gehen.

»Adios, Bitchachos!«

»Denk dran, dass ich morgen nach der Schule eine Klassenversammlung habe und deshalb ein bisschen später komme.«

»Ich denke dran«, sagte sie und griff nach ihrer Tasche und den Schlüsseln. Sie hielt mir die Tür auf. »Mitfahren?«

Ich schüttelte den Kopf. Das fragte sie mich jeden Abend, und jeden Abend lehnte ich ab, darum formulierte sie es eigentlich auch schon nicht mehr als Frage.

Ich wohnte ja nur fünf Blocks hinter dem Dairy Queen, und der Frühlingsanfang stand unmittelbar bevor.

Die Sohlen meiner Schuhe knirschten auf dem Schotter nahe am Straßenrand, während ich über die dunkle Straße ging. Nur in manchen Gegenden der Stadt findet man Bürgersteige, und auf dem kürzesten Weg zu mir nach Hause gibt es keine. Ein paar Autos fuhren vorbei, aber ansonsten war es ein ruhiger Donnerstagabend. Keine Leute, die von der Kirche oder von einem Spiel kamen. Die Donnerstage waren fürs Nach-Hause-Gehen meine Lieblingstage.

Ich stieg die Betonstufen zur Veranda hinauf, und die Insektenschutztür quietschte, als ich sie öffnete. Hinter der Tür hörte ich ihre Musik und zögerte genau so lange, wie ich brauchte, um mich innerlich für was auch immer zu rüsten. Als die Tür aufschwang, sah ich, dass das Wohnzimmer leer war. Also beeilte ich mich in mein Zimmer und machte die Tür hinter mir zu.

Die Musik kam aus ihrem Schlafzimmer, das an denselben Flur grenzte wie meins. Schon beim Reinkommen hatte ich das Gras gerochen. Also lag sie wahrscheinlich rauchend und relaxend auf ihrem Bett, was immer besser war als betrunken und wütend.

Schnell schlüpfte ich aus meinen Kleidern und stopfte alles zusammen mit meiner Arbeitsschürze in einen vollen Wäschekorb. An den meisten Abenden war ich zu müde, um die Wäsche zu machen. Also häufte sich alles an, bis ich es irgendwann in den Waschsalon ein paar Blocks südlich vom Dairy Queen schaffte. Abends war mir das unheimlich, daher wartete ich lieber bis zum frühen Samstagnachmittag. Dann war Gina wach und es war ein guter Grund, um vor der Arbeit aus dem Haus zu kommen.

Ich schlüpfte in ein zu großes, verwaschenes schwarzes T-Shirt, auf dem Oakland Raiders stand. Vermutlich hatte es meinem Dad gehört, ich war mir aber nicht sicher. Es hätte auch einer dieser Zufallskäufe von Gina im Secondhandladen gewesen sein können. Aber irgendwie gefiel mir die Vorstellung, es sei mal seins gewesen – wer auch immer er war. Und wenn ich es anzog, kam mir der von Kakerlaken befallene Termitenpalast, den wir bewohnten, ein bisschen mehr wie ein Zuhause vor.

Ich setzte mich auf den grünen Teppich in meinem Zimmer, der früher so eine Art Hirtenteppich gewesen war, mit den Jahren aber immer platter wurde und jetzt an den Pelz eines sehr hässlichen Tiers erinnerte. Ich hatte noch eine Seite für Algebra II fertig zu machen, dann schlich ich über den Flur ins Bad, wo ich mir zu den gedämpften Klängen von Soul Asylum das Gesicht wusch und die Zähne putzte. Gina war definitiv high. *Runaway Train* war ihr üblicher Song, wenn sie ein Tütchen Gras erbeutet hatte.

Zurück in meinem Zimmer setzte ich mich auf die Bettkante und betrachtete mich im Spiegel, der auf meiner Kommode stand. Beides war vom Secondhandladen, so wie alles andere in unserem Haus. Der Spiegel wackelte, wenn jemand durch mein Zimmer ging, und die meisten Schubladen ließen sich nicht richtig öffnen, aber sie erfüllten ihre Funktion, und mehr brauchte ich nicht. Ich bürstete mein dunkelbraunes Haar aus dem Gesicht, bis es bei keiner Strähne mehr ziepte, und machte mir einen Pferdeschwanz.

Die alten Sprungfedern meines Bettes beschwerten sich, als ich unter die Decke kroch. Der Deckenventilator eierte, als ich ihn langsamer stellte, und lullte mich genauso in den Schlaf wie die Songs, die Gina sich anhörte und die durch die Wand zu mir herüberdrangen. Ich holte tief Luft. Der morgige Tag würde lang werden. Das Treffen der Abschlussklasse war verpflichtend, und mir graute davor. Grundsätzlich mied ich schulische Aktivitäten, einfach um mir die Demütigung durch die anderen beiden Erins zu ersparen. Schon in der Mittelstufe hatte ich gelernt, dass jeder Versuch, Kontakte zu knüpfen, den unvermeidlichen Hohn und die gelegentlichen Schikanen, die darauf folgten, nicht wert war. Manchmal schritten Lehrer dagegen ein, aber meistens nicht. Die Erins, Brady Beck und noch ein paar ihrer Freundinnen hatten nur an einer Sache noch mehr Spaß als daran, mich zu verspotten – wenn sie mich zum Weinen brachten. Das schien immer ihr Ziel zu sein, und je heftiger ich dagegen ankämpfte, desto mehr legten sie sich ins Zeug. Also hatte ich mich in den vergangenen vier Jahren hauptsächlich auf die Schule, meinen Job und mich selbst konzentriert. Ich hatte ein Stipendium gewonnen. Damit und mit anderen Zuschüssen würde ich verdammt noch mal aus Blackwell wegkommen. Weg von den Erins, von Brady und von Gina.

Ich streckte die Hand aus und zog an der Schnur der Lampe. Sosehr Sonny sich das wünschen mochte, ich würde nicht das Licht ausmachen und mich umbringen. Ich würde mich ausruhen und Kraft schöpfen für einen weiteren schrecklichen Tag. Der würde mich aber immerhin der Freiheit, von der Frankie einst geträumt hatte, wieder einen Tag näher bringen.

Kapitel 2

Dreißig Minuten vor dem ersten Klingeln setzte ich meinen Rucksack auf und machte mich auf meinen morgendlichen Weg. Die Blackwell Highschool war nur wenige Meilen entfernt, sodass es nicht wirklich schlimm war, zu Fuß dorthin zu laufen. Es sei denn, es fiel irgendwas Nasses vom Himmel. Diese stillen Momente zwischen Gina und der Schule genoss ich am meisten, würde sie aber trotzdem nicht vermissen. Ich würde sowieso rein gar nichts an Blackwell vermissen – außer Frankie, ihre rotznäsigen Kinder und vielleicht Westons grüne Augen.

Die Oklahoma State University lag eine knappe Autostunde entfernt in Stillwater. Der Campus war so klein, dass ich kein Auto brauchen würde, und mit den öffentlichen Verkehrsmitteln konnte ich alles andere in der näheren Umgebung erreichen. Aber ich musste noch einen Weg finden, um auf die OSU zu kommen. Die schriftliche Zusage war vor einigen Wochen per Post eingetroffen. Ich hatte sie ganz allein gefeiert und war in der Küche herumgesprungen. Gina wusste nichts davon. Nicht mal Frankie hatte ich es erzählt. Ich wollte es einfach nicht verschreien.

Als ich nur noch einen halben Block von der Schule weg war, öffnete der Himmel seine Schleusen und ließ einen kalten Frühlingsregen niedergehen. Ich sprintete los, denn ich wollte nicht, dass meine durchweichten Schuhe noch mehr Aufmerksamkeit auf mich lenkten, als meine tropfenden Haare es ohnehin tun würden.

Drinnen ging ich schnurstracks auf die Toilette im Ostflügel. Sie lag neben dem Sekretariat, also war es wahrscheinlicher, dort auch Lehrerinnen anzutreffen. Und tatsächlich trocknete sich Mrs. Pyles gerade die Hände unter dem Gebläse.

Sie begrüßte mich mit einem Lächeln, änderte aber ihre Miene, als sie bemerkte, wie durchnässt ich war. »Oh, Erin!« Sogleich riss sie Papierhandtücher aus dem Spender und gab sie mir. »Wusstest du nicht, dass es heute regnen würde?«

Ich schüttelte den Kopf. »Ich hatte so eine Ahnung, aber ich habe gehofft, schon hier zu sein, bevor es losgeht.«

Sie half mir, den Rucksack abzusetzen, nahm dann meine Jacke und hielt sie unter den Händetrockner. »Ich habe dir doch schon x-mal meine Nummer gegeben. Warum rufst du mich nicht an?«

Ich zuckte mit den Schultern. »Weil ich gern zu Fuß laufe.«

Sie runzelte die Stirn. »Wenn der Wetterbericht das nächste Mal Niederschläge vor Schulbeginn ansagt, werde ich vor deinem Haus parken.«

»Bitte nicht«, sagte ich. »Gina wäre das peinlich.«

»Mir egal.«

Ich drückte den silbernen Knopf und duckte mich unter das Gebläse. »Ich habe doch nur noch ein paar Monate. Das ist es nicht wert.«

Mrs. Pyles schüttelte den Kopf, und ihre strahlend

blauen Augen blickten bekümmert. »Ich habe nicht genug für dich getan, was?«

»Sie haben viel getan. Bis nachher im Unterricht.« Damit verließ ich die Toilette.

Mrs. Pyles kümmerte sich um ihre Schüler, und sie hatte mich oft gefragt, ob zu Hause alles in Ordnung sei. Es musste wirklich frustrierend sein, sich in ihrer Position zu befinden. Gina war launisch und sobald sie getrunken hatte auch gemein. Ein paarmal waren die Behörden schon verständigt worden, aber man hatte nie Grund genug gesehen, mich von zu Hause wegzuholen. Mrs. Pyles schien am Tag nach einem unangekündigten Besuch des Jugendamts immer schlechter Stimmung zu sein. Ich überlegte, ob sie wohl diejenige war, die Gina meldete, aber ich wollte sie nicht danach fragen. Es spielte auch keine Rolle, und ich fand, niemand sollte zur Rede gestellt werden, weil er versuchte, jemand anderen zu beschützen.

In der ersten Stunde hatte ich Biologie bei Mrs. Merit, zusammen mit Brady Beck. Jeweils vier Schüler saßen auf festen Plätzen um insgesamt fünf runde Tische mit schwarzen Platten. Die waren mit eingeritzten Initialen, Pluszeichen oder Herzen, Jahreszahlen sowie zweideutigen Zeichnungen versehen.

Ich saß auf meinem Platz am mittleren Tisch und sah andere Schüler nach und nach hereintrödeln. Brady und sein Freund Brendan rannten unmittelbar vor dem letzten Klingeln rein und ließen sich dreckig grinsend auf ihre Stühle fallen. Sie saßen beide am Ecktisch. Brady hatte zu Beginn des Schuljahrs mit Andrew getauscht, damit er mir gegenübersaß und stumm Worte wie *Nutte* oder *Schlampe* in meine Richtung sagen konnte. Manchmal tat er das auch laut, aber Mrs. Merit gehörte nicht zu den Lehrkräften, die es zu stören schien, wenn ich gemobbt wurde.

Als das schrille Klingeln zu Ende war, bedachte Mrs. Merit die beiden mit einem gereizten Lächeln, bevor sie mit dem Unterricht begann.

Sara Glenn saß mir an unserem Tisch gegenüber. Sie plauderte nur mit mir, wenn sie mir das aktuelle Gerücht des Tages, das über mich in Umlauf war, mitteilen wollte. Etwa als Brian Grand im Fach Gesundheitslehre eine Diskussion darüber angezettelt hatte, wie eklig es sei, dass ich täglich dieselbe dreckige Jeans anhätte.

Ich besaß zwei Paar Jeans vom Secondhandladen, die fast identisch aussahen. Einmal hatte ich mir beide mit irgendwas vollgekleckert und war wegen der Arbeit nicht dazu gekommen, sie in den Waschsalon zu bringen. Das war Brian aufgefallen, und ich konnte nicht mal dagegenhalten, weil es ja stimmte.

»Erin«, flüsterte Sara. Sie stützte die Ellbogen auf den Tisch und beugte sich vor. »Ich hab gehört, du bist bei Dairy Queen gefeuert worden, weil du in Sonnys Eis gespuckt hast. Man sagt, du hättest Aids und versucht, sie über deine Spucke damit anzustecken.«

»Aids? Das ist ja mal was Neues«, sagte ich und kritzelte in mein Notizbuch.

»Dann stimmt es also nicht?«

»Nein.«

»Welcher Teil der Geschichte?«

»Die ganze.«

Sara schien damit zufrieden und richtete ihren Blick wieder auf die Lehrerin.

»Leute, Spring Break ist übernächste Woche«, erklärte Mrs. Merit. »Wir haben eine Halbjahrsprüfung, deshalb werde ich in einer Woche Lernblätter ausgeben. Seht euch die an.«

Mrs. Merits Lernblätter waren – wenn auch etwas anders formuliert – die Fragen und Antworten des Tests.

Und obwohl das eigentlich ein Kurs zur Vertiefung sein sollte, bestand die Vorbereitung eigentlich nur aus Auswendiglernen. Deshalb überraschte es mich auch nicht, dass Sara nicht wusste, dass Aids nicht durch Speichel übertragen werden kann. Ein beträchtlicher Prozentsatz der Mädchen in unserer Klasse hatte es nicht mal bis zum Schulabschluss geschafft, bevor sie schwanger wurden. Grundkenntnisse der Biologie schienen also unter den Schülerinnen keine besondere Priorität zu haben. Oder vielleicht gab es auch einfach nicht genug zu tun, außer bei Lagerfeuer-Partys am Staudamm herumstehen, trinken und Sex.

Das Mittagessen ging unspektakulär vorüber, danach hatte ich in der fünften Stunde Gesundheitslehre – mein verhasstestes Fach – mit den beiden Erins. In der dritten hatte ich Analysis mit Alder, aber ohne ihre Truppe um sich sprach sie nicht mit mir. Brady war auch in der fünften, aber normalerweise ließ er mich da in Frieden, um Annie Black zu ärgern, eine süße und unglaublich kluge Schülerin im vorletzten Jahr mit zerebraler Lähmung. Jedes Mal, wenn er ihr auf den Fluren begegnete, machte er einen »Annie-Auftritt«. Nur ein paar riefen ihm dann zu, wie widerwärtig das war. Er stammte aus einer der reichsten Familien in Blackwell, und seine Eltern waren Säulen der Gesellschaft. Sein Vater Brett hatte schon Hunderttausende Dollar an die Schule gespendet, seine Mutter Lynn war eine ziemlich rabiate Zicke und kreischte der Direktorin, ihrer guten Freundin, jedes Mal die Ohren voll, wenn jemand es wagte, ihren Sohn zu den einfachsten Regeln der Höflichkeit anzuhalten. Also bemühten sich sogar die Lehrer, seine Mätzchen zu ignorieren. Brady Back war schon bei Vandalismus und Alkoholkonsum auf dem Schulgelände, beim Schwänzen und beim vielfachen Mobbing erwischt worden, hatte aber noch kein einziges Mal nachsitzen müssen. Er verkörperte alles, was in unserer Kleinstadt im Argen lag.

Ich saß an meinem Platz und wartete. Es war Freitag, also verlangte Coach Morris uns nicht viel ab. Üblicherweise ließ er uns ein Wortsuchspiel machen oder lesen, was wir wollten. Wenn es zu wenig zu tun gab, beschäftigten sich die Erins mit mir. Es wäre leicht für mich gewesen, sie zu ignorieren, hätte Weston nicht direkt hinter mir gesessen. Aber warum auch immer, wenn er dabei war, empfand ich ihre Gemeinheiten als noch demütigender.

»Okay, ihr Strolche. Thank god it's Friday, also nehmt ein Buch raus und lest.«

Es waren noch keine zehn Minuten vergangen, als ich hörte, wie jemand meinen Namen flüsterte. Nach ein paar Sekunden noch mal, allerdings lauter. Ich erkannte Sonnys Stimme. Offenbar versuchte sie, meine Aufmerksamkeit zu erregen. Ich wagte nicht, mich umzudrehen. Jede Hoffnung darauf, die Wörter auf der Seite vor mir zu begreifen, zerstob. Ich starrte nur noch auf ein einziges Wort und hoffte, Sonny würde nicht die Aufmerksamkeit des Coachs auf sich ziehen.

Doch Coach Morris richtete sich bereits auf, deutete mit dem Kopf ans Ende des Zimmers und sagte: »Ja?«

Sonny machte eine Kunstpause und verkündete mit blasierter Stimme: »Ich habe mich nur gerade gefragt, wie die Schule eigentlich mit dem Aids-Virus umgeht.«

»Wie meinst du das?«, fragte der Coach.

»Wenn eine Schülerin positiv auf Aids getestet wurde, was tut dann die Schule, um die restliche Schülerschaft vor ihr zu schützen?«

»Warum fragst du das?« Die Neugier war aus seinem Blick verschwunden, denn es war offensichtlich, dass Erin irgendeine Gemeinheit im Schilde führte.

»Ich habe erst heute erfahren, dass eine Schülerin es hat, und deshalb sind jetzt alle nervös.«

»Warum?«

»Weil es doch ansteckend ist und keiner sterben will, nur weil irgendeine Schlampe alle anderen für ihren losen Lebenswandel bestrafen will.«

»Losen Lebenswandel«, echote Coach Morris ungerührt. »Ich kann dir die Haltung der Schule gern nach der siebten Stunde im Detail erläutern, wenn du möchtest.«

»Da hab ich Cheerleader-Training«, sagte Erin offenbar verärgert, dass ihr Plan nicht aufging. »Aber ich bin mir sicher, die ganze Klasse würde sich besser fühlen, wenn sie hören könnte, was Sie dazu zu sagen haben.«

Der Coach seufzte. »Ich halte es für wahrscheinlicher, dass du dazu beitragen möchtest, ein gemeines Gerücht zu verbreiten.«

Ein Kichern ging durch die gesamte Klasse.

»Das ist eine Unterstellung«, sagte Sonny. »Was sind Sie doch gleich wieder? Karmaologe?«

Der Coach lachte kurz. »Kinesiologe.«

»Sag ich ja. Und man sollte doch meinen, jemand, der Gesundheitslehre studiert hat, würde meine Sorge als berechtigt ansehen.«

Der Coach zögerte keine Sekunde. »Widerspricht dem gesunden Menschenverstand. Lies dein Buch. Ende der Debatte.«

Seine scharfsinnige Bemerkung rettete mich vorläufig vor weiterem Hohn, aber die Jahrgangsstufenversammlung nach dem Unterricht würde definitiv weniger lustig sein.

»Was liest du da?«, fragte eine tiefe Stimme.

Ich hatte Westons Frage kaum bemerkt und hielt nur den Umschlag meines Buchs hoch genug, damit er es sehen konnte.

Er nickte und schien auf eine Antwort zu warten. Als ich nichts sagte, lächelte er kurz und lehnte sich dann wieder zurück.

»Und was liest du?«, fragte ich.

Weston beugte sich sogleich wieder zu mir vor und hielt mir sein Cover so hin, wie ich es vorher mit meinem Buch getan hatte.

»Piers Anthony?«

Weston räusperte sich, um ein Husten zu unterdrücken, dann lächelte er wieder. »Ich mag seine Sachen.«

Ich nickte. »Kann ich verstehen.«

»Gut«, flüsterte Weston. »Ich hatte schon Sorge, dass nicht.« Nach einer kleinen Pause beugte er sich wieder an mein Ohr. »Warum redest du im Kunstunterricht nie mit mir?«

Wir hatten in der siebten Stunde zusammen Kunst, und das war der Kurs, auf den ich mich schon den ganzen Tag lang freute. Weston war da drin, aber was viel wichtiger war: Leute wie die Erins und Brady waren nicht drin. Wir widmeten uns konzentriert unseren Arbeiten, und es war der einzige Ort, wo ich während des ganzen Schultags ich selbst sein konnte.

»Ich schätze, ich war einfach beschäftigt.«

»Wirst du heute beschäftigt sein?«

»Wahrscheinlich.«

»Na ja, vielleicht habe ich Glück und du machst zwischendurch mal eine Pause.«

Ich drehte mich weg, um mein Grinsen zu verstecken, warf aber doch noch einen flüchtigen Blick in seine Richtung. Da bemerkte ich in Alders Augen den vertrauten hasserfüllten Ausdruck.

Hure, formte sie mit ihren Lippen.

Nach der siebten Stunde verstaute ich meine Bücher in meinem Spind und ging langsam in Richtung East Hall. Das fünfzigminütige Hochgefühl wegen Weston im Kunstunterricht verblasste mit jedem Schritt mehr. Mir graute schon vor der Reaktion der anderen, wenn ich durch die Tür trat.

Brady und Brendan saßen auf Tischen, manche Schüler schauten auf ihre Handys, schrieben Nachrichten oder checkten Social-Media-Seiten. Die Erins saßen an Tischen, die so gedreht waren, dass sie alle anderen im Blick hatten. Mrs. Hunter, Lehrerin für Englisch IV und Oberstufenberaterin, war noch nicht da. Mist.

»Was willst du denn hier?«, fragte Alder. Ich antwortete nicht, aber das hatte die Erins noch nie gestört. »Deine Meinung will sowieso keiner hören.«

Ich suchte mir einen Platz weit hinten, in der Nähe der Tür, und hoffte, Mrs. Hunter würde nicht mehr lange auf sich warten lassen.

Sonny täuschte Mitgefühl vor. »Du kannst ruhig gehen. Was du zu sagen hast, interessiert wirklich niemand einen Dreck.«

»Das ist eine Pflichtveranstaltung«, sagte ich kurz angebunden. »Also werde ich nicht gehen.«

Sonny stand auf. »Das wirst du wohl, wenn ich dich dazu bringe.«

»Setz dich hin«, sagte ich.

Sonnys Miene wechselte von Verärgerung über Schock zu Wut. »Was hast du da gerade zu mir gesagt?«

Ich sah ihr direkt in die Augen. »Ich bleibe. Setz dich.«

Weston schaute zwischen den Erins und mir hin und her. Da ging Sonny einen Schritt auf mich zu, und Weston stand auf. Seinem Gesichtsausdruck nach zu schließen, war er selbst von seiner Reaktion überrascht.

Sonny warf ihm einen total angewiderten Blick zu. »Was machst du da, Wes?«

Weston legte den Kopf schräg. Dann holte er tief Luft, blinzelte ein paarmal und war sichtlich unfroh darüber, wo er hier hineingeraten war. »Das ist eine Pflichtveranstaltung. Also kein Grund, ihr deshalb so übel mitzuspielen. Wahrscheinlich wäre sie selbst lieber nicht hier.«

»Weston!«, stieß Alder erstaunt hervor.

Weston nahm einen Zug aus seinem Inhalator und blickte seiner Freundin in die Augen. »Lass sie in Ruhe.«

Gerade als beiden Erins die Kinnlade runterfiel, kam Mrs. Hunter hereingerauscht und stellte sich vor die Versammlung. »Was hab ich verpasst?«

Weston setzte sich, und Sonny tat es ihm nach.

»Nix«, brummte Sonny.

»Na schön, dann lasst uns anfangen«, sagte Mrs. Hunter atemlos. »Wer möchte Sprecher des Abschlussjahrgangs werden?«

Die Erleichterung, die mich erfasste, bewegte mich tiefer, als ich es seit einer ganzen Weile erlebt hatte. Aber ich verbiss mir die Tränen, weil ich ihnen nicht gönnte, mich weinen zu sehen. Sie würden wohl mit der Enttäuschung des heutigen Tages leben müssen.

Kapitel 3

»Bitches!«, zischte Frankie, während sie dem Softeis zusah, wie es aus der Maschine quoll. »Ich kann einfach nicht glauben, dass sie sich dermaßen aufgespielt hat. Was sie wohl vorhatte? Na klar! Gar nichts!«

»Redest du eigentlich mit mir?«, fragte ich amüsiert.

»Ich würde ja liebend gern ein Wörtchen mit dieser Schnepfe reden. Liebend gern!«

Ich lachte kurz auf und schüttelte den Kopf, während ich den Mixer für den M&M-Blast einschaltete, den ich gerade zubereitete. Als Frankie mir das zum ersten Mal gezeigt hatte, meinte sie, es sähe fast so aus, als würde man es einem Typen mit der Hand besorgen. Ich war mir da zwar nicht ganz sicher, aber bestimmt würde ich eines Tages jemand sehr glücklich machen.

Frankie war mit zehn Bestellungen im Rückstand, als ich nach der Jahrgangsstufenversammlung endlich aufkreuzte. Danach gab es keine Pause. Die Freitagabende waren immer hektisch, aber das hielt Frankie nicht davon ab, weiter über meine Auseinandersetzung mit Sonny zu lamentieren.

Sie stützte eine Hand in die Hüfte und verlagerte ihr Gewicht auf einen Fuß. »Ich bin so stolz auf dich. Ehrlich. Ich glaube, das ist das erste Mal, dass du dich gewehrt hast, oder?«

»Keine Ahnung. Ich habe mich ja nicht wirklich gewehrt. Ich habe ihr nur gesagt, dass ich dableibe.«

»Und dass sie sich auf ihren Zickenhintern setzen soll.« Sie zog die Nase kraus. »Die Stelle gefällt mir am besten.«

Als die Sonne unterging, ließ der Ansturm nach. Das letzte Auto fuhr vom Parkplatz, und ich begann, das Chaos zu beseitigen, das wir hinterlassen hatten, weil zwischendurch keine Zeit zum Saubermachen gewesen war.

Ein Truck kam herangebraust, und ich wusste sofort, wer das war. Weston Gates war schließlich der Einzige in der Stadt, der einen höhergelegten kirschroten Chevy mit Rockstar-Felgen fuhr. Er sprang heraus und kam an mein Fenster gejoggt. Verschwitzt, noch in seinen Baseballklamotten und allein.

»Hey.«

»Hey«, sagte ich und schielte zu Frankie hin. »Was kann ich dir machen?«

Weston musterte mich einen Moment lang.

»Alles okay mit dir?«, fragte ich.

Er blinzelte. »Ja, klar«, meinte er schulterzuckend. »Und bei dir?«

Ich zuckte ebenfalls mit den Schultern. »Mir geht's gut. Kann ich dir irgendwas Bestimmtes machen?«

»Nur einen … was auch immer.«

Ich machte ihm einen Hawaii-Becher, und er bezahlte, wobei er mich immer noch erwartungsvoll ansah. »Tut mir leid. Wegen heute.«

Ich schüttelte abwehrend den Kopf.

»Ich hätte schon früher was sagen sollen.«

»Stimmt, ungefähr vor zehn Jahren«, bemerkte Frankie schnippisch.

Er nickte und ging so zögerlich zu seinem Truck zurück, als wäre etwas ungesagt geblieben.

Frankie seufzte. »Ich hätte ihn nicht so anblaffen sollen. Er scheint ein guter Kerl zu sein.«

»Ist er«, sagte ich und konnte den Blick nicht von Weston wenden, der gerade auf den Fahrersitz stieg und die Tür zumachte.

»Das war … seltsam.«

»Schon. Ich frage mich, was das sollte.« Ich sah ihm nach, wie er auf die Main Street bog, und musste von einem Ohr zum anderen grinsen.

»Ich glaube, er mag dich.«

Mein Lächeln verschwand. »Was von diesem seltsamen Wortwechsel hat dich zu der Schlussfolgerung veranlasst?«

Sie zuckte mit den Schultern. »Ich war auch mal auf der Highschool.«

Frankie und ich beendeten unsere Schicht und schlossen den Laden. Sie bot an, mich nach Hause zu fahren, ich lehnte ab und machte mich zu Fuß auf den Weg. Dabei blieb ich möglichst auf dem Rasen der Häuser, an denen ich entlangging, um nicht vom Verkehr in Richtung Main Street überfahren zu werden. Das war die befahrenste Strecke, weil sich Freitagabend alle bei den Spielfeldern trafen, die direkt gegenüber vom Dairy Queen lagen. Mein Heimweg bestand also darin, einen Fuß vor den anderen zu setzen und nicht zu sterben.

Einen Block von meinem Haus entfernt hörte ich ein vertrautes Motorengeräusch auf der anderen Straßenseite. Ich schaute hoch und erblickte Westons roten Chevy. Er hatte das Fenster runtergelassen und bewegte seinen Wagen im Schritttempo neben mir her. Wieder war er allein unterwegs.

»Hey«, sagte er und hatte den Ellbogen aus dem geöffneten Fenster hängen.

Ich antwortete nicht.

Er lächelte. »Was machst du?«

»Wonach sieht es denn aus?«, fragte ich zurück und versuchte, nicht so zu lächeln, wie ich es getan hatte, als er DQ verlassen hatte.

»Sieht aus, als würdest du nach Hause laufen. Hast du heute Abend schon was vor?«

Ich sah ihn aus schmalen Augen an. Er wusste, dass ich nichts vorhatte.

»Lust auszugehen?«, fragte er.

»Sind deine Freunde nicht beim Spielfeld?« Ich kannte die Antwort schon, denn sie waren jeden Freitag- und Samstagabend dort, wenn es keine Party gab. Viel mehr hätte mich interessiert, warum er neben mir herfuhr, anstatt mit ihnen abzuhängen.

»Ich habe ihnen gesagt, ich wäre müde und würde nach Hause fahren.«

»Aber das bist du nicht?«

»Na ja … eher gelangweilt. Aber dann habe ich dich gesehen …«

Ich senkte den Blick. »Ich bin nicht zum Ausgehen angezogen.«

»Du sprichst mit jemand, der Eis liebt. Glaubst du, es stört mich, dass du von oben bis unten damit bekleckert bist?«

Ich lachte.

»Komm schon!«, sagte er mit einem mittels Zahnspange perfektionierten Lächeln. Er war sie erst letzten Sommer losgeworden. »Ich kann auch bitte sagen, falls du das möchtest.«

»Brauchst du nicht«, murmelte ich.

»Was?«

Ich kicherte. »Na schön! Lass mich nur … mich noch eben umziehen.«

»Abgemacht.«

Ich zeigte mit dem Finger auf ihn. »Park einfach genau hier. Ich bin in einer Sekunde wieder da.« Wir waren zwar noch einen halben Block von meinem Zuhause entfernt, aber ich wollte vermeiden, dass der absurd laute Auspuff von Westons Chevy Ginas Aufmerksamkeit erregte.

Ich versuchte, das letzte Stück nicht zu rennen, sprang die zwei Stufen hinauf und öffnete die Tür. Gewohnheitsmäßig lauschte ich auf Soul Asylum, aber diesmal hatte ich Pech. Ich ging rein und sah Gina auf dem fleckigen goldfarbenen Plüschsofa im Wohnzimmer sitzen. Neben ihr stand ein aufgerissener Karton Keystone Light. Sie schaute nicht mal hoch.

Ich ging schnurstracks in mein Zimmer, ließ den Rucksack fallen und zog meine Klamotten aus. Alles, was ich bei der Arbeit anhatte, roch unweigerlich nach fettigem Süßkram und ging daher gar nicht. Ich schlüpfte in ein schwarzes T-Shirt und hellgraue Baumwoll-Shorts, zog ein paar Flipflops an und schnappte mir noch meine Tasche. Meine zweite Jeans lag mit Flecken von Schokosirup auf dem Boden. Und obwohl es dafür ein bisschen kühl war, musste ich in Shorts gehen, weil sie das einzig Saubere waren, was ich noch hatte. Waschtag war erst morgen.

Ich zog leise meine Zimmertür zu und wollte an Gina vorbeieilen, aber sie bemerkte mich und setzte sich auf.

»Wo zum Teufel willst du hin?«, fragte sie.

»Bisschen rumfahren. Aber ich komme bald wieder.«

Sie ließ sich wieder tiefer in die Couch rutschen. »Bring mir ’n paar Kippen mit.«

Ich nickte und beeilte mich nach draußen. Sie würde

fest eingeschlafen sein, bis ich zurückkam, und sich nicht mehr erinnern, mir irgendwas aufgetragen zu haben. Leider war ich darauf erst gekommen, nachdem ich über hundert Dollar meines eigenen Gelds ausgegeben hatte, um sie mit Zigaretten friedlich zu stimmen.

Im Vorgarten blieb ich stehen und rechnete fast damit, dass Westons Truck verschwunden war. Aber da stand er. Genau an der Stelle, an der ich ihn gebeten hatte zu warten. Er bemerkte mich und winkte. Während ich auf den Truck zuging, beugte er sich hinüber, entriegelte die Beifahrertür und stieß sie auf.

»Kletter rein!«, sagte er mit einem süßen Grinsen.

Und das war kein Scherz. Ich musste mich wirklich an der Tür festhalten und auf das Trittbrett steigen, um auf den Beifahrersitz zu kommen. Endlich ließ ich mich auf das schwarze Leder fallen und schloss die Tür.

»Wow«, sagte ich nur.

Er zuckte mit den Achseln. »Na ja, der hat früher meinem Vater gehört.«

»Besser als nichts«, scherzte ich.

»Wo möchtest du hin?«, fragte er.

Ich lächelte. »Irgendwohin.«

Weston nahm noch einen Schluck aus dem Strohhalm seines riesigen Bechers Cherry-Slush, dann donnerten wir durch die Schlaglöcher und über die geflickten Straßen von Blackwell und hörten dazu die Chance Anderson Band auf voller Lautstärke. Nach fünf Minuten hatten wir die Stadtgrenze passiert. Weston blieb auf einer Überführung über der Interstate 35 stehen, von wo wir die Scheinwerfer der Autos und Lkws Richtung Norden und Süden unter uns vorbeiziehen sahen.

Ich stieß die Beifahrertür auf und trat an den Rand. Bei den Überführungen außerhalb gab es keine Geländer – nur eine Betonbrüstung bis auf Hüfthöhe und den gesunden Menschenverstand. Eine kühle Brise strich über mein Gesicht, daher drehte ich mich um und war eigentlich nicht besonders verwundert, einen Blitz aus den Wolken zucken zu sehen, die sich im Norden ballten.

»Ich liebe das, wie Gewitter immer den Wind ansaugen«, sagte ich.

Weston trank sein Slush leer, und der Strohhalm erzeugte ein lautes Schlürfgeräusch in dem Styroporbecher. »Ich liebe Gewitter an sich.«

»Also … wirst du es mir jetzt sagen?«, fragte ich.

Weston konnte den Blick fast nicht vom Gewitter abwenden. »Dir was sagen?«

»Warum du mich hierhergebracht hast?«

Er zuckte mit den Schultern und kaute auf seinem Strohhalm, was ich seltsamerweise irgendwie ansprechend fand. »Warum nicht?«

»Es gibt hundert Gründe, warum nicht. Aber ich wollte den einen Grund wissen, warum.«

»Weil ich dich drum gebeten habe?«

Ich lachte auf und senkte den Blick. »Okay. Wenn du das Spiel spielen willst.«

»Ich will überhaupt nicht spielen. Ich will einfach nur hier oben sitzen und mit dir das Gewitter aufziehen sehen, ohne den ganzen Klatsch und Tratsch über ›Wer mit wem‹ und ›Wo soundso aufs College gehen wird‹. Ist das okay?«

Ich nickte. »Damit kann ich leben.«

Weston ließ die Heckklappe des Chevy runter und kletterte auf die Ladefläche. Dann streckte er mir die Hand hin: »Also? Komm hoch.«

Ich ließ mir von ihm hinaufhelfen und setzte mich neben ihn. Meine Beine baumelten in der Luft.

Er deutete mit dem Kopf hinter uns. »In der Kühlbox habe ich Zeug zum Trinken.«

Ich schüttelte den Kopf. »Ich trinke nicht.«

»Nein, so was wie Fanta Orange und so. Ich glaube, es sind auch ein paar Cherry Cokes und ein Mountain Dew dabei.«

»Wie soll ich mich da bloß entscheiden? Das sind alles meine Lieblingssorten.«

Er lächelte und griff hinter sich. »Meine auch. Ich fisch einfach irgendeine für dich raus.« Seine Hände wühlten in dem schmelzenden Eis, und er brachte eine grüne Dose zum Vorschein. »And the winner is … Mountain Dew. Du musst ein Glückspilz sein.«

Ich riss den Verschluss auf. »Bis jetzt noch nicht. Aber danke.«

»Vielleicht ändert sich das ja noch. Für uns beide.«

»Hältst du dich denn nicht für glücklich?«, fragte ich.

Er dachte kurz nach. »Du bist eigentlich der letzte Mensch, dem ich von meinen Problemen erzählen sollte.«

»Oh, vielen Dank auch.«

»Ich meine nur, weil du mich dann für blöd halten müsstest. Weil ich nicht mal annähernd durch so eine Hölle gehe wie du.«

Ich zuckte mit den Schultern. »So schlimm ist es nicht.«

»Wenn ich das jeden Tag durchmachen müsste, das könnte ich nicht. Du bist echt verdammt tough, Erin Easter.«

Er stützte seinen Arm auf ein Knie und legte das Kinn auf seine Faust, während er mich betrachtete. Seine Jeans war nicht richtig über die Cowboystiefel runtergezogen, und sein Hoodie sah ziemlich verwaschen aus. Plötzlich kam er mir gar nicht so unerreichbar vor.

In seinen Augen spiegelte sich ein Blitz von Norden, und wir schnappten beide nach Luft.

»Das war ein guter«, sagte er. »Nur schlecht, dass er uns nicht treffen wird.«

»Gut. Schlecht. Das ist alles dasselbe.«

»Was soll das denn heißen?«, fragte er lächelnd.

»Es gibt da eine alte chinesische Parabel über einen taoistischen Bauern, die Mrs. Pyles mir mal erzählt hat. An die muss ich oft denken.«

»Erzähl sie mir«, sagte er und stupste mich an.

»Ich erinnere mich nicht mehr an den genauen Wortlaut.«

»Dann eben mit deinen eigenen Worten.«

Ich holte tief Luft. »Eines Tages starb das einzige Pferd, das der alte Bauer besaß. Nur damit konnte er seine Felder pflügen. Alle im Dorf kamen und sprachen ihm ihr Beileid angesichts seines Pechs aus. Der Bauer sagte nur: ›Wir werden sehen.‹ Eine Woche später begegnete sein Sohn einer Herde Wildpferde, und es gelang ihm, zwei davon einzufangen. Das ganze Dorf staunte über so viel Glück. Der Bauer sagte nur: ›Wir werden sehen.‹ Als der Sohn versuchte, eines der Pferde zuzureiten, fiel er herunter und brach sich beide Beine. Der Dorfarzt erklärte, er würde nie mehr laufen können. Wieder kamen die Dorfbewohner, um ihr Beileid auszusprechen, denn es war sein einziger Sohn. Der Bauer sagte nur: ›Wir werden sehen.‹ Bald danach verwüstete ein Krieg das Land. Alle gesunden jungen Männer des Dorfes mussten Soldaten werden. Der Sohn des Bauern blieb als Einziger zurück. Und keiner der anderen kehrte jemals wieder zurück.«

»Wow.«

»Ja. Das hat sie mir in der neunten Klasse erzählt. Und ich habe es seither nie vergessen.«

»Gefällt mir. Das ist so … zutreffend.«

Ich hob fragend eine Augenbraue.

Er musste lachen und ich auch. Donner grollte überall um uns herum, und der Wind frischte auf.

Weston hob das Kinn. »Riecht nach Regen.« Sein Handy meldete sich. Er warf nur einen Blick darauf und schob es dann zurück in die Tasche seines Hoodies.

Ich nahm einen Schluck von meinem Mountain Dew. »Erin?«

»Jawohl.«

»Du kamst mir nie vor wie …«

»Ihr Typ?«

»Nein«, sagte ich kichernd und kopfschüttelnd. »Kein bisschen.«

»Ich schätze, das bin ich auch nicht. Aber meinen Eltern gefällt die Vorstellung.«

»Oh.«

»Ja. Genau wie die Vorstellung von vielen anderen Sachen.« Er lehnte sich zurück und benutzte seinen Arm als Kopfkissen, während er in den Himmel hinaufschaute.

Ich tat es ihm nach und bemerkte, dass das einzige Stückchen klarer Himmel sich direkt über uns befand. »Erwarten sie dich schon bald zu Hause?«

»Nö. Musst du nach Hause?«

»Nö.«

Weston holte noch mal tief Luft, und dann lagen wir einfach ewig lang so da. Keiner von uns hatte das Bedürfnis, etwas zu sagen, sondern wir beobachteten nur, wie die Gewitterwolken sich langsam vor die Sterne über uns schoben.

Kapitel 4

Als ich das Klassenzimmer für meine dritte Stunde betrat, konnte ich kurz verschnaufen. Ein vertrautes Gesicht mit freundlichen blauen Augen und perfekt geschminkten Lippen schaute mich an. »Hallo, komm nur rein.«

Julianne Alderman stand hinter Mr. Barrows Schreibtisch und sortierte nervös einen Stapel Papiere. »Oje. Ich bin nicht besonders gut in so was.«

Ich beobachtete sie nur, während die anderen Schüler sich auf ihre Plätze setzten. Sie nahmen kaum Notiz von ihr, unterhielten sich und lachten laut.

»Was zum – was treibst du denn hier?«, sagte Alder und blieb mit weit aufgerissenen Augen wie angewurzelt im Türrahmen stehen.

Julianne lächelte. »Anscheinend war es sehr schwer, überhaupt einen Ersatz zu finden.«

Alder verdrehte die Augen, stapfte an ihren Platz und duckte sich. »Das ist so was von peinlich, Mutter. Mein Gott!«

»Erin«, sagte Julianne warnend, wobei nicht die Spur von Verärgerung in ihren Augen zu sehen war. Gina wäre inzwischen schon über den Tisch und mir an den Kragen gesprungen.

Juliannes glänzend braunes Haar schwang hin und her, während sie durchs Klassenzimmer spazierte und Blätter austeilte. Als Kind hatte ich mir vorgestellt, wie es wäre, mit einer Mutter wie ihr aufzuwachsen. Alder kam an Halloween immer mit einem umwerfenden, selbst gemachten Prinzessinnenkostüm in die Schule. Sogar mit einem pinkfarbenen spitzen Hut, an dessen Ende ein Band flatterte. Sam und Julianne kamen immer zu den Spielen, bei denen Alder Cheerleader war, um sie zu unterstützen. Sie trugen sogar Buttons an den Jacken mit ihrem Cheer-Foto drauf. Und zu ihrem sechzehnten Geburtstag kauften sie ihr einen nagelneuen Honda Accord, den sie hasste. Sie wusste nicht, wie glücklich sie sich schätzen konnte, solche Dinge als Selbstverständlichkeit zu betrachten. Sie wusste auch nicht, dass nicht jeder so viel Liebe und Aufmerksamkeit erhielt wie sie, deshalb machte ich ihr daraus auch keinen Vorwurf. Obwohl ich es gern getan hätte.

Julianne setzte sich auf ihren oder vielmehr Mr. Barrows Stuhl und grinste, während ihre blauen Augen strahlten. Wir hatten den gleichen Teint, das gleiche herzförmige Gesicht, die gleichen dunklen Haare und dazu blaue Augen. Daher hoffte ich, immer noch so jung und hübsch auszusehen, wenn ich mal so alt war wie sie jetzt.

Alder stöhnte: »Was soll das denn?«

»Das ist euer Arbeitsauftrag«, sagte Julianne. »Mr. Barrows meinte, ihr wüsstet, was damit zu tun sei, also legt los, Leute. Ihr müsst damit bis zum Ende der Stunde fertig sein. Keiner kann das mit nach Hause nehmen.«

Alle außer mir brummten widerwillig, und Julianne, der es sichtlich unangenehm war, sich so unbeliebt zu machen, blinzelte nervös.

»Mein Gott, das ist *dermaßen* peinlich«, zischte Alder.

Julianne rang sich ein süßes, aber auch gekränktes

Lächeln ab. »Tut mir leid, Süße, aber sie brauchten einfach meine Hilfe.«

Ab der fünften Stunde war Alder besonders unleidlich. Die Jungs nervten sie damit, wie scharf ihre Mom sei, und die Mädchen wollten wissen, wieso sie als Ersatzlehrerin arbeitete. Julianne war seit einer Woche vor der Geburt von uns drei Erins Mutter und Hausfrau. Vorher hatte sie als Sekretärin an der Klinik von Dr. Shuart gearbeitet, aber nachdem sie Alder ein einziges Mal in die Kinderbetreuung gebracht hatte, schaffte sie es kein zweites Mal. Oder zumindest erzählte man sich das. Sam war *der* Hausarzt von Blackwell, und sie lebten in einem Haus mit sechs Schlafzimmern praktisch um die Ecke von Weston.

»Was riecht denn da so?«, fragte Sonny in Gesundheitslehre hinten aus dem Klassenzimmer.

Das Thema hatte sie alle schon den ganzen Tag über beschäftigt. Es fing in der ersten Stunde an, als Brady behauptete, der ranzig chemische Geruch von irgendwelchen neuen Materialien, die Mrs. Merit besorgt hatte, käme von meiner Vagina. Danach zog er jedes Mal eine Show ab, wenn er auf einem Flur an mir vorbeiging, und andere machten es ihm nach.

Die Vorstellung, mit ihnen allen in Gesundheitslehre sitzen zu müssen, hätte mich fertigmachen können, aber aus irgendeinem Grund trafen mich ihre Kränkungen nicht so wie sonst.

»Uah«, machte Brady. »Schon wieder? Was zum Teufel ist das? Ich riech das schon den ganzen Tag!«

»Vielleicht bist du das?«, sagte Weston und drehte sich auf seinem Stuhl um.

Ich blickte stur geradeaus.

Coach Morris wandte sich von der Tafel ab. »Gibt's ein Problem?«

Alle schüttelten die Köpfe.

Ein unterdrücktes Würgegeräusch kam von hinten, dann noch eins. Der Coach drehte sich erneut um.

»Sorry, Coach, aber riechen Sie das etwa nicht?«, fragte Sonny.

»Nein«, sagte er und schaute sich irritiert um. »Was soll ich riechen?« Er schnupperte, und alles lachte. Aber der Coach fand das nicht komisch. »Entweder ihr konzentriert euch jetzt auf den Unterricht oder ihr fliegt raus!«, schnauzte er und zeigte zur Tür. Alle verstummten.

»Genau, Schlappschwanz«, flüsterte Weston.

Da fuhr der Coach noch einmal herum und nahm Weston ins Visier. »Was hast du gerade gesagt, Gates?«

Weston schluckte. »Ich sagte: ›Genau, Schlappschwanz.‹«

Coach Morris verlagerte sein Gewicht und schien sich auf eine Auseinandersetzung mit Weston einzustimmen. »Und welchen Schlappschwanz hast du damit gemeint?«

»In diesem Fall Brady, Sir. Und alle anderen, die sich über einen nicht existierenden Geruch beschweren.«

Der Coach zögerte und drehte sich schließlich erneut zur Tafel.

»Fick dich, Punk«, zischte Brady.

»Du kannst mich mal, Beck!«, sagte Weston laut und sprang auf.

»Okay, das reicht!«, dröhnte Coach Morris.

In diesem Moment kam Mrs. Pyles herein und machte große Augen. »Alles in Ordnung hier?«

Der Coach funkelte Brady und Weston an. »Raus aus meinem Klassenzimmer. Beide. Sofort.«

Weston schnappte sich seinen Rucksack und stürmte hinaus.

Brady hob beide Hände. »Ich hab doch gar nichts gemacht? Warum schmeißen Sie mich raus?«

»Mach, dass du rauskommst, Brady!«

»Aber ich habe nichts gemacht! Das ist scheiße! Da können Sie jeden fragen.«

Coach Morris schaute zu Mrs. Pyles. »Mrs. Pyles, würden Sie bitte Mr. Beck aus meinem Klassenzimmer begleiten, bevor mir der Geduldsfaden reißt?«

Mrs. Pyles blickte einen Moment lang erstaunt zurück, dann ging sie auf Brady zu. »Alles klar, Brady, gehen wir.«

»Verdammt noch mal, fassen Sie mich bloß nicht an!«, rief Brady in fast jämmerlichem Ton.

»Brady Beck, steh jetzt sofort von diesem Stuhl auf, oder ich schwöre dir, dass ich Coach Morris helfen werde, dich mit Gewalt aus diesem Klassenzimmer zu schmeißen! Aufstehen! Sofort!«

Brady wich auf seinem Stuhl zurück, während Mrs. Pyles ihm bedrohlich nahe kam. Sie war so wütend, wie ich sie noch nie gesehen hatte. Nach einem kurzen Augenblick des Schocks raffte Brady seine Sachen zusammen und beeilte sich nach draußen.

»Sie werden von meinen Eltern hören!«

»Oh, wie schön! Ich kann's kaum erwarten«, bemerkte Coach Morris trocken. »Und jetzt zurück zu den Gesichtsmuskeln.«

Ich rutschte in meinem Stuhl tiefer und spürte, wie sich die Blicke aus zehn Augenpaaren in meinen Hinterkopf bohrten.

In der siebten Stunde schaute ich immer wieder auf Westons leeren Platz und seufzte. Er brauchte mich nicht zu retten, und ihm bescherte es nur Ärger. Ich war mir auch nicht sicher, warum er plötzlich beschlossen hatte, sich für mich einzusetzen, aber es war definitiv gefährlich für uns beide.

Als ich nach Schulschluss vor das Gebäude trat, konnte ich Brady, Brendan, Andrew und die Erins schon an der Ecke stehen sehen, wo ich normalerweise vorbeiging. Sie hatten ihre Autos nebeneinandergeparkt. Seit sie ihre Führerscheine besaßen, hatten sie sich noch nie dort getroffen, und die Erins waren schon spät dran für ihr Cheerleadertraining. Sie warteten also offenbar auf mich.

Ich weigerte mich, einen anderen Weg zu Dairy Queen zu nehmen, hob bewusst das Kinn und schaute stur geradeaus.

»Hey«, sagte Sonny. »Wir müssen reden.«

»Ich hab mit euch nichts zu bereden«, sagte ich und umklammerte die schwarzen Träger meines Rucksacks so krampfhaft, dass meine Finger schmerzten.

Alder grinste. »Das vielleicht nicht, aber wir haben dir eine Menge zu sagen.«

Brady packte mich am Arm und riss mich herum. »Sei nicht so eine verdammte Fotze und lass sie ausreden.«

Ich befreite meinen Arm, und gerade als die Erins beide auf mich zusteuerten, fuhr ein großer roter Truck heran und hielt mit dem rechten Vorderrad auf dem Gehsteig.

Die Fahrertür wurde zugeknallt, und Weston kam um die Motorhaube gelaufen. Dann schob er sich mit der Schulter voran zwischen Bradys Hand und meinen Arm.

»Was treibst du da, Mann?«, kam es von Weston.

Bradys Miene verfinsterte sich. »Was ich da treibe? Sag mir lieber, was auf einmal mit dir los ist! Du gehst mir wegen dieser Schlampe auf den Sack!«

»Lass sie einfach in Ruhe, Mann«, sagte Weston und bemühte sich um einen ruhigen Ton.

»Weston«, sagte Alder und suchte seine Hand. Sie sah aus wie eine hübsche Giftschlange, als sie sich geschmeidig an seine Seite schmiegte, auf die Zehenspitzen stellte und ihn sanft auf den Mundwinkel küsste.

Ich musste gegen eine plötzliche Übelkeit ankämpfen.

Weston entzog sich ihr. »Geh, Easter«, sagte er leise über seine Schulter hinweg.

Ich machte auf dem Absatz kehrt und ging einfach weiter, ohne mich noch einmal umzudrehen. Fünf Blocks weit. Ich versuchte, das widerliche Bild von Erins giftigen Lippen, wie sie Weston berührten, loszuwerden. Es war allgemein bekannt, dass es für beide die erste Beziehung war, aber ich versuchte, nicht daran zu denken. Seit fünf Jahren hatte ich die Anzeichen für den Austausch von Zärtlichkeiten in der Öffentlichkeit zwischen den beiden kommen sehen.

Ich schlüpfte durch die Hintertür ins Dairy Queen und band mir im Gehen die Schürze fest.

»Hey, Chickiedoo! Wie war dein Tag?«, erkundigte sich Frankie, die gerade ihr Fenster zumachte, weil der letzte Kunde gegangen war.

»Weston ist aus dem Unterricht geflogen, weil er sich für mich eingesetzt hat. Die Erins und ein paar der Jungs haben nach der Schule auf mich gewartet.«

»Ach! Moment mal … *was*?«

»Du hast schon richtig verstanden«, sagte ich und lehnte mich mit verschränkten Armen und dem Po gegen die Theke.

Da fuhr ein Minibus auf den Parkplatz, und ein Haufen Kinder kletterte heraus. Die Mutter, die an mein Fenster kam, sah schon ziemlich geschafft aus. Ich nahm alle Bestellungen auf, von denen drei noch mal geändert wurden, während ich sie schon zubereitete. Danach bildeten sich zwei Schlangen, die nicht abrissen, bis es dunkel wurde. So blieb uns nicht viel Zeit zum Reden. Als das Baseballtraining zu Ende war, fuhr Westons Truck die Main Street herunter vorbei, ohne bei DQ haltzumachen. Auch keiner der anderen Spieler ließ sich blicken.

Wir machten sauber, schlossen den Imbiss und traten nach draußen. »Mitfahren?«, fragte Frankie und blieb dann wie angewurzelt stehen. Genau vor der Hintertür ragte Westons roter Chevy über uns auf. Er grinste vom Fahrersitz zu mir runter. »Lust auf eine Spritztour?«

Frankie sah zu mir rüber und flehte mich mit ihrem Blick an, ich solle Ja sagen.

Ich nickte, und Weston verschwand kurz, weil er sich hinüberbeugte, um die Beifahrertür zu öffnen. Ich ging um den Truck herum, registrierte noch Frankies süßliches Grinsen, kletterte auf den Beifahrersitz und schlug die Tür zu.

»Tut mir leid wegen heute Nachmittag«, sagte ich. »Ich habe dich das ganz allein mit denen auskämpfen lassen.«

»Stopp. Wage es bloß nicht, dich bei mir zu entschuldigen.«

Als ich darauf nichts mehr sagte, legte er den Gang ein und fuhr los. Durch meine Straße und an unserem Haus vorbei, auf direktem Weg aus der Stadt raus. Ich wusste, wohin wir fuhren, und war froh. Das fühlte sich besser an als nach Hause, zur Schule oder sogar zum Dairy Queen gehen. Es war der einzige Ort, an dem ich mich entspannen konnte und in Frieden gelassen wurde.

Als der Motor des Chevy verstummte, umfing uns die abendliche Stille. Weston öffnete die Tür, ging schnurstracks zur Ladeklappe und ließ sie runter. Diesmal wartete er auf mich und hielt mir die Hand hin.

Ich schaute auf seine Finger. Sie waren lang, die Nägel total abgeknabbert. »Ich bin nicht … hilflos.«

»Oh, das weiß ich. Ich dachte nur, dir steht ein bisschen Aufmerksamkeit zu.«

Ich schaute wieder auf seine ausgestreckte Hand.

Er zuckte mit den Schultern. »Lass mich doch einfach nett zu dir sein.«

Also ließ ich mir von ihm auf die Ladefläche helfen und sah dann zu, wie er hochkletterte und sich neben mich setzte.

»Oh«, machte er, lehnte sich nach hinten, öffnete die Kühlbox und gab mir eine Fanta Orange, während er sich eine Cherry Coke nahm.

»Danke«, sagte ich und nahm einen Schluck. »Was haben deine Eltern gesagt? Wegen heute.«

»Die wissen nichts davon.«

»Wie meinst du das? Hat die Schule nicht bei ihnen angerufen?«

»Sie haben nicht bei Bradys angerufen, also auch nicht bei meinen.«

Ich seufzte. »Na, da bin ich ja froh. Dann musstest du auch nicht nachsitzen, vermute ich?«

»Nee.«

Ich nickte. »Warum frage ich das überhaupt?«

Er lachte bitter auf.

»Als ich nach dem Training nach Hause kam, hatte mein Vater einen Zusagebrief in der Hand. Und er grinste von einem Ohr zum anderen. Ich hätte am liebsten gekotzt.«

»Warum?«

»Weil er von seiner Alma Mater war. Duke University. Versteh mich nicht falsch, das ist eine gute Schule. Meine Schwester liebt sie.«

»Was ist dann das Problem?«

In der anderen Hand hielt er noch eine Zusage. Vom Art Institute in Dallas. Ich wartete, während er von seiner Cherry Coke trank. »Er wusste nicht, dass ich mich dort beworben hatte, und ich hab jeden Tag versucht, vor ihm zu Hause zu sein, um die Post durchzusehen.«

»Aber heute warst du später dran als er, weil du wegen mir an der Ecke stehen geblieben bist.«

»Nein«, sagte er kopfschüttelnd, »das ist nicht deine Schuld. Er hat es nicht mal erwähnt. Es kümmerte ihn nicht. Er war zu beschäftigt mit der Möglichkeit eines Footballstipendiums, und selbst wenn ich das nicht bekäme, stünde seine Entscheidung fest. Es spielte nicht mal eine Rolle, dass ich mich hinter seinem Rücken beworben hatte.«

»Was wirst du tun?«

Weston zog ein zerknittertes Blatt Papier aus der Tasche seiner Lederjacke. »Ich habe den Brief aus dem Papierkorb gefischt.«

»Wirst du hingehen?«, fragte ich neugierig.

Er starrte auf das Blatt. »Ich habe mir den Arsch aufgerissen, um die Bewerbung zusammenzukriegen.«

»Du weichst meiner Frage aus.«

Er sah mich an. »Was meinst du? Meine Eltern werden mich bei den Studiengebühren nicht unterstützen. Von einer Wohnung ganz zu schweigen.«

»Dann arbeitest du eben neben dem Studium. Du wirst nicht der erste Student der Welt sein, der das tut.«

»Davor fürchte ich mich auch nicht. Ich bin nur … das wäre ein ziemlicher Schlag für meine Eltern. Das ist eine große Sache.«

»Es ist dein Leben.« Ich wusste, wie schlicht und abgenutzt diese Worte waren, aber das traf schließlich auf alle Wahrheiten zu. »Was würde dein dreißigjähriges Ich dazu sagen?«

»Wenn es in einem Büro sitzt und irgendwelche juristischen Papiere hin und her schiebt, verflucht es mich wahrscheinlich.«

Ich zuckte mit den Schultern und schaute zum Himmel hinauf. »Klingt für mich, als wüsstest du die Antwort schon.«

»Aber es gibt einen Unterschied zwischen wollen und sollen, oder?«

»Klar. Du solltest tun, was du willst.«

Er sah mich an und lächelte. Ich erwiderte seinen Blick. Irgendwann bewegte sich seiner zu meinen Lippen. »Du riechst nach Eis.«

Mir verschlug es kurz den Atem. »Und?«

»Ich frage mich nur gerade, ob du auch danach schmeckst.«

Nach einer kurzen Pause schluckte ich und brach dann in schallendes Gelächter aus.

Er grinste. »Was? Was ist daran so lustig?«

Ich konnte das hässlich laute Gegacker, das tief aus meinem Inneren kam, nicht unterdrücken. Es kam mir vor, als hätte es schon mein Leben lang auf seine Befreiung gewartet. Mir kamen schon die Tränen, und irgendwann begann auch Weston leise zu glucksen.

»Mann«, sagte er und rieb sich den Nacken. »Bin ich froh, dass es hier so dunkel ist.«

»Warum das?«, fragte ich und wischte mir über die Augen.

»Weil mein Gesicht jetzt knallrot sein muss.«

Ich stupste ihn an. »Genier dich nicht. Wenn mir vor zwei Wochen jemand prophezeit hätte, dass du das zu mir sagen würdest, hätte ich denjenigen für total irre gehalten.«

»Hättest du vor zwei Wochen gewollt, dass ich dich küsse?«

Ich sah ihn vorsichtshalber nur aus dem Augenwinkel an und richtete den Blick dann auf meine Füße, die über die Ladeklappe herunterbaumelten. »Nein.«

»Nein?«

»Aus demselben Grund, aus dem ich jetzt nicht will, dass du mich küsst.«

Seine Stimme klang belegt. »Wegen Alder.«

»Ja«, sagte ich nur und presste die Lippen zusammen. Er nickte zustimmend. »Findet heute Abend am Staudamm irgendwas statt?«, fragte ich, verzweifelt darum bemüht, das Thema zu wechseln.

Weston lehnte sich zurück und verschränkte die Arme hinter dem Kopf. »Keine Ahnung, und es interessiert mich auch nicht.« Ich legte mich neben ihn, und während wir die Sterne betrachteten, tauschten wir Erinnerungen an die Grundschule aus. Daran, wie sehr wir Mrs. Turner gehasst hatten. Eigentlich redeten wir über alles in unserer gemeinsamen Welt, bis auf Erin Alderman.

»Wirst du die Highschool vermissen? Ich meine, das musst du doch eigentlich«, sagte ich und schüttelte dabei staunend den Kopf. »Du bist hier doch so was wie ein Gott.«

Er lachte kurz auf und verzog dann das Gesicht. »Der Gott der Hölle ist der Teufel. Auch nicht gerade ein Kompliment.«

»Touché.« Ich ließ meine Beine vor- und zurückbaumeln und spürte die kühle Frühlingsbrise durch den dünnen Stoff meiner Hose. Es war schon warm genug für die Grillen, die im Gras zirpten. Ich lauschte auf ihr Konzert, unsere kleine Privatvorstellung.

Wir tranken unsere Softdrinks, und dann zerdrückte Weston sie mit seinen Männerhänden und warf sie hinter uns. Er half mir herunter und kam dann um den Wagen auf meine Seite, um mir die Tür aufzumachen. Ich kletterte hinein, setzte mich, und er blickte zu mir hoch.

»Machst du irgendwas in der Spring Break?«, fragte er.
Ich schüttelte den Kopf.

»Meine Eltern gehen mit unserer Kirchengruppe Skifahren. Ich sollte eigentlich mit Alder, Brady und so ziemlich der ganzen Footballmannschaft und der Cheerleadertruppe nach South Padre, aber ich werd's absagen.«

Ich runzelte verwirrt die Stirn.

Weston amüsierte das sichtlich. Er stützte sich mit dem Ellbogen auf die Tür und sah mit seinem perfekten niedlichen Lächeln zu mir auf. »Ich werde hierbleiben.«

»Werden deine Eltern keinen Anfall kriegen?«

»Sie werden es schon verstehen. Außerdem bin ich achtzehn. Da können sie nicht viel tun.«

»Alder wird dafür kein Verständnis haben.«

»Darüber mache ich mir keine Sorgen.«

Meine Augen wurden schmal. »Du wirst mich aus der Sache aber rauslassen, ja?«

»Ja, Easter. Ich würde dich nicht so vor den Zug stoßen.«

»Ich habe nur das Bedürfnis, dich daran zu erinnern, dass ich in ein paar Monaten wegziehe. Ich bin nicht verrückt genug zu glauben, dass du das alles für mich machst, aber selbst wenn nur ein kleiner Teil davon mit mir …«

»Und wenn es so wäre? Wenn ich all das für dich machen würde?«

»Dann würde ich dich fragen, warum. Warum interessierst du dich plötzlich für mich?«

»Wer sagt, dass es plötzlich ist?«

Ich bemühte mich, nicht zu lächeln. Und das Einzige, was mein Gesicht unbewegt bleiben ließ, waren die folgenden Worte, die ich voller Überzeugung aussprach: »Weston, du bist ein netter Kerl. Ich müsste lügen, wenn ich behaupten wollte, ich würde dich nicht mögen. Aber ich werde verdammt noch mal von hier abhauen.«

Er schloss meine Tür und ging langsam auf die Fahrerseite. Dort blieb er eine ganze Minute vor seiner Tür stehen. Als er endlich eingestiegen war und den Motor angelassen hatte, musste er ziemlich laut reden, um den röhrenden Auspuff zu übertönen: »Ich auch.«

Kapitel 5

»Kann ich dich kurz sprechen? Also… nicht durch dieses Fenster?« Weston sah mich flehend aus seinen großen grünen Augen an. So schaute er schon seit einer Woche immer wieder. Auf dem Flur und in den Kursen, die wir gemeinsam hatten. Ich wusste, dass er mir irgendwas sagen wollte, aber seit er mich vor ein paar Abenden zu Hause abgesetzt hatte, herrschte eine gewisse Verlegenheit zwischen uns.

Ich sah Frankie an. Sie kräuselte die Lippen und deutete mit dem Kopf zur Hintertür.

»Ja, klar, du kannst, äh… nach hinten kommen.«

Ich drehte mich um und ging nach hinten, wobei jeder Muskel meines Körpers, vom Gesicht bis zu den Zehen, angespannt war. Ich stieß die Tür auf, und Weston kam herein. Wir standen allein im Lagerraum, wo das grelle Neonlicht mich bestimmt denkbar schlecht aussehen ließ. Um uns herum Kisten mit Sirup und Toppings und in der Luft der Geruch vom Abfluss. Er sagte erst einmal nichts, und meine Augen wanderten ziellos umher, betrachteten alles, nur nicht ihn. Ich wartete, dass er anfangen würde.

»Ich bin ein Scheißkerl«, sagte er mit gerunzelter Stirn.

»Wie?«

»Ich bin schlimmer als ein Scheißkerl. Ich bin ein Feigling. Ich hätte schon längst den Mund aufmachen sollen. Als du dich gegen Erin gewehrt hast, da … da habe ich irgendwie meinen Mut wiedergefunden, schätze ich. Die sind so verdammt gemein, und ich wollte nichts davon auf mich ziehen, aber … das sind Mädels. Das sind Teeniemädels, und ich schäme mich, dass ich mich nicht getraut habe, irgendwas zu sagen. Vor allem zu Brady. Was für ein mieser Typ lässt so ein Arschloch in dem Ton mit einer Frau reden? Ich hab's gehasst. Ich hasse es seit Jahren, und ich habe nur versucht, es zu ignorieren.«

Ich schüttelte den Kopf. Brady, Brendan und die Erins hatten mich in dieser Woche ein paarmal blöd angemacht, aber das war ja nichts Außergewöhnliches. Ich war mir nicht sicher, was Weston so aufbrachte. »Ist schon okay. Ich erwarte von dir nicht, dass du …«

»Ich weiß, dass du das nicht tust. Darüber denke ich schon die ganze Woche nach. Den ganzen Monat. Ich werde nicht zulassen, dass sie oder irgendjemand anders dich weiter so behandeln.« Ich war mir nicht bewusst, was für ein Gesicht ich daraufhin machte, aber Weston wirkte plötzlich verunsichert. »Was ist?«

»Ich weiß nicht … ich meine … du hast mir immer noch nicht gesagt, warum.«

Er seufzte. »Ich weiß. Wir haben noch zwei Monate bis zum Schulabschluss, und die quälen dich schon seit der Grundschule. Ich kann die Zeit nicht zurückdrehen, aber ich kann versuchen, es wiedergutzumachen.«

»Das ist alles? Das ist dein Grund? Dass du dir plötzlich ein Gewissen zugelegt hast?«

Er zuckte zusammen.

Ich verschränkte die Arme. »Frankie hat da draußen eine lange Schlange anstehen, also lass uns das hier abkürzen. Du bist auf einmal ein anderer Mensch. Du stellst dich gegen alle deine Freunde und hängst mit mir ab, obwohl du seit der Vorschule kaum mit mir gesprochen hast. Da ist es, finde ich, mein gutes Recht, zu erfahren, warum.«

»Ich habe so viel mit dir gesprochen, wie ich konnte.«

»Wie du *konntest*?«

Er hustete in seine Armbeuge. »So habe ich das nicht gemeint.«

»Du brauchst mich nicht zu retten, Weston. Ich komme schon eine ganze Weile alleine klar. Ich bin kein Wohltätigkeitsprojekt.«

Er schaute finster. »Das habe ich auch nie behauptet.«

»Wir hätten es wahrscheinlich beide leichter, wenn du einfach zu deinem normalen Leben zurückkehrst und mich in Ruhe lässt.«

Er zuckte zusammen, als hätten meine Worte ihn geradezu körperlich getroffen. »Das ist Bullshit. So empfindest du doch nicht wirklich, oder?«

»Ich weiß nicht, wie ich empfinde!«

»Ich auch nicht!«, sagte er und atmete keuchend. Er holte sein Inhalationsspray aus der Tasche und verabreichte sich einen Sprühstoß. Nach ein paar Augenblicken fuhr er fort, diesmal in ruhigerem Ton. »Ich weiß nicht, was ich mit dem Rest meines Lebens anfangen soll. Und es kommt mir vor … kommt mir vor, als wärst du der einzige Mensch auf der Welt, der das auch nicht von mir erwartet. Ich weiß jedenfalls, dass ich nicht glücklich war mit der Richtung, die ich bisher eingeschlagen hatte. Und zwar bis zu dem Abend, als du an dem ersten Abend in meinen Truck gestiegen bist. Ich weiß verdammt noch mal auch nicht, was ich da gerade tue, Erin. Ich improvisiere einfach. Und irgendwie habe ich gehofft, du würdest mit mir gemeinsam improvisieren.«

Trotz all der negativen Gedanken in meinem Kopf bewegten sich meine Mundwinkel nach oben.

Er zog mich langsam an seine Brust und umarmte mich. Seine Muskeln waren weich und fest zugleich. Mein Kopf passte perfekt unter sein Kinn. Wir standen gefühlt ziemlich lange so da. Er roch nach Schweiß, aber trotzdem gut. Wahrscheinlich hätte er auch wie der Abfluss im Fußboden stinken können und es hätte mir trotzdem gefallen.

»Ich sehe mal besser zu, dass ich weitermache«, sagte ich, die Wange noch an seine Brust gelehnt. Er war einen ganzen Kopf größer als ich mit meinen ein Meter sechzig. Mehr als deutlich spürte ich seine Finger auf meinem Rücken und an meinen Rippen. Noch nie waren wir einander so nah gewesen, auch wenn ich mir schon oft vorgestellt hatte, wie sich das anfühlen musste.

Er löste sich von mir. »Sehen wir uns nachher?«

»Ich muss Hausaufgaben machen.«

»Bring sie doch mit.«

Ich schob mir eine Haarsträhne hinters Ohr. »Das könnte ich schon machen. Wenn du jetzt gehst und mich in Ruhe fertig arbeiten lässt.«

»Du wirst nicht mal merken, dass ich da bin.«

Er ging zur Tür, und als sie zuschlug, rannte ich schon nach vorn, wobei ich Frankie mit der Schwingtür fast im Gesicht traf.

Weston joggte zu seinem Truck, stieg ein und raste davon. Er stoppte nur noch mal kurz, um auf die Main Street abzubiegen.

Frankie betrachtete mich erwartungsvoll.

Ich zuckte nur mit den Schultern.

»Dann ist er jetzt dein Ritter in strahlender Rüstung?«, fragte sie.

Ich verzog angewidert das Gesicht. »Nein. Ich habe

ihm gesagt, dass ich ihn nicht brauche, damit er mich rettet. Und du solltest das inzwischen auch schon wissen.«

Sie grinste. »Trotzdem ist es doch irgendwie nett, verteidigt zu werden.«

Ich versuchte, nicht zu lächeln, was mir in letzter Zeit dauernd misslang.

»Ich mag ihn«, sagte Frankie. »Und du auch. Aber natürlich auf ganz andere Weise.«

Ich schnitt eine Grimasse. »Du hast eine zu lebhafte Fantasie.«

»Du hast dich verändert, seit er angefangen hat, sich in deiner Nähe rumzutreiben.«

»Ich weiß gar nicht, wovon du redest«, sagte ich, verdrehte die Augen und griff mir den nächstbesten Putzlappen.

»Na ja, zuwider ist er dir jedenfalls nicht.«

Ich putzte gedankenverloren am Waschbecken herum. »Heute nicht.«

Als wir das Dairy Queen zumachten und durch die Hintertür verließen, parkte der rote Pick-up nicht dahinter. Er war überhaupt nirgends zu sehen.

»Ich dachte, ihr hättet noch was vor?«, fragte Frankie.

Ich zuckte nur mit den Achseln.

»Mitfahren?«

Ich schüttelte den Kopf und machte mich auf den Heimweg. Als ich die Hand auf unsere schmutzige Fliegengittertür legte, lauschte ich auf sein Motorengeräusch, hörte aber nichts. Dafür drang Soul Asylum durch die Wände nach draußen, und ich war froh darüber. Wenn Weston mich schon versetzte, wollte ich mich nicht auch noch mit Gina herumschlagen müssen.

Ich schob die Tür auf und ging direkt in mein Zimmer. Ich fühlte mich einsamer als sonst. Da hörte ich lautes Klopfen von der Haustür und lauschte, wer das sein mochte. Nach ein paar Sekunden tauchte Gina an meiner Tür auf. Ihre dicke Wimperntusche war verschmiert, das Weiß ihrer Augen knallrot und glasig. Sie trug noch den Supermarktkittel, und ihr Namensschild hing schief an dem weißen Polohemd.

»Ist für dich.« In ihrem Gesicht spiegelte sich meine Verwirrung.

Ich nickte, stand auf und ging ins vordere Zimmer. Mitten auf dem Teppich blieb ich wie angewurzelt stehen. Weston stand vor der geöffneten Haustür. Die Hände in seiner Letterman-Jacke. Die war vorne und hinten aus kastanienrotem Wollstoff, und links vorne prangte ein aufgenähtes, weiß unterlegtes B. Westons Jacke bot fast nicht genug Platz wegen all der Verdienste, die er sich während seiner Zeit an der Highschool erworben hatte, vor allem die vielen Aufnäher an den Ärmeln, die aus Leder waren. Ich selbst hatte nie eine Letterman-Jacke gewollt, und es war seltsam, jemand in so was in meinem Wohnzimmer zu sehen.

Gina stand neben mir und starrte ihn an, dabei kratzte sie sich am Arm und deutete schließlich mit dem Kopf in seine Richtung. »Wer ist der?«

Weston streckte ihr seine Hand hin: »Weston Gates, Ma'am. Ich bin ein Freund von Erin.«

Gina zögerte, schüttelte ihm aber schließlich doch die Hand. Dann sah sie mich an. »Gehst du noch weg?«

Ich nickte.

»Erin wollte mir bei den Hausaufgaben helfen.« Er log so selbstverständlich, als hätte er das schon tausendmal gemacht.

»Oh«, kam es zufrieden von Gina. Das leuchtete ihr wahrscheinlich ein, denn sie konnte sich wohl nicht vorstellen, dass jemand wie Weston Gates irgendwas anderes von mir wollte.

Ich beeilte mich zum Umziehen in mein Zimmer, raffte meine Sachen zusammen und beeilte mich mit Weston nach draußen. Als wir endlich in seinem Truck saßen, seufzte ich. »Ich wünschte, du hättest das nicht getan. Ich wollte nicht, dass du mein Haus siehst.«

»Warum nicht?«

»Es ist dreckig. Es stinkt.«

»Das Einzige, was ich gerochen habe, war Gras. Deine Mom war bekifft«, sagte er amüsiert. Als er bemerkte, dass ich das nicht komisch fand, streckte er die Hand aus und berührte meinen Unterarm. »Hey. Das ist bloß ein Haus. Keine große Sache. Mir ist egal, wo du wohnst.«

»Es ist einfach demütigend«, sagte ich und wischte eine Träne weg. »Ich wollte nicht, dass du das siehst.«

Weston fuhr los, und ich sah seinen Kiefer mahlen. »Ich wollte dich nicht zum Weinen bringen, Erin. Es tut mir leid. Ich dachte, es wäre netter, als dich beim DQ abzuholen. Ich dachte, ich stelle mich deiner Mom vor.«

»Sie ist nicht meine Mom«, sagte ich und starrte aus dem Fenster.

»Hä?«

»Ihr Name ist Gina.«

»Bist du adoptiert?«

»Nein.« Ich sah ihn wieder an. »Aber hast du manchmal das Gefühl, irgendwo anders hinzugehören?«

»Andauernd«, sagte er und klang erschöpft.

»Ich habe mich nie wie ihre Tochter gefühlt. Nicht mal, als ich klein war.«

»Vielleicht weil sie so ist, wie sie ist? Sie wirkt nicht gerade wie der mütterliche Typ.«

»Ist sie auch nicht.«

»Dann klingt es logisch, dass du dich so fühlst.«

Wir fuhren nicht aus der Stadt hinaus wie sonst. Stattdessen ging es nach Süden, wo viele Ärzte und Rechtsanwälte wohnten. Westons Eltern bauten dort ein riesiges Haus, als wir alle auf die Middle School gingen. Er bog in ihre Einfahrt und rollte unter den Torbogen, der das Haus mit einer der Garagen verband. Auf einer Seite waren die Garagentore, auf der anderen das Haus, und außerdem gab es noch ein Tor zum Garten hinterm Haus.

Als er den Motor abstellte, schüttelte ich den Kopf. »Da gehe ich nicht rein.«

»Ach, hör auf«, sagte Weston und drückte schon den Öffner für das Garagentor. Er sprang hinaus, knallte seine Tür zu, lief um den Wagen und öffnete breit grinsend meine Tür. Als ich mich nicht rührte, verschwand die Fröhlichkeit aus seinem Gesicht: »Jetzt sei nicht kindisch.«

Zögernd stieg ich aus und folgte ihm in die Garage und durch eine Tür. Das Haus war dunkel, aber irgendwo lief ein Fernseher. Der bläuliche Schimmer wurde heller, als wir uns der Küche näherten.

»Weston?«, rief eine Frau.

»Ich bin wieder da, Mom!«, rief er. Dann nahm er mir meinen Rucksack ab und stellte ihn auf die Küchentheke.

»Weston, was machst du da?«, zischte ich und wurde von Sekunde zu Sekunde wütender.

Seine Mutter kam in die Küche. Ihr blondiertes Haar und das ovale Gesicht brachten die bemerkenswerten grünen Augen perfekt zur Geltung. Es war klar, nach wem Weston kam. Sie blieb stehen, erstaunt, mich zu sehen. Am liebsten wäre ich unter die Küchentheke gekrochen.

»Wer ist das?«, fragte sie mit gespielt fröhlicher Stimme.

»Erin Easter.« Er sah mich an. »Das ist meine Mom, Veronica.«

»Schön, Sie kennenzulernen«, presste ich hervor.

Sie musterte mich von oben bis unten, sichtlich unbeeindruckt von meiner Erscheinung. Sie nahm mich so kritisch unter die Lupe, als sei ich ein Parasit, der in ihr Heim eingedrungen war und nun ausgerottet gehört. Weston schien das nicht zu bemerken. Er öffnete den Küchenschrank, holte eine Tüte Chips, ein Glas Salsa heraus, schnappte sich noch zwei Bananen und schließlich noch ein paar kalte Dosen Cherry-Cola aus dem Kühlschrank.

»Wir gehen nach unten«, sagte er.

»Weston Allen …«, setzte Veronica an.

»Nacht, Mom«, sagte er und schob mich vor sich her zu einer Tür im Flur. Ich schnappte mir noch meinen Rucksack und ging langsam, unsicher wohin.

»Hier lang«, sagte Weston.

Ich öffnete die Tür, er ging an mir vorbei und drückte mit dem Ellbogen einen Lichtschalter. Da wurde eine Treppe nach unten sichtbar. Als wir deren Ende erreicht hatten, betraten wir einen riesigen Raum mit Sofas, ein paar Fernsehern, Spielkonsole, Hausbar, Fitnessgeräten, einem Billardtisch und einem Tisch für Air-Hockey.

Dieses eine Zimmer war größer als unser ganzes Haus.

»Wow«, sagte ich leise und ließ mich von Weston zu einer Couch führen.

»Das ist mein Bereich. Hier unten werden sie uns nicht nerven.« Er schraubte das Glas mit der Salsa auf und riss die knisternde Chipstüte auf. »Hast du Hunger?«

»Ich nehme eine Banane«, sagte ich und zeigte darauf.

Er warf sie mir zu. »Ich werde warten.«

»Worauf?«

»Darauf, dass du mit deinen Hausaufgaben fertig bist. Ich suche schon mal nach einem Film, den wir uns ansehen können.«

Ich beobachtete ihn, wie er, ohne hinzusehen, Knöpfe auf einer Fernbedienung drückte, den Festplattenrecorder einschaltete und bei den Filmen on demand herumsuchte. Dann packte ich mein Schulbuch aus. Ein kariertes Blatt ragte bei der Seite heraus, die ich brauchte. Ich begann, die neun Fragen zu bearbeiten, die ich noch beantworten musste. Dafür brauchte ich nur etwa eine Viertelstunde, in der Weston schwieg und sein Versprechen hielt.

Kaum hatte ich mein Buch zugeschlagen und alles wieder eingepackt, richtete er seine Aufmerksamkeit wieder freudig auf mich: »Möchtest du *Triple Thunder* oder *The Dark House on the Hill*?«

»Die klingen beide gleich … unterhaltsam.«

»Dann nehmen wir *Triple Thunder.*« Er drückte einen Knopf auf der Fernbedienung, und der Bildschirm wurde schwarz. Er drückte noch ein paar Knöpfe, dann begann der Film. Und zwar mit einer Szene, in der ein verschwitzter Typ in einer Wüste um sein Leben rennt.

Ungefähr in der Mitte des Films lehnte Weston sich in die Polster zurück und legte seine Quadratlatschen übereinander auf den gepolsterten Hocker, der als Couchtisch diente. Ich hatte mehr Probleme damit, mich zu entspannen.

Weston sah zu mir herüber, dann wieder auf den Fernsehbildschirm und zurück zu mir.

»Was?«

»Du bist so angespannt. Soll ich dich nach Hause fahren?«

»Ich … ich denke nur … ich denke, deiner Mom gefällt es nicht, dass ich hier bin. Und ich …«

Westons Handy meldete sich. Auf dem Display leuchtete Alders Name auf. Er las ihre Nachricht in Sekundenschnelle und antwortete sofort.

»Was, wenn deine Mom Alder sagt, dass ich hier war?«

»Das wird sie nicht tun.«

»Wie kannst du dir da so sicher sein?«

»Weil sie nicht möchte, dass Alder sauer auf mich ist. Sie stellt sich schon Enkelkinder aus der Verbindung Gates/Alderman vor.«

Ich verzog das Gesicht. »Wahrscheinlich bringst du mich besser nach Hause.«

Er setzte sich gerade hin. »Warum? Gefällt dir der Film nicht?«

»Es ist einfach nicht okay, dass ich hier bin. Du hast eine Freundin, und wir …«

»Machen heimlich was zusammen?«, sagte Weston mit einem süßen Lächeln. »Na schön.« Er griff wieder nach seinem Telefon.

»Was tust du da?«, fragte ich, während er eine Nachricht eintippte.

»Mit Alder Schluss machen.«

Kapitel 6

Ich entriss ihm das Handy und hielt es hoch. »Willst du mir das Leben zur Hölle machen?«

»Nein. Aber du hast mir ja gerade gesagt, dass du nichts mit mir machen willst wegen eines Mädchens, das ich noch nicht mal mehr mag… das lässt sich leicht ändern.«

»Warum wärst du denn fünf Jahre mit jemand zusammen gewesen, den du nicht magst?«

Er zuckte mit den Schultern. »Um etwas zu tun zu haben, schätze ich. Sie ist ja nicht hässlich.«

»Nein«, sagte ich seufzend. »Ist sie nicht. Aber du klingst gerade wie ein Riesenarschloch.«

»Müssen wir darüber reden?«

»Nein, du kannst mich auch gleich nach Hause bringen.«

Er stöhnte und sah mich an. »Meine Eltern sind seit zwanzig Jahren verheiratet und mögen sich eigentlich gar nicht.« Er schwieg, aber als er merkte, dass mich das noch nicht zufriedenstellte, fuhr er fort: »Ich mochte sie zuerst ja, aber ich mochte noch nie, wie sie mit Leuten umgeht. Vor allem mit dir. Wenn ich mit ihr über dich geredet habe, schien sie dich hinterher noch schlechter zu behandeln. Aber jedes Mal, wenn ich überlegte, mit ihr Schluss zu machen, schreckte mich das Drama ab, das unweigerlich folgen würde.«

»Fünf Jahre sind eine lange Zeit«, sagte ich.

»Du hast keine Ahnung, wie lang.«

»Also wolltest du einfach warten, bis du aufs College gehst?«

»So war der Plan. Aber jetzt möchte ich es schon früher.« Er beugte sich zu mir, und ich wich zurück. Er schnaubte. »Du willst mich echt dazu bringen, dass ich mich an die Regeln halte, was?«

»Ich will dich zu gar nichts bringen«, erklärte ich und gab ihm sein Handy zurück.

»Wegen dir kriege ich nichts von diesem Film mit.«

Ich warf einen raschen Blick auf den Fernseher. »Er steht auf Pause.«

»Ach ja.« Grinsend drückte er auf die Fernbedienung. Die Gewalt ging weiter, mit Geschrei, Schüssen und rotierenden Helikopterflügeln. Weston ließ sich zurück in die Kissen sinken, und ich tat es ihm nach.

Er schaute auf sein Telefon, das er immer noch in der Hand hielt. »Wie ist übrigens deine Nummer?«

»Ich habe kein Handy.«

»Festnetz?«

»Negativ.«

Weston runzelte die Stirn, hielt den Blick aber weiter auf den Fernseher gerichtet. »Machst du gern was mit mir?«

Ich war mir nicht sicher, ob ich ihn richtig verstanden hatte. »Ja?«

»Nicht nur, weil du sonst keinen hast, mit dem du etwas unternehmen könntest?«

»Ich habe andere Leute, mit denen ich etwas unternehmen kann.«

»Frankie?«

»Ja.«

»Und wenn ich nicht mit Alder zusammen wäre? Würdest du …« Er starrte nach wie vor auf den Bildschirm.

»Würde ich was?«

»Dich von mir küssen lassen?«

»Keine Ahnung. Vielleicht. Aber ich bin mir nicht sicher, ob es dir Spaß machen würde.«

Er drehte sich zu mir. »Wie kommst du darauf?«

»Ich habe noch nicht viel Übung. Gar keine, ehrlich gesagt.« Ich merkte, wie mein Gesicht heiß wurde. Ich sagte zwar grundsätzlich lieber die Wahrheit, aber das war nicht immer leicht.

»Du hast also noch nie jemand geküsst.« Er sagte das eher als Feststellung, nicht als Frage.

»Na und?«

Er schaute auf meinen Mund und setzte sich dann wieder so zurecht, dass er geradeaus auf den Fernseher blickte. »Ich stehe jederzeit zur Verfügung. Falls du üben möchtest.« Er versuchte angestrengt, ein gleichmütiges Gesicht zu machen, doch das gelang ihm nicht besonders gut. Ein Mundwinkel wollte permanent nach oben.

»Ich möchte nicht üben. Ich möchte einen echten ersten Kuss. Und zwar nicht von einem Typen, der seine Freundin betrügt.«

Seine Miene verfinsterte sich. »Ich habe dir gesagt, ich würde mit ihr Schluss machen. Das wolltest du ja nicht.«

»Wir hätten keinen Augenblick Ruhe. Die ganze Schule würde ausrasten, und ich bin mir ziemlich sicher, deine Mom auch.«

»Ist das der Grund, warum du nicht willst, dass ich mich von ihr trenne? Oder weil du mich einfach nicht willst?«

Ich schwieg, aber die Luft im Raum wurde irgendwie stickig. Ich hatte regelrecht Schwierigkeiten zu atmen. Weston rutschte nervös hin und her, während er auf meine Antwort wartete.

»Ich finde dich schon seit der Vorschule … toll«, sagte ich.

Er schielte zu mir rüber und grinste. »Echt?«

»Schon.«

Den Blick wieder auf den Fernseher gerichtet, sagte er leise und mit nervöser Stimme: »Ich auch. Also dich.«

Ich nickte, und dann sahen wir uns den Film wortlos bis zum Ende an.

Als er vorbei war, zog Weston seine Jacke an, griff nach meinem Rucksack, und wir gingen hinauf. Er nahm sich seine Schlüssel von der Küchentheke, und wir traten hinaus in die kühle Abendluft. Weston zog seine Jacke aus und hängte sie mir um die Schultern, bevor er mir auf den Beifahrersitz half. Er hatte den Truck noch nicht umrundet, als seine Eltern auftauchten, um ihn zur Rede zu stellen.

Die Unterhaltung wirkte sofort sehr gereizt, und Weston warf immer wieder einen flüchtigen Blick in meine Richtung. Er stemmte die Hände in die Hüften und verlagerte nervös das Gewicht von einem Bein aufs andere, außerdem schüttelte er mehrmals den Kopf. Er sah auch zunehmend verärgert aus. Ich wünschte, sein Auto hätte mechanische Fensterheber gehabt, dann hätte ich das Beifahrerfenster einen Spalt öffnen können, um zu hören, was sie sagten.

Schließlich wandten seine Eltern sich ab und gingen rein, Weston kam zum Wagen.

»Tut mir leid«, sagte er nur.

»Das muss es nicht.«

»Doch, denn es ist verdammt unhöflich, das vor dir zu machen. Sie hätten auch warten können.«

»Was haben sie gesagt?«

Er schüttelte den Kopf und setzte den Truck zurück. Als wir auf die Straße bogen, streckte ich die Hand aus und berührte seine Fingerspitzen mit meinen. Er schob seine Finger in meine.

»Was haben sie gesagt, Weston?«

Er seufzte. »Sie sind wegen meiner neuen Freundin besorgt. Sie finden es wegen Alder unpassend, dass ich Zeit mit dir allein verbringe.«

»Da haben sie recht.«

Er drückte meine Hand. »Ich kann dich jetzt nicht aufgeben. Wenn wir zusammen sind, spüre ich diese Ruhe, die ich sonst nie spüre, wenn du nicht da bist. Ich wünschte, ich könnte das besser erklären. Es ist ein bisschen so, wie wenn man als Kind nach dem Baden einen weichen Pyjama anzieht und in ein frisch bezogenes Bett schlüpft. So fühlt sich das an, wenn ich mit dir bin.«

Ich hob die Augenbrauen und lächelte überrascht und erfreut. »Ich glaube, das ist das Netteste, was jemals irgendwer zu mir gesagt hat.«

»Das sollte es nicht. Du bist so gut, Erin. Du bist einfach … gut. Du verdienst das nicht, wie die dich behandeln, und ich weiß noch nicht mal, warum sie das tun.«

»Ich weiß es auch nicht. Eines Tages haben sie einfach aufgehört, mit mir zu reden. Und dann wurde aus dem Schweigen Wut.«

»Das ist so seltsam. Ich kapier's nicht.«

Der Chevy bog in unsere Kieseinfahrt, und Weston schaltete die Automatik auf Parken.

Ich lehnte mich zurück und streckte mich. »Nur noch ein einziger Tag vor der Spring Break, und danach sind es nur noch fünf Wochen bis zum Abschluss. Danach wird nichts von dem mehr eine Rolle spielen.«

»Wirst du … gehst du auf den Abschlussball?«, fragte er.

Ich lachte kurz auf. Es klang so schrill, dass ich selbst überrascht war. »Nein«, sagte ich mit ironischem Ton.

»Würdest du mit mir hingehen wollen?«

»Du wirst mit Alder gehen.«

»Ich habe sie noch nicht gefragt. Es vermuten nur alle, dass wir zusammen hingehen. Sie auch.«

»Ich …« Ich schüttelte den Kopf und fühlte mich irgendwie überwältigt. »Ich habe kein Kleid. Ich wüsste noch nicht mal, wo ich nach einem suchen sollte. Und ich habe auch gar kein Geld dafür …«

»Okay. Kein Grund zur Panik. Denk einfach mal drüber nach. Wenn du hin möchtest, finden wir schon einen Weg.«

Ich schluckte schwer. »Du versetzt mich in Panik. Ich weiß gar nicht, wie ich das alles finden soll.«

Weston hob meine Hand an seine Lippen. »Wir improvisieren einfach, erinnerst du dich?«

Ich entriegelte die Tür und sprang aus dem Wagen. Als ich mir seine Jacke von den Schultern zog, runzelte er die Stirn. »Behalt sie noch. Für mich.«

Ich warf sie in den Truck. »Ich hab selbst eine Jacke. Aber danke.«

Er grinste. »Keine, die nach mir riecht.«

»Hast du Angst, ich könnte dich über Nacht vergessen?«, scherzte ich.

Er zeigte theatralisch auf seine Brust. »Den hier? Niemals!«

Weston winkte mir zu, bevor er wegfuhr, und ich ging immer noch kichernd ins Haus. Es war dunkel und still. Ich schlich in mein Zimmer, ließ den Rucksack fallen und kroch sofort ins Bett. Ich war zu müde zum Duschen oder auch nur zum Zähneputzen. Ich wollte einfach nur daliegen und in meinem Kopf wiederholen, was Weston gesagt hatte, wie er sich in meiner Gegenwart fühle. Immer wieder. Das war wie ein Traum, aus dem ich unvermeidlich bald aufwachen würde. Irgendwas musste kommen und alles zunichtemachen, denn solche Sachen passierten mir einfach nicht.

Ich streckte die Hand aus und stellte meinen Wecker eine halbe Stunde früher als sonst, dann lehnte ich mich entspannt gegen mein Kissen. Morgen war Freitag. Der letzte Tag vor der Spring Break und der Beginn der einwöchigen Ferien von den Erins. Neun ganze Tage und Abende mit Weston, an denen wir tun konnten, was wir wollten. Er war zu meinem besten Freund geworden, und das nicht nur, weil er mein einziger Schulfreund war. Wir hatten tatsächlich viel gemeinsam, von Musik über Kunst und die Vorliebe für die ersten drei Episoden von *Star Wars*.

Ich spürte, wie meine Lider schwer wurden, und schlummerte langsam ein, während ich seine angenehm tiefe Stimme auf Endlosschleife von Pyjamas und frischer Bettwäsche reden hörte.

Kapitel 7

Freitagmorgen. Ich trat vors Haus und sah einen weißen Geländewagen parallel zum Bordstein parken. Mrs. Pyles ließ ihr Fenster herunter und winkte.

»Ich habe dir gesagt, ich würde hier sein!«, rief sie und grinste breit.

Ich schaute zum Himmel. Die Wolken waren grau, Bürgersteig und Gras nass, aber es hatte aufgehört zu regnen. »Ich denke, es ist okay, wenn ich laufe.«

»Es soll den ganzen Tag über Regenschauer geben, Easter. Also beweg deinen Hintern in diesen Wagen!«

Ich drehte mich um und kontrollierte noch mal, ob Gina mich auch nicht von der Haustür aus beobachtete, und eilte zu Mrs. Pyles' Auto.

»Anschnallen«, sagte sie und drehte den Schlüssel um.

»Können wir uns bitte beeilen?«, fragte ich und ließ meinen Gurt einrasten.

Sie fuhr los und hielt schon kurz darauf an einem Stoppschild. Ein blauer Pick-up kam vorbei und rollte mitten durch die Pfütze, die sich immer an der Kreuzung bildete. Das Wasser spritzte bis zum Verkehrsschild hinauf.

»Hättest du da gestanden, wärst du jetzt durchgeweicht«, sagte Mrs. Pyles kopfschüttelnd.

»Danke«, sagte ich und knabberte an meinem Daumennagel.

Sie fuhr wieder an und bremste einen Block weiter am nächsten Stoppschild. Ich schaute zum Dairy Queen rüber. Es war dunkel und der Parkplatz verwaist. Wenn es weiterregnete, würde nach der Schule auch nicht viel mehr los sein. Gerade als ich das dachte, öffnete der Himmel seine Schleusen.

Mrs. Pyles bog nach rechts Richtung Schule ab, und ihre blonden Haare fielen ihr über die Schultern, als sie den Scheibenwischer einschaltete. »Hast du schon Pläne für die Spring Break?«, fragte sie.

»Nicht wirklich.«

»Du fährst wohl nicht mit den anderen aus der Abschlussklasse nach South Padre?« Ich sah sie von der Seite an, woraufhin sie verlegen lächelte. »Ich habe mitgekriegt, dass du dich in letzter Zeit mit Weston Gates gut verstehst. Deshalb dachte ich, würdest du's vielleicht tun. Habe ich gehofft.«

»Sie haben es mitgekriegt?«, sagte ich und bekam Herzklopfen. Ich dachte, wir wären vorsichtig gewesen. Weston hatte sich zwar im Unterricht für mich eingesetzt, aber ich war davon ausgegangen, dass niemand wusste, wie viel Zeit wir miteinander verbrachten.

Sie lächelte ihr freundliches Lächeln. »Veronica Gates ist in meiner Helferinnengruppe bei der Kirchengemeinde. Sie hat kürzlich von euch beiden gesprochen. Das ist alles. Und nur mit mir.«

»Ich bin mir sicher, dass sie nicht will, dass es sich rumspricht.«

»Sie will keine Probleme verursachen.«

»Für Weston und Alder.«

Wir parkten auf dem Lehrerplatz, und Mrs. Pyles drehte sich zu mir herüber. »Er ist ein netter Junge.«

Ich wartete und war darauf gefasst, dass sie mir sagen würde, ich solle mich von ihm fernhalten oder etwas in der Art.

»Du hast schon einen guten Geschmack«, meinte sie und zwinkerte mir zu.

Dann stieg sie aus und schlug die Fahrertür zu. Nachdem ich ihre Bemerkung kurz verarbeitet und das Kompliment endlich begriffen hatte, sprang ich ebenfalls aus dem Wagen und lief ihr nach. Wir gingen unter ihrem Schirm trocken aufs Schulgelände zu, während Mrs. Pyles sich noch mal umdrehte und mit ihrem Schlüssel auf den Geländewagen zeigte. Der verriegelte sich mit einem kurzen Hupen selbst.

In der Grundschule, bevor mir klar geworden war, dass ich mit sechzehn kein Auto bekäme, hatte ich mir ausgemalt, was für eines ich gern hätte. Egal welches, es hätte immer einen Schlüssel mit Fernverriegelung haben sollen. Es kam mir dermaßen cool vor, einen Schlüsselbund in der Hand zu haben und ihn nur in Richtung des Autos zu halten. Aber mein sechzehnter Geburtstag kam und ging, ebenso der siebzehnte. Ich sorgte vor und machte schon mal den Führerschein, einfach um einen Ausweis zu haben, aber darüber hinaus – keine Chance. Ein eigenes Auto schien vollkommen unerreichbar. Also würde ich immer eine Sache auf einmal angehen. Und damit anfangen, irgendwie zum Campus der Oklahoma State University zu kommen. Aber selbst wenn ich zu Fuß gehen müsste, würde ich es schaffen. Wenn er bis dahin nicht schon in Dallas oder an der Duke war, konnte Weston mich vielleicht mitnehmen.

An der Vorstellung richtete ich mich auf, während ich über den langen Flur lief, der von Spinden gesäumt war. Ich ging an der Mensa vorbei bis zu ein paar extra Spinden, die sich gleich neben der Bibliothek befanden. Ich hatte um einen Spind genau hier gebeten, denn er lag zwar von denen meiner Klassenkameraden entfernt, aber die Bücherei war von Glaswänden umgeben, und die Bibliothekarin Mrs. Boesch war zwischen den Stundenwechseln eine ziemlich wachsame Beobachterin.

Ich holte Bücher aus meinem Rucksack und hängte ihn dann in den Spind. Die Morgensonne, die durch die Fenster an der Vorderseite des Gebäudes hereinfiel, wurde plötzlich ausgesperrt. Ich hob den Blick und sah Weston rechts am nächsten Spind neben meinem lehnen.

»Was machst du heute Abend nach der Arbeit?«

Ich zuckte mit den Achseln.

»Lass uns im Los Potros essen.«

Ich blickte mich kurz um und nickte dann.

Weston strahlte und ging weg, ohne unsere Begegnung auch nur im Geringsten zu verbergen. Ich schloss meinen Spind ab und bemerkte, dass Sara Glenn mich aus ihren großen dunklen Augen anstarrte.

»Vögelst du mit Weston Gates?«, fragte sie.

Meine Augen wurden schmal, und ich verzog angewidert das Gesicht. Warum nahmen Leute in einer Kleinstadt, wenn zwei Menschen unterschiedlichen Geschlechts miteinander sprachen, immer automatisch an, dass sie Sex haben mussten? »Nein.«

»Was war das denn dann eben? Er hat dich gefragt, ob du mit ihm essen gehst. Warum will er mit dir ausgehen?«

»Er hat mich nicht gefragt. Da hast du dich verhört«, sagte ich. Und das war noch nicht mal gelogen. Er hatte ja nicht gefragt.

»Ich hab ihn gehört«, zischte Sara. »Das sage ich Alder.«

»Mach ruhig. Das wird sie dir sowieso nicht glauben.

Dafür wird sie denken, dass du sie auseinanderbringen willst, damit du ihn dir schnappen kannst.«

Sara überlegte kurz und ging dann weg. Ihre Selbstsicherheit wirkte erschüttert.

Ich holte tief Luft und machte mich ebenfalls auf den Weg zu meinem nächsten Kurs, wobei meine Hände zitterten und mein Herz mir fast aus der Brust sprang. Dieser plötzliche Anfall von Mut war tief aus meinem Inneren gekommen, einer Stelle, von deren Existenz ich bisher nichts gewusst hatte. Die Vorstellung, dass Sara mein kleines bisschen Glück zerstörte, hatte mich genug verzweifeln lassen, sodass ich eine Drohung ausstieß, die ich selbst zum Fürchten fand.

Alle waren schon viel zu aufgeregt wegen South Padre, um mich zu ärgern. Sodass ich bis zur siebten Stunde erstaunlicherweise einen ziemlich guten Tag hinter mir hatte. Weston zog seinen Stuhl an meinen Tisch, und in meinem Bauch mischten sich Übelkeit und Aufregung.

»Schau mal«, sagte Weston. Er breitete sein Werk in Postergröße auf dem Tisch aus, und ich musste lächeln. Darauf war ein Mädchen zu sehen, das aus dem Fenster blickte. Ihr Gesicht lag bis auf die strahlend blauen Augen im Dunkeln. Sie hatte die Knie an die Brust gezogen und hielt eine kleine Kette in der Hand. Daran hing ein aufwendig verziertes silbernes Herz. In dessen Mitte ein einziges Wort: *Happenstance*.

»Das ist unglaublich«, flüsterte ich. »Sie ist so hübsch.« Am liebsten hätte ich mit dem Finger darübergestrichen, aber ich wollte die Zeichenkohle nicht verschmieren.

»Das bist du.«

Entsetzt schaute ich zu ihm hoch. Wir arbeiteten seit drei Monaten an diesen Bildern. Meine Augenbrauen schossen in die Höhe, und ich schüttelte ungläubig den Kopf. »Du bist so ein Lügner.«

»Es ist mein voller Ernst.«

»Sind alle bereit, ihr letztes Projekt zu präsentieren?«, fragte Mrs. Cup, die in diesem Moment ins Klassenzimmer gerauscht kam, in schwarzem Hosenanzug und mit schwarzem Schal. »Ich weiß, dass ihr alle unglaublich hart gearbeitet habt. In den vergangenen Jahren habt ihr eure Kunstprojekte mit nach Hause genommen, sie eingerahmt oder verschenkt oder was auch immer damit gemacht. Aber dieses Jahr verlange ich mehr von euch. Wir haben von Faulkners Lektionen gehört und dass ihr als Künstler lernen müsst, eure Lieblinge zu töten.« Sie seufzte. »Für eure letzte Note verlange ich daher das hier von euch.« Sie hielt Shannon LaBlues Bild in Postergröße hoch und riss es der Länge nach in zwei Teile. Das erzeugte ein kurzes, hohes Geräusch, und alle schnappten nach Luft.

Shannon fiel die Kinnlade runter, und sie sah verunsichert um sich.

Mrs. Cup war schon zu Zach Skidmore weitergegangen, der neben mir saß. »Also?«

»Ich das Ihr Ernst? Ich dachte, das würde das krönende Bild meiner Highschoolzeit sein. Ich habe mir dafür den Arsch aufgerissen, Mrs. Cup!«

»Das ist deine letzte Note.«

Zach starrte kurz zu Boden, holte dann tief Luft, griff nach seinem Bild, einer wunderschönen Landschaft, und riss sie mittendurch. Wir zuckten alle zusammen, als hätte er sich die Pulsadern aufgeschnitten.

Die Lehrerin blieb vor meinem Tisch stehen. Auch ich hatte hart gearbeitet an dieser Kohlezeichnung eines dunklen Treppenhauses mit viktorianischen Gemälden. Es klang schrecklich, als ich es in zwei Teile zerriss.

Mrs. Cup ging einen Schritt weiter und stand nun vor Weston. Sein Bild lag immer noch auf meinem Tisch ausgebreitet. Hinter ihm.

»Weston?«

»Das ist grausam«, sagte er.

»Es ist eine Lektion. Und nicht alle Lektionen sind leicht. Die besten – von denen ihr am meisten lernt – sind die schwierigsten.«

»Das mache ich nicht«, sagte Weston und bewegte sich nur ein klein wenig, wie um seine elegante und zarte Darstellung von mir zu beschützen.

»Das ist deine letzte Prüfung, Weston. Dafür ging es nur darum.«

Er stand auf, nahm sein Bild vom Tisch und rollte es vorsichtig zusammen. »Dann habe ich sie wohl verhauen.« Er verließ das Klassenzimmer und ging den Flur hinunter Richtung Parkplatz.

Mrs. Cup schüttelte den Kopf und ging weiter zum nächsten entsetzten Schüler.

»Das warst du?«, fragte Frankie ein wenig perplex.

Ich nickte.

»Ein Kunstprojekt, an dem er drei Monate lang gearbeitet hatte … und es zeigte dich?«

»Es zeigte mich.«

»Wow. Und er ist in Kunst durchgefallen, um es zu behalten. Das … das ist bezeichnend.«

»Das habe ich auch gedacht, aber ich war mir nicht sicher, ob ich es nicht falsch verstehe.«

»Wie kann man das falsch verstehen? Das ist so was von romantisch! Ich könnte sterben!« Sie beugte sich vor und tat so, als würde sie heftig schluchzen.

»Das ist aber nicht schön«, sagte ich und versuchte, nicht zu grinsen.

»Es ist soooo schön! Ich halt's nicht aus! Buhuhuuu!«

»Hör auf«, sagte ich und löffelte M&Ms in einen Vanillebecher.

Sie richtete sich wieder auf. »Entschuldige. Ich hatte einen schwachen Moment.«

Ich gab dem kleinen Mädchen seinen M&M-Blast. Und als sie sich umdrehte, sah ich meine nächste Kundin. Alder. Ihre Augen waren gerötet, und sie war mehr als angepisst.

»Was treibt ihr?«, fragte sie mit brechender Stimme.

»Wir haben nur rumgealbert. Was kann ich dir machen?«, fragte ich.

»Leck mich. Du weißt genau, wovon ich rede, Easter«, fauchte sie.

Fieberhaft suchte ich nach einer Antwort, aber sie schien nicht gekommen zu sein, um zu streiten. Denn sie war allein, und das sah den Erins gar nicht ähnlich.

Jetzt legte sie den Kopf etwas schräg, und mein Schweigen schien sie ungeduldig zu machen. »Antworte mir. Und spiel ja nicht das Unschuldslamm. Wir wissen beide, was hier vorgeht.«

Frankie trat neben mich. »Sie arbeitet, Alder. Du kannst das später mit ihr besprechen.«

»Nein, kann ich nicht«, sagte sie, und Tränen traten ihr in die Augen. »Weil ich in einer halben Stunde nach South Padre aufbreche. Eigentlich sollte ich mit Weston fahren, aber der hat plötzlich beschlossen, dass er nicht mit will, also fahre ich mit Sonny. Erklär mir gefälligst, warum, Easter.«

»Ich kann nicht für ihn sprechen.«

»Irgendjemand wird das wohl müssen. Das Einzige, was er mir gesagt hat, war nämlich, dass es zwischen uns beiden nicht funktioniert.«

»Er hat mit dir Schluss gemacht?«

Alder stützte beide Hände auf die kleine Theke vor dem Fenster. »Das war's, was du wolltest, ja?«

»Nicht unbedingt«, sagte ich. Und das stimmte sogar. Ich hätte nie erwartet, dass er sich von ihr trennen würde.

»Er hatte nicht viel Zeit, ins Detail zu gehen, weil er irgendeine bescheuerte Zeichnung zum Rahmen nach Ponca City bringen musste.«

Ich schluckte. »Er … musste was?«

»Das kannst du mir sicher sagen, Easter. Warum tust du mir das an?«

»Tut mir leid«, sagte ich und spürte gleichzeitig dieselbe Wut wie auf Sara in mir aufsteigen. »Aber warum tue *ich dir* irgendwas an?«

»Hat er mich betrogen? Es steht mir zu, das zu wissen!«

Frankie stützte eine Hand in die Hüfte. »Wenn er sowieso Schluss gemacht hat, spielt das dann noch eine Rolle?«

Alders Augen nahmen jetzt Frankie ins Visier. »Ach komm, press einfach noch ein Kind raus, Frankie.«

Daraufhin schob Frankie mich langsam beiseite und beugte sich vor. »Du solltest jetzt sofort verschwinden, sonst musst du nämlich versuchen, deine Abschlussfahrt nicht nur ohne Boyfriend, sondern mit einem nagelneuen blauen Auge zu genießen.«

Alder verdrehte die Augen, wollte schon weggehen, blieb aber stehen und kam noch mal zurück. »Du nimm dich in Acht, Easter. Wenn ich zurückkomme, wird es mein Ziel sein, dich so fertigzumachen, dass du die Highschool zu Hause beenden musst. Du denkst, ich war bisher gemein zu dir? Du hast ja keine Ahnung.«

»Das klingt wie eine Drohung«, sagte Frankie und musterte Alder böse.

Alder lächelte, aber dabei sah sie furchterregender aus

denn je. »Ich äußere keine Drohungen. Ich gebe ihr nur eine Vorstellung davon, wie die nächsten sechs Wochen ihres Lebens aussehen werden.«

»Das ist dasselbe«, sagte Frankie.

»Ich werde meine Spring Break genießen. Und du solltest versuchen, deine auch zu genießen.«

»Das werde ich«, sagte ich und reckte das Kinn.

Sie warf mir noch einen Blick zu, der mir das Blut in den Adern gefrieren ließ, dann kehrte sie zu ihrem Honda zurück.

»Huuh! Der hast du aber Feuer unterm Hintern gemacht!«, sagte Frankie und wirkte nach dieser Auseinandersetzung fast euphorisch.

Ich lehnte mich mit dem Po gegen die Theke. »Sie meint's ernst. Wenn sie zurück ist, wird das die Hölle.«

»Wen kümmert es?«, sagte Frankie augenzwinkernd. »Du wirst Weston haben.«

»Ich *habe* ihn nicht.«

»Er lässt dein Bild rahmen.« Sie seufzte. »Ihn hat's ganz schön erwischt.«

»Das ist alles echt seltsam. Ab der ersten Klasse war jeden Tag alles gleich. Dann ist es ständig schlimmer geworden, und jetzt … ich weiß auch nicht.«

»Erstaunlich?«

»Anders.«

Frankie nickte. Da fuhr ein Geländewagen auf den Parkplatz, und vier Kinder hüpften heraus, gefolgt von ihrer ein Kleinkind schleppenden Mutter. Frankie und ich wandten uns wieder der Arbeit zu.

Ich war jetzt noch aufgeregter wegen der Spring Break. Wenn ich schon dafür bestraft werden sollte, würde ich alles dransetzen, damit jede Sekunde das auch wert war.

Kapitel 8

Westons Truck stand direkt hinter dem Dairy Queen. Als hätte er noch nicht glücklich genug ausgesehen, brachte ich ihm noch eine extragroße Waffel mit Kirschglasur mit. Da grinste er von einem Ohr zum anderen.

»Kann ich noch nach Hause und mich umziehen?«, fragte ich.

»Negativ. Ich möchte dir was zeigen.«

Wir fuhren zu seinem Elternhaus. Die Fenster waren dunkel, und als er das Garagentor mit einem Knopfdruck öffnete, stand das Auto seiner Eltern nicht am üblichen Platz. Obwohl es Wochenende war, schien die ganze Stadt geschlossen zu haben. Mit all den Schülern im letzten Schuljahr, die während der Spring Break hier nicht unterwegs waren, und den vielen verreisten Familien würde Blackwell in einen einwöchigen Schlaf sinken. Das passierte jedes Jahr.

»Sind deine Eltern schon abgereist?«, fragte ich.

Er nickte. »Heute Morgen.«

»Was haben sie dazu gesagt, dass du zu Hause bleibst?«

Er hielt mir die Tür auf, und ich betrat den Flur. »Es war ein bisschen seltsam. Sie waren irritiert, und Mom ist außer sich wegen Alder, aber sie wirkten auch erleichtert. Ich denke, sie hatten mir die Reise erlaubt, weil ich schon achtzehn bin, aber sie hätten sich permanent Sorgen gemacht.«

»Klingt nachvollziehbar.«

»Sie haben mich gefragt, ob ich mit zum Skifahren wolle, aber es sind ihre ersten kinderfreien Ferien, seit ich auf der Welt bin, also waren sie irgendwie auch froh, als ich Nein sagte.«

Ich kicherte. Sein Leben faszinierte mich ungemein. Dass seine Eltern ihm so nahestanden. Wie sie einander verstanden und sich umeinander sorgten, das war mir fremd. Aber am besten gefiel mir, dass sie nüchtern waren und ihre Probleme lösen konnten, ohne ihn anzubrüllen.

Wir gingen zur Haupttreppe, und Weston schaltete das Licht ein. Ich folgte ihm die geschwungene Holztreppe hinauf. Es gab ein poliertes Holzgeländer mit verziertem Schmiedeeisen anstatt Holzspindeln. Ich liebte dieses Haus. Alles war so sauber und so sorgsam dekoriert, dass es auch in ein Einrichtungsmagazin gepasst hätte. An der rötlichen Wand hingen auf Leinwand aufgezogene Bilder von Weston und Whitney, mal gemeinsam posierend, mal einzeln, vom ersten Schuljahr bis zur Abschlussklasse.

Als wir oben am Treppenabsatz ankamen, ging Weston einen anderen Flur entlang und öffnete die letzte Tür nach links. Mit einer ausholenden Armbewegung winkte er mich herein. Das Zimmer war noch dunkel, als ich eintrat, aber er schaltete das Licht ein. Da kamen sein Bett, eine Kommode und ein Schreibtisch zum Vorschein. Wie im Rest des Hauses war auch hier alles an seinem Platz. Alles war staubfrei und roch sauber. Die mitternachtsblaue Tagesdecke war unter die Kopfkissen eingeschlagen und perfekt glatt gestrichen. Der Schreibtisch war aufgeräumt und sauber, der brandneue Computer darauf ausgeschaltet.

Über dem Tisch hing die Kohlezeichnung, die er von mir angefertigt hatte. Der Rahmen war schwarz und sah aus wie ein Seil. Er passte nicht wirklich zu dem braunen Holzgestell seines Bettes oder zu irgendetwas anderem im Raum.

»Was meinst du?«

Da erst merkte ich, dass mir der Mund vor Staunen offen stand, und ich machte ihn rasch zu.

Er runzelte die Stirn. »Ich war bei Hobby Lobby in Ponca, um es rahmen zu lassen. Das war nicht der Rahmen, den ich wollte, aber sie hätten erst einen anderen bestellen müssen, und ich wollte es dir heute zeigen. Ich konnte es nicht erwarten.«

»Willst du in Kunst wirklich durchfallen?«

Er zuckte mit den Achseln. »Wen kümmert das, denkst du?«

»Das Art Institute in Dallas könnte irritiert sein, wenn du in Kunst durchfällst.«

Er ließ die Schultern hängen. »Ich werde nicht nach Dallas gehen, Erin.«

»Warum nicht?«

»Ich habe versucht, es meinen Eltern zu sagen, aber ich kann ihnen einfach nicht in die Augen schauen und es tun.«

»Möchtest du denn hin?«

Er streckte seine Hände aus und ließ sie gleich wieder fallen und gegen seine Oberschenkel klatschen. »Das schon.«

»Dann wirst du es auch tun. Wir werden einen Weg finden, dich dort hinzubringen. Und wenn ich dir die Hand halten muss, während du es ihnen sagst. Sie lieben dich, Weston. Und vor allem wollen sie, dass du glücklich bist, oder?«

Er nickte zögernd. »Aber …«

»Kein Aber. Wir bringen dich dorthin.«

Er musterte mich kurz. »Gefällt dir der Rahmen?«

»Ich liebe den Rahmen, und ich liebe das Bild. Nur verstehe ich immer noch nicht, warum du beschlossen hast, mich zu deinem Abschlussprojekt zu machen.« Der letzte Halbsatz hing in der Luft. »Ist es das, was ich für dich bin? Ein Projekt?«

Meine Frage schien ihn zu enttäuschen. »Ich wusste nicht, was ich machen würde. Ich habe einfach angefangen zu zeichnen, und dann, nach einer Woche, wurde mir klar, dass sie«, er zeigte auf das Bild, »du warst. Und dann, als ich mehr Zeit darauf verwandte, sie zu vervollkommnen, begriff ich, warum das passiert war.« Er ging ein paar Schritte auf mich zu, bis er so nah vor mir stand, dass ich hochschauen musste, um in seine Augen zu sehen. »Wenn du über etwas genug nachdenkst, beginnst du, davon zu träumen. Und wenn du oft genug von etwas träumst, musst du einfach hoffen, dass es Wirklichkeit wird.« Er seufzte. »Ich denke ununterbrochen an dich, Erin. Ich wollte schon seit Jahren mit dir reden, aber ich war einfach so verdammt nervös. Ich wusste nicht, was ich sagen sollte oder wie du reagieren würdest, wenn ich es täte. Und ich fürchtete, du würdest denken, ich wollte Alder nur helfen, dich zu tyrannisieren. Ich weiß, dass mein Timing beschissen ist, weil wir beide kurz davor sind, in verschiedene Richtungen auseinanderzugehen, aber ich bin schon ziemlich gut darin, dich aus der Ferne zu lieben.«

Ich hatte so hart darum gekämpft, dass mich niemand je weinen sah, dass ich kurz Panik bekam, als meine Augen feucht wurden und die erste Träne fiel. Schnell wischte ich sie fort.

Weston legte beide Daumen an mein Gesicht, beugte sich zu mir herab und hielt kurz inne, bevor er flüsterte: »Darf ich dich küssen?«

Ich nickte langsam und spürte, wie jeder Nerv in meinem Körper alarmiert war, und wartete, was als Nächstes passieren würde.

Weston lehnte sich vor, schloss die Augen und drückte seine Lippen auf meine. Sie waren so weich und warm. Dann öffnete er sie, und ich tat es ihm nach. Im Fernsehen hatte ich schon genug Küsse gesehen, um zu wissen, wie das funktionierte, also versuchte ich einfach, meine Lippen weich zu lassen und mit seinen zu bewegen. Seine Zunge schob sich in meinen Mund und tanzte mit meiner. Er schmeckte nach Eis mit Kirschsoße und Zahnpasta, was seltsamerweise fantastisch war. Seine Hände strichen über mein Kinn und meinen Hals bis zu den Schultern. Seine Finger gruben sich in meine Haut, während er mich sanft an sich zog.

Gerade als ich fürchtete, ohnmächtig zu werden, weil ich schon so lange die Luft anhielt, hörte ich Weston leise durch die Nase atmen und machte es genauso. Ich war ja vollkommen ahnungslos, also folgte ich einfach seinem Vorbild.

Er löste sich von mir, und ich fiel beinah vornüber, weil ich noch nicht bereit war aufzuhören.

»Hey«, sagte er und sah mich durchdringend an.

»Was? War es schlimm?«

Er schüttelte den Kopf. »Nein, überhaupt nicht. Aber wir hören lieber auf.« Er setzte sich aufs Bett, holte tief Luft und rieb sich über den Hinterkopf. Dann schaute er zu Boden. »Gib … gib mir nur eine Minute.«

Ich ging auf ihn zu und warf mich in seine Arme. Er fiel mit dem Rücken aufs Bett, und ich presste meinen Mund auf seinen. Er umarmte mich fest und gab ein tiefes Brummen von sich, als unsere Zungen sich wiederfanden. Wir umklammerten einander, sodass wir kaum noch Luft bekamen, und im Laufe der nächsten Stunde nutzten wir jeden Zentimeter seines Queen-Size-Betts aus.

Schließlich ließ Weston seinen Kopf nach hinten aufs Kissen fallen, hielt mich aber weiterhin fest im Arm. Ich lag halb auf ihm, halb auf der Seite, ein Bein über seinen. »Mir wird morgen auch so schon genug wehtun. Wir müssen aufhören.«

»Warum wird dir was wehtun?«

Er schwieg kurz und suchte sichtlich nach einer passenden Umschreibung. »Ich komme mir vor wie ein Mistkerl, wenn ich dir das erkläre. Das könnte klingen, als wollte ich dir ein schlechtes Gewissen machen, damit du … du weißt schon. Und es war von mir nie so gedacht, dass du an einem Abend deinen ersten Kuss erleben und auch noch deine Jungfräulichkeit verlieren sollst.«

»Reden wir hier etwa von blauen Eiern?«

Er hustete und brach dann in schallendes Gelächter aus. Sobald er wieder zu Atem gekommen war, zog er meine Finger an seine Lippen und küsste sie. »Ja.«

»Ich bin nicht total ahnungslos. Das meiste weiß ich, auch wenn ich es selbst noch nie erlebt habe.«

»Was du vielleicht noch nicht ahnst, ist, dass ich Alder nicht betrüge, weil ich heute mit ihr Schluss gemacht habe.«

»Ich weiß.«

Er drehte den Kopf auf dem Kissen zu mir. »Woher?«

»Sie kam heute bei DQ vorbei. Und sie war ziemlich außer sich.«

»War sie gemein zu dir?«, sagte er, und ich sah, wie seine Kiefer mahlten, während er auf meine Antwort wartete.

»Sie ist immer gemein zu mir. Aber sie sagte, wenn sie zurückkäme, würde es erheblich schlimmer werden.«

Weston schaute weg, dann wieder zu mir. »Ich werde nicht mehr zulassen, dass sie dir wehtun. Hab keine Angst vor ihnen.«

»Hab ich nicht.«

Er runzelte die Stirn. »Es sind nur sechs Wochen. Das schaffen wir.«

Ich küsste ihn, aber diesmal nur ganz kurz. Ein Küsschen. Dann nickte ich: »Du bist derjenige, um den ich mir Sorgen mache. Du bist das nicht gewohnt.«

»Ich bin so glücklich wie schon lange nicht mehr. Die mögen uns den Schultag zur Hölle machen, aber sie haben keinen Einfluss darauf, was uns verbindet.«

Ich legte meinen Kopf auf seine Brust und lauschte seinem Herzschlag. Der wurde von Minute zu Minute langsamer, und auch sein Atem ging zunehmend tief und gleichmäßig. Ich schaute hoch und sah, dass er die Augen geschlossen hatte. Seine Hand lag locker auf meinem Rücken. Da ließ auch ich meinen Kopf wieder sinken, schmiegte mich an seine Seite und seinen Hals. Er zog mich noch ein bisschen enger an sich, dann schlief ich ein.

Zuerst bemerkte ich das Gezwitscher nicht, aber als Weston versuchte, vorsichtig unter mir hervorzukriechen, wachte ich auf.

»Entschuldige«, flüsterte er. »Es ist vier Uhr morgens, schlaf wieder ein.«

»Was ist denn los?«, fragte ich und rieb mir die Augen.

»Ich weiß nicht. Jemand macht Terror auf meinem Telefon.« Gerade als er nach seinem Handy griff und dadurch das Aufladekabel aus der Steckdose zog, begann es zu läuten. »Shit, es ist meine Mom. – Hallo?«

Ich konnte Veronicas Stimme hören. Sie klang schrill und verzweifelt.

»Nein. Beruhig dich, Mom. Nein, das habe ich dir

doch gesagt. Ich bin in Blackwell. Ich bin hiergeblieben, weißt du nicht mehr? Mom. Hör auf zu weinen. Was ist denn passiert?«

Ich hörte eine tiefe Stimme. Das musste Peter sein, Westons Vater. Weston rieb sich mit der Hand übers Gesicht und riss entsetzt die Augen auf.

»Ach du Scheiße. Bist du dir sicher? Wer hat euch das gesagt?« Dann schwieg er und hörte Peter zu. »O Mann. Beide? Ich kann nicht … mein Gott. Nein. Kommt nicht zurück. Mir geht's gut. Nein. Sicher. Versucht ihr trotzdem, es euch schön zu machen. Ich bin zu Hause in meinem Bett in Sicherheit. Okay. Ich hab euch auch lieb.« Er legte auf und sah mich an.

»Was ist los? Geht es ihnen gut?«

»Ja, sie sind okay. Aber die Erins. Sie waren auf dem Weg nach South Padre, und Alder saß am Steuer. Sie muss eingeschlafen sein oder so und ist über die Mittellinie gefahren. Sie sind frontal mit einem Laster zusammengeprallt. Sie sind tot.«

»Sie sind … tot?«, fragte ich ungläubig.

Weston rieb sich wieder übers Gesicht und hielt sich die Hand vor den Mund. »Sie sind tot. Sonny und Alder sind tot.« Seine Augen waren geweitet, und ich bekam den Mund nicht mehr zu. So saßen wir lange schweigend da.

Dann griff Weston wieder nach seinem Handy und checkte seine Nachrichten. Er seufzte kopfschüttelnd. »Die Gerüchteküche brodelt schon.« Er legte das Telefon weg. »Soll ich dich nach Hause bringen?«

»Was immer du möchtest. Wenn du allein sein willst, kann ich auch zu Fuß nach Hause gehen. Wenn nicht, bleibe ich auch.«

Er zog mich an sich und lehnte sich zurück gegen die Kissen, aber wir schliefen nicht mehr.

Kapitel 9

Die Beerdigungen fanden gleichzeitig am darauffolgenden Samstag statt. Ich ging nicht hin, weil es mir falsch vorgekommen wäre, aber Weston kam anschließend zum Dairy Queen, um mir zu berichten. Er erzählte mir, dass Sonnys Eltern sowie Sam und Julianne ziemlich gefasst gewirkt und sich gegenseitig gestützt hätten. Er beschrieb die Einzelheiten, wer die Messe gelesen hatte, welche Songs gespielt wurden und wer alles dort gewesen war. Aber er wirkte irgendwie verloren.

»Warum machst du nicht Schluss für heute?«, sagte Frankie. »Er braucht dich heute.«

»Ich …«, fragend sah ich Weston an. »Möchtest du, dass ich mir freinehme?«

Er sah erbärmlich aus. »Bitte.«

Ich band mir die Schürze ab und warf sie auf die Theke. »Danke, Frankie.«

Sie zwinkerte mir zu, aber mit einem traurigen Gesicht.

Ich verließ den Imbiss durch die Hintertür und war sofort in Westons Armen. Er hielt mich fest und vergrub sein Gesicht in meinem Nacken. Ich hielt ihn lange, aber als ich losließ, drückte er mich weiter, also legte ich meine Arme wieder um ihn.

Irgendwann löste er sich schließlich von mir und händigte mir seine Schlüssel aus. »Könntest du fahren?«

Ich erstarrte. »Ich bin bisher nur mit dem Fahrschulauto gefahren, und das ist mehr als zwei Jahre her.«

»Das kannst du«, sagte er, öffnete die Fahrertür und half mir auf den Sitz. Dann lief er ums Auto und stieg neben mir ein.

Nervös drehte ich den Schlüssel im Zündschloss, stellte mir Sitz und Spiegel ein und versuchte, mich an alles zu erinnern, was ich übers Autofahren gelernt hatte. Ich trat auf die Bremse, legte die Automatik auf Drive um und fuhr los. An der Main Street hielt ich kurz, bevor ich vom Parkplatz rollte. »Wo möchtest du hin?«

»Egal. Fahr einfach.« Er streckte den Arm aus und nahm eine meiner Hände in seine. Als ich nach rechts abbog und die Stadt verließ, lehnte Weston den Kopf nach hinten.

Wir sprachen nicht viel, und ich fuhr, bis die Tankanzeige auf dem Armaturenbrett aufleuchtete. Wir waren eine Stunde Richtung Süden gefahren. Bis nach Stillwater. Weston lotste mich zur nächsten Tankstelle und zeigte mir dann, wie man tankte.

»Hast du Hunger?«, fragte er.

»Ein bisschen.«

»Okay, dann hole ich uns ein paar Chips und ein Stück Pizza oder so. Mountain Dew?«

Ich nickte. »Danke.«

Er hängte den Tankstutzen zurück und lief in den Shop. Ich stand da und war mir nicht sicher, auf welcher Seite ich wieder einsteigen sollte. Als Weston zurückkam, musterte er mich irritiert.

»Was machst du denn da, Babe?«

Mein Ziel, der Ort, an dem ich war, und sogar mein eigener Name schienen mir entfallen zu sein, weil er mich gerade so genannt hatte. Ich hatte zwar schon andere Paare Kosenamen benutzen gehört, auch Mütter, die ihre Kinder so nannten, aber mich hatte noch nie jemand anders als bei meinem Namen oder ein paar mehr oder weniger originellen Schimpfnamen gerufen. Ich hatte mir immer ausgemalt, wie sich das anfühlen musste, wenn jemand, der mich liebte, mich selbstverständlich und liebevoll bezeichnete. Und nun hatte ich es aus Westons Mund gehört.

Ich versuchte, etwas zu sagen, aber ich brachte keinen Ton heraus.

»Möchtest du, dass ich fahre?«, fragte er. Als ich immer noch nichts sagte, kam er einen weiteren Schritt auf mich zu. »Alles in Ordnung?«

Ich lief auf ihn zu, sprang, schlang meine Beine um seine Taille, die Arme um seinen Hals und küsste ihn heftig.

Er erwiderte meinen Kuss, und die Papiertüten in seiner Hand raschelten, als er mich umarmte.

Er lächelte, als ich wieder von ihm abließ. »Wofür war das denn?«

»Ich weiß nicht. Es war mir einfach ein Bedürfnis.«

»Du solltest deinem Instinkt öfter folgen«, sagte er und küsste mich noch mal.

Er bat mich, wieder zu fahren, und fünf Stunden nachdem ich mir bei DQ freigenommen hatte, bogen wir in die Einfahrt von Ginas und meinem Haus. Dort standen ein Streifenwagen der Polizei und ein dunkelblauer Wagen mit dem Logo des Oklahoma Department of Human Services auf Fahrer- und Beifahrertür.

»O mein Gott«, sagte ich und drehte mich zu Weston. »Ich weiß nicht, was das zu bedeuten hat, aber du musst gehen.«

Er schüttelte den Kopf. »Auf keinen Fall. Wir stehen jetzt alles zusammen durch, schon vergessen?«

Heiße Tränen brannten in meinen Augen. »Ich weiß das zu schätzen, aber das ist so demütigend. Ich will nicht, dass du mit anhörst, was auch immer die zu sagen haben.«

»Was werden sie denn zu sagen haben?«

»Keine Ahnung, aber ich will nicht, dass du es hörst.«

Weston zögerte und nahm dann behutsam meine Hand. »Schlägt sie dich?« Ich schüttelte den Kopf, woraufhin Weston erleichtert aufseufzte. »Wann wirst du bloß lernen, dass ich dich nicht verurteile, Erin? Ich liebe alles an dir. Das habe ich schon immer getan.« Als ich nichts darauf sagte, drückte er meine Hand. »Lass mich mitkommen. Bitte.«

Ich nickte, schaltete den Motor aus, und dann gingen wir Hand in Hand aufs Haus zu. Als wir hereinkamen, saß Gina mit ausdrucksloser Miene auf der Couch. Zwei Polizeibeamte standen im Zimmer, und eine Frau vom DHS saß neben ihr. Sie lächelte mir zu.

»Hi, Erin. Mein Name ist Kay Rains. Ich bin vom Department of Human Services. Wir sind hier wegen des Todes von Erin Alderman.«

»Okay …«, sagte ich völlig verwirrt. Glaubte man etwa, ihr Tod hätte etwas mit mir zu tun?

Die Frau lächelte, als sie meine Unruhe bemerkte. »Es ist in Ordnung. Du bist nicht in Schwierigkeiten.«

»Warum sind dann die Cops hier?«, fragte Weston. Er hielt meine Hand immer noch ganz fest.

Kay nickte. »Wir wollten dich nicht erschrecken. Das gehört nur zum Prozedere. Du musst uns ins Krankenhaus begleiten. Es gibt da eine gewisse Verwirrung.«

Ich runzelte die Stirn. »Wegen der Erins? Was hat das mit mir zu tun?«

Kay erhob sich. »Bei Erin Alderman war eine Autopsie notwendig. Die Ergebnisse lagen erst gestern Abend vor, und nun haben die Eltern Fragen. Wenn wir einfach eine Blutprobe von dir nehmen könnten, ließe sich das alles vermutlich aufklären.«

»Eine Blutprobe? Sie haben aber immer noch nicht gesagt, was das mit Erin zu tun hat«, mischte Weston sich ein.

Kay seufzte. »Die Ergebnisse haben bewiesen, dass Erin Alderman nicht die leibliche Tochter von Sam und Julianne Alderman war. Erin Mastersons Ergebnisse waren erwartungsgemäß. Du bist das einzige weibliche Baby, das im Blackwell Hospital am 1. Mai zur Welt kam, abgesehen von den beiden verstorbenen Mädchen. Und nach euch gab es drei Tage lang keine weiteren Geburten.«

»Wollen Sie damit sagen, dass Sie denken, Erin Alderman war Gina Easters Tochter und Erin Easter ist die von … Sam und Julianne?«, fragte Weston. Wir schnappten beide hörbar nach Luft.

Kay berührte Gina an der Schulter, obwohl sie nicht sichtbar betroffen wirkte. »Leider vermuten wir genau das.«

Weston und ich sahen einander an, und unsere Münder standen vor Verblüffung offen.

»Ich … äh … ich fahre dich hin.«

Ich nickte.

»Wir sind bald wieder da, Ms Easter.«

Gina nickte, und wir ließen sie allein im Wohnzimmer zurück.

Meine Schuhe knirschten auf dem Schotter, als wir zu Westons Truck zurückgingen. Er öffnete die Beifahrertür und hob mich mühelos hinein. Dann sah er mir direkt in die Augen.

»Passiert das hier gerade wirklich?«, fragte er.

Ich schüttelte den Kopf und brachte kein Wort heraus.

Weston setzte sich hinters Steuer und folgte dem DHS-Auto und dem Streifenwagen zum Krankenhaus. Wir wurden zum Labor eskortiert und mussten dort im Wartebereich Platz nehmen. Weston hielt wieder meine Hand. Ich starrte auf den weißen Fliesenboden, unfähig zu sprechen oder auch nur nachzudenken. Mein Verstand war irgendwie stecken geblieben. So als würde er sich nicht gestatten, auch nur die Möglichkeit dessen, was das hier alles bedeuten konnte, zu durchdenken.

»Erin Easter«, sagte der Laborant. Ich stand auf und Weston mit mir.

»Nur Sie, bitte«, sagte Kay.

Ich nickte Weston zu, und er setzte sich wieder.

Der Krankenhausmitarbeiter führte mich durch eine Tür in einen kleinen Raum mit Schränken und einer Arbeitsplatte. Er legte eine Gummischnur und leere Röhrchen auf ein silbernes Tablett. Ich schaute weg, als er in meinen Arm stach, und spürte nur seine geübten Bewegungen, mit denen er die Röhrchen füllte. Dann entfernte er die Nadel, drückte einen Wattebausch auf die Einstichstelle und klebte ein pinkfarbenes Pflaster darüber.

Ich ging wieder hinaus in den Wartebereich, wo Weston zwischen Kay und den Polizeibeamten stand. »Und jetzt?«, fragte ich.

Kay lächelte mich liebenswürdig und aufmunternd an, bevor sie mir ihre Karte gab. »Und jetzt warten wir. Falls du irgendetwas brauchst, ruf mich auf meinem Handy an. Die Nummer steht auf der Karte. Ich komme sofort mit den Ergebnissen vorbei, sobald sie uns vorliegen. Wir haben die Untersuchung zwar mit höchster Priorität in Auftrag gegeben, aber die Blutproben werden verschickt, also wird es wahrscheinlich Mittwoch werden.«

»Oh, ich habe kein …«

Weston nahm die Karte, schaute die Nummer nach und tippte in sein Handy. »Ich hab sie«, sagte er. Er drückte noch mal auf sein Telefon und wartete. Da begann Kays Apparat zu klingeln. Sie holte ihn aus ihrer Handtasche und schaute aufs Display. »Das bin ich«, sagte Weston. »Sie können sie unter dieser Nummer erreichen.«

Kay und die Polizisten gingen vor uns her zum Parkplatz. Und sie waren losgefahren, bevor wir uns auch nur angeschnallt hatten.

»Denkst du … Denkst du, das ist möglich? Dass Gina gar nicht meine …« Es raubte mir den Atem, es auch nur auszusprechen, und mein Verstand machte wieder dicht. Ich vermochte nicht mal über die Möglichkeiten nachzudenken.

Weston verschränkte seine Finger mit meinen. Ich verstand nicht, wie mein Schicksal sich so dramatisch hatte wenden können, aber das musste eine Wiedergutmachung direkt von Gott sein. Wenn Weston nicht neben mir gesessen und mit diesem beruhigenden Gesichtsausdruck meine Hand gehalten hätte, wäre ich vielleicht zusammengebrochen.

»Ich denke, du kommst am besten mit mir nach Hause. Wir ziehen uns Joggingklamotten an, essen Junkfood und schauen so viele Filme, wie nur in einen Abend passen.«

Meine Mundwinkel gingen nach oben. Das klang ziemlich nach dem, was wir die ganze Spring Break hindurch getan hatten, und danach, was ich jetzt brauchte. Doch dann verschwand mein Lächeln wieder: »Sollte ich nach Hause fahren? Und mit Gina reden?«

»Möchtest du das?«

Ich schüttelte den Kopf. »Ich glaube nicht, dass dabei irgendwas Positives rauskommt. Also eher nicht.«

Weston bog nach Süden ab und fuhr die 13. Straße hinunter, in Richtung seines Elternhauses. Ich hatte in den letzten neun Tagen den Großteil meiner Zeit entweder im Dairy Queen oder bei Weston verbracht. Gina hatte keinerlei Fragen gestellt oder überhaupt mit mir geredet. Nicht dass mir das etwas ausgemacht hätte, denn diese Spring Break war die beste Woche meines Lebens gewesen. Und mehr als einmal hatte ich bei mir gedacht, dass es mich nicht stören würde, wenn es für immer so bliebe.

Nachdem er den Truck in die Garage gefahren hatte, schaltete Weston den Motor aus und drückte die Fernbedienung, um das Garagentor zu schließen. Am Ende des Hausflurs fanden wir Peter und Veronica am Tisch sitzend. Peter trug einen dunkelgrauen Anzug mit schwarzer Krawatte, Veronica ein wunderschönes schwarzes Kleid mit einem schwarzen Gürtel.

Sie stand auf und ging mit klackernden Absätzen über den Steinboden. Sie umarmte ihren Sohn lange, und nachdem sie ihn losgelassen hatte, betupfte sie sich die Nase mit einem Papiertaschentuch. »Wo bist du gewesen?« Sie klang nicht verärgert, aber merklich aufgewühlt und erschöpft. Sie musterte mich, neugieriger denn je.

»Eigentlich sind wir nur herumgefahren, aber jetzt kommen wir aus dem …«, Weston drehte sich zu mir um und schien auf meine Erlaubnis zu warten, bevor er weitersprach.

»Krankenhaus«, vollendete ich seinen Satz. »Ich sollte eine Blutprobe abgeben.«

Weston griff nach meiner Hand. »Sie haben eine Autopsie für Alder angeordnet. Sie ist nicht Sams und Juliannes leibliche Tochter.«

Seine Eltern schienen nicht erstaunt.

»Das haben wir gehört«, sagte Veronica.

»Stimmt es?«, fragte Peter. »Sam und Julianne sind gerade gegangen.«

»Sie waren hier?«, fragte ich.

Veronica schniefte. »Sie haben als Eltern schon Unvorstellbares durchgemacht, und jetzt passiert es wieder. Ich bin mir nicht sicher, ob ich nur überanstrengt bin, aber … Sie hat doch Juliannes Augen, Peter. Meinst du nicht?«

Peter schüttelte den Kopf. »Veronica. Mach dem Mädchen doch keine falschen Hoffnungen.«

Ich verzog das Gesicht. »Falsche Hoffnungen? Als würde ich darauf warten, einen Preis zu gewinnen? Glauben Sie wirklich, das wäre eine gute Sache?«

Veronica und Peter sahen einander an, dann Weston und schließlich mich. »Sam und Julianne sind wundervolle Menschen, Erin. Falls es stimmt, kannst du dich auf eine ganz neue, fantastische Familie freuen.«

»Falls es stimmt, bedeutet es, dass ich achtzehn Jahre mit ihnen verpasst habe. Ich bin mir nicht sicher, ob ich möchte, dass es stimmt. Für mich und für sie.«

Veronica verschränkte die Arme, und Peter legte einen Arm um sie. Das war ein seltsamer Anblick, weil es fast wie ein Spiegelbild von Weston und mir war.

Peter nickte. »Du hast recht, Erin. Das ist eine schreckliche Situation für euch alle. Es tut uns so leid.«

Ich schüttelte den Kopf. »Nein, mir tut es leid. Es war einfach ein sehr langer, ereignisreicher Tag.«

»Natürlich war es das, Süße«, sagte sie, löste sich aus dem Arm ihres Mannes und kam auf mich zu. Sie drückte mich fest an sich.

Ich warf Weston einen Blick zu. Der beobachtete seine Mutter mit einer Mischung aus Anerkennung und Erleichterung im Blick.

Veronica ließ mich mit einem Lächeln wieder los.

»Wir gehen nach unten«, erklärte Weston.

Er nahm meine Hand und führte mich ins Untergeschoss. Wir setzten uns auf die Couch, und Weston drückte die Fernbedienung. Der Bildschirm leuchtete auf, und er rief den ersten Film auf, der dort angeboten wurde. Keiner von uns schien das Bedürfnis nach einem ausgedehnten Gespräch zu haben. Nicht nach den Ereignissen der vergangenen Woche oder eigentlich: des vergangenen Monats. Für uns beide hatte sich das Leben von hoffnungslos in glücklich verwandelt. Allerdings auf die seltsamste und unglückseligste Weise.

Kapitel 10

Im Klassenzimmer war es ganz still, als ich mich in der ersten Stunde auf meinen Platz an dem schwarzen Tisch setzte. Alle hatten zu Boden geschaut, aber als ich hereingekommen war, hatten sie mich angestarrt. Dann hatte das Geflüster begonnen. Für mich war das ganz neu, und ich wusste nicht, was mich erwartete. Das war sogar furchterregender als mein Leben vor dem Tod der Erins.

Zum ersten Mal seit achtzehneinhalb Jahren war ich die einzige Erin. Es gab keinen Grund mehr für Spitznamen, und ich musste nicht so tun, als hätte ich Weston nicht bemerkt, als er reinkam. Aber das änderte die Einstellung der anderen zu mir nicht. Brady kniff die Augen zusammen und schien die hasserfüllten Worte, die er mir sagen wollte, schon auf der Zunge zu haben.

Es klingelte, aber Mrs. Merit sagte nichts. Stattdessen hörte man ein Knistern aus der Lautsprecheranlage, und Direktor Bringham meldete sich.

»Guten Morgen, liebe Schülerinnen und Schüler. Wie ihr alle wisst, haben wir in der Spring Break zwei sehr vielversprechende Schülerinnen verloren. Erin Alderman und Erin Masterson. Wir werden nun zwei Gedenkminuten einlegen, in denen ihr für ihre Freunde und Familien beten oder schweigend innehalten könnt.«

Dann war nichts mehr aus dem Lautsprecher zu hören, und wir schauten alle zu Boden. Ich war nicht die Einzige, die die Erins unerbittlich tyrannisiert hatten, und sicher nicht die Einzige, die eher Erleichterung verspürte als ein Gefühl des Verlusts. Aber wo auch immer sie jetzt sein mochten, hoffte ich, dass sie nun davon befreit waren, was sie dazu gebracht hatte, anderen übel mitzuspielen, um sich selbst besser zu fühlen.

»Danke«, sagte Direktor Bringham noch und beendete seine Durchsage.

»Ich wurde gebeten, euch darüber zu informieren, dass jeder, der mit jemand über das sprechen möchte, was Sonny und Alder zugestoßen ist, sich die ganze Woche über an Berater im Haus wenden kann. Sie können euch helfen, eure Gefühle zu ordnen und zu verarbeiten. Und jetzt schlagt bitte eure Bücher auf Seite 188 auf.«

Den ganzen Tag über fand ich die Schülerschaft ziemlich schweigsam. Gelegentlich hörte man allerdings eine der Cheerleaderinnen bei ihren Spinden eine Szene machen. Und nachdem Chrissy nach der zweiten Stunde geheult hatte, schienen sie zu versuchen, sich mit hysterischen Anfällen gegenseitig zu übertrumpfen. Brady saß in Gesundheitslehre zwischen zwei leeren Stühlen, und obwohl ich merkte, dass er Weston und mich mehrmals anstarrte, sagte er nichts.

In Kunst rief Mrs. Cup Weston nach vorn und führte ein langes, leises Gespräch mit ihm. Es schien ein gutes Ergebnis zu haben, aber es endete erst so kurz vor Unterrichtsschluss, dass sie es kaum noch schaffte, uns für unser allerletztes Kunstprojekt zu briefen: unseren Beitrag zum Wandgemälde im Zentrum von Blackwell. Ihre Vorgängerin Mrs. Boyer hatte diese Tradition begonnen, und Mrs. Cup setzte sie nach deren Pensionierung fort. Wir fügten kleine eigene Bilder hinzu, reparierten aber hauptsächlich herausgebrochene Mauerstücke oder restaurierten, was im Lauf des vergangenen Jahres verblasst war.

»Stellt euch darauf ein«, sagte Mrs. Cup. »Wir werden morgen zum Wandgemälde gehen. Bringt eure Sachen mit, dann müsst ihr nicht noch mal hierher zurück, sondern könnt um 15 Uhr 30 von dort nach Hause gehen.«

Weston saß jetzt mit seinem Stuhl an meinem Tisch.

»Will sie dich immer noch durchfallen lassen?«, flüsterte ich.

Er schüttelte den Kopf und unterdrückte ein Lächeln.

Da tauchten zwei Mädchen an der Tür auf. »Mrs. Cup, Erin Easter soll zu Mr. Bringham kommen.«

»Alles klar«, sagte Mrs. Cup und bedeutete mir, meine Sachen zusammenzusuchen und zu gehen.

»Er hat gesagt, dass sie sofort kommen soll«, fügte ein Mädchen noch hinzu.

Ich beeilte mich, und Weston berührte mich am Arm. »Möchtest du, dass ich mitkomme?«

»Das schaffe ich schon.«

Seine Miene verfinsterte sich. »Ich möchte mitkommen.«

Ich grinste. »Mach dir nicht so viele Gedanken. Du musst mich nicht beschützen, Weston.«

»Sagt wer?«, erwiderte er nur halb scherzhaft. »Ich warte vor dem Schulhaus auf dich.«

Ich schüttelte den Kopf. »Du kommst nur zu spät zum Training. Fahr ruhig.«

Er sah mir nach, wie ich mir meinen Rucksack schnappte und den Mädchen den Flur hinunterfolgte. Wir gingen an den Spinden vorbei, die in der Mitte der Mensa standen, und bogen dann nach links zum Sekretariat ab. Erst vor ein paar Wochen war ich tropfnass hier entlanggeschlichen. Und jetzt schien mein Leben total verändert. Es kam mir sogar vor, als würde es sich gleich noch stärker ändern.

Ich betrat das Sekretariat, wo schon Kay Rains mit einem Polizeibeamten, Direktor Bringham und der Beratungslehrerin Mrs. Rodgers stand. Ein paar Schüler und Lehrer waren auch noch da. Manche saßen auf Stühlen neben der Tür, offenbar weil sie auf etwas warteten. Vielleicht auf mich und darauf, was hier gleich passieren würde.

»Gehen wir doch in mein Büro«, schlug Direktor Bringham vor. »Ich glaube, das wäre das Beste.«

Unsere kleine Gruppe folgte ihm, und Kay bat mich, neben ihr auf den zwei Stühlen vor dem Schreibtisch des Direktors Platz zu nehmen. Mr. Bringham setzte sich ebenfalls und faltete die Hände vor sich.

»Erin, wie ich gehört habe, hast du eine Blutprobe abgegeben. Weißt du, warum?«

Ich nickte.

»Ich möchte nicht, dass du nervös bist. Ich weiß, dass wir hier eine Menge Leute sind, aber das verlangen eben die Vorschriften. Ms Rains hat die Testergebnisse, und sie ist hergekommen, um sie dir zu erläutern.«

»Mit einem Polizeibeamten?«, fragte ich.

Kay lachte auf. »Ich weiß, das ist schrecklich. Aber wir hatten das Gefühl, es wäre am besten, da wir uns auf dem Schulgelände befinden und die Emotionen möglicherweise heftig ausfallen … Aber mir kommt es jetzt auch ein wenig übertrieben vor. Aber da du ja schon achtzehn bist und Ms Easter uns gebeten hat, dich in der Schule zu informieren, falls die Ergebnisse in eine gewisse Richtung weisen, sind wir hierhergekommen.«

»Ich möchte nicht unhöflich sein, aber können wir

bitte zum Punkt kommen? Ich verspäte mich sonst bei meiner Arbeit.«

Kay blinzelte. »Natürlich, entschuldige.« Sie rutschte auf ihrem Stuhl herum. »Erin, gemäß der Testergebnisse von euch drei Mädchen sind wir zu dem Schluss gekommen, dass am Tag eurer Geburt im Krankenhaus ein Versehen passiert ist. Es scheint so, dass die verstorbene Miss Alderman den Aldermans gegeben wurde und du Ms Easter … versehentlich.«

Mrs. Rodgers trat einen Schritt vor und suchte meinen Blick. »Was sie zu sagen versucht, Erin, ist, dass du die leibliche Tochter von Sam und Julianne Alderman bist. Da du schon achtzehn bist, bin ich mir nicht sicher, was das für dich bedeutet, aber die Aldermans wurden bereits informiert. Sie würden sehr gern mit dir sprechen, sobald du dich dazu in der Lage siehst.«

»Sie wissen es?«

Mrs. Rodgers nickte und lächelte dann. »Sie möchten wahnsinnig gern mit dir darüber sprechen, wenn das für dich okay ist. Sie wissen, was für ein Riesenschock das für dich ist, und sie möchten dir so viel Raum geben, wie du brauchst, um in Ruhe nachzudenken.«

»Wo ist Gina?«, fragte ich.

Kay sah erst Mrs. Rodgers an, dann mich. »Sie wollte an diesem Gespräch nicht teilnehmen, aber auch sie wurde bereits informiert.«

Ich überlegte kurz, während alle im Raum auf meine Reaktion warteten. Ich sah Mr. Bringham an. »Kann ich jetzt gehen?«

»Natürlich. Das muss sehr aufwühlend für dich sein. Mrs. Rodgers und ich stehen dir gerne für ein Gespräch zur Verfügung, wenn du dafür bereit bist.«

Mrs. Rodgers ging neben meinem Stuhl in die Hocke. »Falls du irgendwelche Fragen hast, juristische oder andere, würde ich dir gern helfen, Erin. Bitte zögere nicht, dich an mich zu wenden.«

Ich stand auf und griff nach meinem Rucksack. »Danke. Ich weiß das zu schätzen, aber jetzt muss ich zur Arbeit.«

Der Polizist trat beiseite und hielt mir die Tür auf. Ich ging hinaus und versuchte, das Dutzend Augenpaare zu ignorieren, das mir folgte. Ich stieß die Tür vom Seiteneingang auf und bemerkte Westons Truck unter dem Vordach der halbrunden Zufahrt an der Vorderseite der Schule.

Ich ging an ihm vorbei, da sprang er raus und kam mir nachgelaufen. »Was haben sie gesagt?« Als ich nicht antwortete oder stehen blieb, stellte sich Weston mir in den Weg.

Ich blinzelte.

»Erin, was haben sie dir gesagt?«

»Dass Gina Easter nicht meine Mutter ist und Julianne Alderman schon.«

Weston richtete sich groß auf und blickte gedankenverloren über meinen Kopf hinweg. »Wow.« Dann sah er wieder mich an. »Bist du okay?«

»Ich muss ein paar Schritte laufen.«

»Bist du sicher, dass ich dich nicht fahren soll? Lass mich dich fahren.«

Ich holte tief Luft. »Ich bin schon seit einer Weile nicht mehr zu Fuß gegangen, und jetzt muss ich wirklich unbedingt ein paar Schritte laufen.«

Weston nickte, und ich ging um ihn herum. Ich konzentrierte mich nur darauf, einen Fuß vor den anderen zu setzen, bis ich den vertrauten Asphalt vor dem Dairy Queen erreicht hatte. Dort riss ich die Tür auf, schnappte mir meine Schürze und band sie rasch zu, während ich schon nach vorne lief.

Frankie aß an die Theke gelehnt von ihrer selbst erfundenen Eismischung. »Ich dachte schon, du würdest heute nicht kommen.«

»Tut mir leid, ich hatte eine Besprechung.«

»Mit Weston?«

»Nein«, sagte ich finster.

»Er fuhr ungefähr fünf Meter hinter dir, als du in Sichtweite kamst, mit etwa einer Meile pro Stunde, dann ist er zu den Baseballfeldern abgebogen und zum Training gerannt. Hast du ihm den Laufpass gegeben?«

»Wir … sind … ja … nicht richtig … zusammen.«

»Also hast du ihm den Laufpass gegeben?«

»Nein.«

»Und was war das für eine Besprechung?«

»Mit dem Schuldirektor, der Beratungslehrerin und einer Frau vom DHS.«

»Wozu?«

»Ich bin nicht sicher, warum sie da war. Die scheinen auch nicht zu wissen, was sie machen sollen.«

»Wegen was?«

»Als, äh … Alder tot war … wurden ein paar Tests gemacht, die seltsame Ergebnisse brachten. Also machten sie auch Tests an Sonny. Die waren okay. Deshalb wurde ich um eine Blutprobe gebeten.«

»Ich kapiere gar nichts, aber du wirst mir bestimmt gleich des Rätsels Lösung verraten«, sagte Frankie und schaufelte sich die Reste ihres Was-auch-immer-Bechers in den Mund.

»Heute nach dem Unterricht haben sie mir mitgeteilt, dass Gina nicht meine Mom ist.«

»Was?«, sagte Frankie mit dem Mund voller Eis.

»Und Gina ist noch nicht mal da. Ich meine … sie haben gesagt, sie hätten sie informiert, damit sie Bescheid weiß, aber sie wollte, dass sie es mir in der Schule sagen. Sie ist nicht gekommen, um dabei zu sein, wenn ich es erfahre. Also weiß ich jetzt nicht, ob ich meine Sachen holen soll, ob ich überhaupt noch ein Zuhause habe oder …«

Frankie zog mich an sich, schlang die Arme um mich, und erst da merkte ich überhaupt, dass ich schluchzte.

»Kleines Mädchen«, sagte sie und schaukelte mich ganz leicht. Dann lehnte sie sich zurück und nahm mein Gesicht in ihre Hände. »Was machst du denn hier? Du kannst doch so nicht arbeiten.«

»Ich kann doch sonst nirgendwo hin!«

Frankie drückte mich erneut und machte beruhigende Geräusche wie die meisten Mütter außer Gina. Die wusste wahrscheinlich nicht mal, was ihr gleichgültiger sein sollte, das Wissen, ein fremdes Kind großgezogen zu haben, oder die Tatsache, dass ihr leibliches Kind tot war.

Die Straße lag still da, und anscheinend war nicht vielen Leuten nach Eis zumute, denn bis das Baseballtraining vorbei war, hatten wir gerade mal zwei Kunden, die Frankie bediente.

»Er wird sofort herfahren. Ich wette, er ist total abgelenkt und kann es kaum erwarten, dich zu sehen«, sagte Frankie.

Ich knabberte an meinem Daumennagel und starrte auf den roten Chevy, der gegenüber an der Straße parkte. »Bestimmt nicht. Nicht nachdem ich ihn so behandelt habe.«

»Süße, wenn er nicht begreift, dass du gerade den Schock deines Lebens erlitten hast, dann verdient er es auch nicht, dich zu sehen.«

Da ging die Fahrertür des Chevy auf, schlug zu, und der Truck setzte zurück. Keine Sekunde später brauste er über die Straße und kam erst hinter dem Dairy Queen wieder zum Stehen. Ich rannte zur Hintertür, aber Weston hatte sie schon aufgerissen.

Ich warf mich ihm praktisch entgegen, und er fing mich auf. Ich drückte ihn. So fest wie ich konnte, und er beklagte sich nicht. Er begann, die gleichen beruhigenden Geräusche zu machen wie Frankie vorhin. Da merkte ich, dass ich schon wieder weinte.

Frankie stand in der Tür und schaute mich an, als läge ich im Sterben. »Bring das Mädchen nach Hause, Weston.«

»Ich … ich hab kein Zuhause«, schluchzte ich.

»Ich nehme dich mit zu mir nach Hause«, sagte Weston. Er hob mich hoch und trug mich zur Beifahrerseite seines Pick-up. Frankie machte die Tür auf, er setzte mich hinein und schloss die Tür. Gedämpft hörte ich Frankies Stimme, dann umarmten sich die beiden, und er kam auf die Fahrerseite gelaufen.

Auf der ganzen Fahrt zu ihm nach Hause hielt er meine Hand fest. Genau wie beim Reingehen. Er führte mich direkt ins Untergeschoss und sah zu, wie ich mich auf die Couch fallen ließ.

»Ich laufe nur schnell nach oben, hole was zu trinken und … worauf hast du Hunger?«

»Auf nichts, ehrlich gesagt.«

Weston seufzte und nickte. »Klar, kann ich mir vorstellen.« Er drückte die Fernbedienung und ließ den letzten Film auf der Liste anfangen, bevor er die Treppe wieder hinauflief. Ich war froh, dass er mir den Fernseher angemacht hatte, damit ich mit meinen Gedanken nicht ganz allein blieb.

Keine zwei Minuten später saß Weston neben mir und stellte verschiedene Schachteln, Dosen und Papiertücher auf den Couchtisch. Dann schraubte er eine Flasche Fanta auf und gab sie mir.

»Ich schätze, dass du wahrscheinlich kein Koffein brauchst.«

Meine Hand zitterte, als ich die Flasche an meine Lippen führte und einen Schluck trank. Weston nahm mir die Flasche wieder ab und stellte sie auf den Tisch. Ich lehnte mich an ihn, und er schloss mich in die Arme.

Als er mit den Lippen meine Schläfen berührte, flüsterte er: »Sag mir, was ich tun soll, Erin. Was ich machen kann, damit es dir besser geht.«

»Das hier«, antwortete ich. »Nur das hier.«

Kapitel 11

Um halb sechs hörten wir über uns das Garagentor brummen. Die Tür ging auf und wieder zu, außerdem signalisierten andere Geräusche, dass Westons Eltern beide zu Hause waren. Es dauerte nicht lange, dann ging auch die Tür oben an der Treppe auf, und die Schritte von zwei Personen waren zu hören.

Weston rührte sich genauso wenig wie ich. Peter und Veronica setzten sich jeweils in einen Sessel neben dem Couchtisch. Peter stützte die Ellbogen auf die Knie und faltete die Hände, was mich an meinen Schuldirektor erinnerte, bevor er mir die Neuigkeit mitgeteilt hatte.

»Wir haben es gehört«, sagte Peter mit leiser, ruhiger Stimme.

Veronica beugte sich vor, und aus ihren Augen sprach pures Mitgefühl. »Peter und ich haben darüber gesprochen, seit wir es erfahren haben, und wenn du dafür bereit bist, würden wir dir gern juristischen Beistand leisten. Im Übrigen haben wir auch mit Sam und Julianne Alderman gesprochen, und sie hoffen, dass du, sobald es dir möglich ist, mit ihnen redest.«

»Das wäre wann?«, fragte ich. Ich lag an Weston geschmiegt und sah wahrscheinlich aus wie ein Faulpelz mit schlechten Manieren, aber ich war emotional wie körperlich total erschöpft.

»Sie wohnen gleich hier um die Ecke«, sagte Peter. »Sie warten jetzt bei sich zu Hause. Und sie wollen nur wissen, dass es dir gut geht. Es muss nicht heute Abend sein.«

Oben knallte eine Tür zu, und man hörte energische Schritte in der Küche. »Veronica?«, rief eine Frauenstimme. Sie klang verzweifelt.

Peter lief die Treppe hinauf, und eine leise Auseinandersetzung war zu hören. Dann kamen mehrere Leute in Westons Zimmer herunter, wo doch eigentlich niemand uns behelligen sollte. Weston und ich standen gleichzeitig auf, als wir Sam und Julianne unten am Fuß der Treppe stehen sahen.

Peter atmete heftig. »Julianne, ich glaube nicht, dass das eine gute Idee ist«, sagte er warnend.

Juliannes Augen waren knallrot. Sie wollte auf mich zugehen, aber ihr Mann hielt sie zurück.

»Julianne!«

Julianne schlug die Hände vor die Brust. »Es tut mir so leid. Ich weiß, dass du einen erschütternden Tag hinter dir hast … Ich auch. Eigentlich eine ganze erschütternde Woche. Und ich …« Eine Träne lief ihr über die Wange. »Ich habe gehört, dass du in der Schule nicht viel Beistand hattest, als man dir die Nachricht mitgeteilt hat, und ich … ich musste nur einfach wissen, dass du okay bist. Mehr wollte ich gar nicht.«

Ich ging ein paar Schritte auf sie zu. Meine Eltern. Sie starrten mich an wie einen kostbaren Schatz. Sam hielt Julianne an den Schultern fest, und sie lehnte sich schräg dagegen.

Sie streckte die Hände aus und ballte sie dann zu Fäusten. Offensichtlich kämpfte sie gegen das an, was sie tun wollte, aber nicht sollte. Ihre Stimme brach, als sie sagte: »Wäre es in Ordnung, wenn ich … ich würde dich nur so gern in den Arm nehmen, wenn das okay ist. Ich will dich nicht verstören.«

Alle warteten auf meine Reaktion.

Fast unsichtbar nickte ich ein einziges Mal ganz schwach. Da kam Julianne auf mich zu und zog mich an ihre Brust. Ihr Körper bebte unter ihren Schluchzern.

»Julianne, Liebes«, bat Sam. »Bitte erschreck sie nicht.«

Ich sah ihn über ihre Schulter hinweg an. »Ist schon gut. Sie kann ruhig weinen.«

Sams Lippen zitterten, als auch er zögernd und nervös eine Hand ausstreckte und mich an der Schulter berührte. Auch über seine Wangen begannen Tränen zu laufen, und er lächelte, während er seine Frau betrachtete, die mich weinend umarmte.

Eine Stunde später saßen wir alle oben am Tisch. Mit einem halb leeren Tablett, auf dem Käse und Cracker lagen, einer leeren Flasche Wein und einer fast leeren Zweiliterflasche Fanta Orange. Peter und Veronica erzählten von ihrem Skiurlaub und dass Peter doch kein so guter Skifahrer war, wie er gedacht hatte.

Es tat gut, zu lachen und Sam und Julianne zuzuhören, sie besser kennenzulernen. Ich konnte nicht aufhören, sie anzusehen. Veronica hatte recht, ich hatte Juliannes Augen. Und zum ersten Mal assoziierte ich Schönheit mit mir selbst, weil ich Julianne Alderman schon immer schön gefunden hatte – äußerlich wie innerlich. Meine untere Gesichtshälfte hatte ich von Sam: die gleiche schmale, in der Mitte geschwungene Oberlippe und eine volle Unterlippe. Außerdem hatte ich sein Kinn. Ich fragte mich, ob sie die gleichen Dinge über mich dachten oder ob irgendjemand das jemals über mich gedacht hatte.

Da lehnte Julianne sich über den Tisch und ergriff meine Hände. »Du musst mich für eine schreckliche Mutter halten, weil ich es nicht bemerkt habe. Meine Güte, schließlich bin ich doch selbst Arzthelferin. Aber als sie mir dich nach dem Baden nicht zurückbrachten, habe ich gesagt, es wäre das falsche Baby. Ich wusste es, aber die sagten mir nur, ich sei übermüdet. Dann schob man es auf die Hormone. Und im Laufe der Jahre berichteten mir andere Mütter von derselben Befürchtung, weil man doch immer wieder von solchen Geschichten hört.«

»Julianne, ich denke, es ist jetzt Zeit, Erin ein bisschen Ruhe zu gönnen. Sie hat morgen Schule.«

Julianne zog ihre Hände wieder zurück und nestelte an den Knöpfen ihrer Seidenbluse. Dann begann sie zu zittern. »Ich … ich weiß ja nicht, ob sie … möchtest du …«

»Warum soll sie diese Nacht nicht hierbleiben?«, schlug Veronica vor. »Nachdem sie Ms Easter angerufen und ihr gesagt hat, wo sie ist.«

»Wir haben kein Telefon«, sagte ich. »Und sie wird sich nicht … ich glaube nicht, dass sie mich erwartet.«

Das schien Julianne betroffen zu machen.

»Wir haben noch ein paar Sachen von Whitney hier. Davon kannst du dir gern was nehmen«, sagte Veronica.

»Möchtest du hierbleiben?«, fragte Julianne.

»Das würde ich gern«, sagte ich und merkte, dass ich schon wieder um Fassung rang.

Sam stand auf und drängte Julianne, es ihm gleichzutun. Sie wollten eindeutig noch nicht gehen, aber er ließ nicht locker, bis sie endlich nachgab, aber nicht ohne mich noch mal zu umarmen.

Nachdem sie die Tür hinter sich zugemacht hatten, standen Weston, Veronica, Peter und ich im Flur und sahen einander an.

»Erin, du kannst in Whitneys Zimmer wohnen. Das ist ein wenig… unorthodox, aber ich denke, es ist zu deinem Besten, bis Sam, Julianne und du entschieden habt, wie es weitergehen soll. Vom gesetzlichen Standpunkt aus ist es ein bisschen uneindeutig, da du ja nicht mehr minderjährig bist. Aber mach dir keine Sorgen. Du bist Sams und Juliannes Tochter. Wie auch immer du dich entscheidest, sie werden sicherstellen, dass gut für dich gesorgt ist. Weston, zeig ihr das Zimmer und lass sie sich dann ausruhen. Sie hatte einen langen Tag.«

Weston nickte und führte mich an der Hand die Treppe hinauf. Whitneys Zimmer lag seinem direkt gegenüber. Es hatte ein eigenes riesiges Bad mit Badewanne, Dusche und einem Wäscheschrank vom Fußboden bis zur Decke, voll mit großen, flauschigen Handtüchern. Weston überzeugte sich noch davon, dass Seife und Shampoo da waren.

»Wir können morgen von Gina noch alles holen, was du brauchst, wenn du möchtest.«

Ich nickte.

Er führte mich zurück ins Zimmer und schlug die Tagesdecke auf dem Bett zurück. »Frisch bezogen.« Er öffnete den Schrank. »Klamotten, und zwar reichlich.« Er zog eine Schublade auf. »Nachthemden und Pyjamas. Manche sind aus Seide, weil Whitney eine echte Diva ist. Lass deine Schmutzwäsche einfach im Wäschekorb. Lila kümmert sich dann darum, wenn sie morgen früh kommt. Ich bin mir auch ziemlich sicher, dass Whitney in den Schubladen im Bad auch noch Make-up, Haargummis und solches Zeug hat.«

»Hat sie«, sagte Veronica, die gerade zur Tür hereinrauschte. Sie gab mir eine neue Zahnbürste, eine volle Tube Zahnpasta und einen nagelneuen Deostick. »Peter sagt immer, ich horte zu viel Zeug. Junge Dame, du hast heute Abend eine seit zwanzig Jahren andauernde Auseinandersetzung für mich gewonnen.«

»Ich weiß nicht einmal, wie ich dir danken soll. Es tut mir leid, dass ich …«

»Unsinn«, sagte Veronica und hatte schon den Türknauf in der Hand. »Wir werden das alles hinkriegen. Jetzt versuch zu schlafen. Wir sehen uns morgen früh. Wes?«

Weston beugte sich herunter und gab mir einen flüchtigen Kuss auf die Wange. Dann folgte er seiner Mutter nach draußen. Ich betrat das geräumige, strahlend weiße Badezimmer und zog mich vor dem Spiegel aus. Dann nahm ich eine lange heiße Dusche und benutzte jedes Markenshampoo, jeden Conditioner und jedes schäumende Gesichtswaschmittel, das mir in die Finger kam. Als ich die Dusche verließ, roch ich wie ein Schönheitssalon, und meine Haut schimmerte wie die Marmorfliesen. Ich fühlte mich wie Julia Roberts in *Pretty Woman*.

Ich wickelte mich in eines der flauschigen Badetücher, kämmte meine Haare aus und bemerkte, wie ähnlich die Farbe Juliannes war. Anschließend nahm ich mir ein Nachthemd, schlüpfte hinein und kletterte in das Queen-Size-Bett. Die Federn quietschten nicht, als ich mich hinlegte. Ich war mir nicht mal sicher, ob Whitneys Bett überhaupt Sprungfedern hatte. Es fühlte sich jedenfalls an wie ein einziges großes, weich gefülltes Kissen. Ich drückte den Kopf ins Kissen und streckte meine Zehen, so weit ich konnte, aber sie reichten nicht mal in die Nähe des Fußendes. Mein Körper sank in die Matratze, und die kuschelige Decke hüllte mich weich ein.

Gerade hatte ich mich auf die Seite gedreht und den Arm ausgestreckt, um das Licht auszumachen. Bevor ich mich wieder richtig zudecken konnte, ging die Tür auf, und Weston kam hereingeschlichen.

»Schläfst du schon?«, flüsterte er.

»Nein.«

Er kniete sich neben das Bett. »Hast du's bequem?«

»Besser denn jemals zuvor.«

»Brauchst du noch irgendwas, bevor ich mich aufs Ohr haue?«

Ich schüttelte den Kopf.

»Ich weiß ja nicht, ob ich schlafen kann, wenn ich weiß, dass du hier direkt gegenüber bist.«

Ich musste lächeln. »Versuch's.«

Er kicherte. Dann beugte er sich zu mir und gab mir einen anderen Kuss, als es unter den Augen seiner Mutter möglich gewesen war. An der Tür drehte er sich noch mal um. »Du wirst das hinkriegen. Es ist einfach noch eine weitere Sache, die wir gemeinsam durchstehen werden.«

»Ich weiß.« Eigentlich hätte ich ängstlicher sein müssen, nachdem ich mit achtzehn erfahren hatte, dass die Frau, die mich großgezogen hatte, nicht meine Mutter war. Aber im Moment fühlte ich mich, als hätte ich eine kleine Armee an meiner Seite.

Als ich am nächsten Morgen die Schule betrat, war das, als würde ich in eine andere Dimension eindringen. Alle starrten mich zwar an wie zuvor, aber jetzt aus Neugier. In der ersten Stunde spähte Brady ein paarmal zu mir herüber, aber der Abscheu war aus seinen Augen verschwunden. Sogar die Lehrer sahen mich anders an. Es kam mir vor, als hätte ich die Schule am Vortag als eine Person verlassen und sei nun als eine andere zurückgekehrt.

Niemand, nicht mal Brady, nannte mich mehr Easter. Wenn man mich ansprach, dann als Erin. Zum ersten Mal seit neun Jahren sagte keiner auch nur ein einziges böses Wort zu mir oder schaute mich auch nur fies an. Ich rechnete immer noch damit, wartete darauf, dass jemand mich verhöhnte, aber nichts passierte. Den ganzen Tag über. Der Rest der Woche verlief genauso. Und am Freitag war die Anspannung, die ich bei jedem Schritt in ein Klassenzimmer verspürt hatte, weg. Ich erwartete nicht mehr, dass jemand Beleidigungen oder Papierkugeln auf mich abfeuern würde. Meine Gedanken kreisten um Weston, Sam und Julianne. Sie waren die Woche über jeden Tag zum Abendessen gekommen, und sie kamen auch heute Abend, aber diesmal fühlte es sich richtig wichtig an.

Jeden Nachmittag brachte Weston mich zur Arbeit und fuhr dann zum Baseballgelände gegenüber. Lila hatte die eine meiner zwei Jeans jeden Abend gewaschen und getrocknet, bevor sie sich verabschiedete, sodass ich sie in meine Schultasche packen und für die Arbeit mitnehmen konnte. Ich wollte nichts von Whitneys Sachen ruinieren. Eine Menge davon war sehr feminin und wahnsinnig teuer. Ihre Schuhe waren mir eine halbe Nummer zu groß, aber ich beklagte mich nicht. Schließlich war es das erste Mal, dass ich irgendeinen Markenartikel trug, ganz zu schweigen von Designersachen.

Frankie und ich unterhielten uns über ihre Kinder, aber vor allem über meine neuen Lebensumstände. Sie grinste mich oft an, und ich wusste, dass sie sich für mich freute, aber da war auch eine Spur Trauer in ihrem Blick, die ich nicht ganz verstand.

Jeden Tag nach dem Training schaute Weston vorbei und kam mich nach der Arbeit abholen. Am Dienstag fuhren wir zu Ginas Haus. Ich war mir nicht sicher, ob ich meinen Schlüssel benutzen sollte, also klopfte ich. Sie rührte sich nicht, also ging ich einfach rein. Soul Asylum lief auf voller Lautstärke, deshalb eilte ich nur in mein

Zimmer und ins Bad und raffte zusammen, wovon ich glaubte, es zu brauchen – mein zweites Paar Jeans, meine Zahnbürste, einen Rasierer, das bisschen Make-up, das ich besaß, Unterwäsche, BHs und ein Skizzenbuch. Alles andere ließ ich zurück.

Heute Abend würde ich mich mit dem Umziehen beeilen müssen, um rechtzeitig unten zu sein, wenn Sam und Julianne mit dem Abendessen um sieben herüberkamen. Deshalb ließ ich Westons Hand los, sobald er in die Garage gefahren war, und rannte die Treppen hinauf.

Eine Dreiviertelstunde später erschien ich geduscht und eingecremt. Weston saß auf der obersten Stufe und erwartete mich. Er stand auf, als ich aus Whitneys Zimmer trat. Er erwiderte mein Lächeln nicht.

»Was ist los?«

»Nichts«, sagte er und zwang sich zu einem Lächeln. Er beugte sich herab und küsste mich auf die Wange. Dann gingen wir gemeinsam nach unten. Peter und Veronica deckten den Tisch, während Sam und Julianne Schüsseln öffneten und in die Tischmitte stellten.

Juliannes und Sams Augen strahlten, als sie mich sahen. Beide kamen zu mir und umarmten mich. Wir setzten uns zum Essen, und Weston und ich erzählten von unserem jeweiligen Tag. Die Erwachsenen stellten uns Fragen zu unseren schulischen Verpflichtungen und erkundigten sich, was für uns in der nächsten Zeit die Hauptprojekte sein würden. Es hätte nichts weiter als Small Talk sein können, aber Sam und Julianne wirkten wirklich interessiert und hingen geradezu an meinen Lippen.

Als wir mit dem Schokokäsekuchen fertig waren, wirkte Julianne nervös. Als eine kurze Pause in der Unterhaltung eintrat, ergriff Sam Juliannes Hand, und ihr traten Tränen in die Augen.

»Erin«, sagte Sam. »Julianne und ich haben diese

Woche einiges besprochen, und obwohl wir wissen, dass das für uns alle sehr schnell gegangen ist, wollten wir dich fragen, ob du mit uns kommen und in unserem Haus leben möchtest … bis du aufs College gehst oder in deiner eigenen Wohnung leben willst. Wir haben einfach das Gefühl, dass wir viel nachzuholen haben. Und wir würden das gern als eine Familie tun.«

Mein Blick ging zwischen den beiden hin und her. Mit verzweifelter Hoffnung in den Augen beobachteten sie mich.

»Du würdest dein eigenes Zimmer haben«, sagte Julianne. »Wir haben dir schon ein neues Bett, eine Kommode und Wäsche gekauft. Aber wir dachten, vielleicht möchtest du dir eine Tagesdecke und andere Sachen selbst aussuchen, deshalb habe ich ein paar Kataloge aufs Bett gelegt«, sagte Julianne. Sie hob eine Hand. »Nicht dass ich davon ausgehe, dass du gleich mitkommst, um bei uns zu leben. Ich … ich wollte nur nicht, dass du glaubst, wir würden dir … *ihr* Zimmer anbieten. Du bekämst dein eigenes Zimmer, eigene Kleider und auch sonst deine eigenen Sachen.«

Sam beugte sich vor und schob seine Brille hoch. »Du musst heute Abend keine Entscheidung treffen. Wir möchten nur, dass du weißt, unser Angebot steht. Und wir unternehmen dieses Wochenende gar nichts, nur für den Fall, dass du, weißt du, einziehen willst. Aber noch mal, kein Druck.«

»Ist schon okay. Ich denke, das wäre gut«, sagte ich.

»Im Ernst?«, fragte Julianne fast geschockt nach.

Ich nickte.

Julianne klatschte aufgeregt in die Hände, und beide standen auf, kamen um den Tisch und umarmten mich. Veronica und Peter gratulierten uns. Alle umarmten einander glücklich, bis auf Weston.

Ich setzte mich neben ihn. »Alles okay?«, fragte ich.

»Es wird mir nur fehlen, dich jeden Tag zu sehen«, sagte er.

»Weston, mein Schatz, sie ist dann doch nur die Straße runter!«, sagte Veronica lachend.

»Ich weiß«, sagte er, klang aber immer noch unglücklich.

»Wir werden nicht zu viel von ihrer Zeit beanspruchen«, versicherte Julianne ihm. »Ich verspreche, dass wir auf deine Zeit mir ihr Rücksicht nehmen.«

Das schien Weston ein wenig aufzuheitern. Er nahm meine Hände in seine.

Sam und Julianne setzten sich wieder.

»Dann denke ich, können wir morgen loslegen, oder? Ich habe nicht wirklich viele Sachen, die ich mitbringe«, sagte ich achselzuckend.

»Das ist vollkommen in Ordnung«, sagte Julianne. »Wir werden uns um alles kümmern. Wenn es irgendwas gibt, das du brauchst und das wir nicht haben, lass es uns einfach wissen.«

»Also … auf morgen?«, sagte Sam und hob sein fast leeres Weinglas. Die anderen Erwachsenen hoben ebenfalls ihre Gläser. Weston und ich stießen mit unseren Cherry Cokes an.

»Auf morgen«, sagten wir einstimmig.

Kapitel 12

Sam und Julianne gingen nach Hause. Aufgeregt, weil sie noch ein paar Dinge fertig machen wollten, bevor ich am nächsten Tag einziehen würde. Peter und Veronica zogen sich in ihr Schlafzimmer zurück, und Weston bat mich, noch ein bisschen mit ihm herumzufahren. Wir hielten Händchen, während er seinen Lieblingsplatz ansteuerte: die Überführung. Wir lagen auf der Ladefläche des Trucks und schauten in die Sterne.

»Ich bin ein bisschen nervös. Ich habe dich gerade erst gewonnen und hatte dich bis jetzt ganz für mich«, sagte er und beugte sich zu mir, um mich aufs Haar zu küssen.

Ich erwiderte seinen Kuss, und mein Kopf lag dabei in seinem Arm. »Ich bin doch gleich um die Ecke, und außerdem brauche ich trotzdem jeden Morgen eine Mitfahrgelegenheit zur Schule. Ich glaube nicht, dass es so viel anders sein wird.«

»Ich weiß nicht. Ihr habt achtzehn Jahre nachzuholen, und ich wäre ein totaler Mistkerl, wenn ich dir nicht gönnen würde, deine Eltern kennenzulernen. Ich komme mir vor, als müsste ich beiseitetreten, aber das will ich nicht.«

»Ich will auch nicht, dass du beiseitetrittst«, sagte ich und dachte kurz über seine Worte nach. »Meine Eltern.

Wow. Das ist einfach … *irre*. Ich denke dauernd, dass ich gleich aufwache oder dass jemand mir sagt, dass sei nur ein grausamer Streich.«

»Ein grausamer Streich? Du hast gerade das große Los gezogen. Nicht nur, dass deine schlimmsten Feinde weg sind, sondern du hast auch noch zwei der besten Menschen der Stadt als Eltern.«

»Es fühlt sich falsch an, das zu feiern.«

»Du hast sie ja niemand weggenommen, Erin. Sie gehören dir. Ein bisschen so wie ich.«

Ich schaute ihn an und konnte sein umwerfendes Lächeln im schwachen Schein des Mondes erkennen. »Das ist einfach zu viel Glück auf einmal für jemand, der vorher noch nie welches hatte. Ich fühle mich, als würde mir alles im nächsten Moment entrissen.«

»Ich werde nirgendwohin gehen«, sagte er. »Das verspreche ich dir.«

Ich drehte mich auf die Seite, beugte mich zu ihm und berührte seinen Mund mit meinen Lippen. Es war ein kühler Abend, aber irgendwas tief in meinem Inneren fühlte sich warm an, und diese Wärme breitete sich in meinem ganzen Körper aus. Weston spürte es auch, denn er grub seine Finger in meine Haut und gab dieses leise Geräusch von sich, das ich so mochte. Ich löste mich von ihm und biss mir auf die Lippe, weil mich das, was ich vorhatte, ein wenig nervös machte.

Ich setzte mich auf und zog mir mein Shirt über den Kopf. Weston rührte sich nicht, bis ich nach hinten griff, um meinen BH zu öffnen. Er setzte sich ebenfalls auf und hielt meine Arme fest. Er küsste mich erst, dann flüsterte er ganz nah an meinen Lippen: »Was machst du da?« Seine Augen waren geschlossen, aber die Anstrengung, die es ihn kostete, sich zurückzuhalten, war in jeder Faser seines Körpers zu spüren.

»Wonach sieht es denn aus?«

»Nicht hier.«

»Was?«

»Du willst doch dein erstes Mal nicht auf der Ladefläche meines Trucks erleben.«

»Warum denn nicht? Ich verbinde meine liebsten Erinnerungen damit.«

Er dachte kurz darüber nach, und als ich ihn dann küsste, erwiderte er meinen Kuss. Heftig. Seine Finger berührten meine Schultern und streiften dann die weißen Träger meines BHs ab. Als er neben uns lag, riss er sich sein T-Shirt vom Leib und zog mich an sich. Seine warme Brust an meinen nackten Brüsten erzeugte ein Kribbeln zwischen meinen Schenkeln, und jetzt war es an mir, dieses tiefe, summende Geräusch zu machen.

Weston drehte mich auf den Rücken, öffnete meine Jeans und zog sie herunter, streifte sie von meinen Füßen und legte sie auf den Stapel unserer übrigen Sachen. Es dauerte nicht lange, bis wir beide ganz nackt waren. Dann war Weston über mir, sein Mund auf meinem, seine nackte Haut an meiner.

Ich umklammerte seine Hüften mit meinen Schenkeln, während er sich ein Kondom überstreifte. Doch als er fertig war und sich in der perfekten Stellung befand, um mir meine Jungfräulichkeit zu nehmen, hielt er inne.

»Bist du dir sicher?«, fragte er. »Ich meine, absolut sicher. Du kannst immer noch sagen, warte, und es wäre okay für mich. Ich werde warten.«

Ich legte die Hände auf seinen nackten Po und schob ihn in mich hinein. Er vergrub sein Gesicht an meinem Hals, während er sich langsam und vorsichtig vorarbeitete. Ich war froh, dass er mich nicht küsste, weil ich mich auf nichts anderes konzentrieren konnte als auf dieses unangenehme Brennen. Aber nach ein paar Minuten schienen wir perfekt ineinander zu passen, und ich entspannte mich. Westons Mund suchte meinen, und wir berührten und schmeckten uns stundenlang.

Unmittelbar vor Sonnenaufgang ließ Weston sich neben mich fallen und holte etwas aus der Tasche seiner Jeans. Es war der Inhalator, aus dem er eine Dosis nahm. Erschöpft und glücklich betrachtete er mich. Wir legten uns nebeneinander auf den Rücken und schauten wieder in die Sterne. Weston küsste mich auf die Stirn, angelte nach seiner Jacke, um mich damit zuzudecken, und griff dann noch mal in seine Jeanstasche. Diesmal holte er eine längliche schwarze Schachtel heraus.

»Ich habe was für dich«, sagte er.

»Wieso?«

»Zu deinem Geburtstag.«

»Mein Geburtstag war im September«, sagte ich.

Er lachte. »Es ist ein verspätetes Geburtstagsgeschenk. Ich wollte bis zur Abschlussfeier warten, aber ich kann nicht. Es fühlt sich an, als wäre jetzt der perfekte Moment.«

Die Schachtel knackte, als ich sie aufmachte, und ein silbernes Herz kam zum Vorschein. Es sah genauso aus wie das auf der Kohlezeichnung, und das Wort *Happenstance* war darauf eingraviert. Ich schnappte nach Luft.

»Gefällt es dir?«, fragte er.

»Ob es mir gefällt? Es ist die gleiche Kette, nicht wahr?«

Er strahlte. »Du erinnerst dich daran.«

»Natürlich erinnere ich mich. Wie hast du das gefunden?«

Wir setzten uns beide auf, Weston nahm die Kette aus der Schachtel und schloss sie in meinem Nacken. »Ich habe eben Beziehungen. Es ist ganz gut, mich zu kennen, weißt du?«

»Ich weiß«, sagte ich und schlang die Arme um ihn.

Er gab mir einen Kuss. »Ich hätte nicht gedacht, dass ich es das erste Mal an dir sehen würde, während du nichts anderes trägst. Das ist ein echter Bonus.«

Ich kicherte.

Er schaute auf das Herz und dann wieder in mein Gesicht. »Es ist perfekt. Genau wie das Mädchen am Fenster.«

»Sie ist nicht perfekt«, sagte ich kopfschüttelnd.

»Sie ist perfekt für mich.« Seine Lippen berührten meine, und gerade als das warme Prickeln sich wieder in meinem Körper auszubreiten begann, löste er sich von mir.

»Wir sollten uns lieber anziehen und zurückfahren, damit wir noch ein bisschen Schlaf kriegen. Schließlich ziehst du heute um.«

»Ich ziehe bei den Aldermans ein«, dachte ich laut.

»Du *bist* eine Alderman.«

Ich schüttelte ungläubig den Kopf. »Wenn ich zu genau darüber nachdenke, geht es in meinem Kopf drunter und drüber.«

Weston half mir von der Ladefläche und anschließend auf den Beifahrersitz. Langsam fühlte sich das an wie *meine* Seite, und das gefiel mir. Er hielt auch wieder meine Hand, während er mich zu seinem Elternhaus zurückfuhr. Es fühlte sich gut an zu wissen, dass auch wenn ich es heute verließ, ich nur ein paar Häuser entfernt sein würde.

Weston merkte, dass ich in Gedanken versunken war, und drückte meine Hand. »Versuch, nicht zu viel darüber nachzudenken. Es ist, wie es ist.«

Ich berührte die Kette, die sich perfekt in die kleine Vertiefung zwischen meinen Schlüsselbeinen schmiegte, und fragte mich, wie es sein würde, als Erin Alderman zu leben.

»Wie das Leben so spielt. *Happenstance*«, flüsterte ich.

Teil 2

Kapitel 1

Obwohl das Licht aus war und die Tür zu, zog mich irgendetwas zu Alders Zimmer. Ich wohnte inzwischen seit drei Wochen bei meinen richtigen Eltern und hatte Alders Tür nie offen gesehen. Doch jedes Mal, wenn ich daran vorbeiging, an dieser weiß gestrichenen Holztür mit dem Namen ERIN aus pastellfarbenen Holzbuchstaben, hatte ich das Bedürfnis, sie aufzumachen.

Das werde ich nicht tun, schwor ich mir.

An meinem zweiten Abend bei den Aldermans hatte Julianne sich mit mir auf mein Queen-Size-Bett gesetzt und Kataloge mit Tagesdecken, Wanddekor und Kleidung durchgeblättert. Sie bat mich, anzustreichen, was mir gefiel. Und danach musste sie alles bestellt haben, weil seither fast jeden Tag Kartons geliefert wurden.

Es klingelte an der Tür, und ich ging die Holztreppe hinunter, wobei ich versuchte, nicht zu viel Lärm zu machen. Dabei waren Sam und Julianne sowieso schon auf und in der Küche.

Nachdem ich mir den Weg zwischen lauter Kartons gebahnt hatte, öffnete ich die Tür und musste grinsen, als ich Weston sah, der sich gerade mit einer Kopfbewegung den Pony aus der Stirn schüttelte. Sein Haar war noch feucht, seine Augen wirkten ein bisschen gerötet. Am Vorabend hatten wir noch lang miteinander telefoniert.

»Riecht, als wollten sie dich noch mal in die Küche locken«, bemerkte Weston, als er sich vorbeugte, um mir einen flüchtigen Kuss auf die Lippen zu drücken.

»Guten Morgen«, sagte ich, als ich mich von ihm gelöst hatte.

Sein Blick fiel auf den Boden und wanderte über die Kartons in verschiedenen Größen. »Noch mehr Zeug?«

»Noch mehr Zeug«, bestätigte ich und betrachtete die zahlreichen Schachteln ehrfürchtig.

»Weston!«, rief Julianne. »Hier gibt es einen Teller mit gebratenem Speck!«

Er ging an mir vorbei und nahm mich bei der Hand. Zusammen durchquerten wir den hell gestrichenen Flur und bogen dann durch einen Rundbogen nach rechts. Julianne liebte Pastellfarben und so viel Tageslicht wie möglich. Das passte zu ihr, weil sie selbst so ein sonniges Naturell hatte. Das ganze Haus war in Weiß oder Weißtönen und Hellblau gehalten. Die Vorhänge waren fast durchsichtig.

Auf dem Ofen stand ein Topf mit Gravy, sämiger weißer Soße, und wie versprochen türmte sich auf einem Teller auf der Anrichte knusprig gebratener Speck.

»Hast du Hunger?«, fragte Julianne fröhlich. Sie trug eine gelb-blau karierte Schürze über ihrem pinkfarbenen Angorapulli und einer Jeans. Ihr rotbraunes glänzendes Haar schwang wie immer bei jeder Bewegung mit.

Weston sah mich mit seinen großen grünen Augen an, denn die Frage war nicht an ihn gerichtet gewesen.

»Tut mir leid.« Ich zuckte zusammen, weil ich es hasste, sie zu enttäuschen, aber solange ich mich erinnern konnte, hatte ich nie gefrühstückt. Deshalb kam es mir seltsam vor, morgens etwas zu essen. Gina hatte nicht mehr für mich gekocht, seit ich alt genug gewesen war, um mir selbst ein Sandwich zu machen. Schlafen und der Schulweg waren mir wichtiger gewesen, als beispielsweise Eier zu braten, selbst wenn Gina sich mal die Mühe gemacht hätte, Speisekammer oder Kühlschrank mit Frühstückszutaten aufzufüllen, was sie höchst selten tat.

Julianne zuckte mit den Schultern und versuchte, es leicht zu nehmen. »Nimm dir doch wenigstens einen Happen für unterwegs mit, Schätzchen.«

»Hast du … Biscuits and Gravy gemacht?«, fragte Weston, reckte das Kinn und schnupperte.

»Und Würstchen«, sagte Julianne, deren Augen schon wieder leuchteten.

Weston sah erst mich an, dann auf seine Uhr. »Wir haben noch Zeit.«

Ich ließ meinen nagelneuen grünen Rucksack auf den Boden plumpsen und zog mir einen Hocker an die Frühstückstheke, die sich an die Kochinsel anschloss. »Ja, haben wir.«

Julianne wirbelte herum, holte zwei Biscuits vom Blech und schnitt sie auf. Mit einem kleinen Schöpfer gab sie reichlich Gravy darauf.

Weston schluckte, weil ihm schon das Wasser im Mund zusammenlief.

»Macht deine Mom dir kein Frühstück?«, fragte ich.

»Manchmal«, sagte Weston. »Aber sie ist keine so gute Köchin wie Julianne. Ich weiß gar nicht, ob es überhaupt jemand gibt, der es mit ihr aufnehmen kann.«

»Aah«, machte Julianne. »Mit Komplimenten erreichst du in diesem Haus alles.«

Ich rutschte unbehaglich auf meinem Hocker herum. Mir war eingefallen, dass Weston sicher nicht zum ersten Mal in Juliannes Küche saß und mit ihrer Tochter frühstückte. Aber das war damals noch eine andere Tochter gewesen.

»Er hat recht, Honey«, sagte Sam. »Du bist eine fantastische Köchin, und ich bin ein glücklicher Mann.« Er nahm sich eine Handvoll Speck und küsste Julianne auf die Wange. »Wenn es gut läuft, bin ich gegen acht zu Hause. Ich habe einen späten Fall.«

Julianne nickte und hielt ihm noch ihre andere Wange hin.

Dann kam Sam zu mir und küsste mich aufs Haar. »Hab einen schönen Tag, Kindchen.« Er überlegte kurz. »Arbeitest du heute Nachmittag?«

Ich nickte. »Eigentlich arbeite ich jeden Tag. Von vier bis acht.«

»Das ist ganz schön oft«, sagte Julianne nachdenklich.

Sam nickte Weston zu. »Holst du sie ab?«

Weston nickte.

»Kann ich dich morgen abholen?« Sam schob seine Brille hoch und sah mich mit seinen wie immer leicht verquollenen Augen erwartungsvoll an.

Ich warf Weston einen Blick zu und nickte dann.

Sam zuckte mit den Schultern. »Ich würde dich gern auf ein Eis einladen.«

Alle schauten ihn fragend an.

»Das war nur Spaß«, meinte er lachend. »Ich dachte, vielleicht könnten wir zusammen zu Abend essen?« Er sah seine Frau fragend an.

»Klar«, meinte ich und fühlte mich ein wenig überrumpelt.

Er drückte meine Schulter, schnappte sich sein Jackett und lief über den Flur zur Hintertür, die in die Garage führte.

»Sam?«, rief Julianne. »Deine Handtasche!« Sie zwinkerte mir zu.

Sam kam zurückgelaufen und griff nach einer braunen Ledertasche. »Das ist keine Handtasche!«, stieß er hervor und verschwand wieder. Sekunden später schlug die Tür hinter ihm zu.

Ein tiefes Brummen verriet, dass das Garagentor sich öffnete.

Julianne strich sich eine Strähne aus dem Gesicht. »Ich muss mir unbedingt die Haare schneiden lassen. Das macht mich noch verrückt.« Sie sah mich mit Neugier im Blick an. »Hast du Lust mitzukommen?«

Ich schaute auf meine Haare, die fast die gleiche Farbe hatten wie Juliannes Locken. Nur ohne die Highlights. Ich hatte meine geflochten, weil sie vom Duschen am Vorabend noch ein bisschen feucht waren. Meistens trug ich sie in einem Knoten oder Pferdeschwanz, damit sie mir nicht im Weg waren. Als ich noch in die Grundschule ging, hatte Gina sie mir ein paarmal geschnitten. Das einzige Mal, dass ich das selbst versucht hatte, war in der neunten Klasse gewesen. Das war so gründlich danebengegangen, dass ich mein Haar seither einfach wachsen ließ. Inzwischen reichte es mir bis zur Mitte des Rückens.

Weston sah mich an.

»Äh, klar«, sagte ich.

»Wie kurz?«, fragte Weston stirnrunzelnd.

»So kurz, wie sie möchte«, erklärte Julianne halb im Spaß.

»Ich frag ja nur«, sagte Weston und hob die Hände.

»Dann rufe ich an und mache einen Termin aus. Wann passt es denn für dich?«

Ich zuckte mit den Achseln. »Samstagmorgen?«

»Ich kümmere mich drum«, sagte sie, während sie eine Pfanne abwusch.

Weston schob sich den letzten Bissen von seinem

Biscuit in den Mund. »Danke, Julianne. Aber wir sollten jetzt auch los.«

»Natürlich. Ich packe die Sachen für dich aus, Erin. Du kannst sie heute Abend so verräumen, wie du magst.«

»Okay, danke«, sagte ich und setzte meinen Rucksack auf. »Bis später.«

»Ich … hab einen schönen Tag, Süße.«

»Du auch«, sagte ich und folgte Weston zur Haustür.

Sein riesiger roter Chevy-Truck parkte direkt vor dem Haus. Der Lack sah frisch poliert aus, sogar die Reifen waren blitzsauber.

»Hast du gestern den Truck geputzt?«

»Mir ist ein bisschen langweilig, seit du hierher umgezogen bist. Dich zu teilen, fällt schwerer, als es klingt.«

»Was hast du in der Zeit vor mir gemacht?«, fragte ich.

Ich zog ihn nur auf, aber Weston machte ein seltsames Gesicht. Er hatte seine Zeit mit Alder und ihren gemeinsamen Freunden verbracht. Er hatte auch nicht auf Distanz gehen müssen, um zu respektieren, dass Sam und Julianne ihre Tochter kennenlernen wollten. Jetzt, wo Alder nicht mehr da war und er nicht mehr mit denselben Freunden abhing, fühlte er sich wahrscheinlich ein bisschen verloren, wenn ich bei Sam und Julianne war.

Weston öffnete mir die Beifahrertür. »So ziemlich das Gleiche. Mir gewünscht, Zeit mit dir zu verbringen.«

Ich war mir nicht sicher, ob das als Scherz gemeint war. Er lächelte jedenfalls nicht dabei.

Ich stieg ein, und Weston lief um den Wagen herum. Sobald er hinterm Steuer saß, streckte er eine Hand nach meiner aus. Als ich sie ergriff, zog er daran.

»Was denn?«, fragte ich.

»Komm her«, sagte er und bedeutete mir, mich direkt neben ihn zu setzen.

Ich rutschte rüber und schnallte mich mit dem Beckengurt an. Er schnallte sich ebenfalls an, schaltete die Automatik auf Drive, und dann fuhr er, den Arm um meine Schultern gelegt, einhändig bis zur Schule. Wahrscheinlich war er mit Alder oft so gefahren.

In meinem Inneren zog sich alles zusammen. Solche Gedanken mussten aufhören, sonst machte ich mir selbst das Leben schwer.

Nachdem wir auf dem Schülerparkplatz geparkt hatten und zusammen ins Schulgebäude gingen, starrten uns schon weniger Leute an als in der Woche davor. Mir war es immer noch nicht angenehm, in der Schule Händchen zu halten, aber manchmal vergaß Weston es einfach.

Die erste Stunde verlief insofern ruhig, als niemand mich tyrannisierte, was der neue Normalzustand geworden war. Brady warf mir immer noch Blicke zu, aber die waren eher neugierig als gehässig.

Mrs. Merit begann die Stunde, sobald es geläutet hatte. Sie war schon mit den meisten ihrer Seiten auf dem Smartboard durch, als Sara Glenn sich zu mir herüberlehnte.

»Was hat es mit dieser Kette auf sich?«, fragte sie.

»Mädchen tragen manchmal Schmuck«, sagte ich.

Sie ließ sich nicht abwimmeln. »Die muss von Weston sein. Seit fast einem Monat trägst du die täglich.«

Ich ignorierte sie. Ihr darauf zu antworten, erschien mir unnötig.

»Chrissy North sagt, du wärst in Alders Zimmer gezogen. Spukt es da?«

»Nein und nein.«

»Brendan sagt, Weston hat gesagt, ihr hättet schon in ihrem Bett Sex gehabt.«

Ich sah sie aus schmalen Augen an. »Weston würde so etwas niemals sagen.«

»Dann stimmt es also?«

»Das ist widerwärtig.«

Sie zog die Augenbrauen hoch. »Sex mit Weston ist widerwärtig?«

Meine Brust drückte gegen die Tischplatte, als ich mich zu ihr hinüberbeugte. »Wird es dir nicht irgendwann langweilig, immer nur Klatsch zu hören und zu verbreiten, Sara? Ist das nicht ermüdend, oder brauchst du das, um dich hervorzutun?«

»Meine Damen?«, sagte Mrs. Merit.

Ich lehnte mich wieder zurück und schaute in mein Buch. Dabei verschränkte ich die Hände im Schoß, damit Sara nicht sah, wie sie zitterten. Eine Welle der Enttäuschung erfasste mich, weil ich mich von ihr hatte provozieren lassen. Was war bloß mit mir los? Über so etwas stand ich doch. Das war mir doch vorher jahrelang auch gelungen.

Mrs. Merit las noch den Arbeitsauftrag vor, und dann machte ich mich daran, die zweiundzwanzig Fragen am Ende des Kapitels zu beantworten. Sara sagte nichts mehr zu mir, und ich sorgte dafür, dass meine Sachen zehn Sekunden vor Unterrichtsschluss gepackt waren, damit ich sofort gehen konnte.

Weston traf ich vor meinem Spind. Er merkte, dass etwas nicht stimmte. »Hat Brady irgendwas zu dir gesagt?«

Ich schüttelte den Kopf.

»Brendan? Micah? Es war Andrew, oder? Der kleine Scheißer …«

»Nein. Niemand hat was gesagt«, erklärte ich, stopfte mein Biobuch in den Spind und nahm das für die nächste Stunde heraus.

Weston fasste mich sanft unterm Kinn und drehte mein Gesicht zu sich. »Sag es mir.«

Ich schloss die Augen. »Sie sagen schreckliche Sachen.« Ich schüttelte den Kopf. »Schreckliche.«

»Was denn?« Er ließ mein Kinn los und runzelte die Stirn.

»Ich will das nicht wiederholen. Ich kann nicht … einfach schrecklich.«

»Dass wir in Alders Bett Sex hatten?«, fragte er.

Ich schaute zu ihm hoch. »Du hast es auch gehört?«

»Letzte Woche. Eigentlich wundert es mich, dass es dir erst jetzt zu Ohren gekommen ist.«

»Es tut mir so leid. Ich …«

Weston wurde rot vor Wut, aber nicht auf mich. »Entschuldige dich nicht für die, Erin. Die können einem bloß leidtun. Das ist so eine perverse …« Er verstummte. »Wer auch immer sich das ausgedacht hat und krank genug ist, um es auch noch weiterzuerzählen, der hat mehr Probleme als Klatsch und Tratsch. Du kannst nichts dagegen machen, was sie denken oder sagen.«

»Ich weiß. Es ist mir auch egal, was sie von mir denken. Aber … aber ich will nicht, dass Sam und Julianne so etwas zu Ohren kommt.«

»Ich habe es ihnen schon gesagt. Sie wissen, dass wir nie so respektlos ihnen gegenüber wären.«

Mir blieb vor Staunen der Mund offen stehen. »Du hast es ihnen gesagt? Wie konntest du das bloß tun?«

»Wir leben in einer Kleinstadt, Erin. Mir war es lieber, sie hören es von uns, oder?«

»Aber sie haben es nicht von *uns* gehört, sondern von *dir*. Warum hast du mir nichts davon gesagt?«

Je mehr ich mich aufregte, desto nervöser wurde Weston. Er schluckte und machte ein unglückliches Gesicht. »Du hast schon genug durchgemacht.«

»Bitte sieh mich nicht so an.«

»Wie denn?«

»Mit diesem O-du-Arme-Blick. Davon kriege ich auch so schon genug.«

»Erin«, fing Weston an, aber da klingelte es.

»Shit!«, sagte ich, schnappte mir mein Zeug und knallte den Spind zu, bevor ich im Laufschritt zu meinem nächsten Kurs eilte.

Die zweite und dritte Stunde nahm ich wie verschwommen wahr. Ich konnte immer nur daran denken, was für ein Gesicht Julianne gemacht haben musste, als Weston ihr von dem jüngsten Gerücht erzählte. Weston wartete zwischen den Stunden an meinem Spind auf mich, sagte aber nichts. Als ich ebenfalls schwieg, ließ er mich wortlos wieder gehen.

Vor dem Mittagessen stand er wieder bei meinem Spind, aber ich ging schnurstracks in die Cafeteria und aß allein. Die anderen beobachteten mich bei jedem Bissen. Ich konnte nicht gewinnen: Sie starrten mich an, als Weston und ich zusammen waren, und sie taten es genauso, wenn wir es nicht waren. Die Aufmerksamkeit war zwar deutlich weniger negativ als vor dem Zwischenfall, es war eher Neugier, aber es war immer noch Aufmerksamkeit, die ich nicht wollte.

Bis zur Gesundheitslehre war ich schon total fertig und ein Opfer meiner eigenen aufwallenden Gefühle.

Coach Morris teilte uns ein Worträtsel aus, setzte sich ans Pult und legte die Füße darauf. Ich fing an zu arbeiten, spürte aber ganz genau, dass Weston meinen Hinterkopf anstarrte. Dann hörte ich, wie er in seiner Tasche kramte und einen Stoß aus seinem Inhalator nahm. Sein Tisch knarzte ein paarmal, weil er offenbar eine bequemere Sitzposition suchte.

Auf einmal berührten mich seine warmen Finger zwischen den Schulterblättern, allerdings so sanft, dass ich mir nicht sicher war, ob ich es mir nicht einbildete.

Da flüsterte er: »Bitte red mit mir.«

Ich drehte meinen Kopf ein wenig zur Schulter,

sah ihn aber nicht an. »Ich weiß nicht, was ich sagen soll.«

»Sag, dass ich ein Scheißkerl bin, weil ich mit deinen Eltern gesprochen habe, ohne vorher mit dir zu reden. Und dann sag, dass du mich nicht hasst.«

»Ich hasse dich nicht.«

Er nahm seine Finger wieder weg, und ich hörte ihn tief ausatmen.

Als ich nach vorne spähte, merkte ich, dass Coach Morris sich bemühte, uns nicht anzustarren. Und nachdem ich mich hastig umgesehen hatte, war offensichtlich, dass der Coach nicht der Einzige war, der diesen leisen Austausch zwischen mir und Weston mitbekommen hatte.

Ich spürte einen Druck in meiner Brust. Es war schon Wochen her, dass ich gegen das Bedürfnis zu weinen hatte ankämpfen müssen, aber es war mir vertraut wie alte Freunde. Ich richtete meine Gedanken darauf, wie viele Kugeln Kokoseis in einen Hawaiian Blizzard gehörten und wie viele Kisten mit Bechern, Löffeln oder Servietten wir benötigen würden, wenn der Lkw mit der Lieferung käme. Ich stellte mir vor, gebrauchte, weiße Geschirrtücher zu falten und sie dabei zu zählen. Im Dairy Queen zu sein, das hatte mich schon immer getröstet. Dabei lenkte mich die Arbeit nicht nur ab, sondern es war auch der Ort, wo ich Zeit mit meiner engsten Freundin Frankie verbrachte. Und egal, wie viele Kunden mir von Angesicht zu Angesicht gegenüberstanden, das Schiebefenster war immer zwischen uns.

Als es klingelte, war ich noch ganz im DQ. Weston stand auf, blieb an meinem Tisch stehen, aber als ich nicht aufsah, ging er weiter. Bald war ich die Einzige im Raum. Oder zumindest dachte ich das.

»Hey«, sagte eine Stimme.

Ich schaute hoch. Es war Brady Beck. »Wohnst du jetzt echt bei den Aldermans?«

Ich suchte meine Sachen zusammen und stand auf, aber Brady stellte sich mir in den Weg. »Ich wette, sie haben die ganze Zeit Schiss davor, was du ihnen klaust. Du magst vielleicht blutsverwandt sein, aber du wurdest von einer Drogensüchtigen großgezogen.«

Ich schaute ihn nur an und weigerte mich zu antworten.

Er musterte mich von oben bis unten mit selbstgefälliger Überheblichkeit im Blick. »Hat Weston dir eigentlich schon verraten, warum er auf einmal so interessiert an dir ist?«

Ich blieb stumm.

»Vielleicht solltest du ihn das mal fragen.« Damit ging er endlich.

Der falsche weiße Marmor in den roten Fliesen auf dem Flur sah aus wie kleine Albinoschlangen, die in verschiedene Richtungen krochen, hauptsächlich auf die großen Fenster an der Südseite der Mensa zu. Die Stühle an den vielleicht fünfzehn Tischen zum Mittagessen waren leer. Als ich an dem runden Glaskomplex in der Mitte des Gebäudes vorbeikam, worin sich die Bibliothek befand, entschied ich, nicht zu meinem Spind zu gehen, sondern direkt zu Spanisch, meinem nächsten Kurs.

Miss Alcorn begrüßte mich. Ich war die erste Schülerin im Klassenzimmer und wahrscheinlich die einzige ohne Buch.

»Ich habe es zu Hause vergessen«, erklärte ich sofort, damit ich die Frage nicht später vor allen anderen beantworten musste.

»Bring es aber morgen unbedingt mit. Du wirst es definitiv brauchen.«

Ich nickte und versuchte, die Verspannung in meinem Nacken wegzumassieren. Der Unterricht dauerte noch keine zehn Minuten, als Micah Norton ein Stück Papier aus seinem Block riss und es auf meinen leeren Tisch warf.

»Hat Weston dir schon den Laufpass gegeben? Erst wart ihr wie siamesische Zwillinge, und jetzt hab ich euch den ganzen Tag noch nicht zusammen gesehen.«

Ich drehte mich nicht mal um.

»Easter«, flüsterte er.

Es war das erste Mal, dass jemand mich so nannte, seit sich herumgesprochen hatte, dass ich nicht Ginas Tochter war. Es klang verächtlich. Das hatte es schon immer getan.

Ich drehte mich immer noch nicht um. Micah hatte seine Freunde nicht bei sich, die ihn angefeuert hätten, mich zu tyrannisieren. Wenn ich ihn ignorierte, ließ er es normalerweise irgendwann sein. Es gab drei Arten von Mobbern: Typen wie Sara, die eher passiv aggressiv waren und das meist nur, wenn sie selbst einen schlechten Tag hatten. Andere wie Micah und Andrew quälten mich nur, wenn noch weitere Leute da waren, die mitmachten, und dann gab es Mobber wie Brady und Brendan, die es nicht kümmerte, wer noch dabei war. Wenn sie es einmal auf jemand abgesehen hatten, gaben sie erst Ruhe, wenn sie ihre Beute irgendwie zur Strecke gebracht hatten.

Ich hatte ein paar Bücher und Artikel über Mobbing gelesen. Auch darüber, wie Mädchen sich normalerweise aufeinander einschießen. An meiner Schule waren jedoch die Jungs am schlimmsten. Sie genossen die Macht der Einschüchterung. Oft hingen das Niveau und die Dauer der Grausamkeit davon ab, wie viele andere bei dem Angriff mitmachten. Niemand war davor sicher. Es passierte zufällig und immer plötzlich und gnadenlos. Der beste Schutz bestand darin, sich mit den Mobbern anzufreunden und mitzumachen. Es war ein vorhersehbarer Teufelskreis, den erst der Schulabschluss durchbrechen konnte. Ich wusste, dass ich nur eine von vielen war, die aus diesem Grund verzweifelt den letzten Schultag herbeisehnten.

Meine Gleichgültigkeit und Miss Alcorns Null-Toleranz-Haltung gegenüber solchen Schikanen waren es wohl, die Micah schnell zum Aufgeben brachten. Eine vertraute Erleichterung stellte sich bei mir ein, aber sie war auch beunruhigend. Ich fühlte mich aus der Übung, obwohl es nur wenige Wochen gewesen waren, in denen ich nicht so wachsam hatte sein müssen. Zum Glück ließ Micah mich für den Rest der Stunde in Ruhe.

Als ich Weston im Kunstunterricht wiedertraf, war er schon ein Nervenbündel. Er setzte sich auf seinen Stuhl, den er sich an meinen Tisch gezogen hatte, und vor lauter Nervosität hüpfte sein Knie auf und ab.

»Warum gehst du mir aus dem Weg?«, stieß er hervor.

»Tue ich nicht«, sagte ich mit gedämpfter Stimme und in der Hoffnung, er würde ebenfalls leiser sprechen.

Da kam schon Mrs. Cup hereingerauscht und ermahnte uns streng, unbedingt schnurstracks zu der ehemaligen Pizzeria neben dem Wandgemälde zu kommen.

»Wer hat noch keine Mitfahrgelegenheit?«, fragte sie.

Weston sah mich besorgt an.

Nur zwei Schüler meldeten sich.

»Ihr könnt mit mir kommen oder bei irgendjemand anderem mitfahren. Aber ich muss es sofort wissen«, erklärte Mrs. Cup und wartete, dass die beiden sich entschieden.

Weston ließ mich nicht aus den Augen. »Kann ich dich mitnehmen?«

Auf dem Weg zum Parkplatz bot Weston mir seine Hand an, wohl um die Stimmung zu testen. Die Einzigen, die sich außer uns draußen befanden, waren die anderen Schüler aus dem Kunstkurs und Mrs. Cup, also war es nicht so peinlich wie vor oder nach dem Unterricht.

Aber ich spürte die Anspannung, die von ihm ausging, als unsere Finger sich berührten.

Sobald er seine Tür zugeschlagen hatte, holte er tief Luft. »Es tut mir leid, Erin. Ich dachte, ich würde das Richtige tun. Ich habe versucht, dich zu schützen. Jetzt sehe ich auch, dass es dumm war, mit ihnen zu reden, ohne mich vorher mit dir abzusprechen.« Er wartete, dass ich darauf antwortete, und war sichtlich auf eine Auseinandersetzung gefasst.

»Ich werde schon drüber wegkommen.« Ich war nicht wütend. Ich war mir nicht sicher, was mich beschäftigte, aber es war seltsam, dass jemand mir gegenüber so … so schuldbewusst war.

Zwischen seinen Augenbrauen bildete sich eine Falte. Er war wohl mit meiner Reaktion unzufrieden und fuhr wortlos bis zum verwaisten Parkplatz der ehemaligen Pizzeria. Alle anderen standen schon an der Ziegelmauer und packten ihre Utensilien aus, während wir noch parkten.

»Für mich ist das auch neu, Erin«, sagte Weston. »Es kümmerte mich nicht, ob Alder mit mir Schluss gemacht hätte. Ich machte mir nicht jeden Abend Sorgen darüber, ob ich sie vielleicht nie wiedersehen würde, wenn sie erst mal aufs College ging. All diese bizarren, schrecklichen, erstaunlichen Dinge, die dir gerade passieren – da wäre es total verständlich, wenn du sagen würdest, du hast keine Zeit auszuprobieren, ob das mit mir was wird. Dabei bin ich verrückt nach dir, Erin. Hast du überhaupt eine Vorstellung davon, wie wahnsinnig mich das macht?«

»Du möchtest vom Wahnsinnigwerden reden? Du weißt schon, dass meine Mom eine gute Köchin ist, weil du schon mit ihrer Tochter zusammen warst. Wahrscheinlich hattest du sogar schon Sex in dem Zimmer, in dem ich jetzt schlafe. Du kennst mein Zuhause und meine Eltern besser als ich selbst. Ich lebe das Leben von jemand anderem, Weston. Also erzähl mir ruhig mehr über deine Befürchtung, dass eine mit dir Schluss macht.«

Ich schnappte nach Luft und schlug mir die Hand vor den Mund. Er keuchte, als hätte ich ihm einen Schwinger in die Magengrube versetzt.

»O mein Gott, es tut mir so leid, was ich da gerade gesagt habe.« Die Hand dämpfte meine schrille Stimme.

Er schüttelte den Kopf und strich sich mit dem Zeigefinger über die Unterlippe. »Es gibt dafür ja keine festgeschriebenen Regeln. Und vielleicht hatte ich das verdient. Ich habe keine Ahnung.«

»Keiner verdient das. Deine Gefühle sind genauso wichtig wie meine. Wir haben beide eine Menge durchgemacht. Es tut mir leid.« Ich streckte die Hand nach ihm aus.

Er schaltete die Zündung aus und drehte sich weg, um seine Tür aufzumachen. Angst durchzuckte mich wie ein Blitz.

Die Tür ging nur einen Spaltbreit auf, dann hielt er inne. Er drehte sich um und schloss mich in die Arme. Die Tränen, die ich den ganzen Tag über zurückgehalten hatte, flossen mir jetzt in Strömen über die Wangen.

Mrs. Cup klopfte energisch ans Seitenfenster. Wir drehten uns beide zu ihr um und konnten nur ihre Haare sehen. Weston stieß seine Tür auf.

»Na los, ihr beiden. Ihr habt was zu tun.«

Ich wischte mir über die Augen und nickte.

Als wir schließlich aus dem Truck gestiegen waren und mit unseren Pinseln und Bürsten an der Mauer auftauchten, starrten uns mehrere Augenpaare an. Wären wir irgendwer gewesen, hätte es Nachsitzen oder zumindest ein ernstes Gespräch gegeben. Aber es verhielt sich anders, wenn man eine Alderman oder ein Gates, eine Masterson oder ein Beck war. Für Leute mit diesen Nachnamen schienen solche Regeln nicht zu gelten. Zumindest nicht in Blackwell.

Kapitel 2

Frankie massierte das Softeis geradezu in den blau-roten Becher in ihrer Hand. Obwohl sie die perfekte Menge Eis, Erdbeersoße und Bananenstückchen einfüllte, plauderte sie gedankenverloren mit mir über ihre Kinder und das letzte Wochenende.

»Beim Aufwachen hatte ich nicht nur einen Kaugummi, sondern auch zwei Popel und einen Eisstiel in meinen Haaren. Ich meine, das war ja nur ich, nicht wahr?«

Ich zog die Augenbrauen hoch, und sie zuckte mit den Schultern, während sie eine Waffel in die flüssige Schokolade für den Schokoüberzug tauchte. Dann betrachtete sie die Waffel kurz, um sicherzugehen, dass sie trocken war, und kippte die Blizzard-Mischung mit Schwung in das Waffelhörnchen, ohne auch nur das kleinste bisschen Eis auf die Schokolade zu schmieren.

»Wirst du mir je dein Geheimnis der Blizzard-Waffel-Zubereitung verraten?«

»Wozu denn? Du verlässt mich doch sowieso bald.«

Meine Miene verfinsterte sich. »Ich habe noch ganze vier Monate. Vielen Dank auch.«

Frankie reichte die Waffel durch das Fenster zum Drive-

Thru hinaus und schob das Glas wieder zu. »Du brauchst das Geld nicht mehr, Erin. Geh und sei ein Kind. Genieß den Rest deines Junior-Jahrs.«

Ich schnitt eine Grimasse. »Ganz gewiss habe ich nicht so lange gearbeitet, um jetzt jemand um Geld bitten zu müssen.«

»Sie sind deine Eltern, Erin. Das ist nun mal das, was Kinder machen. Und das ist in Ordnung. Du verdienst es.«

»Ich verstehe schon, was du mir sagen willst. Aber ich will trotzdem finanziell von niemand abhängig sein. Nicht mal von Sam und Julianne. Außerdem könnte es ja sein, dass ich dich dann vermissen würde.«

»Ach«, sagte sie und drehte das Schild mit der Aufschrift »Open« um. »Ich hasse dich.«

»Ich hasse dich auch.«

Westons Chevy war hinter dem Imbiss zu hören, während wir noch alles auffüllten und sauber machten.

»Irgendwie vermisse ich deine Ablehnung, bei mir mitzufahren«, sagte Frankie.

»Und irgendwie vermisse ich, dass du mich fragst, weil du schon weißt, dass ich ablehnen werde.«

»Warum lässt du dich von ihm mitnehmen und von mir nie?«, fragte sie und wischte die Softeis-Maschine ab.

»Er lässt mich fahren«, erklärte ich mit einem Lächeln.

Sie ließ die Hände fallen, sodass sie gegen ihre Oberschenkel klatschten. »Du hättest meine alte Gurke von einem Taurus auch fahren können! Du hättest ja bloß mit einem Wort danach fragen müssen!«

Ich kicherte, während ich ihr ins Lager folgte. »Nacht, Frankie.«

»Gute Nacht, Erin, hi, Weston!«, rief sie und winkte.

Weston winkte zurück und schaute dann auf mich

herunter, während sein Ellbogen außen auf der rot lackierten Fahrertür lag. »Was?«

Er hatte den Schirm seiner kastanienbraun-weißen Baseballcap nach hinten gedreht, und einzelne braune Haarsträhnen standen darunter hervor. Er hatte schon geduscht, und ich malte mir aus, wie ich den Duft seines Old-Spice-Duschgels – im Moment mein Lieblingsgeruch – erschnuppern würde, sobald ich mich auf meinen Platz neben ihn setzte.

Seine Wangen waren gerötet, und seine ein wenig spitze Nase glänzte frisch geschrubbt. Die grünen Seen seiner Augen schimmerten unter den langen dunklen Wimpern und im Kontrast zu seiner gebräunten Haut.

Früher betrachtete ich ihn verstohlen, so oft ich konnte, und jetzt durfte ich ihn ansehen, so lange ich wollte. Er hatte mir schon ein paarmal versichert, dass er mich liebte, und das war keine spontane Offenbarung. Weston Gates hatte mich geliebt, seit wir Kinder waren, und wahrscheinlich hatte ich ihn die ganze Zeit über ebenfalls geliebt. Ich hatte es mir nur nicht klargemacht, weil ich es nicht konnte. Damals wäre das hoffnungslos gewesen. Und nun war er da, saß hoch über mir in seinem höhergelegten Truck, und sein Glasspack-Auspuff ließ die ganze Welt unüberhörbar wissen, dass er gerade beim Dairy Queen war, um mich von der Arbeit abzuholen. Das wurde langsam normal. Für uns beide und für jeden anderen in unserer Kleinstadt.

»Du willst dich doch nicht etwa noch mal wegen heute Nachmittag entschuldigen, oder?«, fragte er, und es war klar, dass er unsere Auseinandersetzung nicht erneut aufrollen wollte.

»Nein, aber ich hatte irgendwie gehofft, wir könnten einen Zwischenstopp bei der Überführung einlegen, bevor du mich nach Hause fährst.«

Er strahlte. »Aber klar.« Und bevor ich noch etwas darauf sagen konnte, war er nicht mehr zu sehen, weil er sich rüberbeugte und die Beifahrertür aufmachte. Dann tauchte sein Gesicht wieder auf. »Spring rein, Babe. Ich hab hinten in meiner Kühlbox eine Fanta Orange, auf der dein Name steht.«

Ich ging um den Wagen und stieg ein. »Du bist so romantisch.«

Er zog mich an sich und legte eine Hand auf meinen Oberschenkel. »Gern geschehen«, sagte er mit einem schelmischen Grinsen.

Nach einem flüchtigen Küsschen auf meine Wange drückte er aufs Gas und fuhr auf die Main Street, von der er bald nach links in Richtung Überführung abbog. *Unsere* Überführung, wie er sie zu nennen pflegte.

Der Truck stand noch keine zehn Minuten, als wir schon nackt aneinandergeschmiegt auf der Ladefläche lagen. Ich spürte, wie er zögerte, bevor er mich küsste. Deshalb löste ich mich von ihm und sah ihm direkt in die Augen.

»Was ist mit dir los?«, fragte ich.

»Nichts.«

»Lügner.«

»Ach … das ist peinlich«, sagte er und kicherte nervös.

»Was ist peinlich?«

»Und auch wirklich unpassend. Ich hätte es dir schon früher sagen sollen.«

»O Gott, was denn?« Ich dachte an die schlimmsten möglichen Szenarien, sodass alles, was er mir sagen würde, nicht so schlimm sein konnte wie das, was ich mir ausgemalt hatte.

»Also heute nach dem Training bekam ich eine SMS von Julianne.«

»Okay?«

»Sam hatte ein bisschen Zeit vor seinem späten Fall, also baten sie mich um ein Gespräch. Sie …«, er wand sich vor Unbehagen, »sie haben dieses Gespräch mit mir geführt.«

»Was für ein Gespräch?«

»Über uns. Über das hier. Über Schutz und …«

»O Gott! O nein!«, sagte ich und rollte mich unter ihm heraus. Ich setzte mich auf und zog mir mein Shirt über den Kopf. »Bitte nicht. Erzähl's mir nicht.«

Er amüsierte sich, und es schien ihm nicht das Geringste auszumachen, dass meine Eltern mit ihm über unser Liebesleben gesprochen hatten. »Sie wollten nur sichergehen, dass ich deine Lage nicht ausnutze und dass wir, du weißt schon, vorsichtig sind. Sie wissen, dass du aufs College willst, und sie wollten nicht, dass ich dir das vermassle.«

Ich schlug beide Hände vors Gesicht.

»Möchtest du wissen, was Sam noch zu mir gesagt hat?«

Ich schüttelte den Kopf. »Nicht wirklich. Nein.«

»Er sagte«, Weston senkte die Stimme, um Sam zu imitieren, »falls du sie nicht heiratest, dann lass die Finger von der Zukunft eines anderen Mannes.«

»Oh. Wow. Hör auf damit.«

»Also habe ich gesagt: Schön, damit habe ich also euren Segen, sie zu fragen?«

»Das ist nicht witzig.«

Weston brach in Gelächter aus. »Er sagte: *Nein!*« Jetzt schüttelte er den Kopf und fuchtelte mit den Armen, um einen sehr aufgeregten Sam nachzumachen. »Ich wollte ihn nur ein bisschen aufziehen.«

Ich riskierte ein Auge. »Bitte sag mir, dass du nichts zugegeben hast.«

»Das habe ich. Ausdrücklich.«

Ich ließ den Kopf hängen. »Dass wir Sex haben? Oder dass wir verhüten? Ich schätze, beides.«

»Korrekt.«

Ich stand auf und zog mich fertig an. Weston schien darüber nicht erfreut, sagte aber nichts.

»Hast du es jetzt eilig, nach Hause zu kommen?«

»Äh, ja, da sie ja nun wissen, was wir so machen. Jede Minute, die ich nach der Arbeit länger wegbleibe, bestärkt doch nur ihren Verdacht, dass wir ... Das ist furchtbar. Dermaßen peinlich.«

»Wir sind ja nicht mehr in der Mittelstufe. Wir sind einvernehmliche Erwachsene.«

»Die immer noch zu Hause wohnen.« Ich stöhnte. »Wie soll ich ihnen bloß in die Augen sehen, wenn wir zurückkommen?«

»Aber sie sind doch nicht naiv. Sie wussten es schon.«

»Aber ich wusste nicht, dass sie es wussten.«

»Du verwirrst mich.«

»Ich will nicht, dass sie mich für einen schlechten Menschen halten.«

»Das bist du nicht. Und sie tun das nicht«, scherzte er und schaute weg. Irgendwas verbarg er immer noch vor mir.

»Du benimmst dich seltsam. Was enthältst du mir da vor?«, fragte ich.

Er zuckte mit den Schultern, und das, was er mir sagen wollte, war ihm sichtlich unangenehm. »Sie wussten es auch bei Alder und mir schon. Damals waren sie nicht begeistert, sind aber auch nicht ausgeflippt.«

»Tut mir leid, dass ich danach gefragt habe.«

»Mir auch«, brummte er.

Wir nahmen unsere Fantas mit in die Fahrerkabine und fuhren fast ohne ein Wort nach Hause. Als er in der Einfahrt stehen blieb, schielte ich zum Haus hin, als würde darin ein Monster auf mich lauern.

»Sie werden dich nicht anschreien.«

»Ich bin diesen ganzen Druck nicht gewohnt. Auch nicht, mir Gedanken darüber zu machen, was Eltern von mir denken. Oder ob ich jemand enttäusche. Das ist total stressig.«

»Willkommen in meinem Leben … und in dem der meisten anderen«, sagte er, stupste mich an und zwinkerte mir zu.

Ich stieg aus, und Weston gab mir meinen Rucksack. »Warum hast du dir deine Schürze wieder umgebunden?«

»Ich weiß nicht. Ohne eine heimzukommen, würde sich anfühlen, als hätte ich mein Shirt verkehrt rum an.«

»Verstehe. Ich fahr dann mal heim und dusche kalt.«

»Falls Julianne und Sam jetzt am Küchentisch auf mich warten, wenn ich reinkomme, und über die Periode oder so was reden wollen, dann bist du schuld.«

Weston warf den Kopf zurück und lachte. »Das ist nur ein Teil des Nachholprogramms, das ihr absolvieren müsst.«

Ich verzog den Mund. »Ich habe immer darüber gestaunt, wie undankbar Alder ihnen gegenüber war. Aber hör mal, ich bin froh, dass sie nicht mit einer Kiste Bier da drinnen sitzen und mich ankeifen, ich solle ihnen Zigaretten holen.«

»Da gibt es kein Patentrezept, Erin. Mach dir einfach nicht selbst so viel Druck.«

Ich nickte, schlüpfte in den Träger meines Rucksacks und musste lächeln, weil der Chevy erst losfuhr, als ich schon mit einem Fuß über der Türschwelle war. Ich wollte gerade die Treppe hinaufgehen, als ich Licht in der Küche bemerkte.

»Erin?«, rief Julianne mit unsicherer Stimme.

Ich ließ meinen Rucksack am Fuß der Treppe stehen und ging den Flur hinunter. An den Türstock gelehnt blieb ich stehen. Julianne saß an der Kücheninsel auf einem Hocker. Ihre Haare hatte sie im Nacken zu einem kleinen Pferdeschwanz zusammengebunden. Sie trug ein T-Shirt von Sam und dazu eine dunkelblaue Jogginghose. Vor sich hatte sie Kaffeebecher, in dem sich hellbraune Flüssigkeit mit einem Häufchen Marshmallows darauf befand.

»Wie waren die Schule und die Arbeit?«, fragte sie.

Ich zog mir das Schürzenband über den Kopf, löste den Knoten hinter meinem Rücken, rollte die Schürze zusammen und zuckte mit den Schultern.

»Beides gut, eigentlich. Wie war dein Tag?«

»Gut. Ein bisschen langweilig. Ich habe das Haus in Ordnung gebracht, und damit meine ich, das Frühstücksgeschirr in die Spülmaschine geräumt und den Müll rausgebracht. Denn Sam ist ja so eine Art Ordnungsfanatiker, wie du vielleicht schon bemerkt hast. Und dann habe ich mir *Days of Our Lives* angesehen. Dieser EJ ist ein attraktives, böses Genie. Ich wünschte, er und Sami würden sich wieder vertragen.«

Ich wusste nicht genau, wer EJ und Sami waren, aber sie schien sich ernstlich Sorgen um die beiden zu machen.

»Ich könnte bei Abwasch und Müllrausbringen helfen. Du musst mir nur zeigen, welche Knöpfe ich an der Spülmaschine drücken muss. So schwer kann das ja nicht sein.«

Julianne winkte ab. »Bitte! Ich habe ja so schon kaum genug zu tun, um mich zu beschäftigen.«

»Hast du schon mal daran gedacht, wieder arbeiten zu gehen?«

Sie schaute auf den Kühlschrank, aber ohne ihn richtig anzusehen. »In der Klinik? Ich weiß nicht. Ich bin schon so lang eine nichtberufstätige Mutter… Alder hatte irgendwie immer so viel für mich zu tun. Jetzt ist es irgendwie weniger…« Sie stellte ihren Blick wieder scharf. »Oh, Erin, damit wollte ich nichts andeuten. Ich würde dich niemals mit ihr vergleichen. Besser ich sage dazu gar nichts mehr.« Sie hielt sich ihre langen, eleganten Finger vor die Augen. Ihre Nägel waren perfekt gefeilt und in einem blassen Mauve lackiert.

Ich ging zu ihr und setzte mich auf den Hocker neben sie. »Du kannst ruhig von Alder reden. Du hast sie großgezogen und geliebt. Das verletzt meine Gefühle nicht.«

Julianne faltete ihre Hände und lehnte eine Wange dagegen. Sie musterte mich, während sie den Kopf schüttelte. »Ich weiß, dass du erzählt hast, du hast dich praktisch selbst erzogen, Erin. Darf ich dir sagen, dass dir das fantastisch gelungen ist?«

Ich lächelte.

Sie schob mir etwas hin. Es war ein Smartphone.

»Sam hat es aufgeladen, also kannst du es gleich benutzen. Der Stecker steckt in der Dose hinter dem Nachttisch in deinem Zimmer. Die Nummer steht auf dem Zettel an der Rückseite.«

Ich drehte das Handy um und las die sieben Ziffern, die Sam auf einem Post-it notiert hatte.

»Ist das für mich?«

»Wir hätten ein besseres Gefühl, wenn du es dabeihast.«

»Was kostet es? Ich meine, das Telefon und die monatliche Gebühr?«

»Wir verbuchen es einfach unter den laufenden Familienkosten. Wir kümmern uns darum.«

»Danke, aber ich…«

Julianne legte eine Hand auf meine, und ihr Blick wurde sanft. »Es ist doch nur ein Telefon, Erin. Wir möchten das gern.«

»O-okay. Danke schön.«

»Möchtest du vielleicht eine heiße Schokolade?«

»Ich werde mich jetzt lieber duschen und dann gleich ins Bett gehen, wenn du nichts dagegen hast.«

»Oh, natürlich nicht«, sagte sie und bemühte sich sichtlich, nicht gekränkt zu wirken.

Der Hocker knirschte auf den Fliesen, als ich ihn zurückschob. Als ich schon am Durchgang zum Flur war, richtete Julianne noch mal das Wort an mich.

»Wir, äh, wir haben heute mit Weston über etwas gesprochen. Ich bin mir nicht sicher, ob er dir davon erzählt hat, aber uns wurde erst zu spät bewusst, dass es vielleicht doch ein wenig zu privat war und dass wir etwas zu spät dran waren, um neugierig zu sein.«

Ich drehte mich nicht zu ihr um und schloss die Augen.

»Es tut mir leid, wenn wir unsere Grenzen überschritten haben. Vielleicht schießen wir ein bisschen übers Ziel hinaus, weil wir versuchen, die verlorene Zeit gutzumachen. Sam und ich haben schon darüber gesprochen. Wir werden uns künftig wirklich Mühe geben, deine Privatsphäre zu achten. Es muss besonders schwierig sein, wenn du so eine … Art Aufsicht noch nie hattest.«

Jetzt drehte ich mich doch um. »Es ist mir peinlich«, gestand ich. »Ich bin das nicht gewöhnt. Ich fühle mich ein bisschen unter Druck, quasi. Aber es ist auch irgendwie nett, dass ihr euch so viel Gedanken macht, ihn deshalb in die Zange zu nehmen.«

Auf Juliannes Stirn bildeten sich drei Falten, als sie die Augenbrauen beide gleichzeitig hochzog. »Oh. Okay. Also dann … gute Nacht, Sweetheart.«

»Gute Nacht.«

»Erin?«

»Ja?«, sagte ich und schaute aus dem Flur noch mal um die Ecke.

»Wäre es dir unangenehm, wenn ich dir sagen würde, dass ich dich lieb habe? Du musst es auch nicht selbst sagen.«

»Ich glaube nicht, dass mir das unangenehm wäre.«

Sie lächelte. »Ich hab dich lieb.«

Das war so surreal, dass es mir nichts ausmachte, die Gefühlsäußerung zu erwidern. »Ich hab dich auch lieb, Julianne.«

Als ich den Flur entlangging und die Treppe hochstieg, konnte ich sie in der Küche schniefen hören.

Die Pastellbuchstaben an Alders Tür waren verschwunden, und ich blieb vor ihrer Tür stehen. Der ganze erste Stock lag im Dunkeln, aber von unten kam genug Licht, um zu sehen, dass etwas fehlte.

Ich fragte mich, ob sie in einer Schachtel zwischen Kartons in Alders Zimmer lagen oder ob Sam und Julianne da drin alles so gelassen hatten, wie es gewesen war. Meine Hand lag schon auf dem Türknopf, als ich mich eines Besseren besann und mit meinem Rucksack über den Flur zu meinem Zimmer ging.

Stapelweise neue Klamotten lagen gewaschen und gefaltet auf meinem perfekt gemachten Bett beziehungsweise auf der Tagesdecke, die ich mir ausgesucht hatte. Sie war weiß mit blassgrünen horizontalen Streifen. Aus Juliannes subtiler Reaktion hatte ich schließen können, dass das nicht die hübscheste war, die sie sich vorgestellt hatte. Aber wir hatten damals schon drei Kataloge durchgeblättert, und es war einfach die erste, die mir gefiel, nachdem ich schon genug vom Aussuchen hatte. Außerdem war sie grün. Und Grün war irgendwie meine neue

Farbe. Neben meinem neuen Boyfriend, dem neuen Zuhause, neuen Eltern und einem neuen Leben.

Ich räumte die Sachen, die Julianne nicht in den Schrank gehängt hatte, in die Schubladen der Kommode und duschte mich. Der Dampf füllte das ganze Bad, und ich ließ mir so lange Zeit, bis meine Finger schrumpelig wurden.

Nachdem ich mich geruhsam zum Schlafen fertig gemacht hatte, kroch ich ins Bett und holte tief Luft. Das Haus war nachts so still. Kein Bass wummerte durch die Wände. Kein lauter Fernseher war zu hören. Nur das leise Brummen des Ventilators an der Decke und gelegentlich ein paar schwache Geräusche von der Zentralheizung.

Gerade als ich schon wegdämmern wollte, hörte ich Sams tiefe Stimme, mit der er etwas zu Julianne in ihrem Schlafzimmer im Erdgeschoss sagte. Nach wenigen Minuten hörte ich leise Schritte auf der Treppe, dann ging meine Tür auf. Ich hob den Kopf und sah, wie sie mich beide anschauten.

»Entschuldige«, flüsterte Sam. »Wir wollten nur nach dir sehen. Alte Gewohnheit.«

»Ist schon gut«, sagte ich und ließ den Kopf wieder aufs Kissen sinken, während die Tür sich knarrend schloss. Ich lag da und musste an die vielen Abende denken, an denen sie durch die Tür geschaut hatten, an der nun nicht mehr die pastellfarbenen Buchstaben hingen. Wie seltsam musste es für sie sein, jetzt diese Tür zu öffnen und nach einem anderen Mädchen zu sehen.

Ein eigenartiges Gefühl überkam mich. Das deutliche Empfinden, nicht in dieses Haus zu gehören. Zum ersten Mal seit ich Gina verlassen hatte, vermisste ich den hässlichen struppigen Teppich und den eiernden Ventilator in meinem Zimmer. Die Wände hier waren nicht abgeschlagen, und die Tapete löste sich nicht. Der Teppich war zu sauber. Die Armaturen im Bad tropften nicht und waren auch nicht mit Wasserstein überzogen. Die Schubladen der Kommode quietschten beim Aufziehen nicht. Es roch nach Weichspüler, sauber und elegant, wie nur Sam und Julianne rochen. Das Bett war zu bequem. Die Bettwäsche zu weich.

Ich gehörte zwar nicht zu Gina, aber ich passte auch nicht in Alders Leben. Ich hatte nicht genügend Zeit, um es an- und auszuprobieren. Die heiße Schokolade erschien mir plötzlich fantastisch, aber ich wollte nicht die beiden anderen Menschen, die auch in diesem Haus lebten, noch einmal aufscheuchen. Flüchtig kam mir der Gedanke, dass ich mir fast wünschte, sie hätten zu viel getrunken oder gekifft, damit ich nach Belieben mitten in der Nacht herumspazieren konnte. Aber sofort bekam ich ein derart schlechtes Gewissen, dass mir ganz heiß wurde.

Kapitel 3

»Was ist das denn?«, fragte Weston, als wir zusammen zum Chevy gingen.

Ich drehte mich um und sah, dass er auf meine Rückseite zeigte. Wie ein Hund, der seinem eigenen Schwanz nachjagt, drehte ich mich im Vorgarten um meine eigene Achse, um zu sehen, worauf er deutete.

Er lachte, hielt mich fest und zog das Smartphone aus der Tasche meines Rucksacks.

»Das hier.«

»Ach, das hat Julianne mir gestern Abend gegeben.«

»Das ist ein Telefon.«

»Ich weiß.«

»Funktioniert es auch?«

»Ich denke schon. Ich hab's noch nicht eingeschaltet.«

Er gab es mir grinsend wieder zurück. »Du hast es nicht eingeschaltet? Warum denn nicht?«

Ich zuckte mit den Schultern und ging Richtung Truck weiter. »Ich hatte noch keine Zeit, mir die Gebrauchsanweisung durchzulesen. Also weiß ich nicht, wie es geht.«

Nachdem Weston und ich eingestiegen waren und uns angeschnallt hatten, streckte er seine Hand aus. Ich ergriff sie. Da streckte er auch seine andere herüber.

Ich runzelte die Stirn. »Ist das ein besonderes Händeschütteln?«

Jetzt amüsierte er sich nicht nur, sondern lachte schallend. »Das Handy, Erin! Gib mir dein Handy, dann kann ich dir einen Schnellkurs geben.«

Ich gab es ihm, und er zeigte mir, wie man es einschaltete, Kontakte hinzufügte und SMS verschickte. Er lud mir sogar auch ein paar Songs herunter und zeigte mir, wie ich sie anhören konnte.

»Das Wichtigste während des Schultags ist aber das hier«, erklärte er und verschob einen kleinen Schalter an der Seite mit dem Fingernagel. »Das stellt deinen Klingelton auf stumm. Du kannst den Klingelton übrigens auch ändern. Das kann ich dir später zeigen.«

»Warum?«

Er zuckte mit den Schultern. »Keine Ahnung. Jedenfalls machen das die Leute, damit es persönlicher wird. Du musst es ja nicht machen, wenn du nicht willst, aber auf alle Fälle solltest du es stumm geschaltet lassen. Denn wenn es im Unterricht klingelt, nimmt man es dir vielleicht ab.«

»Wer sollte mich denn in der Schule anrufen?«

»Ich würde dir vielleicht eine SMS schicken, wenn ich deine Nummer hätte.« Er tippte zweimal aufs Display, griff dann nach seinem eigenen Handy und drückte ein paar Tasten. »Ist egal. Hab sie schon.«

Ich nahm das Telefon wieder in Empfang. »Vielleicht möchte ich ja nicht, dass du sie hast«, scherzte ich, aber dann fiel mir etwas ein, und ich wurde ein bisschen traurig. »Wahrscheinlich wirst du der einzige Mensch sein, der sie benutzt.« In diesem Moment brummte das Telefon in meiner Hand, und ich schaute aufs Display. Es war eine SMS.

Weston beugte sich herüber und zeigte mir, wie ich sie öffnen konnte.

Hier ist Sam (Dad).
Vergiss das Abendessen heute nicht.
Wir sehen uns dann.
Hab einen schönen Schultag.

Mach ich, tippte ich als Antwort und ließ das Handy danach in meinen Schoß fallen. Meine Mundwinkel wanderten wieder nach oben.

»Wer war das?«, fragte Weston und war sichtlich unzufrieden mit meiner Miene.

»Sam«, sagte ich. »Er hat mich an das Essen heute Abend erinnert.«

»Ach ja«, meinte er mit immer noch gerunzelter Stirn. Als er aus unserem Viertel Richtung Schule fuhr, wirkte er gedankenverloren. Er setzte den Blinker und beachtete das Tempolimit wie schon Hunderte Male zuvor, aber er sagte kein Wort mehr, bis wir auf dem Schülerparkplatz geparkt hatten und hineingingen.

Diesmal versuchte er nicht, meine Hand zu halten. Aber er legte einen Arm um mich und begleitete mich zu meinem Spind, wo er mich aufs Haar küsste.

»Wir sehen uns nach dem Unterricht«, sagte er im Weggehen. Die Schüler der zehnten und elften Klasse, die ihre Spinde im selben Bereich hatten, starrten mich wegen dieser ungewohnten Zärtlichkeit in der Öffentlichkeit erstaunt an.

Ich stellte meinen Rucksack in den Spind, schnappte mir das Biobuch und ging zum Unterricht. Mein Tisch war noch leer, aber das galt auch für ein paar andere. Ich war früh dran, also eine gute Gelegenheit, meine Hausaufgabe schon auf Mrs. Merits Pult zu legen. Vorauszuschauen und Dinge so zu tun, dass ich möglichst wenig Aufmerksamkeit erregte, war mir in Fleisch und Blut übergegangen. Wahrscheinlich würde ich für immer so sein.

Gerade als ich zu meinem Stuhl zurückkehrte, kam Brady Beck reingeschlendert und setzte sich auf Sara Glenns Platz, mir direkt gegenüber. Instinktiv zuckte ich zurück und genierte mich sofort dafür.

Er schien das zu genießen. »Hast du ihn gefragt?«

»Wen was gefragt?«

»Weston. Warum er sich plötzlich so für dich interessiert.«

»Wir haben über all das schon geredet.«

»Dann hat er dir nicht die Wahrheit gesagt.«

»Warum sagst du nicht einfach, was ich deiner Ansicht nach hören sollte, und dann haben wir es hinter uns.«

Bradys Augen glitzerten, während er offenbar seine Optionen durchspielte. Was er sagen wollte und ob das zum gewünschten Ergebnis führen würde.

»Nö«, sagte er, stieß den Stuhl zurück und stand auf. Als er sich auf seinen eigenen Platz setzte, starrte er mich immer noch an. »Man kann zwar ein Mädchen aus dem Trailer Park holen ...«

Ich schaute auf mein Handy und drückte auf die Taste, die Weston mir gezeigt hatte. Sein Name tauchte auf dem Display auf, und ich lächelte, weil ich wusste, dass er seine Nummer bei meinen Kontakten gespeichert hatte. Es wäre nett gewesen, ein bisschen mit ihm zu plaudern, um mich abzulenken, während das Klassenzimmer sich mit verschlafenen Schülern füllte.

»Haben dir das die Aldermans besorgt?«, fragte Brady.

Die vielleicht gut zehn anderen Schüler, die sich inzwischen schon auf ihre Plätze gesetzt hatten, drehten sich alle zu mir um.

Ich schaute nicht hoch.

»Wie fühlt es sich eigentlich an, vom Tod von jemand anderem zu profitieren?«

Ich reagierte immer noch nicht.

»Ich kann nicht glauben, dass sie dich einfach so ihr Leben übernehmen lassen, als hätte sie nie existiert.«

Ich drückte verschiedene Tasten an meinem Telefon, nur um mich abzulenken.

»Julianne war ja noch nie besonders helle …«

»Jetzt halt endlich deine elende Klappe!« Die Worte waren mir ganz plötzlich über die Lippen gekommen, bevor ich sie noch hätte aufhalten können. Ich presste die Rippen gegen die Tischkante. Meine Hände hatte ich flach gegen die schwarze Tischplatte gepresst, in die schon Schüler zahlreicher Jahrgänge alles Mögliche geritzt hatten.

Brady lehnte sich mit einem selbstgefälligen Grinsen zurück, wie ich es noch nie in seinem Gesicht gesehen hatte. Jetzt wusste er, wie er mich treffen konnte. Ich hatte meine Schwachstelle verraten, und er würde zweifellos jede Gelegenheit wahrnehmen, das auszunutzen.

Saras Blick wanderte hinter mich, und ich drehte mich um. Mrs. Merit hatte meinen ordinären Ausbruch gehört, und ich machte mich auf eine Strafe gefasst.

»Schlagt eure Bücher auf Seite 283 auf«, sagte sie aber nur und begab sich hinter ihr Pult.

In der Pause zwischen zweiter und dritter Stunde kam Weston zu meinem Spind und sah ganz anders aus als heute Morgen auf dem Schulweg. Seine Wangen waren gerötet, und er atmete rasch.

»Was hat Brady zu dir gesagt?«, fragte er.

Ich schüttelte den Kopf. »Ist egal.«

»Ist es nicht. Ich habe gehört, er hat behauptet, du wärst froh über Alders Tod und würdest davon profitieren. Und er soll sich auch abfällig über Julianne geäußert haben, sodass du im Klassenzimmer ausgeflippt bist. Stimmt irgendwas davon?«

»Ja, so ungefähr.«

»Warum sagst du es mir dann nicht?«, fragte er ein wenig gekränkt.

»Bist du sauer?«

»Nein. Ich bin total angepisst. Kurz vor einem Wutanfall.«

»Ach so.«

Er verlagerte sein Gewicht von einem Fuß auf den anderen. »Warum lässt du ihn damit durchkommen, Erin? Warum lässt du dich weiterhin so von ihm behandeln? Dem gehört eine reingeschlagen, ein Tritt in den Arsch, dass er vornüberfliegt und mit dem Gesicht zuerst… irgendwas in der Art. Solche Typen dürfen nicht einfach andere wie Dreck behandeln und einfach weitermachen, als wäre nichts geschehen.«

»Hast du nicht letztens gesagt, dass er dir leidtut?«

»Brady macht es einem echt schwer, irgendwas anderes als extremen Hass für ihn zu empfinden. Und es geht ja nicht nur um dich. Was ist mit Annie Black, die er jedes Mal nachäfft, wenn sie mit ihrem Rollstuhl an ihm vorbeifährt? Oder mit Jenny Squires?«

»Was ist mit ihr?«

»Sie war nur eine Saison lang Basketballmanagerin der Jungs, weil sie sich jeden Abend nach einem Auswärtsspiel erst mal Bradys Rotz aus den Haaren waschen musste. Er setzte sich immer hinter sie, egal, wo im Bus sie saß, und rotzte in einer Tour in ihre Haare. Und zwar bis wir auf dem Parkplatz der Schule ankamen.«

»Wenn du das wusstest, warum hast du nichts gesagt?«

Weston sah gekränkt aus. »Du hast recht. Ich hätte was unternehmen sollen. Eine Menge sogar. Vor allem für dich.«

»Hast du doch.«

»Zehn Jahre zu spät. Genau wie Frankie gesagt hat.«

»Besser spät als nie. Du kannst ja nicht die ganze Welt

retten. Aber bloß aus Neugier, wenn du es gesehen hast und es dich so angewidert hat, warum hast du es zugelassen?«

Er schaute zu Boden. »Vielleicht bin ich ein Feigling.«

»Du bist kein Feigling.«

»Vielleicht war ich es bis jetzt.«

In dem Moment spazierte Brady vorbei und pfiff missbilligend. »Immer noch mit dem Elend zugange, Gates.«

Weston packte ihn am T-Shirt, riss ihn herum und mit dem Rücken gegen den Spind neben meinem.

Ich zuckte zusammen und wich einen Schritt zurück. Brady riss die Augen auf, und in diesem Sekundenbruchteil schienen wir uns beide dasselbe zu fragen: Was würde Weston als Nächstes tun?

»Wenn das Schicksal dir nicht in den Arsch tritt, dann übernehme ich das«, fauchte Weston und keuchte dabei ein kleines bisschen.

»Was zum Teufel ist denn mit dir los?«, schrie Brady.

Ich berührte Weston am Arm und schaute mich rasch um, ob kein Lehrer in der Nähe war.

»Weston?«, sagte ich mit betont ruhiger Stimme. »Weston, lass ihn.«

Westons Blick wurde langsam friedlicher, und dann ließ er das T-Shirt los, in das seine Hände sich gekrallt hatten.

»Ob und wann ihn sein Schicksal einholt, das ist seine Sache. Aber wie wir reagieren, das ist unsere.«

Weston atmete ruhiger, und seine Schultern entspannten sich sichtlich.

Brady ging schnell davon, zog sein T-Shirt glatt und rollte den Kopf von einer Seite zur anderen, wie ein Boxer vor dem Gegenschlag. Dabei hatte er nur eine große Klappe, und das wusste er sogar selbst. Vermutlich deshalb riss er sie so weit auf.

Andere Schüler waren nur kurz stehen geblieben, weil sie dachten, es gäbe eine Schlägerei, aber das Ganze war so schnell wieder zu Ende, dass keinem Zeit blieb, sich überhaupt in Position zu stellen und so für mehr Aufmerksamkeit zu sorgen. Als wäre nichts geschehen, ging jeder in seinen Unterricht. Man lief aneinander vorbei wie zwei entgegengesetzt fließende Bäche, täglich dieselbe Strecke, ohne zu wissen, warum.

»Sorry«, sagte er. »Ich hab die Beherrschung verloren.«

Das vorhin noch kaum hörbare Keuchen war jetzt ziemlich stark. Weston hatte sichtlich Mühe beim Luftholen.

»Hast du dein Inhalationsspray dabei?«, fragte ich.

Er nickte, holte es aus der Tasche, schüttelte die kleine Dose und nahm eine Dosis davon. Dann küsste er mich auf die Stirn und ging ohne ein weiteres Wort davon. Das Einzige, was ich noch hörte, war ein gedämpftes Husten.

Durch die Glaswände der Bibliothek sah ich ein paar Schüler, die mich anstarrten. Kopfschüttelnd machte ich mich auf den Weg zum Unterricht. Innerhalb der Mauern unserer Highschool tummelten sich die Schwachen, die Traurigen, die Angeber und die Stolzen. Wir alle rasten dieselbe Straße runter auf ein Ende zu, für das wir nicht bereit waren. Schüler, die sich kaum merken konnten, dass sie nach dem Unterricht ihre Jacke wieder mit nach Hause nehmen sollten, warteten darauf, als Erwachsene in die Welt entlassen zu werden.

Teilweise war ich froh, dass ich schon so lange für mich selbst hatte sorgen müssen. Ohne ihre Mütter in greifbarer Nähe waren die meisten meiner Mitschüler nicht mal annähernd in der Lage, sich um ihre Finanzen zu kümmern. Sie wussten nicht mal, wie viel Fiebersaft sie zu nehmen hatten und wie oft. In der Schule wurden wir verhätschelt, ausgeschimpft und zum Essen geschickt. Wir mussten sogar die Hand heben, bevor wir aufs Klo gehen durften. In wenigen Wochen würde es uns aber freistehen, Kreditkarten zu horten und Studentenkredite aufzunehmen oder Kaufverträge für Wohnungen zu unterschreiben, die wir uns vielleicht nicht leisten konnten. Und all das, weil man uns zwar beigebracht hatte, zu lernen, aber nicht selbstständig zu leben.

Das war der eine kleine Vorteil meines Heranwachsens, das ich trotzdem niemand gewünscht hätte. Meine verlorene Kindheit würde ich nie zurückbekommen. In vielerlei Hinsicht war ich immer schon erwachsen gewesen. Umso schwerer fiel es mir jetzt, mich daran zu gewöhnen, dass ich Eltern hatte und nun auch noch einen Boyfriend, der sich so unbedingt um mich kümmern und auf mich aufpassen wollte.

Meine Gedanken schweiften ab, bis die Poster an den Wänden meine Aufmerksamkeit fesselten. Mit Glitzer dekoriert stand da etwas von FIRE AND ICE BALL UND TICKETS JETZT IM VORVERKAUF. Aus dem aufgeregten Geschnatter auf den Gängen konnte man schließen, dass der Abschlussball bald bevorstand.

Als ich mich auf meinen Platz setzte, musste ich an Weston denken und an das Geräusch, als er nach Luft gerungen hatte. Ich wusste nicht viel über Asthma, aber Weston machte auch kein großes Ding daraus.

Ich holte mein Telefon aus der Tasche, schaute in mein Nachrichtenfach und tippte auf seinen Namen. Das ging ja wirklich kinderleicht.

Es klingelte zum Unterricht, aber ich ließ das Handy in meinem Schoß liegen und tippte einfach weiter.

Fühlst Du Dich besser?

:-) Hey. Klar. Warum?

Wollte ich bloß wissen. Hast vorhin bisschen gekeucht.

Nee. ;)

;)

Unbemerkt ließ ich das Telefon wieder in meine Tasche gleiten. Als Mr. Barrows mit seiner Stunde begann, erfasste mich ein richtiges Hochgefühl, weil ich die Regeln gebrochen hatte. Ich hatte das so viele Leute machen sehen und absolut nicht kapiert, warum sie riskierten, in Schwierigkeiten zu geraten, ihr Handy abgenommen zu kriegen oder nachsitzen zu müssen. In dem Moment begriff ich, warum sie es taten, und es hatte nicht das Geringste mit der SMS an sich zu tun.

Ich schwor mir, es nicht wieder zu tun, aber das war nicht das einzige Versprechen, das ich an diesem Tag noch brechen sollte.

Kapitel 4

Frankie wischte sich den Schokosirup an ihrer Schürze ab und fluchte, hielt sich aber sofort die Hand vor den Mund. »Oops.«

»Solange du das nicht machst, wenn der Lautsprecher an ist«, meinte ich augenzwinkernd.

»Ich fühle mich heute ein bisschen daneben.«

»Nervös?«

»Wegen was denn?«, fragte sie, obwohl sie genau wusste, was ich meinte.

»Hast du etwa dein Date mit Markus vergessen?«

»Das hab ich wirklich, danke, dass du mich erinnerst«, sagte sie und tat so, als müsse sie oben auf dem Regal an der Wand neben dem Drive-Thru etwas nachsehen.

»Du bist so eine Schwindlerin.«

Sie schnappte nach Luft. »Frechdachs.«

Ich kicherte, und Frankie musste auch lachen. Nachdem wir eine Minute lang versucht hatten, uns wieder einzukriegen, brachen wir in schallendes Gelächter aus. Eine Stunde vorher hatte es ein Gewitter gegeben, und jetzt glitzerte die Main Street im Licht der Straßenlaternen.

»Ich bin so froh, dass die Tage jetzt wieder länger

sind«, sagte Frankie, nachdem sie sich ihre verschmierte Wimperntusche weggewischt hatte. »Dann habe ich nach der Arbeit noch ein bisschen mehr Zeit, mit den Kindern zu spielen.«

»Weiß Mark, dass du Kinder hast?«, fragte ich.

»Was hast du nur dauernd mit diesem Mark?«, scherzte sie. »Wahrscheinlich. Er wohnt ja erst seit ein paar Monaten hier, aber ich bin mir sicher, dass alle bei Kay Electric ihn schon über meine Kreditwürdigkeit und mein Liebesleben aufgeklärt haben. Ich mach nur Spaß. Wahrscheinlich nicht.«

»Hat nicht Barbara ihn in deine Richtung geschickt?«, fragte ich. Barbara arbeitete in der Buchhaltung von Kay Electric, und Frankie brachte sie jedes Mal zum Lachen, wenn sie beim Drive-Thru vorfuhr. Am letzten Wochenende war Barbara auf dem Nachhauseweg vorbeigekommen und hatte Frankie alles über Mark, den neuen Leitungsmonteur aus Alabama, erzählt. Er sei süß und Single und liebe es zu lachen. Barbara fragte Frankie, ob sie ihm nicht ihre Telefonnummer geben solle, und zur allgemeinen Überraschung kritzelte Frankie tatsächlich ihre Nummer auf eine Serviette und reichte sie durchs Fenster.

Drei Telefonate später willigte Frankie in ihr erstes Date ein. Den ganzen Abend über ließ sie nun schon Dinge fallen, verschüttete Sachen und brachte Bestellungen durcheinander. Sogar Weston fiel das auf, als er nach dem Training kurz vorbeischaute.

Sie schaute auf ihre Uhr. »Huch. Zeit zu schließen, Kindchen. Wie sehe ich aus?« Sie wackelte mit den Hüften in ihrer relativ neuen Capri-Jeans und einem violett karierten Hemd.

»Voll mit Schokolade, was ihm bestimmt gefallen wird.«

Sie lachte und nahm ihre Schürze ab. »Danke, Erin. Hab ein nettes Abendessen mit deinem … Sam.«

»Das werde ich. Ein fantastisches Abendessen mit meinem Sam.« Ich lächelte. Mir gefiel, wie das klang.

Ich hörte Sams Range Rover schon dröhnen, bevor ich die Hintertür aufmachte. Er strahlte, als unsere Blicke sich trafen, und ich winkte Frankie noch mal zu, bevor ich auf den Beifahrersitz kletterte.

»Ich bin losgestürzt und hab mal wieder meine Tasche vergessen«, scherzte er. »Macht es dir was aus, wenn wir noch mal eben zu Hause halten, bevor wir was essen gehen? Mein Telefon ist nämlich auch da drin.«

»Klar«, sagte ich.

Sam bog auf die Straße, und wir fuhren in südliche Richtung. Ein, zwei Minuten lang war es still, dann räusperte Sam sich. »Du kannst auch einen anderen Sender einstellen, wenn du möchtest.«

»Der ist schon okay.«

»Wie war die Arbeit?«

»Ziemlich ereignislos die meiste Zeit. Weston hat kurz vorbeigeschaut. Und Frankie hat heute Abend ein Date.«

»Julianne wollte während des Gewitters schon anrufen. Aber ich habe ihr versichert, dass du bestimmt nicht so ängstlich bist.« Er lachte in sich hinein, sah aber zu mir herüber, als ich nicht reagierte. »Tut mir leid. Hattest du doch Angst? Hätten wir anrufen sollen?«

»Nein. Ich mag Gewitter.«

Sam nickte erleichtert. »Ich auch. Julianne eher nicht. Wir hatten sogar mal einen Hund. Damit Julianne jemand bei sich hatte, wenn ich mal nicht da war und ein Gewitter kam. Aber es ging dann doch nicht. Sonnys Asthma wurde dadurch schlimmer.«

»Du meinst Westons?«

Sam überlegte kurz. »Du hast recht. Seins wäre auch

schlimmer geworden. Aber damals war Sonny fast täglich bei uns. Lange Zeit kam Weston nur vorbei, um mit den beiden Mädchen zu spielen, wenn Peter und Veronica ihn dazu zwangen.«

»Sonny hatte Asthma?«

»Wusstest du das nicht?«, fragte Sam.

Ich schüttelte den Kopf.

»Eigentlich sollte mich das nicht überraschen. Sie hat es genauso überspielt wie Weston.«

»Er redet nicht viel darüber.«

»Er gibt sich ziemlich Mühe, dich zu beeindrucken. So habe ich ihn noch nie erlebt.« Sam wirkte einen Augenblick lang gedankenverloren, bevor er in die Gegenwart zurückkehrte. »Wie auch immer. Jedenfalls war Sonny so viel bei uns, dass wir beschlossen, den Hund – hach, jetzt fällt mir nicht mal mehr sein Name ein – wieder wegzugeben.«

Wir hielten am Straßenrand, und ich wartete. Es fiel mir zunächst gar nicht auf, dass Sam nicht in die Einfahrt gefahren war, bis ich Julianne entdeckte, die neben einem Auto stand. Allerdings war das nicht ihr weißer Geländewagen, ein Mercedes G-Wagon, sondern ein roter BMW. Mit einer großen weißen Schleife auf dem Dach.

Sam stieg aus und kam auf die Beifahrerseite des Range Rovers.

»Das gibt's doch gar nicht«, flüsterte ich, bevor er meine Tür aufmachte.

Ich stieg aus, und die beiden strahlten um die Wette.

»Wir haben ein paar Geburtstage und Weihnachten verpasst«, sagte Sam.

»Und der Schulabschluss steht auch vor der Tür«, fügte Julianne hinzu.

Ich deutete auf den glänzenden roten Lack. »Ist der etwa für mich?«

Sam hielt eine kleine schwarze Fernbedienung mit ein paar silbernen Knöpfen hoch. »Es ist nicht das Gleiche wie Schlüssel, aber damit fährt dein neues Auto. Wir hoffen, du magst Rot.«

Mir blieb die Spucke weg. »Ob ich es mag …? Du machst Witze.«

Beide schüttelten die Köpfe, und das tat ich auch.

Ihr Lächeln verschwand, und Julianne kam mit ausgestreckten Armen auf mich zu.

»Bitte lass uns das tun. Ich bin mir nicht mal mehr sicher, wer von uns auf die Idee kam. Ich glaube, wir beide.«

Sam nickte zustimmend.

Julianne fuhr mit zittriger Stimme fort: »Und du brauchst doch ein Auto, Süße. Du bist achtzehn, du arbeitest hart und … du solltest einen fahrbaren Untersatz haben.«

Ihre Gesichter und die Umrisse des Autos verschwammen. Bevor ich etwas dagegen tun konnte, liefen mir die Tränen übers Gesicht.

Juliannes Lippen zitterten, und sie begann auch zu weinen. Rasch hielt sie sich eine Hand vor den Mund.

Sam nahm mich in seine Arme. »Bitte lass uns das für dich tun.«

»Ich weiß nicht mal, wie ich so etwas überhaupt annehmen soll. Das wird jeden Tag verrückter, aber natürlich im Positiven. Nicht wegen der materiellen Dinge. Um die geht's gar nicht.« Die Wörter kamen so gedämpft und stoßweise aus meinem Mund, dass ich mir nicht einmal sicher war, ob sie mich überhaupt verstehen konnten.

Sam drückte mir die Fernbedienung in die Hand und zog mich an seine Seite. »Der ist ein Jahr alt, in exzellentem Zustand und liegt, was die Sicherheit angeht, bei

9,1 von 10 Punkten. Der Schlüssel ist in der Fernbedienung enthalten. Man startet die Zündung per Knopfdruck. Getankt und die Flüssigkeiten kontrolliert habe ich selbst. Fährst du uns zum Abendessen? Dann kann ich dir unterwegs erklären, wozu die ganzen Knöpfe da sind.«

Ich schüttelte wieder den Kopf. »Ich glaube, das sollte ich lieber nicht. Ich habe ja nicht so viel Fahrpraxis und …«

»Aber du fährst doch manchmal Westons Truck, oder?«, fragte Julianne.

Ich nickte.

»Ich brauche jemand, der mich zum Abendessen fährt, bevor ich verhungere«, versuchte Sam mich zu motivieren und die Stimmung aufzulockern.

Ich wischte mir über die Augen und sah Julianne an. »Hast du schon was gegessen?«

Sie nickte. »Fahr und hab einen schönen Abend mit deinem …«

»Meinem Sam«, sagte ich.

Sam schien das zu gefallen.

Ich verzog das Gesicht. »Ich möchte nicht undankbar erscheinen. Das ist … Danke schön. Vielen, vielen Dank. Das ist Wahnsinn. Es fühlt sich verrückt an. Und es macht mir ein bisschen Angst. Ich habe das Gefühl, je schöner es jetzt ist, desto schlimmer wird es, wenn das alles nicht mehr ist. Nicht die Dinge. Ich meine nicht die materiellen Dinge.«

Julianne nahm mein Gesicht in beide Hände. »Du bist unsere Tochter, und wir haben unserer Tochter ein Auto gekauft. Das ist alles. Daran ist nichts verkehrt. Deshalb musst du nicht auf eine Enttäuschung gefasst sein. Es ist nur ein Auto.«

»Es ist nicht nur ein Auto.« Ich schaute wieder auf den

knallroten BMW in der Einfahrt und dann auf die Fernbedienung in meiner Hand. Ich besaß jetzt wirklich ein Auto. Ich konnte allein zur Schule fahren. Zur Arbeit. Zum College. Zum Lebensmittelladen. Zum Waschsalon, falls ich den noch gebraucht hätte. Das tat ich nicht, aber wenn, dann hätte ich mit dem Auto hinfahren können. »Ihr wisst gar nicht, was mir das bedeutet. Ich glaube, ich könnte es nicht mal erklären.«

»Und du weißt nicht, was du uns bedeutest«, sagte Julianne.

Ich presste die Lippen zusammen. »Die Vorstellung, ihn selbst zu fahren, macht mich schon nervös.«

Die beiden lachten, und Julianne schoss Dutzende Fotos, während Sam mir die wichtigsten Dinge erklärte. Sie winkte uns noch nach, als ich sehr, sehr langsam aus der Einfahrt rollte.

»Du machst das toll«, sagte Sam, als ich den Blinker setzte und nach rechts abbog.

»Ich muss jede Sekunde aufwachen«, sagte ich kopfschüttelnd. »Das ist einfach zu schön, um wahr zu sein.«

Sam lachte glucksend. »Ich bin froh, dass er dir gefällt. Richtig erleichtert. Wir hatten schon befürchtet, du würdest ihn vielleicht nicht mögen.«

Ich dachte daran, wie es für sie gewesen sein musste, die Enttäuschung in Alders Blick zu sehen, als sie zu ihrem sechzehnten Geburtstag den Honda Accord bekam, den sie nicht mochte. Beim nächsten Stoppschild sah ich Sam direkt an.

»Ihr müsst mir überhaupt nichts kaufen. Dass ihr so offen und verständnisvoll wart, ist mehr, als ich mir jemals hätte wünschen können. Aber das hier ist absolut unglaublich. Ich liebe es. Ich kann euch gar nicht genug danken.«

Sams Lächeln wurde noch breiter, und er lehnte sich

zufrieden in seinem Sitz zurück. »Ich kann's kaum erwarten, Julianne zu erzählen, dass du das gesagt hast. Sie wird sich so freuen.«

Ich drückte aufs Gaspedal, und das Auto, das nicht bloß ein Auto war, reagierte sofort und brachte uns zum Restaurant.

Als wir dort ankamen, brauchte ich fast zehn Minuten fürs Einparken. Dann zeigte mir Sam noch, wie ich die Zündung abstellte und abschloss. Er führte mich über den Parkplatz und griff gerade nach der Tür, als sie schon aufschwang.

Die Mastersons traten heraus, und Carolyn schnappte hörbar nach Luft. Ihr von jahrelangem Färben dünn und spärlich gewordenes platinblondes Haar war zu einem tiefen Knoten frisiert, der weiße Kragen ihrer gestärkten Bluse war im Nacken hochgeschlagen. Als sie den Mund aufmachte, bewegte sich ihr ganzes Gesicht mit, als sei die Haut so straff gespannt, dass sie sich nur als Einheit bewegen konnte. Sie war dünn wie ein Skelett, ihr Mann Harry dagegen kugelrund. Schon die kurze Strecke von ihrem Tisch bis zur Tür hatte ihn außer Atem gebracht. Anders als bei Carolyn reagierte sein Gesicht überhaupt nicht, nur seine Augen bewegten sich, um zu sehen, worüber sie so erschrocken war.

Sam legte einen Arm um meine Schultern, und die Spannung in der Luft war mit Händen zu greifen. »Hallo, Harry. Carolyn.«

Carolyn fand ihre Fassung wieder und hob eine Augenbraue, während sie mich musterte, als hätte Sam mich gerade von der städtischen Müllhalde geholt, um mir das Privileg ihrer Gegenwart zuteilwerden zu lassen.

»Dann wohnt sie also jetzt bei euch?«, fragte Carolyn, und ihre Stimme klang belegt und verächtlich.

»Nicht nur jetzt, Carolyn«, sagte Sam und schob mich in Richtung der gläsernen Doppeltür.

Gerade als ich einen Schritt nach vorn machen wollte, tat Carolyn einen zur Seite und verstellte mir den Weg.

»Hast du eigentlich eine Vorstellung davon, was wir durchgemacht haben, Sam?«, zischte sie.

»Ich möchte das wirklich nicht vor Erin besprechen, Carolyn. Bitte«, sagte er und bedeutete ihr mit einer Geste, uns Platz zu machen.

Doch sie rührte sich nicht. »Ich bin am Boden zerstört. Julianne ist meine beste Freundin, und ich habe Alder immer wie eine Tochter behandelt. Weißt du überhaupt, wie krank und irrwitzig das alles ist? Und ich kann noch nicht einmal mit Julianne darüber reden, weil ihr ja jetzt eure neue Familie habt und sie sich vor Negativität fürchtet. Das kann ja wohl nicht ihr Ernst sein?«

Ich runzelte die Stirn.

Harry stand einfach stoisch da.

Sam schaute zwischen mir und Carolyn hin und her. »Julianne hat recht. Erin hat im Moment für uns Priorität, und es ist keine gute Idee, wenn du jetzt in ihrer Nähe wärst, wenn man bedenkt …« Er drückte mich wieder an seine Seite. »Es tut mir wirklich leid, Carolyn. Aber ich werde darüber jetzt nicht diskutieren. Wir haben alle viel durchgemacht, und jetzt ist nicht der richtige Zeitpunkt dafür.«

Wir nahmen eine andere Tür und wurden sofort vom Besitzer des Lokals begrüßt. Die Wände waren in hellen Farben gestrichen und teilweise bemalt. Aus den Lautsprechern ertönte eine spanische Melodie. Gerade laut genug, sodass man sie über das Stimmengewirr der Gäste hinweg noch hören konnte. Viele Köpfe wandten sich nach uns um, als Sam und ich zwischen den Tischen auf die hinterste Nische zusteuerten.

Sam rutschte nervös auf seinem Platz herum, als der Kellner unsere Getränkebestellung aufnahm. Dann beugte er sich zu mir vor. »Das mit Carolyn tut mir so leid. Ich wusste nicht, dass sie hier sein würden. Sie hatten sich nach dem Unfall der Mädchen ziemlich zurückgezogen.«

»Verständlicherweise.«

»Julianne und Carolyn waren sich in Bezug auf unsere Entscheidung nicht einig.«

»Das alles muss für Carolyn sehr schwer sein«, sagte ich.

Sam schwieg kurz und schien sich über meine Bemerkung zu wundern, dann lachte er leise. »Ja, natürlich ist es das. Julianne ist sonst sehr … liebenswürdig. Und Carolyn ist es nicht gewohnt, ignoriert zu werden. Wie du sicher gemerkt hast, herrscht zwischen uns eine eher angespannte Atmosphäre.«

»Sie glauben nicht, dass ich eure Tochter bin?«, fragte ich.

Er schob seine Brille mit den runden Gläsern hoch. »Das spielt für mich und für deine … für Julianne keine Rolle. Uns interessiert im Moment nur der glatte Übergang für dich und … ach, Erin. Tut mir leid, das klingt ziemlich akademisch.«

»Du musst es für mich nicht in einfache Worte fassen, Sam. Du bist Chirurg. Da rechne ich schon damit, dass du dich gehoben ausdrückst.«

Sam lachte wieder. »Schon, aber ich rede mit dir ja nicht als dein Arzt. Ich rede mit dir als dein Sam.«

Ich grinste. Diese Bezeichnung gefiel mir immer besser.

Da brummte mein Handy. »Das ist Weston«, sagte

ich und las die Nachricht erst für mich und dann Sam vor. »Julianne hat mir Bilder vom Wagen geschickt. Krass.«

Sam schien erfreut und bedeutete mir, ihm ruhig zu antworten.

Kann ich Dich morgen zur Schule abholen?

Er antwortete nicht sofort. Aber ein paar Minuten später brummte mein Telefon wieder.

Wow!

Wieso?

Ich hatte schon befürchtet,
das würde jetzt auch wegfallen.

Was denn?

Unsere gemeinsame Fahrt zur Schule morgens.
Ruf mich an, bevor Du schlafen gehst.
Der Wagen ist toll.

Okay. Danke! Find ich auch!

Er schickte mir ein gelbes Gesicht, das ein winziges Herz küsste, aber ich hatte keine Ahnung, wo ich das auf meinem Handy finden sollte. Und weil ich mein Abendessen mit Sam nicht SMS schreibend verbringen wollte, antwortete ich einfach mit dem Zwinkergesicht, das ich schon mal benutzt hatte.

»Das läuft gut mit euch beiden, oder?«, fragte Sam, nachdem ich mein Telefon wieder weggepackt hatte.

Ich nickte. »Er ist ein bisschen seltsam, seit ich bei euch eingezogen bin.«

»Ja. Ich glaube, er vermisst dich ein bisschen.«

»Ist es für euch seltsam? Dass ich jetzt Zeit mit ihm verbringe, wo er doch Alders Boyfriend war?«

Sam schwieg kurz, aber ich wusste, dass er schon eine Antwort hatte. Er überlegte nur, wie er sie formulieren sollte.

»Ich möchte, dass du glücklich bist. Weston ist ein guter Kerl.«

»Du kannst offen mit mir reden, Sam. Ich habe dich ja danach gefragt.«

Sam grinste schief. »Du bist … erfrischend, Erin. Aber ich bleibe bei meiner Aussage.«

Ich nickte. »Na gut.«

Kapitel 5

Der makellose weiße Deckenventilator drehte sich geräuschlos. Er eierte nicht und verschmolz fast mit der weißen Farbe der Decke, die nirgends gesprungen war oder abblätterte. Es gab auch keine feuchten Flecken, die auf undichte Stellen im Dach hinwiesen.

Die Einbauschränke und Badezimmer im Hause Alderman rochen immer noch nach frischer Farbe. Kein Vergleich zu Ginas runtergekommenem, feuchtem Häuschen mit den zwei Schlafzimmern. Es kam mir seltsam vor, dass ich sie seit der Neuigkeit überhaupt nicht mehr gesehen hatte, aber ich gestand ihr zu, dass sie es so wollte. Ginas Auto stand immer noch vor dem Lebensmittelladen, in dem sie arbeitete. Immer an derselben Stelle und zu denselben Zeiten wie früher, aber ich hatte den Laden nicht mehr betreten. Vor allem weil ich nicht gewusst hätte, was ich sagen sollte, auch weil Julianne ihre Küche mit allem gefüllt hatte, was ich mir nur vorstellen konnte. Es war fast so, als wäre es ein Fulltime-Job für sie, jedes nur erdenkliche Bedürfnis meinerseits zu erahnen und mir jeden Wunsch zu erfüllen.

Ich strich mit dem Daumen über die schwarze Fernbedienung des Autos, die ich immer noch in der Hand hielt. Ich hatte sie nicht auf meinen Nachttisch gelegt oder auf der Küchentheke neben Sams Schlüsseln deponiert, weil mich die irrationale Angst plagte, sie könnte im selben Moment verschwinden. Alles, was mir im letzten Monat widerfahren war, war so surreal, einfach das komplette Gegenteil dessen, was ich bis dahin erlebt hatte, dass es mir fast zu perfekt erschien, um es glauben zu können. Also hielt ich die Fernbedienung in der Hand, als umklammerte ich damit die Hoffnung, am Morgen die Augen unter demselben makellosen Deckenventilator wieder aufzuschlagen. Am Ende des Flurs mit der Tür, an der nun die pastellfarbenen Buchstaben fehlten.

Ich schaute zum Digitalwecker auf dem Tisch und seufzte. Zwei Uhr morgens. Nach dem Abendessen hatte ich Weston angerufen, und wir hatten uns noch etwa eine Stunde über das Auto unterhalten. Er wäre gern noch eine Runde mit mir herumgefahren, aber ich war zu müde. Doch als ich jetzt auf dieser Matratze lag, in die ich einsank, zwischen Laken, die so weich waren, dass sie sich fast ein bisschen wie auf mir ausgeschüttete Daunen anfühlten, da konnte ich nicht einschlafen.

Ich tappte barfuß zur Tür. Sie knarrte beim Öffnen, sodass ich kurz innehielt und den Flur entlangspähte. Es war dunkel und still. Sam und Julianne waren schon vor einer Weile zu Bett gegangen.

Ich trat auf den Webteppich und schlich ein paar Schritte, bis ich vor Alders Zimmertür stand. Mein Herz schlug schneller, als ich die Hand nach dem Türknauf ausstreckte und mich fragte, ob wohl abgeschlossen war. Ich fürchtete, was mich auf der anderen Seite erwartete. Als würde sie dort stehen und mich anschreien, gefälligst zu verschwinden.

Ich drehte den goldfarbenen Türknauf, und er gab

nach. Die Tür knarrte beim Öffnen ein wenig wie meine, und ich drückte sie auf.

Das Zimmer war dunkel, aber das hereinfallende Mondlicht genügte, damit ich die Fotos erkennen konnte, die an einer Pinnwand mit kreuz und quer gespannten Fäden hingen. Fotos von den Erins beim Cheerleadertraining und bei Footballspielen, in der Freizeit mit Brady, Brendan und Chrissy und natürlich Weston. Ich schluckte. Er sah glücklich aus, was mir den Magen umdrehte, obwohl ich mich daran erinnerte, ihn zusammen mit Alder andauernd mit diesem Gesichtsausdruck gesehen zu haben. Die strahlenden Augen, die er nur für sie hatte. Ich musste daran denken, wie er mich ansah.

Anders, sagte ich zu mir selbst.

Ihr Zimmer war sauber und alles an seinem Platz. Erst kürzlich musste Staub gewischt worden sein. Auch das Bett war gemacht. Ich setzte mich auf ihre schwarzweiße Tagesdecke und betrachtete die Dekoration an den Wänden. Es fühlte sich falsch an, aber auch aufregend. Noch tausendmal aufregender als SMS-Schreiben während des Unterrichts. Alder wäre auf der Stelle noch mal gestorben, hätte sie gewusst, dass ich mich in ihrem Zimmer befand – erst recht, wenn sie gewusst hätte, dass ich hier lebte und Weston herkam, um mich zu sehen. Ich fragte mich, wie Sam und Julianne das alles verarbeiteten. Wie sie mich glücklich machen konnten, ohne das Gefühl zu haben, die Erinnerung an sie zu beschmutzen.

Ich ging zu ihrem Schrank und öffnete ihn. Es war ein begehbarer Schrank wie in meinem Zimmer. Ihre Kleidung war gebügelt und hing wie meine auf Dutzenden identischen Kleiderbügeln. Aber sie besaß auch ein paar Uniformen für Cheerleading, viele Kleider und High Heels. Eine Plastikhülle stach hervor, und ich machte das

Licht im Schrank an, um besser sehen zu können. Es war ein Ballkleid.

Ich versuchte, es mir genauer anzuschauen, ohne es anzufassen, aber schließlich nahm ich es doch heraus und hielt es an meine Schultern. Die Fernbedienung, die ich immer noch in der Hand hielt, machte es mir ein bisschen schwer, die Hand zu benutzen. Irgendwann hatte ich es endlich ausgepackt. Es war atemberaubend. Der Ausschnitt ließ eine Schulter frei, und es war praktisch rückenfrei, dazu durchsichtig von der Taille aufwärts mit nur ein paar silbernen Kristallsteinchen an bestimmten Stellen. Sie hätte darin wie eine griechische Göttin ausgesehen. Ich stellte sie mir darin vor, mit streng aus dem Gesicht gekämmtem und zu einem hohen Knoten aufgestecktem Haar. Dann stellte ich mir noch Weston an ihrer Seite vor und hängte das Kleid rasch wieder zurück.

Meine Neugier war noch nicht gestillt, aber der Kleiderschrank war irgendwie der einzige Ort, wo ich meinte, mich bei Licht umsehen zu können. Ich betastete ihre Kleider, dann ihre Schuhe und stieß schließlich auf eine rechteckige Spielzeugschachtel hinter ihren aufgehängten Kleidern. Sie war weiß und mit rosa Ballettschuhen bedruckt. Ohne Deckel. Darin lagen Babypuppen und Barbies, ein paar alte Spielzeuge von McDonald's und Notizbücher, aber alle leer oder fast leer, mit nur hier und da einer Kinderzeichnung von einem Hund oder einem Einhorn. Dann stieß ich auf ein Bild mit drei Strichmännchen. Kleine Mädchen mit unterschiedlichen Frisuren. Über jeder stand Erin. Ich wusste sofort, welche ich sein sollte. Die mit den total verstrubbelten Haaren. Alle hielten sich an den Händen und lächelten. Mir stockte der Atem. Ich erinnerte mich noch daran, als es so gewesen war: an das Gekicher und Händchenhalten. Damals waren wir beste Freundinnen.

Eine Kiste aus durchsichtigem Plastik voll mit Ringbüchern erregte meine Aufmerksamkeit. Ich hob den Deckel so leise wie möglich ab und nahm das erste Buch heraus. Es war grün und mit schwarzem Filzstift geschrieben stand in Alders Handschrift *Tagebuch* darauf.

Ich legte es weg und nahm es wieder in die Hand. Das tat ich ein paarmal und redete mir immer wieder aus, es aufzuschlagen.

»Das sind ihre Gedanken, Erin. Wage es bloß nicht«, zischte ich und legte den Deckel wieder auf die Kiste. Ich musste sowieso früh aufstehen, um erst zu Weston rüberzufahren und dann zum ersten Mal vorsichtig zur Schule. Ihre Gedanken zu lesen, das wäre falsch. Sehr falsch, und es gab so viele moralische und ethische Grundsätze, die ich respektierte und die ich in mehrfacher Hinsicht gebrochen hätte, wenn ich das Ringbuch aufgeschlagen hätte.

Ich tat es trotzdem.

9. Okt.

Sie hören nicht auf, auf mich einzureden. Nie habe ich meine Ruhe. Eric hat mir während des Trainings eine SMS geschickt, also hab ich mich früher davongemacht, weil die Trainerin auch schon weg war. Wir haben uns einen Joint geteilt. Ich dachte schon, Chrissy hätte mich aus seinem Wagen steigen gesehen, hatte sie aber zum Glück doch nicht.

Manchmal möchte ich so tun, als wäre es egal, aber das ist es nicht. Es zählt immer. Sie beobachten mich andauernd und warten darauf, dass ich es verbocke. Warten drauf zu sehen, wie ich auf die Schnauze falle. Eric ist der Einzige, der mich versteht, und selbst das nur, wenn wir high sind. Nur noch ein knappes Jahr, dann kann ich dieses gottverdammte Kaff hinter mir lassen. Dann muss ich keinen von denen jemals wieder anlächeln.

12. Okt.

Ich habe ihn wieder dabei ertappt, wie er sie anschaut. Ich schwöre bei Gott, dass mir noch was einfallen wird, wie ich diese Schlampe drankriege. Ich weiß zwar noch nicht, wie, aber es wird passieren.

Ich schloss das Ringbuch, weil ich gar nicht wissen wollte, ob sie von mir sprach. Die Tagebücher waren bis zur Grundschulzeit zurückdatiert. Ich zog die Augenbrauen hoch. Sie hatte all diese Ringbücher gefüllt. Alle geheimen Gedanken von Erin Alderman waren hier, und ich konnte sie erfahren, wenn ich wollte. Es gab nur ein einziges mit Plastik überzogenes Tagebuch mit einem kaputten silbernen Schloss, darauf stand MEIN ERSTES TAGEBUCH.

Ich schloss den Deckel, stand auf und machte das Licht aus. Alders Privatsphäre und das Vertrauen von Sam und Julianne hatte ich nun verletzt. Das schlechte Gewissen trieb mich aus dem Zimmer, über den Flur, in mein Zimmer und zurück unter meine Decke.

Nachdem ich zwanzig Minuten lang nicht in der Lage war, einen klaren Gedanken zu fassen, schaute ich zum Deckenventilator hinauf. Hatte Alder mich gemeint? Was hatte ich getan? Glaubte sie, dass Weston mich ansah? Sicher nicht. Er hatte zwar einmal gesagt, dass er mich schon immer gemocht hatte, aber mir wäre nie in den Sinn gekommen, dass es tatsächlich so gewesen war. Die Fragen standen im Raum, und ich war mir nicht sicher, ob ich die Antworten wissen wollte. Davon gab es so viele auf diesen Seiten. Vielleicht würde ich sogar erfahren, warum die Erins aufgehört hatten, mit mir zu reden.

Ich wälzte mich auf die Seite und hielt weiterhin die Fernbedienung in der Hand. Gleichzeitig fragte ich mich, ob Julianne von den Tagebüchern wusste. Sie waren nicht gerade gut versteckt. Vielleicht hatte Julianne Alders Privatsphäre aber so geachtet, dass Alder nicht das Bedürfnis hatte, sie zu verstecken.

Ich schloss die Augen und fragte mich, ob ich diejenige gewesen war, die Weston angesehen hatte. Ich musste es wissen. Das nächste Mal, wenn ich allein zu Hause war, würde ich so lange lesen, bis ich herausgefunden hätte, warum – warum Alder mich gehasst hatte. Warum sie sich so verhalten hatte. Und warum sie Blackwell derart gehasst hatte, obwohl sie doch alles besaß, was man sich nur wünschen konnte. Aber vielleicht auch nicht. Vielleicht hatte sie es gar nicht gewollt. Das ging mich nichts an. Ich sollte diese Tagebücher nicht lesen. Aber mein Sollen und mein Wollen waren so entgegengesetzt, dass ich schon wusste, am Ende würde die Neugier siegen. Vor allem weil ich diese Antworten schon so lange erfahren wollte.

Erst als ich unten am Treppenabsatz ankam, merkte ich, wie müde ich war. Ich hatte am Vorabend nur schwer einschlafen können, und selbst nachdem ich endlich weggedämmert war, hatte ich nicht wirklich tief geschlafen.

Sam rauschte in Richtung Küche an mir vorbei und tätschelte dabei meine Schulter.

»Morgen, Kindchen. Achte auf die Tankanzeige. Ach!«, sagte er, drehte sich um und wühlte in seiner Hosentasche. Er holte seine Geldbörse heraus. »Benutz die hier, wenn du tanken musst. Und wenn du irgendwas anderes brauchst. Na ja … in einem vernünftigen Rahmen.«

Ich wies die Karte mit sanftem Nachdruck zurück. »Ich habe Geld.«

Er hielt mir die kleine silberne Karte erneut hin. »Was du dir verdienst, ist dein Taschengeld. Wir kümmern uns um den Rest. Jetzt nimm sie bitte, Sweetheart. Ich bin schon spät dran.«

Nach kurzem Zögern nahm ich die Karte und versuchte, sie in meine hintere Hosentasche meiner Jeans zu schieben, aber es war eine von den neuen, die Julianne gekauft hatte. Da waren die Taschen schlabberig und zugeknöpft. Bei dem vielen Geglitzer auf dem Stoff konnte ich den Knopf nicht gleich finden, also schob ich sie in die vordere Tasche. Später würde ich sie sowieso in den Rucksack packen. All das zu besitzen machte mich nervös.

»Danke dir«, sagte ich.

Sam zwinkerte mir zu und eilte zur Hintertür, die in die Garage führte. »Ich muss los, Honey!«

»Hab einen schönen Tag!«, rief Julianne.

Ich gesellte mich zu ihr in die Küche. »Ich bin auch gleich weg.«

»Kein Frühstück?«, fragte sie und versuchte, sich die Enttäuschung nicht anmerken zu lassen. Ein wunderschönes Omelett lag perfekt auf einem weißen Teller mit Blumenmuster, daneben eine Gabel auf einer Stoffserviette und ein halb volles Glas Orangensaft.

»Du bist so … alles ist immer so perfekt. Dieses ganze Haus könnte man für eine Zeitschrift fotografieren.«

Julianne strahlte. »Danke. Ehrlich gesagt ist es mein Zeitvertreib. Sonst werde ich ruhelos«, sagte sie und stützte sich auf die Küchentheke. Sie blickte um sich. »Und langweile mich ein wenig, wenn du es genau wissen willst.«

»Hast du noch mal drüber nachgedacht, wieder zu arbeiten?«

Sie nickte. »Sam und ich haben das besprochen. Wir denken, es wäre das Beste, wenn ich noch ein bisschen daheim bliebe. Vor allem den Sommer über, wenn du mehr zu Hause bist.«

»Im Sommer arbeite ich viel«, sagte ich bedauernd.

»Was das angeht.« Sie biss sich auf die Unterlippe. »Wie fändest du es, wenn du deine Stunden ein bisschen reduzierst? Dann hättest du mehr Zeit zu Hause … und mit Weston. Und mehr Zeit, um dein letztes Schuljahr zu genießen und den Sommer vor dem College. Fühl dich aber nicht gedrängt. Das ist nur so ein Gedanke.«

»Ich arbeite so viel, um fürs College zu sparen.«

»Erin, Süße, dein College bezahlen wir. Was immer du gespart hast, kannst du nach Belieben ausgeben.«

»Ähm … das ist so großzügig. Aber du und Sam, ihr habt schon so viel für mich getan. Ihr habt mir ein Zuhause gegeben und dieses tolle Auto, das da draußen steht. Ich könnte nicht noch mehr von euch annehmen. Außerdem bekomme ich ein Stipendium.«

Sie lächelte. »Ich bin so stolz auf dich.«

Ihre Worte trafen mich unvorbereitet. Ich konnte mich nicht erinnern, dass das schon jemals irgendjemand zu mir gesagt hatte.

»Du hast dich angestrengt und bist allen Umständen zum Trotz ein tolles Mädchen geworden.« Ihr kamen die Tränen, aber sie wischte sich schnell über die Augen. »Dein Geld gehört dir. Um alles, was das Stipendium nicht abdeckt, kümmern wir uns. Ich weiß, dass es dir wahrscheinlich vorkommt, als würden wir sehr viel tun, aber das scheint nur so, weil alles auf einmal passiert. Wärst du schon immer hier gewesen, wäre es eine schrittweise Entwicklung. Wenn es dich überfordert, entschuldige bitte.«

Ich schüttelte den Kopf. »Du musst dich nicht entschuldigen, Julianne. Für gar nichts. Alles, was ihr getan habt, war wundervoll. Von euch beiden.«

Juliannes Gesicht wurde weich, und sie streckte die Hand über die Kücheninsel und nahm meine Hand in ihre.

»Du bist unsere Tochter«, sagte sie leise. »Lass uns für dich sorgen. Lass uns dir die Dinge ein bisschen leichter machen, als sie bis jetzt für dich gewesen sind. Das hilft uns auch.«

Ich verzog den Mund. »Vielleicht kann ich die Besitzerin, Patty, fragen, ob sie jemand für die Wochenenden anstellt und damit ich im Sommer ein bisschen weniger arbeiten kann.«

Julianne strahlte und tätschelte meine Hand, bevor sie sich zum Ofen umdrehte. »Da bin ich ja schon aufgeregt. Wir könnten zusammen in die Stadt fahren oder so, essen gehen oder shoppen oder ins Museum.«

Ihre Begeisterung war ansteckend. »Das klingt gut.« Ich setzte mich und aß vier, fünf schnelle Bissen vom Omelett, trank den Saft und wischte mir den Mund ab, bevor ich nach meinem Rucksack griff.

»Wir sehen uns heute Abend«, sagte ich.

»Okay, Süße«, sagte sie und nahm meinen Teller.

Ich ging über den Flur, diesmal zur Hintertür. Sam hatte das Garagentor offen gelassen, weil er wusste, dass ich bald aufbrechen würde. Ich schüttelte den Kopf. Die Vorstellung, ein Auto zu besitzen – ganz zu schweigen von einem BMW –, um zur Schule zu fahren, war unglaublich. Aber da stand er. Strahlend, umwerfend. Und er wartete darauf, dass ich einstieg.

Ich setzte langsam zurück und bog vorsichtig um die Ecke zu Westons Haus. Ich parkte auf der Straße, aber als ich ausstieg, stellte ich fest, dass ich zu weit von der Bordsteinkante entfernt stand. Ich wollte gerade wieder einsteigen, um das zu korrigieren, als Weston mit seinem Rucksack herausgelaufen kam. Er grinste. »Mach dir darüber keine Gedanken, Babe.«

Er sah besonders gut aus in seiner schicken Jeans mit einem breiten braunen Ledergürtel. Das hell türkisfarbene Poloshirt ließ ihn noch gebräunter wirken. Am linken Handgelenk trug er eine Uhr, am rechten mehrere geflochtene Lederbänder. Er hatte den schlanken, trainierten Körper eines Baseballspielers. Seine Haare waren mit einer winzigen Spur Gel gewollt strubbelig gestylt. Sein Blick war noch ein wenig verschlafen, aber das Grün seiner Augen strahlte wie immer.

Ich war mir nicht sicher, ob ich mich jemals daran gewöhnen würde, dass mich jemand, der so gut aussah, Babe nannte. Eigentlich hatte ich diese zuckersüßen Kosenamen albern gefunden, aber wenn Weston mich so nannte, breitete sich Wärme von den Wangen bis zu den Zehen in mir aus, und ich wünschte mir nur, er würde es gleich wieder tun. Und weil er es so lässig sagte, hatte ich irgendwie das Gefühl, unser Anfang würde nie ein Ende haben. Als müsste ich mir um uns beide auf absehbare Zeit keine Sorgen machen.

Peter und Veronica kamen heraus, beide mit einem wohlwollend staunenden Gesicht.

»Das ist ja mal ein Wagen, den du da hast!«, sagte Peter.

Ich zuckte mit den Schultern und schüttelte den Kopf. »Ich weiß. Die beiden sind einfach zu gut zu mir.«

»Unsinn«, meinte Veronica. Sie legte einen Arm um mich und drückte mich. »Du brauchst doch ein Auto, Dummerchen.«

Weston öffnete die Beifahrertür. »Na schön, ihr habt den Wagen gesehen. Jetzt müssen wir zur Schule.«

Seine Eltern winkten uns nach, als ich nervös losfuhr.

Weston plauderte übers Baseballtraining und unseren Test in Gesundheitslehre. Über meine Fahrfähigkeiten schien er sich nicht die geringsten Sorgen zu machen. Ein paarmal war ich seinen Truck gefahren, aber das hier fühlte sich schon anders an.

Ich bog auf den Parkplatz, und die Schüler, die auf dem Weg zum Unterricht waren, blieben stehen und glotzten. Blackwell hat eine so kleine Schule, dass jeder wusste, wer was fuhr.

»Sie glotzen«, sagte ich erschrocken.

»Das tun sie wohl.«

»Sie werden auch sagen, dass ich Sam und Julianne ausnehme.«

»Das werde ich ihnen schon abgewöhnen.«

Ich parkte und machte die Zündung per Knopfdruck aus.

Shannon LaBlue aus meinem Kunstkurs kam ohne Zögern auf mich zu.

»Ist das deiner?«, fragte sie, und ihre Stimme klang noch eine Spur schriller als sonst.

Ich sah Weston an und sagte dann: »Ja.«

»Ihre Eltern haben ihn ihr gerade gekauft«, erklärte Weston. »Cool, was?«

Die Antwort wäre mir nicht eingefallen, aber mir gefiel, wie sie klang: *meine Eltern*. Sam und Julianne waren meine Eltern.

»Einen BMW, Easter? Das ist ja unglaublich!«

Ich nickte und schaffte es nicht, danke zu sagen. Aus irgendeinem Grund war es mir peinlich, Danke zu sagen. Mehr Leute kamen herbei, um aus der Nähe zu gucken. Ich drückte die Zentralverriegelung auf meiner Fernbedienung, und dann führte Weston mich an der Hand ins Schulgebäude.

Bis ich im Biounterricht angekommen war, hatte

schon die ganze Schule von dem Auto gehört. Sara und noch ein paar andere im Klassenzimmer fragten mich danach, kaum dass ich mich hingesetzt hatte. Brady musterte mich, sagte aber nichts.

Als ich später Mr. Barrows' Klassenzimmer ansteuerte, blieb ich an der Tür stehen, weil anstatt Mr. Barrows Julianne hinter seinem Pult stand, Papiere sortierte und einen nervösen Eindruck machte. Als unsere Blicke sich trafen, verzog sie das Gesicht zu einem entschuldigenden schiefen Lächeln.

»Es ist ein Last-Minute-Einsatz. Tut mir leid, wenn ich dich damit in Verlegenheit bringe.«

Andere Schüler gingen an mir vorbei zu ihren Plätzen. Ich ging auf Julianne zu und umarmte sie. Sie war einen Moment lang wie erstarrt – geschockt von meiner ungewöhnlichen demonstrativen Zuneigung.

»Danke noch mal für das Auto«, flüsterte ich. »Alle finden es fantastisch.«

Da erwiderte Julianne meine Umarmung. »Ich habe schon versucht, aus dem Vertretungsprogramm zu kommen«, sagte sie leise an meinem Ohr.

Ich ließ sie wieder los. »Irgendwie ist es aber auch cool, dich mitten am Tag zu sehen«, sagte ich lächelnd und ging auf meinen Platz. Als ich mich hingesetzt hatte, blickte Julianne unentschlossen drein. Sie wirkte gedankenverloren, bis sich ein Lächeln auf ihrem Gesicht ausbreitete und sie die letzten Schüler begrüßte, die ins Klassenzimmer getrödelt kamen.

Kapitel 6

Ich fuhr belastet von meinem schlechten Gewissen zu dem Wandgemälde und parkte neben Westons Chevy bei der ehemaligen Pizzeria. Er wartete mit den Händen in den Hosentaschen und grinste.

Die Sonne stand hoch am Himmel und ließ nur einen schmalen Schatten auf den Asphalt, wo die anderen schon mit Pinseln in den Händen bei der Arbeit waren. Mrs. Cup warf einen Blick über ihre Schulter und registrierte meine Ankunft mit einem Nicken.

»Wieso hast du so lange gebraucht?«, fragte Weston. »Du hättest eigentlich direkt hinter mir sein sollen.«

»Ich bin von einer roten Ampel aufgehalten worden. Und ich fahre langsam.«

»Eine Schnecke hätte dich überholen können.«

»Das stört mich nicht«, sagte ich und lief zu der Ziegelmauer.

Ich tauchte meinen Pinsel in einen kleinen Eimer grüner Farbe und begann damit, Stellen auszubessern, wo die alte Farbe abgeplatzt war. Weston tat das Gleiche mit einer anderen Farbe.

»Was machst du nach der Arbeit?«, fragte er.

»Ich … ich glaube, ich muss mit Julianne reden.«

»Oh? Das klingt ein bisschen ernst.«

»Ist es auch. Aber ich hoffe, nicht. Vielleicht.«

»Worum geht's?«

»Um etwas, das ich getan habe.«

Er zögerte und malte ein paar Pinselstriche. »Möchte ich das wissen?«

»Wahrscheinlich nicht.«

»Erzähl's mir trotzdem.«

»Ich … es ist was Schlechtes.«

»Hast du was am Auto kaputt gemacht?«

»Nein.«

»Hast du ihr was geklaut?«

Ich drehte mich zu ihm um. »Wie bitte?«

Er drehte sich ebenfalls um und zuckte mit den Schultern. Er wirkte selbst erschrocken. »Ich weiß gar nicht, warum ich das gesagt habe. Meine Gedanken rasen, weil ich mich frage, was du Schlimmes getan haben könntest, über das du mit ihr reden musst. Ich glaube aber nicht, dass du ihr was geklaut hast. Oder irgendjemand anderem.«

Ich nickte zufrieden, aber mein Gesichtsausdruck wurde gleich wieder ernst. »Es ist fast genauso schlimm.«

»Mein Gott, Erin, jetzt sag's mir einfach.«

»Ich … ich war in Alders Zimmer.«

Seine Augenbrauen schossen in die Höhe. Ich starrte auf den Zement zu meinen Füßen und seufzte tief.

»Ich habe ihr Ballkleid gesehen. Es ist wunderschön.«

Er nickte. »Ich weiß. Sie hat mir davon erzählt.«

»Sie hat Dutzende Tagebücher in einer Kiste hinten im Kleiderschrank.«

»Hast du sie gelesen?«, fragte er und wirkte auf einmal besorgt.

Ich nickte und wurde knallrot.

Er malte weiter, reagierte aber nicht darauf.

Ich wartete, und als ich schon fast außer mir war, drehte ich mich zu ihm. »Sag es.«

»Was denn?«

»Dass es falsch war.«

»Was stand denn drin?«, fragte er. »Von wann war der letzte Eintrag?« Er hielt den Blick auf die Mauer gerichtet, aber aus seinen Fragen klang echte Sorge.

»Ich habe nicht viel gelesen. Nur ein paar Einträge. Ich fühle mich deshalb aber schon schlecht genug. Es würde alles noch schlimmer machen, wenn ich dir auch noch erzählen würde, was sie geschrieben hat.«

»Irgendwas über mich?«

»Vielleicht. Ich weiß nicht. Es war ziemlich vage.«

»Ich muss dir gar nicht sagen, dass es falsch war, Erin. Es steht dir schon im Gesicht geschrieben. Nur … lass es. Lies nicht weiter.«

Er hatte recht. Diskutieren war sinnlos. Aber aus dem Augenwinkel bemerkte ich seine Nervosität, und das machte mich neugierig.

»Sie hat auch ein paar richtig alte. Vielleicht hat sie darin geschrieben, warum sie und Sonny aufgehört haben, mit mir zu reden.«

»Sie haben aufgehört, mit dir zu reden, weil sie Zicken waren«, giftete er. »Sogar schon in der Grundschule.«

»Hat Alder je mit dir darüber gesprochen?«

Er ließ seinen Pinsel fallen und sprang zwar noch zurück, aber die Farbe spritzte trotzdem auf seine Jeans und die Schuhe.

»Verdammt!«, knurrte er und hob die Hände.

»Besorg dir einen feuchten Lappen«, riet Mrs. Cup, die gerade vorbeiging. Sie versuchte, ihm behilflich zu sein, aber die Farbe verschmierte nur.

»Kann ich nach Hause fahren und versuchen, das wieder rauszukriegen?«

Mrs. Cup schaute auf ihre Armbanduhr. »Wir haben nur noch zwanzig Minuten. Geh ruhig, aber fahr nicht zu schnell.«

Weston nickte, umarmte mich und drückte mir einen Kuss auf die Wange. Dabei ließ er seine Lippen noch einen Moment auf meiner Haut.

»Lies nicht noch mehr, Erin. Sie ist fort. Nichts davon spielt jetzt noch eine Rolle.«

Er ging rasch zu seinem Truck und startete den Motor. Er bog langsam auf die Straße, aber nach ein paar Sekunden hörte ich seinen Motor aufjaulen.

Mrs. Cup stöhnte genervt auf. »Jungs!«

Nachdem wir wirklich ziemlich produktiv an dem Wandbild gearbeitet hatten, ließ Mrs. Cup uns fünf Minuten früher gehen. Ich fuhr direkt zum Dairy Queen und parkte neben Frankies Taurus.

Ich hatte die Tür des BMW kaum zugeschlagen, als ich Frankie schon quietschen hörte.

»Was um alles in der Welt ist das denn?«, fragte sie und deutete auf meinen Wagen.

Ich ging bescheiden lächelnd auf sie zu. »Mein Auto.«

»Dein Auto? *Dein* Auto? Sam und Julianne haben dir einen BMW gekauft? Darauf brauchst du nicht zu antworten. Die Antwort ist ja offensichtlich, aber du liebes Lieschen, Erin!«, sagte sie und folgte mir durch die Hintertür in den Imbiss.

Ich zog mir meine Schürze über den Kopf und band sie am Rücken zu. »Ich weiß. Das kannst du mir glauben, ich weiß es. Sag mal … kann ich kurz mit dir reden?«

Die freudige Erwartung verschwand aus Frankies Gesicht, und sie musterte mich kurz. »Jaaa?«

»Julianne möchte, dass ich … sie hat mich gebeten, Patty zu fragen, ob ich, äh … weniger arbeiten kann.«

Frankie betrachtete mich noch eine Weile, bevor sie sagte: »Kündigst du etwa?«

»Nein«, sagte ich vehement. »Sie hat nur gemeint, ich solle mein letztes Schuljahr und den Sommer genießen. Sie möchte, dass ich mir von Patty die Wochenenden freigeben lasse und meine Stunden im Sommer verringere.«

»Und bist du damit einverstanden?«

Ich zuckte mit den Schultern.

»Ich meine«, sagte sie ebenfalls schulterzuckend, »natürlich bist du das. Welcher Teenager würde nicht mehr Freizeit wollen? Klar. Ich meine, ich sage Patty, dass du mit ihr reden möchtest, aber ich versteh schon.«

»Du siehst sauer aus.«

Sie winkte ab. »Quatsch, kein bisschen.«

»Ich weiß, dass Patty dann vielleicht jemand neuen einstellen muss. Ich bleibe, bis diejenigen eingearbeitet sind.«

»Das mache ich schon. Ist ja keine große Sache.«

»Du bist seltsam.«

»Bin ich nicht.«

Ein kleines Mädchen, dessen Gesicht bereits schokoladenverschmiert war, erschien vor dem Fenster. Als Frankie sie nicht zur Kenntnis nahm, klopfte sie gegen die Scheibe.

Frankie warf ihr einen flüchtigen Blick zu und legte dann einfach eine Hand auf die Scheibe, um sie nicht sehen zu müssen. »Zisch ab, Milky Way, wir unterhalten uns gerade.«

»Frankie!«, sagte ich stirnrunzelnd. Ich öffnete mein Fenster und nahm ihre Bestellung entgegen. Ihre Mutter wartete in einem Minivan auf sie und beäugte inzwischen mein Auto.

Nachdem ich ihr zwei in Schokolade getauchte

Hörnchen und einen M&M-Blast nach draußen gereicht hatte, schloss ich das Fenster und verschränkte die Arme. »Du bist stinkig.«

Frankie tat so, als müsse sie eine ohnehin makellose Arbeitsplatte putzen. »Ich bin nicht stinkig. Ich bin enttäuscht. Nicht von dir. Aber wir waren immer zu zweit, weißt du? Irgendwie im selben Boot. So saßen wir hier fest.«

»Ich arbeite gern im Dairy Queen.«

»Ich wette, das sagst du nicht mehr, wenn du mal mein Alter erreicht hast.«

»Patty gefällt's.«

»Patty gehört es ja auch.«

»O wow!«

»Was denn?«

»Patty kommt gerade.«

Frankies Grinsen brachte mich dazu, einen leeren Becher nach ihr zu werfen. Vor Staunen stand ihr der Mund offen, und Frankies Anblick ließ Pattys aufmunterndes Lächeln verschwinden.

»Schönen Nachmittag, die Damen. Alles okay?«

Frankie bückte sich, um den Becher aufzuheben. »Prinzessin Alderman hat ein Anliegen.«

Diesmal stand mir der Mund vor Staunen offen.

Patty blieb reglos stehen, nur ihre Augen gingen zwischen uns beiden hin und her. »Anscheinend bin ich genau am richtigen Tag vorbeigekommen. Ich wollte euch nur mitteilen, dass meine Nichte diesen Sommer aushelfen wird.« Sie wandte sich an mich. »Letztens habe ich Julianne getroffen, und sie hat erwähnt, dass sie hofft, du wirst etwas mehr Zeit zu Hause verbringen. Hat sie mit dir schon darüber geredet?«

Ich nickte.

Patty zwinkerte mir zu. »Wir vertreten dich schon,

Sonnenschein.« Sie deutete mit dem Kopf hinter sich. »Schwirr ab.«

Ich streckte den Kopf vor und machte große Augen. »Wie? Jetzt?«

»Jawoll! Ich mach heute deine Schicht.«

»O nein, Patty. Danke, aber da hätte ich dir schon vorher Bescheid gesagt.«

Sie kicherte. »Kein Problem, solange du damit klarkommst. Ich hab das schon mit Julianne besprochen, und wir sind vorbereitet. Und sie hat ganz recht. Du hast wirklich geschuftet, Kleines. Jetzt sieh zu, dass du Kind bist in der wenigen Zeit, die dir dafür noch bleibt.«

Ich sah Frankie an, die irgendwie verloren wirkte. »Sie hat recht«, sagte sie. »Geh, Kindchen. Ich schreib dir per SMS deine neuen Schichten, nachdem Patty und ich alles besprochen haben.«

Ich hatte nicht das Bedürfnis zu gehen. Ich stand einfach nur da. Total verblüfft.

Da nahm Pattys Gesicht einen entschuldigenden Ausdruck an. »Du musst nicht gehen. Ich werfe dich nicht raus. Julianne hat es nur vorgeschlagen, okay?«

Ich nickte.

Sie grinste. »Also gut. Worauf wartest du dann? Los, hol dir eine Limo bei Sonic oder bring Weston ein Eis. Die trainieren doch noch, oder?«

»Noch ein bisschen. Übernächste Woche haben sie ihr letztes Spiel.«

Patty sah Frankie an. »Sorg dafür, dass wir sie an dem Tag aus dem Dienstplan nehmen. Und auch an den Wochenenden.«

Frankie stimmte ihr zu.

»Das wusste ich nicht«, sagte ich zu Frankie.

»Ich weiß«, sagte sie. »Es war nicht fair, so zu reagieren. Ich hab dir ja auch schon früher gesagt, du sollst deine

Stunden ein bisschen runterfahren. Ich weiß nicht. Ich schätze mal, ich bin nicht davon ausgegangen, dass du es wirklich machst. Ich werde dich einfach vermissen.«

Patty streckte die Hand aus. »Ich brauche deine Schürze, Erin. Hab noch einen schönen Tag!«

Ich löste die schwarzen Bänder an meinem Rücken und zog die Schlaufe über meinen Kopf. Dann gab ich Patty die Schürze.

»Du wirst mich doch im Dienstplan behalten, oder? Ich bin jetzt nicht gefeuert?«

»Natürlich nicht, Dummerchen!«, sagte sie und schlug scherzhaft mit der Schürze auf meinen Po.

Da fuhr ein Auto auf den Parkplatz. Patty drehte mir den Rücken zu, schob das Fenster auf und begrüßte die Familie, die auf sie zukam.

Frankie schaute mich an. »Dann sehen wir uns nächste Woche. Ich komme schon klar«, sagte sie mit einem gezwungenen Lächeln. »Tut mir leid. Ich habe mich blöd benommen.«

»Okay, bis in ein paar Tagen.«

Aus irgendeinem Grund machte ich auf der Heimfahrt einen Umweg an Ginas Haus vorbei. Es sah unverändert aus. Die Fenster immer noch schmutzig, die Fliegengittertür hing schief in den Angeln, die Veranda brauchte immer noch einen neuen Anstrich, und der Zaun hinterm Haus war nach wie vor kaputt. Ich fragte mich, ob sie mein Zimmer gelassen hatte, wie es war, oder ob sie alles verscherbelt hatte. Ich fragte mich, ob ich ihr so viel bedeutete, dass sie meine Sachen nicht sehen wollte, oder ob sie so erleichtert war, mich los zu sein, dass sie auch alle Erinnerungen an mich los sein wollte.

Das Garagentor schloss sich langsam hinter dem BMW, und ich drückte auf den Knopf, um den Motor abzustellen. Stille. Absolute Stille. Nur ich, die Garage und der Geruch des Autos.

Julianne öffnete strahlend die Hintertür. »Du bist schon so früh da! Hast du mit Patty gesprochen?«

Ich schnappte mir meinen Rucksack, schloss die Fahrertür und ging nickend an ihr vorbei. Dann steuerte ich direkt auf meinen Stammhocker an der Küchentheke zu. Sie folgte mir und lehnte sich mit verschränkten Armen gegen den Herd.

»Wie geht's, wie steht's?«, fragte sie. »Patty war doch nicht sauer, oder?«

Ich schüttelte den Kopf. »Sie meinte, du hättest schon mit ihr drüber gesprochen.«

Julianne zuckte zusammen. »Ach du meine Güte, Erin, ich hoffe, das war okay. Ich wollte ja nicht, dass sie dir Stunden streicht. Ich habe ihr nur gesagt, dass ich hoffe, du würdest das auch wollen, und dass ich mit dir drüber sprechen würde.«

»Ist schon okay. Das wollte ich auch … aber sie hat mich vor vollendete Tatsachen gestellt.«

»Oh … aber du bist jetzt nicht wütend auf mich?«

»Nein. Aber ich muss dir was sagen. Danach bist du, glaube ich, wütend auf mich.«

»Oh?«, sagte sie nur und wirkte besorgt.

»Ich wollte warten, bis Sam zu Hause ist, damit ich es euch beiden sagen kann.«

»Er hat noch einen späten Patienten.«

»Dann sage ich es dir, und du kannst es ihm ja später erzählen, oder?«

Sie nickte und kam ein paar Schritte auf mich zu, sodass sie ihre Handflächen auf die Granitplatte legen konnte.

»Ich, äh … ich bin in Alders Zimmer gegangen. Ich war neugierig, auch wenn das keine Entschuldigung ist.

Aber ich habe ihre Kiste mit den Tagebüchern gefunden.«

Julianne reagierte nicht. Sie hörte nur zu.

»Ich habe in einem gelesen. Nicht alles, aber ein paar Einträge.«

Julianne ließ den Kopf hängen und wischte sich nach ein paar Sekunden mit dem Handrücken über die Augen.

»Es tut mir leid. Ich hätte das nicht tun sollen. Ich werde nicht noch mal in ihr Zimmer gehen. Das Schlimmste ist, dass ich wusste, es ist falsch, aber ich hab es trotzdem gemacht.«

Julianne schaute mit feuchten Augen hoch. »Da bist du nicht die Einzige.«

»Wie bitte?«

»Ich wusste schon immer, dass sie Tagebuch schreibt. Ich habe die Tagebücher nach ihrem Tod auch gelesen. Neugier ist etwas Schreckliches, nicht wahr?«, sagte sie verlegen. »Aber, Erin … Du solltest nicht mehr davon lesen. Es wird dir nicht gefallen.«

»Du klingst wie Weston«, sagte ich und schaute weg.

»Wie meinst du das?«

»Er hat das Gleiche gesagt. Dass ich nicht mehr davon lesen soll. Er hat wirklich seltsam reagiert.«

»Wirklich? Was hat er denn noch gesagt?«

»Sonst nichts.«

Sie rang mit sich. »Er ist heute vorbeigekommen.«

»Er ist was?«

»Er hat mir erzählt, dass du in Alders Tagebüchern gelesen hast, und er hat mir gesagt, ich sollte dir raten, es nicht zu tun.«

Weston hatte Kunst geschwänzt, um mich zu *verpetzen*? Es musste einen Grund dafür geben, warum er nicht wollte, dass ich die Tagebücher las. Denn er würde sich nicht so verhalten, damit ich Probleme mit Julianne bekam. Da musste etwas drinstehen, was mich kränken würde und wovon er wusste.

»Warum hat er das gemacht?«

Sie schaute mit besorgter Miene zu Boden. »Alder war anders, als wir dachten, Erin. Manche der Dinge, die sie geschrieben hat, sind … niederschmetternd. Sie wusste Dinge. Dinge, von denen Sam und ich keine Ahnung hatten. Und …« Sie schüttelte den Kopf. »Ich habe noch nicht alles gelesen. Es war zu hart. Ich habe es auch Sam nicht gesagt. Weil ich mir nicht sicher bin, wie er darauf reagieren würde.«

»Ich werde ihm nichts davon erzählen.«

»Danke«, sagte sie erleichtert.

»Julianne? Steht da etwas über mich drin? Ich meine, etwas, das ich wissen sollte.«

Sie zögerte. »Ja.«

»Kann ich sie lesen?«

»Ich weiß nicht, was ich dir darauf antworten soll, Süße.«

»Ich denke … ich denke, das muss ich.«

Kapitel 7

Meine schwarzen Converse quietschten, als ich die Tribüne hinaufstieg. Das Baseballteam lief mit nass geschwitzten T-Shirts und roten Gesichtern Runden. Ich saß noch keine fünf Minuten, als Coach Langdon die Jungs zusammenrief und alle zur Spielerbank joggten.

Nach einer kurzen Besprechung gingen alle Richtung Parkplatz, auch Weston. Nach wenigen Augenblicken kam er wieder zurück und schaute zu mir hinauf. Er rannte, immer zwei Stufen auf einmal nehmend, die Tribüne hoch, bis er bei mir angekommen war. Er schlang die Arme um mich und presste seine Lippen auf meine. Seine Haut war von einem dünnen Schweißfilm überzogen, aber er hätte auch in Giftmüll getaucht sein können, und ich hätte mich nicht beklagt.

»Ich wollte gerade losfahren, da habe ich dein Auto auf dem Parkplatz entdeckt. Was machst du hier?«

Ich zuckte mit den Schultern. »Ich dachte einfach, ich komme vorbei und sehe dir beim Training zu. Oft ist es ja nicht mehr.«

Er schaute aufs Spielfeld hinunter. »Ich kann gar nicht glauben, dass es mein letztes Jahr ist. Ich werde es vermissen. Das meiste jedenfalls. Noch der Ball. Abschluss. Dann ist es vorbei.«

»Hast du mit deinem Dad schon über Dallas gesprochen?«

Er schüttelte den Kopf. »Er freut sich zu sehr über Duke, Erin. Jedes Mal, wenn ich mir überlege, das Thema anzuschneiden, kommt es mir vor, als wäre es der falsche Zeitpunkt.«

»Für so etwas gibt es keinen richtigen Zeitpunkt, und du wirst noch so lange warten, bis dir die Zeit davonläuft.«

»Vielleicht hat er ja recht. Vielleicht wird die Duke gut für mich sein.«

»Dann möchtest du also Anwalt werden?«

Er verzog angewidert das Gesicht. »Nein.«

»Weston«, sagte ich und drehte sein schmutziges, verschwitztes Gesicht in meine Richtung. »Du musst es ihm sagen. Du hast nur dieses eine Leben. Einen Versuch. Vergeude den nicht mit dem Traum von jemand anderem.«

Seine Augen suchten meine und wichen dann wieder aus. »Meine Güte, du bist so schön.«

Verlegen senkte ich den Blick.

»Hast du inzwischen schon eine Einladung für den Ball?«

Ich warf ihm einen finsteren Blick zu. »Nein, und das weißt du.«

»Wirst du mit mir hingehen?«

Ich schüttelte den Kopf. »Das haben wir doch schon besprochen.«

»Damals war Julianne Alderman auch noch nicht deine Mutter. Sie wird dir schon helfen, ein Kleid auszusuchen.«

»Ich kann sie nicht bitten, mir ein Kleid zu kaufen.«

»Das musst du gar nicht. Erzähl ihr nur, dass ich dich auf den Ball eingeladen habe.«

»Ich kann gar nicht tanzen«, sagte ich und rutschte unbehaglich herum.

Er hielt meine Halskette zwischen Daumen und Zeigefinger. Dann beugte er sich vor, drückte einen Kuss auf den Anhänger und widmete sich dann meinem Hals.

Ich seufzte, bog das Kinn zur Seite und reckte den Hals ein klein wenig, damit er besser drankam.

Er löste sich stirnrunzelnd von mir.

»Was ist?«, fragte ich erstaunt.

»Du riechst nicht nach Eis.«

Ich kicherte. »Ich war heute auch nur ganz kurz bei der Arbeit. Patty hat meine Schicht übernommen, und meine Stunden sind von jetzt an reduziert, damit ich mehr Freizeit habe. Das war Juliannes Bitte.«

Weston begann zu grinsen, bis er regelrecht strahlte.

»Danke, Julianne.« Er schaute auf meine Lippen, kam dann näher und küsste mich ganz sanft. Dann öffnete er den Mund, und ich hieß seine Zunge mit meiner willkommen.

»Bitte geh mit mir auf den Ball«, flüsterte er zwischendurch. »Ich will nicht allein gehen. Ich will nicht mit jemand anderem gehen, aber es ist mein letztes Schuljahr. Ich will das nicht verpassen. Selbst wenn wir nur so lange bleiben, um für ein dämliches Foto zu posieren.«

»Ich verstehe dein Dilemma ja, aber ich möchte da wirklich nicht hin.«

»Schon«, sagte er und bewegte seine Lippen zu meinem Ohr, »manchmal müssen wir aber Dinge tun, die wir nicht mögen. Das ist eine gute Lektion fürs Leben.«

»Du hast recht. Wenn du mit deinem Dad über Duke sprichst, gehe ich mit dir auf den Ball.«

Er setzte sich kerzengerade hin und schien von meinem Vorschlag geschockt. »Das ist nicht fair, Erin.«

»Du hast doch gerade gesagt…«

»Ich weiß, was ich gesagt habe. Aber der Abschlussball und meinen Dad vor den Kopf zu stoßen, das ist nicht unbedingt dasselbe.«

»Aber nah dran.«

Seine Augen wurden schmal. »Du kommst also mit mir zum Ball, wenn ich ihm sage, dass ich nach Dallas will? Und wenn er es ablehnt?«

»Das ist eine Sache zwischen dir und ihm. Aber wenn du es ihm sagst, komme ich mit.«

»Abgemacht.«

»Im Ernst?«, fragte ich und fühlte mich plötzlich ein bisschen flau.

»Dann fängst du besser schon mal an, dich nach einem Kleid umzusehen.«

Ich schluckte.

Wir standen auf, und Weston schob seine Finger in meine. So stiegen wir die Tribüne hinunter und gingen bis zu meinem Auto.

»Warum kommst du nicht noch mit zu mir? Meine Eltern werden erst in ein paar Stunden zu Hause sein.«

»Erinnerst du dich daran, was Sam gesagt hat?«

Er nickte. »Er hat gesagt, ich solle die Finger von der Frau eines anderen lassen. Aber du wirst ja nicht die Frau eines anderen.«

»Immer langsam, du Raser.«

»Du weißt, was ich meine«, sagte er und öffnete mir die Tür.

»Ich seh dich gleich«, sagte ich und stieg in den BMW.

Ich lag an Westons nackter Brust, und er hatte die Arme um mich geschlungen. Der Deckenventilator drehte sich über uns, und an der Wand hing das Bild, das er von mir gemalt hatte.

»Ich liebe es, dass du die jeden Tag trägst«, sagte er und berührte meine Kette.

»Ich liebe es, dass du sie mir geschenkt hast.«

»Ich liebe dich.«

Ich hielt ganz still und fragte mich, ob er das gerade wirklich gesagt hatte. Zwar hatte er mir schon mehrmals indirekt zu verstehen gegeben, dass er in mich verliebt war, aber tatsächlich ausgesprochen hatte er es noch nicht. Nicht so direkt. Nicht laut.

»Erin?«

»Ich bin froh.«

»Du bist froh«, echote er tonlos.

Ich schloss die Augen und wusste, dass ich ihn gekränkt hatte. »Ich möchte es sagen. Aber es fühlt sich seltsam an.«

»Würdest du es denn so meinen?«

»Ich denke schon.«

»Du denkst schon.«

»Lass das«, sagte ich, setzte mich auf, schlüpfte in die Träger meines BHs und zog mir mein Shirt über den Kopf.

Er seufzte und bedauerte offensichtlich die Richtung, die diese Unterhaltung genommen hatte.

»Es macht mir Angst, Weston. Selbst wenn du nach Dallas gehst, wirst du fünf Stunden weit weg sein. Wir werden jeder sein eigenes Leben führen. Niemand bleibt zusammen, wenn er auf verschiedene Colleges geht.«

»Das weißt du doch gar nicht.« Er machte ein finsteres Gesicht. »Warum musst du so negativ sein? Wir werden uns so viel sehen, wie wir können. Wir werden jeden Abend telefonieren. Wir bleiben zusammen, und dann wirst du mich besuchen kommen, dich in Dallas verlieben und nach deinem Studienabschluss auch dorthin ziehen.«

»Wird das so sein?«

Er setzte sich ebenfalls auf und lehnte sich ans Kopfende des Bettes. »Ja.«

»Ich bin nicht negativ. Ich bin realistisch. Ich will nicht, dass einer von uns beiden verletzt wird.«

»Ich bin nur verletzt, wenn wir nicht zusammenbleiben. Es wird mich zerreißen. Ich will niemand anderen.«

»Weston, du bist achtzehn. Du weißt noch gar nicht, was du willst.«

Er stand auf und schlüpfte in seine Jeans. »Du weißt definitiv nicht, was ich will.«

Ich zog mich ebenfalls fertig an und band meine Schuhe zu. »Das sagt einem doch der gesunde Menschenverstand. Wir leben hier wie in einem kleinen Aquarium, aber in Dallas gibt es Tausende junge, hübsche Frauen.«

»Dich gibt's nur einmal.« Wir standen uns auf beiden Seiten des Bettes gegenüber und starrten uns an. Nervös verlagerte er sein Gewicht von einem Fuß auf den anderen. »Bist du … sagst du das, weil du vorhast, in Stillwater jemand anderen kennenzulernen?«

»Nein!«

»Für mich klingt es, als wolltest du dir alle Optionen offen halten.«

»Mein Gott, Weston, darum geht es doch gar nicht.«

Sein Atem ging stoßweise, und er schaute sich auf dem Boden um, bevor er sein Inhalationsspray auf dem Nachttisch entdeckte. Er griff danach, schüttelte es und nahm eine Dosis.

»Warum bist du so außer dir? Warum müssen wir das überhaupt jetzt bereden?«

»Ich würde einfach gern wissen, ob das Mädchen, das ich liebe, in mir nur was Vorläufiges sieht.«

»Blackwell ist vorläufig.«

»Ich werde nicht mal hier wohnen bleiben!«

»Das weiß ich! Ich will nur keine Versprechen geben, die ich nicht halten kann!«

»Na, das ist ja großartig. Danke, Babe.«

Meine Schultern sackten nach unten. Er spielte nicht fair. »Ich muss nach Hause.« Ich ging um das Bett herum zur Tür, aber er verstellte mir den Weg. Tief Luft holend berührte er meine Arme und lehnte seine Stirn an meine.

»Hausaufgaben?«

»So ähnlich.«

»Was soll das heißen?«

»Ich möchte Alders frühe Tagebücher lesen. Ich will wissen, warum sie aufgehört haben, mit mir zu reden.«

Er erstarrte. »Ich dachte, du würdest nicht weiterlesen.«

»Ich habe meine Meinung geändert. Und Julianne scheint es nichts auszumachen.«

»Was?«, rief er.

Ich wich zurück, erschrocken von seiner heftigen Reaktion.

»Sie gehen dich nichts an, Erin. Es ist falsch, sie zu lesen, und das weißt du auch!«

Ich blinzelte und biss die Zähne zusammen. »Lass mich vorbei.«

»Na schön.« Er trat einen Schritt beiseite, und ich stürmte aus dem Zimmer. Unterwegs begegnete ich Veronica.

»Erin?«, rief sie.

»Tut mir leid, ich muss los.«

Als ich bei meinem Auto war, hatte Weston mich keuchend eingeholt. »Lies sie nicht, Erin. Tu's einfach nicht.«

»Warum nicht? Was fürchtest du, das ich darin finde?«

Seine Kiefer mahlten, und er schluckte. Als er nach ein paar Sekunden immer noch nichts gesagt hatte, stieg ich ein und fuhr nach Hause.

Dort parkte ich den BMW und lief die Treppe hinauf, direkt in Alders Zimmer.

»Erin?«, rief Julianne mir nach.

Ich schloss die Tür und lehnte mich atemlos dagegen. Die Tür von Alders Kleiderschrank war zu. Ich starrte ihn an und wusste, dass ich die Tagebücher lesen musste, egal ob das falsch oder richtig war. Ich musste erfahren, was so schrecklich war, dass Weston nicht wollte, dass ich weiterlas.

Ich marschierte zum Schrank, riss die Tür auf, holte die Kiste heraus und stellte sie mitten ins Zimmer. Nacheinander nahm ich alle Tagebücher heraus, bis ich auf das mit dem Plastikeinband stieß. Ich übersprang die Stellen, wo sie ihre Träume schilderte und die Jungs, die sie mochte. Als ich mit diesem Tagebuch fertig war, wandte ich mich den Ringbüchern zu. Am liebsten hätte ich gleich mit dem aus unserer fünften Klasse weitergemacht. Damals hatten sie aufgehört, mit mir zu sprechen, aber ich zwang mich, chronologisch vorzugehen.

Ich war schon ziemlich müde, als ich endlich das gelb eingebundene Ringbuch aufschlug, auf dem *5. Klasse* stand. An den wenigen Stellen, wo ich erwähnt wurde, war noch alles wie immer. Wir waren immer noch befreundet. Sie mochte mich noch. An ein paar Stellen schrieb sie, dass sie ihre Eltern gefragt hätte, ob Sonny und ich nicht mit ihnen in die Ferien fahren könnten. Sam und Julianne hatten gesagt, sie würden es sich überlegen. Ich blätterte die Seite mit dem Eintrag auf, den ich gesucht hatte.

8. Okt. 2008

Ich habe gestern bei Sonny übernachtet. Sie weinte sich in den Schlaf. Ihre Eltern haben über etwas gestritten, das schon vor langer Zeit passiert ist.

Sie hat ihren Vater sagen gehört, etwas wäre ein Fehler gewesen. Carolyn will einen Vaterschaftstest. Sie sagte, Gina Easter sei eine Nutte. Dann sagte sie noch, sie will die Scheidung. Ich musste Sonny versprechen, es niemand zu erzählen. Ich hasste es, sie weinen zu sehen, deshalb habe ich es versprochen.

23. Okt. 2008

Sonny sagt, Gina Easter sei in ihren Daddy verliebt gewesen, aber er nicht in sie. Sie hat ihre Eltern wieder streiten gehört. Wir reden jetzt nicht mehr mit Easter. Ihre Mommy ist ein schlechter Mensch. Sie bringt Sonnys Mommy zum Weinen. Sonnys Mommy hat ihr gesagt, ihr Daddy würde ausziehen. Ich erzähle es niemand.

Die meisten Einträge danach handelten davon, wie sehr sie mich hassten und welche Gemeinheiten sie mir angetan oder zu mir gesagt hatten. Sonnys Eltern hatten sich nicht scheiden lassen, also vermutete ich, dass sie sich irgendwie geeinigt haben. Wirklich verständlich war es mir aber erst nach dieser Lektüre. Sonnys Vater und Gina hatten eine Affäre. Harry hatte Gina geschwängert. Ich schloss das Ringbuch. Die Erins waren Halbschwestern gewesen.

Darum hassten sie mich. Sie dachten, Gina hätte fast die Scheidung von Sonnys Eltern verschuldet.

»Gina«, flüsterte ich und blätterte rasch durch die Seiten.

Das hatte Carolyn vor dem Restaurant gemeint. Ginas Tochter war eine ständige Erinnerung gewesen. Ein Objekt, auf das Carolyn ihre Wut richten konnte. Nach dem Unfall kam Carolyn dahinter, dass sie Harrys uneheliche Tochter bei sich zu Hause willkommen geheißen, sie mit in die Ferien genommen und ihr Weihnachts- und Geburtstagsgeschenke gekauft hatte. Durch eine seltsame Laune des Schicksals hatte Harry geholfen, seine leibliche Tochter großzuziehen, obwohl er dachte, er ignoriere sie, um seine Ehe zu retten.

Meine Gedanken gingen zu Gina. Sonnys Eltern waren ein bisschen älter als sie. Er war Miteigentümer einer florierenden Fabrik vor den Toren der Stadt. Er musste so Anfang dreißig gewesen sein, als Sonny – als wir alle zur Welt kamen. Gina war noch nicht einmal alt genug, um Alkohol zu kaufen, als sie schwanger wurde. Und sie verlor nie ein Wort über den Mann, den wir beide für meinen Vater hielten.

Plötzliches Mitgefühl legte sich wie eine schwere Last auf mich. Ich hatte das Gefühl, in den Fußboden zu sinken. Ich war so wütend auf sie gewesen, dabei wussten wir in Wahrheit beide nur zu gut, wie es war, von allen gehasst zu werden. Niemand zu haben. Früh zu lernen, dass die beste Verteidigung darin besteht, sich gegen alle abzuschotten, selbst die, die versuchen zu helfen. Sie war zu verletzt, um meine Mutter zu sein. Es lag nicht daran, dass sie es nicht sein wollte.

Mit der Zeit schrieb Alder weniger über Gina und mehr über ihren gemeinsamen Hass auf mich. Je älter Alder wurde, desto besser konnte sie Sonnys Berichte über die wiederkehrenden Auseinandersetzungen von Harry und Carolyn über Gina erklären. – Meist um unseren Geburtstag herum. Es war Carolyn von Jahr zu Jahr klarer, dass Ginas Tochter immer eine Erinnerung an die Untreue ihres Mannes sein würde. Sie hasste mich dafür – und die Erins folgten ihrem Beispiel.

Sie berichtete auch davon, bemerkt zu haben, wie ich Weston beobachtete. Und dass sie Weston ertappt hatte, wie er mich ansah – Dutzende Male. Mein Magen begann zu schmerzen.

Es klopfte an der Tür.

»Erin?«, sagte Julianne, bevor sie hereinschaute. Ihr Haar war nicht weich und glänzend, sondern zerzaust, und an manchen Stellen lag es platt am Kopf. Ihr Gesicht glänzte und war ungeschminkt. Über dem pinkfarbenen Pyjama mit Blumenmuster trug sie einen langen dünnen Morgenmantel. »Ach, Süße. Es ist drei Uhr morgens. Meinst du nicht, du solltest vielleicht eine Pause machen?«

Erst da bemerkte ich, dass meine Augen ganz trocken waren und juckten. Die Haut rundherum fühlte sich schwer und gespannt zugleich an.

»Ich bin fast fertig.«

»Oh, okay«, sagte sie. »Weston hat im Laufe des Abends ein paarmal angerufen. Er sagte, du wärst nicht an dein Handy gegangen.«

»Ich glaube, das liegt noch in meinem Auto.«

Sie lächelte mitfühlend. »Du bist ein unbeschriebenes Blatt, Erin. Vielleicht solltest du es nicht mit Alders Worten füllen.«

»Wusstest du das? Von Gina?«

Sie nickte. »Ich glaube, das weiß jeder.«

Ich schloss die Augen. »Kein Wunder, dass Gina so wütend war. Sie war allein, galt als die Schuldige, wurde gehasst, und sie hatte nur mich als ständige Erinnerung.«

»Nein. Das warst nicht du. Du wurdest in Liebe empfangen. In Liebe und sonst nichts. Du bist unser Kind.«

»Alle waren im Unrecht.«

»Ja, das waren sie.«

»Sie haben ihr alle Schuld gegeben, während er seine Familie und seinen Ruf behielt. Das ist nicht fair.«

»Nein, das ist es nicht. Es tut mir leid, dass Sonny und Alder es an dir ausgelassen haben.«

»Ich muss sie sehen. Ich weiß gar nicht, warum. Ich bin noch nicht fertig, aber ich muss mit ihr darüber reden.«

In Juliannes Blick war ihre Besorgnis zu erkennen. »Okay. Ich … äh, verstehe.«

Ich vertiefte mich wieder in das Ringbuch in meinem Schoß, und Julianne machte die Tür zu. Ich stützte das Kinn auf eine Faust, während ich die Seiten von Alders Tagebuch aus der Highschoolzeit umblätterte. Sie wusste, dass ich Weston mochte, und das war der einzige Grund, warum sie hinter ihm her war. Sie schrieb über den Verlust ihrer Jungfräulichkeit, aber zu meinem großen Erstaunen war das nicht mit Weston gewesen. Sie hatte ihn mit Eric Liberty betrogen. Ich verzog angewidert das Gesicht. Eric war ein schlaksiger, pickeliger Kiffer, der erst zweimal durchgefallen war und dann die Highschool komplett geschmissen hatte. Sie liebte ihn, nicht Weston.

Vor Alders Fenster wurde es hell. Ich schaute auf ihren Wecker. Es war kurz vor sechs Uhr morgens.

Ich blätterte eine weitere Seite um und las von unserer ersten Woche als Seniors. Seite für Seite las ich über mein Leid aus ihrer Sicht und wie sehr sie es genoss, mir all das anzutun. Das war eines der wenigen Dinge, die ihr Freude machten. Sie hasste Blackwell, ihr Haus, ihr Auto und manchmal auch Sam und Julianne. Zu ihren Wünschen gehörte, Eric zu heiraten und nach San Francisco zu ziehen.

Ihr erster Eintrag im Oktober ließ mir fast das Blut in den Adern gefrieren.

13. Okt.

Schön langsam kann er sich mit der Idee anfreunden. Sonny war es, der diese Superidee eingefallen ist, dass er in Kunst dieses Bild malen soll. Wenn Easter merkt, dass sie darauf zu sehen ist, wird sie's glauben. Sie wird wirklich denken, dass er sie mag, und ihm glauben, wenn er sie zum Ball einlädt. Und dann werden wir's der Schlampe so richtig heimzahlen. Im Stil von Stephen Kings Carrie. Während alle anderen sich ekeln. Ein Kübel voll Scheiße über ihren Kopf und ihr grässliches Secondhand-Ballkleid. Das wird episch :-)

Meine Hände begannen zu zittern, und ich knallte den Ordner zu. Zusammen mit den anderen ließ ich ihn einfach auf dem Boden liegen. Meine Matratze gab kaum ein Geräusch von sich, als ich mich darauffallen ließ und mein Gesicht im Kissen vergrub. So gern ich glauben wollte, dass es nicht stimmte, aber Alder würde wohl kaum in ihrem eigenen Tagebuch gelogen haben. Die Erins hatten eine letzte abgefeimte Demütigung kurz vor dem Schulabschluss ausgeheckt, und Weston wollte ihnen dabei helfen. Das Bild, das er von mir gemalt hatte, die Kette, die Aufmerksamkeit und vorgetäuschte Freundlichkeit waren alle Teil dieses Plans, mich vor der ganzen Schule bloßzustellen.

Mein Kissen war tränennass. Wie hatte ich nur so naiv sein können, nach allem, was ich durchgemacht hatte? Wie hatte ich glauben können, dass Weston sich plötzlich grundlos für mich interessierte? Die Abende auf der Straßenüberführung, die nächtlichen Gespräche, der Verlust meiner Jungfräulichkeit … Alles war Teil des Plans.

Vielleicht war es nicht seine Idee gewesen, aber er hatte mitgemacht, und Alder spielte nur die Eifersüchtige, weil sie ja wusste, dass es nicht echt war. Und selbst wenn es so gewesen wäre, hätte es sie nicht gekümmert. Insgeheim plante sie ja sowieso, mit Eric zusammen zu sein.

Ich versuchte, mir Ausreden für Weston einfallen zu lassen, irgendetwas, das aus ihm einen unbeteiligten Zuschauer machte, aber es stand ja alles in ihren Tagebüchern. Als letzter Messerstich für mich, selbst nach ihrem Tod noch. Kein Wunder, dass Weston nicht gewollt hatte, dass ich sie las. Er wusste ganz genau, was ich darin finden würde.

Warum war er nach Alders Tod mit mir zusammengeblieben? Warum das Theater fortsetzen? Und dann fiel es mir wie Schuppen von den Augen: Er hatte mich zum Abschlussball eingeladen. Er würde ihren Plan ausführen. Offenbar liebte er sie und wollte ihr ihren letzten Wunsch erfüllen.

Wie boshaft musste jemand sein, um so etwas zuzustimmen und es dann auch noch durchzuziehen? Ich wusste, dass die Erins bösartig gewesen waren, aber Weston … das hatte Brady also gemeint. Er wusste, was Weston da tat. Ich hatte mich jemand ausgeliefert. Mich von ihm anfassen lassen. Seine Lippen auf meinen und ihn in mir geduldet.

Ich rannte ins Badezimmer, riss mir die Kette vom Hals und warf sie in eine Schublade. Dann zog ich mich komplett aus. Der Wasserhahn quietschte ein bisschen, als ich ihn aufdrehte. Das Wasser war noch eiskalt, aber ich stellte mich sofort darunter, weil ich jede Spur von Weston von mir abwaschen wollte. Ich blieb auch stehen, als es warm wurde. Ich schrubbte mich und schluchzte. Dabei fühlte ich mich völlig zerstört und mehr als hintergangen.

Meine Haut war rau und schrumpelig, als ich das Wasser abdrehte und mich in ein Handtuch wickelte. Ein leises Klopfen an der Zimmertür ließ mich zusammenzucken. Julianne steckte den Kopf herein und machte ein bestürztes Gesicht.

»Du meine Güte, Sweetheart, du siehst völlig fertig aus. Hast du überhaupt geschlafen?«

»Jetzt bin ich wach«, sagte ich. »Hellwach.«

Kapitel 8

Sam und Julianne erwarteten mich in der Küche. Eine Stunde bevor es in der Schule zum ersten Mal klingeln würde. Beide machten ein besorgtes Gesicht und hatten jeweils einen Kaffeebecher in der Hand.

»Ich weiß, dass ich gesagt hatte, ich wolle Sam die Details ersparen, aber …«, fing Julianne an. Sie musste den Satz nicht vollenden. Ich konnte Sam ansehen, dass er wusste, was wir getan hatten.

»Ich habe überlegt, was ich dir Aufmunterndes sagen könnte. Väter sollen ja weise sein, aber wenn man derjenige ist, der einen Menschen großgezogen hat, der dafür verantwortlich ist …« Er verstummte und schien von seinen eigenen Überlegungen erschrocken.

»Sam, das ist nicht dein Fehler«, sagte ich. »Auch nicht Juliannes. Es ist eine brutale Verkettung unglücklicher Umstände.«

Er kam um die Kücheninsel herum und legte einen Arm um meine Schultern. »Du machst es mir sehr leicht zu vergessen, dass ich hier mit einer Schülerin rede. Eigentlich sollte ich etwas tun, damit du dich besser fühlst, und nicht umgekehrt.«

»Würde es helfen, wenn ich sage, wie beschissen das ist?«

Er lächelte schwach. »Nein. Nicht nach allem, was da drinsteht, wie Julianne mir berichtet hat. Aber danke für den Versuch.«

»Ganz offensichtlich wirkt sich die Erziehung nicht aufs Verhalten aus«, sagte Julianne und rieb sich die Stirn. »Du bist ein so liebenswürdiger Mensch, Erin. Sogar nach allem, was du durchgemacht hast.«

»Was willst du Weston sagen?«, fragte Sam und schob seine Brille hoch. Der kleine Höcker auf seinem Nasenrücken bewirkte nicht, dass sie blieb, wo sie sollte.

»Wisst ihr das auch?«, fragte ich überrascht.

»Julianne hat es mir heute Morgen erzählt. Sie wollte, dass ich weiß, warum du so niedergeschlagen bist.«

Ich schaute zu Julianne, die in ihrem weißen Pulli wie der Engel aussah, der sie auch war. »Habe ich dich geweckt?«

»Ich war schon wach. Noch nie habe ich dich so weinen gehört. Ich glaube sogar, dass ich noch niemand je so habe weinen hören. Ich musste wissen, warum. Ich wollte nicht spionieren, Erin, aber es schien mir zu wichtig, um es nicht zu wissen.«

Es klopfte dreimal kurz an der Haustür, dann hörten wir durch die Tür gedämpft Westons Stimme. »Erin?«, rief er und klang unüberhörbar nervös.

Ich sah Sam an.

Er nickte. »Ich werde mich darum kümmern.«

Seine Schritte hallten auf den Steinfliesen des Flurs wider, dann waren gedämpfte Stimmen zu hören.

»Lass mich doch nur mit ihr reden«, sagte Weston laut. »Ich kann es erklären.«

Sams Stimme blieb leise.

»Was meinst du damit, dass sie mich nicht sehen will? Erin?«, rief er. »Erin!«

»Weston.« Sam klang genervt, aber entschlossen.

Julianne riss die Augen auf, als wir etwas hörten, das wie ein Handgemenge klang, und eilte ebenfalls zur Haustür. Ich vergrub den Kopf in den Händen.

»Hör auf!«, rief Julianne.

Dann waren die Stimmen leiser, aber Westons Verzweiflung blieb unüberhörbar.

Irgendwann schlug die Tür zu, und Sam und Julianne kehrten in die Küche zurück. Beide mit Erstaunen in den Gesichtern.

»Was war das?«, fragte ich.

Sam seufzte. »Er wollte rein.«

»Hat er dich weggestoßen?«, fragte ich und schluckte. Offenbar kannte ich Weston überhaupt nicht.

Sam schüttelte den Kopf und wirkte sichtlich beunruhigt. »Nein, nein … Er hat nur gegen die Tür gedrückt. Ich habe dagegen gehalten. Er ist einfach verzweifelt. Ich habe ihm gesagt, dass ihr später darüber reden könnt, aber er dich in der Schule in Ruhe lassen soll. Möchtest du, dass ich Mr. Bringham anrufe?«

Ich schüttelte den Kopf. »Bitte nicht. Ich möchte einfach nur, dass das vorbeigeht.«

»Warum gönnst du dir nicht einen freien Tag mit mir? Wir können shoppen gehen. Oder zu Hause bleiben und uns lustige Filme anschauen.«

Juliannes gezwungenes Lächeln war seltsamerweise tröstlich. Sie litt wegen mir und Sam genauso. Mitgefühl war ich nicht gewohnt, und es fühlte sich unvergleichlich an. Unsere Familie kam mir in diesem Moment komplett und echt vor. Zum ersten Mal spürte ich, dass ich in diese Küche gehörte, mit den zwei Menschen, die mich genug liebten, um die ganze Nacht wach zu bleiben, weil sie sich um mich sorgten. Menschen, die eine Haustür zudrückten und den Direktor für mich angerufen hätten. Ich gehörte hierher, weil ich zu ihnen gehörte.

Ich sprang auf und drückte sie beide fest an mich. »Nur noch ein paar Wochen. Noch ein paar Wochen, die ich schon schaffen werde.«

Sam legte seine große Hand auf meinen Hinterkopf und zog mich an sich.

Julianne löste sich von mir und schaute mir in die Augen, während ihre sich mit Tränen füllten. »Wir hätten uns so gewünscht, dass deine letzten Schulwochen anders verlaufen würden. Wir hätten es dir gewünscht.«

»Ich weiß.« Im Gehen warf ich mir den Rucksack über die Schulter. »Wir sehen uns nach der Schule.«

»Ich hab dich lieb«, sagte Julianne.

Sams kleines Lächeln wirkte respektvoll und stolz zugleich.

»Ich hab euch beide auch lieb«, sagte ich und ging in die Garage.

»Was können wir bloß tun?«, hörte ich Julianne noch sagen. »Ich muss irgendetwas für sie tun.«

»Sie ist die toughste Person, die ich kenne, Honey. Es ist nicht nötig, dass wir das für sie in Ordnung bringen. Wir werden sie einfach nur die ganze Zeit über lieb haben.«

Ich musste lächeln. Das würde mir durch den Tag helfen.

In Biologie wurde schon über Ärger zwischen Weston und mir getuschelt. Sara fragte nichts, und das kam mir seltsam vor. Vielleicht konnte man es mir schon am Gesicht ablesen, obwohl ich wieder meine gewohnte stoische Gelassenheit an den Tag legte. Die Narben auf meiner Seele, die sich im Verlauf von Jahren gebildet und die mich abgehärtet hatten. Nur war ich diesmal stärker denn je, weil ich echten Rückhalt zu Hause hatte. Ich wusste, egal was mit Weston passieren würde, Sam und

Julianne würden immer zu mir stehen. Sie gehörten zu mir. Für immer.

In der zweiten Stunde, mitten in Mrs. Vowels Unterricht, stand Mrs. Pyles mit ihrem typischen Lächeln in der Tür. »Ich brauche Erin, Mrs. Vowel.«

Die Lehrerin ließ den Arm sinken, mit dem sie gerade etwas ans White Board schrieb. »Soll sie ihre Sachen mitnehmen oder kommt sie noch mal zurück?«

Mrs. Pyles schaute mich an. »Geh ruhig und nimm dein Zeug mit.«

Ich folgte ihrer Aufforderung und ging neben ihr über den Flur mit der Plexiglaswand. Dabei zog ich die Blicke der Schüler und Lehrer aller Klassenzimmer, an denen wir vorbeikamen, auf mich.

»Sie werden glauben, ich hätte in der Lotterie gewonnen«, flüsterte ich. »Und gleichzeitig verurteilen sie mich, weil sie finden, dass ich von Alders Tod profitiere. Alles Gute, was mir passiert, wird verzerrt.«

»Ich mache mir Sorgen um dich«, sagte sie. »Und Mr. Bringham und Mrs. Rogers anscheinend auch. Sie wollen mit dir darüber sprechen, wie es so läuft.«

»Hat Sam angerufen?«

»Mr. Bringham hat nicht viel gesagt. Warum? Ist zu Hause alles okay?«

»Sam und Julianne sind großartig.«

Mrs. Pyles wirkte erleichtert. »Gut. Nichts anderes hast du auch verdient.«

»Gehen wir jetzt ins Sekretariat?«

Mrs. Pyles nickte.

»Hat man Sie geschickt, um mich zu holen?«

»Das ist meine Stunde zur Vorbereitung. Ich hörte, wie Mrs. Rogers eine Schülerin bat, dich ins Sekretariat zu holen, und da sagte ich, ich würde das machen. Ich dachte, dann hätten wir einen Moment zum Plaudern.

Ich habe gesehen, dass du ein neues Auto hast. Das ist wirklich fantastisch.«

»Es ist unglaublich. Sam und Julianne haben schon so viel für mich getan.«

»Sie sind gute Menschen. Und offenbar haben sie auch Glück.«

»Glück?«

»Weil du jetzt bei ihnen bist. Dich zurückzubekommen, nachdem sie Alder verloren haben, das muss es doch ein bisschen leichter machen, denkst du nicht?«

»Ich weiß nicht. Sie reden nicht wirklich darüber. Ich denke, sie fürchten, es wäre unfair, mit mir darüber zu sprechen, dass sie ihnen fehlt.«

»Das kann ich nachvollziehen. Ergibt Sinn. Aber sie können sie vermissen und trotzdem froh sein, dich zu haben.«

»Das tun sie. Das sind sie. Ich kenne niemand, der damit auf diese Weise umgehen könnte. Manchmal höre ich Julianne in Alders Zimmer weinen. Nicht oft. Es muss wirklich schwer für sie sein, nicht normal trauern zu können.«

»Das ist einzigartig. Trauer und Glück zugleich. Aber jeder sieht, wie glücklich du sie machst.«

»Meinen Sie?«, fragte ich und blieb vor dem Sekretariat stehen.

»Absolut.« Sie zwinkerte mir zu und öffnete die Tür.

Die Sekretärin, Mrs. Bookout, sprang von ihrem Stuhl auf. Sie war kaum größer als die Trennwand, die ihren Arbeitsplatz vom Rest des Schulbüros abschirmte.

»Ich sage ihnen gleich, dass du da bist«, sagte sie.

Als sie zurückkam, bedeutete sie mir, hineinzugehen.

»Kommen Sie mit?«, fragte ich Mrs. Pyles.

»Ich muss etwas kopieren und noch ein paar Dinge für die nächste Stunde vorbereiten.«

Damit drehte sie sich um und steuerte das Lehrerzimmer an, während ich Mr. Bringhams Büro betrat. Er saß freundlich lächelnd hinter seinem Schreibtisch, die Finger vor sich verschränkt. Mrs. Rogers hatte auf einem der zwei Stühle vor seinem Schreibtisch Platz genommen und wirkte genauso zufrieden. Diesmal war auch noch der stellvertretende Direktor, Mr. Mann, anwesend. Sein rötliches dünnes Haar und die eckige Brille passten zu dem rostroten Pullover.

»Ich hoffe, du bist nicht beunruhigt, Erin. Wir wollen nur hören, wie es läuft. Wie geht es dir im neuen Zuhause? Kommst du mit Sam und Julianne gut klar?«

»Sie sind unglaublich. Erst kürzlich haben sie mir gesagt, dass sie das College für mich bezahlen werden.«

Mrs. Rogers strahlte. »Das sind fantastische Neuigkeiten, Erin. Wirklich. Wir freuen uns sehr für dich. Das sieht aus, als kämst du zur Ruhe.«

»Ich bin auch froh darüber.«

Mr. Mann verschränkte die Arme und lehnte sich an die Wand. »Deine Noten sehen auch nach wie vor gut aus. Wir sind sehr beeindruckt davon, wie du mit all dem klarkommst.«

»Danke schön.«

»Wie läuft es mit Gina?«, fragte Mrs. Rogers leise.

»Da läuft gar nichts.«

Sie nickte und wusste offenbar nicht, wie sie damit umgehen sollte. »Jeder reagiert eben anders. All das muss für sie auch schwer sein.«

»Ehrlich gesagt glaube ich, dass sie erleichtert ist.«

»Oh«, machte Mr. Mann kopfschüttelnd. »So weit würde ich nicht gehen. Du bist eine tolle junge Frau, Erin. Wir möchten dich nur wissen lassen, dass wir für dich da sind. Wir halten dir die Daumen. Solche Sachen… Manchmal schlägt die Realität zu, wenn wir nicht darauf gefasst sind.

Und falls du dich doch verloren fühlen solltest, möchten wir, dass du dir von uns helfen lässt, mit all dem klarzukommen. Denn das ist schon eine sehr herausfordernde Situation.«

Alle schauten mich an, als warteten sie darauf, dass ich zusammenbräche.

»Es ging nicht alles reibungslos. Schließlich gibt's ja eine Menge zu verarbeiten. Aber wir gehen immer nur einen Tag nach dem anderen an.«

»Das ist so schön, dich *wir* sagen zu hören«, sagte Mrs. Rogers. »Es ist wichtig, Unterstützung von zu Hause zu haben.«

»Da kann ich Ihnen nur zustimmen. Ich habe mir erst heute wieder gedacht, wie sehr das hilft.«

Sie sahen einander an, erleichtert und zufrieden mit unserer Unterhaltung. Nachdem wir auch noch meine Noten, die Pläne fürs College und ihren guten Eindruck von mir angesprochen hatten, konnte ich gehen. Allerdings erst nachdem Mr. Bringham mir angeboten hatte, jederzeit ein offenes Ohr für mich zu haben. Ich dankte ihm und ging in Richtung meines Spinds.

Ihr Optimismus und ihr Lächeln beschäftigten mich noch, sodass ich völlig unvorbereitet war, als ich um die Ecke bog und einen verzweifelten Weston neben meinem Spind stehen sah. Ich hielt kurz inne, ging dann aber weiter. Ich war entschlossen, mein Zahlenschloss schnell zu öffnen und das Englischbuch gegen mein Arbeitsheft für Algebra II zu tauschen.

Er sagte nichts, stand nur eine Handbreit von mir entfernt, während ich an dem schwarz-weißen Schloss drehte. Ich legte mein Englischbuch ins obere Fach und nahm das zerfledderte Algebraheft heraus. Als ich die hohe Metalltür wieder geschlossen hatte und mich umdrehte, hakte Weston einen Finger in mein Shirt.

»Du hast ihr Tagebuch aus diesem Schuljahr gelesen, nicht wahr?«

Ich antwortete nicht.

»Ich weiß, was du denkst. Ich verstehe, dass du mich jetzt hasst, und wenn ich an deiner Stelle wäre, würde ich mich auch hassen, aber bitte lass es mich erklären. Du kannst auf mich einschlagen oder mich anschreien, wenn du willst, aber bitte hör mich an.«

Ich drehte mich nicht um. Ich wollte nicht, dass er sah, wie ich vom Kinn bis zum Haaransatz knallrot geworden war.

»Sam hat dir gesagt, du sollst mich in Ruhe lassen.«

»Selbst wenn wir nicht zwei Kurse zusammen hätten, kann ich mich nicht von dir fernhalten.«

»Versuch's«, sagte ich und ging weg. Ich schaute mich nicht mehr um.

Algebra lenkte mich nicht so ab, wie ich gehofft hatte. Die Vorstellung, dass Weston meinen Hinterkopf angestarrt hatte oder in Kunst und Gesundheitslehre versuchen könnte, mit mir zu reden, verursachte mir Übelkeit. Und zwar dermaßen heftig, dass ich meine Käsefritten, die ich mir bei Sonic als Mittagessen bestellt hatte, kaum essen konnte.

Die Bedienungen in dem Drive-in-Lokal eilten wie Ameisen auf ihrem Hügel durch die gläsernen Doppeltüren. Die Autos parkten auf den vorgesehenen Plätzen zu beiden Seiten des Drive-in-Restaurants. Trucks und Limousinen hatten alle die Scheiben runtergelassen. Die Fahrer warteten entweder auf ihre Bestellungen oder drückten den Knopf unten auf den kleinen silberfarbenen Boxen unter dem Speisekartenzeichen, bis sie dran waren.

Mein roter BMW war das einzige parkende Fahrzeug

mit geschlossenen Fenstern. Aber allein meine Gedanken hätten die Scheiben beschlagen lassen können. Ihn anschreien oder schlagen? Mir kam es vor, als hätte ich mein Leben lang schon unter Wasser geschrien. Es war irgendwie beruhigend, meine Gefühle unter der Oberfläche zu halten. Die meisten Menschen hätten das nicht verstanden, aber zu reagieren, das war gefährlich. So wie eine Versuchung oder eine Sucht. Mich von jemand berühren zu lassen bedeutete, die einzige Kontrolle aufzugeben, die ich besaß. Und selbst wenn es Weston war, die Standhaftigkeit, die ich mir so lange bewahrt hatte, aufzugeben – und sei es nur ein einziges Mal –, war ein rutschiger Pfad. Den zu betreten, davor schreckte ich zurück.

Jetzt von meinem Kurs abzukommen, würde mir gar nichts bringen. Westons Bedürfnis, zu erklären und die Sache in Ordnung zu bringen, betraf ihn, nicht mich. Gerechtigkeit gebührte nicht ihm, sondern mir. Ich war schließlich diejenige, die seit der fünften Klasse erfolgreich ums Überleben kämpfte.

Spanisch bei Miss Alcorn war unspektakulär, aber ich verbrachte die ganze Zeit damit, mir über die nachfolgende Stunde Sorgen zu machen. Weston saß in Gesundheitslehre direkt hinter mir, und mir grauste vor irgendwelchen gehässigen Bemerkungen von Brady. Seit dem Tod der Erins riss er seine Klappe nicht mehr ganz so oft auf, aber es kam durchaus noch vor.

Als ich das Klassenzimmer betrat, tauchte Weston neben mir auf. Wir gingen schweigend nebeneinander, und ich nahm keine Notiz von ihm, als ich mich hinsetzte. Es schien, als hätte ich mir in der Stunde vorher ganz umsonst Sorgen gemacht, bis fünf Minuten vor Unterrichtsschluss vertraute Finger an meinem Shirt zupften.

»Erin«, flüsterte er. »Bitte.«

»Hör auf zu betteln, Gates«, sagte Brady von weiter hinten im Klassenzimmer. »Du hast dich in so ein Weichei verwandelt. Sie weiß Bescheid. Also gib's endlich auf.«

Ich blickte stur geradeaus. Coach Morris, der gerade Arbeiten korrigierte, schaute hoch. Sein Blick schoss zwischen Weston und Brady hin und her.

»Gibt's ein Problem?«

Nach einer kurzen Pause meldete Brady sich wieder zu Wort. »Kein Problem. Nur dass Weston Erin nicht in Ruhe lässt, obwohl sie das möchte.«

Coach Morris schaute zu mir. »Stimmt das?«

Ich schluckte und schüttelte den Kopf. »Ich weiß nicht, wovon er redet.«

Westons Finger berührten mich wieder, und ich beugte mich ein Stück nach vorn.

Coach Morris bemerkte es.

»Weston«, fing er an.

»Es ist wirklich nichts«, sagte ich und flehte ihn mit meinen Augen an, nicht noch mehr Aufmerksamkeit auf mich zu lenken.

Der Coach schien meine Bitte abzuwägen und zu beherzigen, denn er widmete sich wieder seinen Korrekturen.

»Ich würde sagen, es ist doch was, dass Weston dich anlügt, so tut, als würde er dich mögen, dich glauben lässt, er würde dermaßen auf dich stehen, dass du einwilligst, mit ihm auf den Ball zu gehen, nur damit Alder dir vor allen einen Kübel Scheiße über den Kopf kippen kann«, sagte Brady.

Die ganze Klasse schnappte kollektiv nach Luft, Sekunden später begann das Getuschel.

Ich schloss die Augen und drehte mich dann um. Ich musste mit eigenen Augen Westons Gesichtsausdruck sehen. Ich musste hören, dass er es leugnete.

Er biss die Zähne zusammen und atmete bewusst durch die Nase, sodass seine Nasenflügel sich blähten. Außerdem klammerte er sich an die Tischplatte, als hinge sein Leben davon ab. Seine Fingerknöchel waren schon ganz weiß.

Ich spürte Tränen in meinen Augen brennen.

»Sag, dass das nicht wahr ist«, flüsterte ich so leise, dass ich die Worte eigentlich nur atmete.

»Es ist nicht wahr«, sagte Weston mit zusammengebissenen Zähnen.

»Du bist ein verdammter Lügner«, rief Brady von hinten, und man hörte seiner Stimme das hämische Grinsen an. »Ich war dabei, als sie es ausgeheckt haben.«

Als hätte er schon gewusst, was als Nächstes passieren würde, sprang Coach Morris genau in dem Moment über sein Pult, als Weston von seinem Tisch hochfuhr. Er stürzte los und wollte Brady packen, wurde aber gerade noch vom Coach zurückgehalten.

»Du verzogenes, widerwärtiges, elendes Stück Scheiße!«, brüllte Weston.

Brady war auf seinem Stuhl zurückgerutscht und betrachtete Weston mit aufgerissenen Augen.

Coach Morris hatte Mühe, Weston aus dem Klassenzimmer zu zerren. Wenige Augenblicke später läutete es. Die anderen Schüler suchten ihre Sachen zusammen und eilten hinaus, um mitzukriegen, was sich auf dem Flur abspielte.

Ich blieb reglos an meinem Platz sitzen, denn ich fühlte mich erschöpft und wie eine offene Wunde. Auch Brady packte seinen Rucksack nur langsam ein. Die Anatomieplakate und Tabellen an den Wänden würden die einzigen Zeugen sein, wenn er gleich Salz in meine Wunde streute.

»Erin«, sagte er mit sanfter, leiser Stimme, »ich bin

ein Arschloch. Und ich tue ja auch einiges für diesen schlechten Ruf. Aber ich bin auch gemein genug, um zu wissen, dass es die beste Möglichkeit, sich an Gates zu rächen, wäre, wenn du mit mir auf den Ball gehen würdest.«

Ich erstarrte. Das war noch nicht mal das Letzte, was ich von ihm erwartet hätte. Dass er mich auf den Ball einlud, das gehörte einfach nicht ins Spektrum der Dinge, die Brady Beck zu mir sagen würde. Ich schaute zu ihm hoch, und zum ersten Mal starrte er mich nicht mit Hass oder Verachtung an.

»Du… du hast keine Verabredung für den Ball?«, fragte ich.

Er bemühte sich zu grinsen, aber ihm gelang nur ein beiläufiges nichtssagendes Schulterzucken. »Noch nicht.«

Nach einer langen Pause stand ich auf, hielt aber immer noch seinem Blick stand, obwohl er einen Kopf größer war als ich. »Vielleicht liegt das daran, dass dich auch alle anderen für ein verzogenes, widerwärtiges, elendes Stück Scheiße halten.«

Dann ging ich hinaus, ohne mich noch mal umzudrehen.

Kapitel 9

Alles fühlte sich verdreht an. Mehr denn je. Sam hatte seinen Dienstplan im Krankenhaus geändert, sodass er mehr zu Hause war. Ich arbeitete nur noch an ein paar Abenden der Woche im Dairy Queen. Also verbrachte ich viel Zeit nach der Schule mit dem gemeinsamen Anschauen von Filmen auf der Couch zwischen meinen Eltern und mit Monopolyspielen am Küchentisch. Außerdem fuhr ich mit Julianne nach Ponca City, um Regale und andere Ausstattung für mein künftiges Zimmer im Studentenheim einzukaufen.

Als ich eines Abends zwischen Sam und Julianne saß und wir uns *Die Braut des Prinzen* ansahen, streckte Sam hinter meinen Schultern den Arm aus und spielte mit Juliannes Haaren. Sie lehnte sich gegen seine Hand.

»Wie habt ihr beiden euch eigentlich kennengelernt?«, fragte ich.

Sie sahen sich an, und Sam drückte auf die Pausentaste.

Julianne lächelte, aber Sam ergriff als Erster das Wort: »An der Highschool.«

»Ihr seid ein Highschoolpärchen?«, fragte ich.

»Ja, das sind wir«, sagte Julianne und schaute Sam mit

dem gleichen liebevollen Blick an, wie ich ihn auf ihren Hochzeitsfotos gesehen hatte.

»Und das hat sogar während des Colleges gehalten?«

»Jawoll«, sagte Sam. »Wir waren beide an der Oklahoma University.«

»Oh.« Ich wusste das, denn Juliannes Diplom hing eingerahmt im Arbeitszimmer.

»Aber wir haben uns dort kaum gesehen. Ich war eine Kappa Kappa Gamma und dein Sam ein SigEp. Und wir hatten beide riesig viel zu tun. Wir waren uns darin einig, dass das College Vorrang hatte. Aber wenn es so sein sollte, wollten wir zusammenbleiben. Wir machten auch jeder eigene Erfahrungen, aber meine schönsten Erinnerungen sind die gemeinsamen Erlebnisse mit Sam.«

Sam schob sich seine Brille hoch und grinste. »Wirklich?«

»Wirklich.« Sie beugte sich vor, tätschelte sein Knie und schaute dann mich an. »Hast du noch mal mit ihm gesprochen?«

Ich schüttelte den Kopf. »Ich wüsste ihm nichts Freundliches zu sagen.«

»Immer noch wütend?«, fragte Sam.

Julianne zog die Nase kraus. »Natürlich ist sie das. Immer noch keine Lust auf den Ball?«

»Nicht wirklich … ich hatte vorher sowieso nie geplant, hinzugehen.«

»Vielleicht könntest du ja jemand fragen?«, meinte Sam.

Ich zuckte mit den Schultern. »Es gibt eigentlich niemand, mit dem ich gern hingehen würde.«

»Und was wäre, wenn …«, begann Julianne, redete dann aber doch nicht weiter.

»Wenn was?«, fragte ich.

»Wenn wir ein Kleid einkaufen würden, damit du vorbereitet bist, falls du doch gehen möchtest. Wenn nicht, verkaufen wir es oder du behältst es für offizielle Anlässe, wenn du Mitglied in einer Sorority bist.«

»Ich werde nicht Mitglied einer Sorority«, erklärte ich entschlossen.

Sie zuckte mit den Achseln. »Dann verkaufen wir es eben wieder.«

»Vielleicht«, sagte ich.

Mein Telefon leuchtete auf. Es war Weston. Schon wieder. Es war immer Weston. Ich legte mein Handy zurück auf den Couchtisch.

Sam und Julianne tauschten einen Blick, dann richtete Sam die Fernbedienung wieder auf den Fernseher und ließ den Film weiterlaufen.

Am Montag war ich seltsam gut gelaunt. Ich schob es darauf, dass ich arbeiten würde. Weston hatte schon vor Tagen jeden Versuch aufgegeben, mir die Dinge zu erklären, aber er sah ziemlich mies aus. Gerade als ich meine Sachen an dem Wandgemälde zusammengesucht hatte und zu meinem Auto gehen wollte – ich hatte am einen Ende einer Gruppe von Autos geparkt, Westons Truck stand am anderen –, kam Weston angejoggt und holte mich ein.

Ich versuchte, ihn zu ignorieren, aber als ich die Hand nach dem Türgriff ausstreckte, ergriff er sie und legte mir einen gefalteten Zettel auf die Handfläche.

Ich zerknüllte das Papier in meiner Faust.

»Bitte lies das. Ich werde dich nicht mehr behelligen, wenn du das nur liest.«

Mit einer winzigen Bewegung nickte ich und öffnete dann die Autotür. Die Fahrt vom Wandgemälde zu Dairy Queen dauerte nur ein paar Minuten. Ich parkte und ging, mit dem Zettel in der Hand, auf das kleine Gebäude zu.

»Hallo, Fremder«, sagte Frankie lächelnd. Sie war

gerade am Telefon, und ich sah ihr unverkennbar an, dass sie mit ihrer Mutter über die Kinder sprach.

Ich lächelte zurück, lehnte mich gegen die Theke und befühlte das Papier in meiner Hand. Nach ein paar Minuten faltete ich es endlich auseinander. Ich verzog das Gesicht, als ich die beiden Sätze las.

ICH HABE MEINEM DAD DAS MIT DALLAS GESAGT. WIR SEHEN UNS DANN UM SECHS AM ABEND DES ABSCHLUSSBALLS.

LIEBE DICH

WESTON

Ich zerknüllte das Blatt in meiner Hand und hielt mir die Faust unters Kinn, während ich den Ellbogen auf den anderen Arm stützte. Frankie musterte mich misstrauisch. »Ich muss weitermachen, Mom. Küss die Kinder von mir.« Sie legte auf und kam ein paar Schritte auf mich zu. »Was war das?«

»Eine Nachricht von Weston.«

»Was Schlimmes?«

»Wir sind nicht mehr zusammen.«

»Nein?«

»Nein. Er … ich habe rausgekriegt, dass er Alder helfen wollte, mich auf den Abschlussball zu locken, damit sie mich dort hätten bloßstellen können.«

»Was?«, kreischte sie. »Nein. Das würde Weston nie tun.«

»Es steht in ihrem Tagebuch. Und er hat es nicht wirklich geleugnet. Brady wusste Bescheid.«

Sie wurde ganz blass. »Dafür muss es eine Erklärung geben. Irgendetwas, das du nicht weißt.«

»Gibt's. Dass ich blöd war«, sagte ich und wischte mir die albernen Tränen von den Wangen.

»Aber … sie ist tot. Warum sollte er den Plan weiterverfolgen?«

»Weil er es ihr versprochen hat? Keine Ahnung. Aber ich wusste, dass da noch was dahintersteckte. Dass er sich nicht plötzlich für mich interessierte. Ich … ich wollte es nur so gern glauben«, sagte ich mit brechender Stimme.

»Was steht denn in der Nachricht?«, fragte sie entsetzt.

Ich hielt sie ihr hin, und sie überflog sie. Dann sah sie wieder mich an. »Was bedeutet das?«

»Ich hatte ihm versprochen, mit ihm auf den Ball zu gehen, wenn er seinem Vater sagt, dass er anstatt auf die Duke auf die Kunsthochschule in Dallas will.«

»Du glaubst doch nicht, dass er immer noch was im Schilde führt. Er … er ist irgendwie da reingeraten, hat seine Meinung geändert, Erin. Er hat sich in dich verliebt, und jetzt kennst du diese schreckliche Geschichte, und er möchte das wieder in Ordnung bringen. Er ist einfach nicht der Typ, der so eine Grausamkeit begeht.«

Ich zuckte mit den Schultern.

»Du musst ja nicht mit ihm da hin. Wenn du dich davor fürchtest, was passieren könnte, dann geh nicht.«

Ich reckte das Kinn und wischte mir noch mal über die Wangen. »Ich hab keine Angst vor denen. Ich weigere mich einfach. Egal, was sie mir antun, habe ich es in der Hand, wie ich mich fühle. Sie können mich nicht verletzen, wenn ich es nicht zulasse.«

Frankie gab mir den Zettel zurück, und ich faltete das zerknitterte Papier wieder genau so zusammen, wie Weston es mir gegeben hatte. Dabei schnitt ich mich ein bisschen an dem festen Papier in den Finger. Ein kleiner Tropfen Blut trat aus dem winzigen Schnitt hervor.

Ich schob den Zettel in die Tasche meiner Schürze und wischte das Blut an einer Serviette ab.

»Die sollen doch machen, was sie wollen. Am Ende stehen sie blamiert da«, sagte ich und öffnete das Fenster, weil sich gerade ein Auto langsam näherte.

Frankie betrachtete mich und schüttelte ehrfürchtig den Kopf. »Du stehst so kurz vor dem Abschluss. So knapp vor der Freiheit.«

Ich wandte mich ab, um einen Becher mit Softeis, Bananenstückchen und Karamell zu füllen. Bevor ich alles in den Mixer gab, verkündete ich: »Ich bin nicht mehr Easter. Ich werde mich nicht verstecken.«

»Du willst da mit ihm hingehen.«

Ihre Feststellung traf mich mit solcher Wucht, dass ich in die Knie ging und gerade noch den Becher über die Theke halten konnte.

»Ist alles okay mit ihr?«, fragte die Dame auf der anderen Seite des Fensters besorgt.

Frankie kam zu mir geeilt und kauerte sich neben mich.

»Ich bin ein Highschool Senior und will auf den Ball. Ich habe eine einzige Chance zu erleben, wie sich das anfühlt. Zum Teufel mit ihnen. Zum Teufel mit ihm. Zum Teufel mit ihnen allen.«

»Braves Mädchen«, sagte Frankie und legte eine Hand auf meinen Rücken. »Zur Hölle mit ihnen. Und falls er irgendwas tun sollte, um dich zu blamieren, und sei es nur, indem er sich blöd benimmt, dann gnade ihm Gott. Denn deine Eltern und ich werden ihn dann einen Kopf kürzer machen.«

Ich richtete mich wieder auf und umklammerte den Becher mit beiden Händen. »Darüber brauchst du dir keine Gedanken machen. Ich schreibe mir meine Geschichte selbst. Und darin kriege ich ein Happy End. Egal, was auch passiert, die können mir nichts anhaben.«

Ich zog mein Handy aus der Schürzentasche und schrieb Julianne eine SMS.

Hast Du morgen schon was vor?

Nein. Hast Du irgendwas Bestimmtes im Sinn?

Ich bin zum Ball eingeladen. Sozusagen.

Hurra! Von wem?

Weston.

Bist Du Dir sicher?

Nicht wirklich. Aber ich werde hingehen.

Na gut. Dann bereden wir diese Neuigkeit später.
Aber jedenfalls brauchst Du ein Kleid.

Am Dienstag traf ich Julianne nach der Schule bei Frocks & Fashions in der Stadt. Ich stand mehr oder weniger nur herum, während sie sich die Kleider ansah. Zwischendurch zeigte sie mir eines, und ich schüttelte den Kopf.

Nachdem das ein paarmal so gelaufen war, kam sie auf mich zu. »Was ist deine Lieblingsfarbe?«, fragte sie.

»Ich mag sie alle.«

»Na, das ist praktisch.« Sie lachte. »Und wie wär's mit dem hier?« Sie hielt ein flaschengrünes Kleid mit weitem Rock und gerafftem Mieder hoch. Ich schüttelte wieder den Kopf.

»Was genau gefällt dir daran nicht?«

»Der breite Rock. Die Farbe. Und dass es trägerlos ist.«

Sie nickte. »Verstanden.«

Ein paar Minuten später hielt sie mir mit leuchtenden Augen ein anderes Kleid hin. »Sieh dir mal das an!« Sie warf einen Blick aufs Etikett. »Das ist auch deine Größe!«

Es war blassrosa mit einem langen Rock aus fließendem Stoff, einer breiten, gerafften Empire-Taille, die in ein durchsichtiges Mieder überging. Der durchsichtige Stoff bedeckte beide Schultern. Hunderte kleine silberne Strasssteine bedeckten die Brust und teilten sich dann bis hinauf zum Ausschnitt.

Julianne drehte es um. Die andere Seite war so durchsichtig wie bei Alders Kleid, aber die Strasssteine, die auf der ganzen Rückenpartie aufgenäht waren, zogen alle Blicke auf sich.

»Findest du das auch schrecklich?«

Ich schüttelte den Kopf. »Nein. Eigentlich ist es ganz hübsch.«

»Ja?«, sagte sie. »Warum probierst du es nicht einfach mal an?«

»Ich weiß nicht. Ich habe das Gefühl, euer Geld zu verplempern, wenn ich dann nicht hingehe.«

»Puuuh. Los, komm schon«, sagte sie und zog den Vorhang einer der Umkleidekabinen beiseite.

Ich nahm ihr das Kleid ab, ging hinein und machte den Vorhang hinter mir wieder zu. Ich nahm das Kleid vom Bügel, stieg hinein und zog es hoch.

»Ich habe die perfekten Schuhe dazu gefunden!«, hörte ich Julianne sagen.

Ich versuchte, den Reißverschluss zuzumachen, kam aber mit meinen Händen nicht hoch genug. »Ich glaube, ich brauche Hilfe mit dem Reißverschluss.«

»Kann ich reinkommen?«, fragte sie.

Ich zog den Vorhang auf, und sie schnappte nach Luft.

»Meine Güte«, sagte sie leise und ließ die Schuhe in ihren Händen sinken.

Ich schaute an mir herunter. »Es ist hübsch.«

Sie nahm mich an der Hand, legte dann die Hände auf meine Schultern und schob mich vor den dreiteiligen Spiegel. Dann zog sie den Reißverschluss zu und gab mir die Schuhe.

»Das ist nicht hübsch«, meinte sie. »Das ist spektakulär.«

Während des Rests der Woche ertappte ich Weston Dutzende Male, wie er mich beobachtete. Mehrmals schien er kurz davor, mich anzusprechen, aber er tat es nicht. Die grünen Augen, in die zu blicken ich ersehnt hatte, waren jetzt ein Quell meines inneren Konflikts. Einerseits hoffte ich, sie zu sehen, andererseits graute mir genau davor. Schließlich sprach er mich am Freitagmorgen vor dem Unterricht bei meinem Spind an.

»Heute Abend findet mein letztes Spiel statt. Du hattest gesagt, du würdest kommen.«

»Wir haben beide vieles gesagt.«

Er zuckte kurz zusammen und lächelte dann gequält. »Was… was soll das heißen? Gehst du auch nicht mit mir zum Ball, nachdem ich mit meinem Dad über Dallas gesprochen habe? Das war eine große Sache. Er hat gebrüllt. Danach redete er stundenlang davon, wie erwachsen ich geworden sei. Natürlich erst nachdem er sich damit abgefunden hatte. Ich war außer mir vor Schiss. Aber ich hab's gemacht.«

Ich hielt meinen Blick auf die Hinterwand meines Spinds gerichtet.

»Gestern habe ich mich online in Dallas immatrikuliert.«

Ich sagte immer noch nichts.

»Bitte komm zu meinem Spiel. Ich schlage dir einen Deal vor. Doppelt oder nichts. Wenn wir heute Abend nicht gewinnen, musst du auch nicht mit mir auf den Ball.«

Ich schaute endlich zu ihm hoch. »Warum? Ist es dir wirklich so wichtig, dass du das für Alder durchziehst?«

Er runzelte die Stirn und schüttelte den Kopf. »Nichts ist mir wichtiger als du. Ich weiß nicht, wie ich dir sagen soll, dass es mir leidtut. Ich würde alles tun, um meine Zustimmung zu Alders Plan zurückzunehmen. Ich *wollte* mit dir auf den Ball gehen. Ich *wollte* Zeit mit dir verbringen. Der ganze verdammte Rest sollte nicht zählen.«

»Du willst!« Wütend starrte ich ihn an. »Es geht immer nur darum, was du willst, oder?«

»Ich denke schon. Ich will nichts Versäumtes bedauern. Ich will das Mädchen, das ich liebe, beim letzten Tanz im Arm halten. Ich will, dass sie sich mein letztes Baseballspiel ansieht. Ich will diese letzten Erinnerungen an die Highschool. Aber ich will sie mit dir. Das ist alles, was ich will. Ich schwöre es dir.«

Ich schlug meinen Spind zu.

»Komm zu dem Spiel. Wenn wir verlieren, bringe ich meinen Smoking zurück und bestelle dein Ansteckstäußchen wieder ab.«

»Du hast schon ein Sträußchen für mich bestellt?«, fragte ich zweifelnd.

»Und eine weiße Limousine«, sagte er mit hoffnungsvollem Blick.

Ich nahm mein Biobuch und ließ Weston an meinem Spind stehen. Auf dem Weg zum Unterricht verspürte ich so etwas wie Übelkeit, während ich widerstreitende Gefühle in mir zu verdrängen versuchte.

Kapitel 10

Es klingelte einmal, dann noch einmal. Die Hand, in der ich mein Telefon hielt, schwitzte, während ich im BMW Richtung Baseballplatz fuhr.

»Hallo, Süße«, sagte Julianne.

»Ich … ich fahre gerade zum Baseballplatz. Weston hat heute Abend sein letztes Spiel.«

»Oh?«, sagte sie mit neutraler Stimme.

Dass sie so wenig erstaunt klang, wunderte mich. »Er hat mich gebeten zu kommen. Und er hat mich daran erinnert, dass ich ihm versprochen hatte, zusammen auf den Ball zu gehen.«

»Ich verstehe«, sagte sie, um einen positiven Ton bemüht. »Auch wenn ich es nicht gut finde.«

»Sag mir, ich soll nach Hause kommen.«

»Möchtest du denn nicht zu dem Spiel?«

»Nein. Oder doch. Oder nein.«

Sie schnaubte ins Telefon. »Kann ich mitkommen?«

»Zu dem Spiel?«

»Ja. Dein Sam ist auch schon hier. Ich wette, er würde Westons letztes Spiel auch gern sehen.«

»Äh … ja. Ja. Bitte kommt.« Dann würde ich wenigstens nicht allein sitzen müssen.

»Wir machen uns in zehn Minuten auf den Weg«, sagte sie. »Bis gleich.«

Ich steckte das Telefon in die Halterung und bog nach rechts auf den Parkplatz der Baseballanlage. Er war schon voll, und viele Fahrzeuge parkten auf der Wiese, die zum Jahrmarktsgelände im Norden gehörte. Ein weißer, ziemlich neuer Highschoolbus mit der Aufschrift CHISOLM LONGHORNS stand leer am südlichen Ende des Parkplatzes. Es strömten immer noch Leute durch den Eingang hinein, aber an der Anzeigentafel konnte ich sehen, dass das Spiel bereits begonnen hatte.

Als ich reinkam, ging Weston zufällig gerade von der Spielerbank zum Schlagmal, in der Hand einen Schläger und mit einem rotbraunen Helm auf dem Kopf. Er schaute kurz zu den Tribünen hoch, dann auf seine Stollenschuhe und klopfte mit dem Schläger gegen den linken Fuß.

Als er sich noch mal umblickte, bemerkte er mich. Er kam an den Zaun gelaufen, steckte die Finger durch die Löcher und lächelte mich mit Erleichterung im Blick an.

»Erin!«

Ich verzog den Mund und fühlte mich hin- und hergerissen zwischen Verlegenheit und Stolz.

»Jetzt mach schon, Gates!«, herrschte Coach Langdon ihn an.

Er schaute zu seinem Trainer, noch mal zu mir und lief auf seine Position. Ich beobachtete ihn, während ich die Stufen hochstieg. Den ersten Ball ließ er vorbei.

»Strike!«, rief der Schiedsrichter und reckte eine Faust in die Höhe. Die Menge buhte.

Weston beugte sich weiter vor, packte den Schläger fester mit beiden Händen. Der Pitcher warf den Ball in seine Richtung, und Weston holte aus. Der Ball traf den Schläger mit einem Knall und flog dann flach und gerade, rechts am Shortstop vorbei und schlug im linken Feld auf, sodass die Außenfeldspieler lossprinteten.

Die Zuschauer jubelten, während Weston zur ersten Base rannte. Er küsste seine Zeige- und Mittelfinger und hielt sie in meine Richtung.

»Erin!«, rief Veronica erfreut. Sie winkte mir, und so setzte ich mich zu ihr in die vierte Reihe, links vom Schlagmal.

Julianne und Sam waren schon vor dem nächsten Inning da und setzten sich links und rechts neben mich. Keiner von ihnen ahnte, worum es bei diesem Spiel für mich ging, und ich bekam ein schlechtes Gewissen, weil es für Weston so viel zusätzlichen Druck bedeutete.

Die ersten beiden Innings entschieden die Blackwell Maroons für sich, aber bei den nächsten beiden unterliefen ihnen eine Menge Fehler, sodass wir vier Runs in Rückstand gerieten. Ich konnte die Enttäuschung auf Westons Gesicht sehen. Er begann seine Teamkollegen von der Spielerbank und vom Wurfmal aus anzufeuern.

Einmal warf er einen Ball, der direkt zu ihm zurückflog. Er duckte sich, und der Ball knallte direkt in den Handschuh des Spielers am zweiten Mal. Die Zuschauer riefen im Chor *Oooh*.

»Meine Güte, das war knapp«, sagte Veronica und hielt sich eine Hand an die Brust.

»Die Pitcher sollten wirklich auch Helme tragen«, meinte Sam.

Weston hustete in seine Ellbogenbeuge und wartete auf den Fänger. Zweimal schüttelte er den Kopf und nickte dann. Er holte aus, hob ein Bein an und schleuderte den Ball auf den Schläger.

»Jemand hat ihm heute aber Feuer unterm Hintern gemacht«, kommentierte Peter, nachdem Weston drei Strikes nacheinander geworfen hatte.

Der Schiedsrichter rief »Aus!«, und die Spieler liefen zu ihrer Bank. Gleichzeitig zogen die Spieler von Chisolm ihre Handschuhe an und joggten auf ihre Positionen auf dem Spielfeld.

Beim sechsten Inning, das wir schlugen, lagen wir nur noch einen Punkt zurück. Ich hörte Husten aus dem Unterstand, wo die Spieler auf der Bank saßen.

»Ist das Weston?«, fragte Veronica. »Er hat doch seinen Inhalator bei sich, oder?«

»Den hat er immer dabei«, sagte Peter und versuchte, unbeschwert zu klingen, aber ich hörte eine gewisse Sorge in seiner Stimme.

»Er hatte in letzter Zeit wieder mehr mit seinem Asthma zu kämpfen«, erklärte Veronica Julianne.

Da erregte Aufregung vor der Spielerbank von Blackwell unsere Aufmerksamkeit. Coach Langdon kam unter dem Dach hervor und schrie. Die Sanitäter kamen herbeigeeilt, und Spieler sprangen heraus und wichen vor etwas zurück, das wir nicht sehen konnten. Peter stand auf und rannte, immer zwei Stufen auf einmal nehmend, die Tribüne hinunter. Veronika benutzte die Treppe.

»O Gott«, sagte ich.

Meine Eltern standen ebenfalls auf. Ich folgte ihnen die Stufen hinunter und durch das Tor.

»Kommt!«, befahl Julianne.

»Weston?«, schrie Veronica.

Peter hielt sie an den Schultern fest, während sie sich beide Hände vor den Mund gelegt hatte.

Einer der beiden Sanitäter rannte zum Krankenwagen und kam mit einer Trage und irgendwelchem Zubehör zurück. Schnell wurde Weston daraufgelegt. Da konnte ich zum ersten Mal einen Blick auf ihn werfen. Er war blass, sein Haar klebte ihm feucht an der Stirn. Seine Augen waren verdreht, während er nach Luft rang. Das

Asthmaspray fiel ihm aus der Hand und rollte über den Boden.

»Fahrt! Fahrt!«, brüllte Sam und half Julianne und den Sanitätern, die Rollen der fahrbaren Trage über den unebenen Boden zu schieben. Erst auf den Asphalt und dann zum Krankenwagen.

Die Menge schwieg betroffen. Dann beugten alle Spieler ein Knie und hielten sich ihre Caps ans Herz.

»Nein, nein, nein«, flüsterte ich hilflos.

Der Krankenwagen raste mit Blaulicht und Sirene in höchstem Tempo über die Cooldige Street Richtung Krankenhaus. Peter und Veronica rannten zu ihren Autos.

»Erin! Erin! Komm schon!«, rief Julianne mir vom Parkplatz zu.

Ich rannte zu ihrem Wagen. Kaum hatte ich meine Tür zugeschlagen, ließ sie den Motor an, legte erst den Rückwärts-, dann den Vorwärtsgang ein und brauste los.

»Wo ist Sam?«

»Im Krankenwagen. Weston hatte schon früher Asthmaanfälle, aber eigentlich schon lange nicht mehr. Er wird es überstehen. Bestimmt.«

»Versprochen?«, sagte ich am ganzen Leib zitternd.

Julianne presste ihre Lippen zu einem Strich zusammen. »Das kann er nicht noch mal machen. Das würde er nicht tun.«

»Wer?«

»Gott.«

Ich blinzelte und schaute dann zum Fenster hinaus auf die vorüberfliegenden Häuser.

Julianne parkte auf der Rückseite des Krankenhauses, wo auch die Zufahrt für Krankenwagen zur Ambulanz war. Der Krankenwagen stand dort. Die Türen weit geöffnet.

Julianne nahm mich bei der Hand, und mit schnellen Schritten liefen wir in den Wartebereich.

Mütter mit fiebernden Babys und ein älteres Paar, bei dem einer der beiden fürchterlich hustete, besetzten die wenigen Stühle – aber die brauchten wir sowieso nicht.

Ich verschränkte die Arme, und nach zwanzig quälenden Minuten tauchte endlich Sam auf. Er sah besorgt aus.

»Sie stabilisieren ihn«, meinte er, legte aber eine Hand auf Juliannes Rücken und führte sie auf den Flur hinaus.

Sie unterhielten sich leise und intensiv. Einmal warf Julianne einen Blick zu mir und schlug sich dann die Hand vor den Mund.

Ich wusste nicht, wo ich meine Hände lassen sollte, also verschränkte ich sie wieder vor der Brust.

Dann kehrten Sam und Julianne zurück und nahmen mich gleichzeitig in die Arme.

»Er wird es schaffen«, sagte Sam.

»Bist du dir sicher?«, fragte ich.

»Sie tun alles für ihn.« Er drückte mir einen Fünf-Dollar-Schein in die Hand. »Warum holst du uns nicht jedem ein Wasser aus dem Automaten am Ende des Flurs?«

Ich nickte, nahm den Schein und verließ das Wartezimmer. Den Getränkeautomat sah ich schon von Weitem. Er stand in der Nähe des Haupteingangs. Auf dem Weg dorthin eilte eine Frau im Krankenhauskittel an mir vorbei. Sie schob einen viereckigen Apparat mit einem Arm und einer kameraähnlichen Vorrichtung vor sich her. Das sah aus wie ein mobiler Röntgenapparat, und ich stellte mir vor, dass sie ihn in Westons Zimmer brachte.

Der Getränkeautomat schluckte den Schein. Ich drückte auf den Knopf für Wasser, nahm das Wechselgeld heraus und wiederholte den Vorgang noch zweimal. Die Wasserflaschen fühlten sich angenehm kühl an, als ich sie zurück in den Wartebereich trug.

Sam und Julianne standen mit Coach Langdon zusammen, aber als ich näher kam, schwiegen sie. Alle nahmen ihr Wasser in Empfang, öffneten die Flaschen aber nicht einmal.

Sam legte den Arm um mich, und wir warteten. Als ich es nicht mehr aushielt, ging ich zum Eingang und sah den vorbeiziehenden Wolken am dunkel werdenden Himmel zu. Einer nach dem anderen tauchten die anderen Spieler und Trainer auf. Sie versuchten wie wir die Zeit im Wartebereich totzuschlagen.

Nach einer gefühlten Ewigkeit kam Peter um die Ecke und wurde sofort von allen umringt.

»Der Sauerstoffgehalt in seinem Blut hat sich wieder normalisiert. Er bekommt jetzt eine Atemtherapie, wird aber über Nacht noch hierbleiben. Bald wird er in ein Zimmer im oberen Stock verlegt.«

Nacheinander brachen Westons Mannschaftskollegen auf, sodass irgendwann nur noch Sam, Julianne, Coach Langdon und ich übrig blieben. Dann tauchte Peter wieder auf, gefolgt von Veronica und zwei Schwestern, die ein Krankenhausbett über den Flur schoben.

Ich versuchte, an Peter vorbeizuschauen, konnte aber nicht viel sehen.

»Gott sei Dank«, sagte Julianne.

»Danke für eure Hilfe heute«, sagte Peter zu meinen Eltern. »Ich weiß nicht, ob er rechtzeitig ins Krankenhaus gekommen wäre, wenn ihr nicht geholfen hättet.«

Julianne sah mich an, weil ich schon wieder nach Luft schnappte.

»Aber jetzt geht es ihm doch wieder gut, oder?«, fragte ich.

Peter nickte und berührte meine Schulter. »Er muss sich nur ausruhen. Wir rufen dich morgen an.«

Ich nickte, und Peter ging auf den Flur zurück.

Sam und Julianne atmeten gleichzeitig auf.

»Ich werde das Gefühl nicht los, ich hätte schon früher einschreiten müssen«, sagte Coach Langdon.

»Machen Sie sich keine Vorwürfe«, sagte Julianne.

Der Trainer rieb sich den Nacken. »Sagen Sie Peter bitte, er soll mich auf dem Laufenden halten.«

Sam nickte, und der Trainer holte seine Schlüssel aus der Tasche und verschwand durch die Glastür. Mit schnellen Schritten ging er auf sein Auto zu.

»Bist du so weit, Süße?«, sagte Sam und streckte mir seine Hand hin.

»Er ist im Spiel geblieben, weil er gewinnen wollte«, sagte ich. »Wahrscheinlich wusste er, was passieren würde, aber er hat es niemand gesagt, weil er das Spiel zu Ende spielen wollte.«

Sam lächelte mitfühlend. »Das war nun mal sein letztes Spiel, Erin.«

»Nein, nicht deswegen. Ich habe mich darauf eingelassen: Er hat gesagt, wenn er heute verliert, müsste ich nicht mit ihm auf den Abschlussball gehen.«

Julianne runzelte die Stirn.

Mit traten Tränen in die Augen. »Er wollte nicht auf die Duke. Er wollte aufs Art Institute in Dallas. Ich hatte versprochen, mit ihm auf den Ball zu gehen, wenn er es Peter sagt. Er hat es getan, aber ich konnte nicht. Nicht nach… Weston hat mir dann einen Deal ›Alles oder nichts‹ angeboten. Er bat mich, heute zum Spiel zu kommen, und meinte, wenn er verliert, würde er mich nicht mehr wegen dem Ball nerven.«

Juliannes Unterlippe zitterte. »Das ist nicht dein Fehler, Sweetheart.«

»Ich wollte sowieso hingehen. Es war mir egal, was sie mir antun würden, ich wollte gehen. Aber ich habe ihn die letzten zwei Wochen lang gequält, ihm das Gefühl gegeben, ich würde ihn hassen. Ich weiß genau, wie es ist, gehasst zu werden, und ich habe ihm das angetan. Das ist so viel schlimmer als alles, was man mir jemals zugefügt hat.«

»Erin, Süße«, begann Sam, aber ich schüttelte den Kopf und wich einen Schritt vor ihm zurück.

»Alle haben gesagt, wie schrecklich er sich benommen hat und dass ich das Opfer war. Sogar er selbst. Aber ihr habt euch alle getäuscht. Ich bin die Schreckliche. Ich weiß, wie weh das tut, und ich … ich liebe ihn. Ich weiß, wie es ist, von jemand zurückgewiesen zu werden, der einen doch eigentlich lieben sollte. Ich hatte keinen Grund, ihn so zu behandeln, und heute ist er wegen diesem blöden Ball fast gestorben. Nur damit ich mit ihm da hingehen würde.«

Die anderen Leute im Wartebereich beobachteten die Szene teils neugierig, teils parteiisch.

»Du bist erschöpft«, sagte Sam. »Lass uns nach Hause fahren, und wir bringen dich morgen früh sofort wieder hierher. Sobald du wach bist.«

Ich schüttelte den Kopf. »Ich kann ihn nicht verlassen. Ich sollte hier sein.«

»Ich weiß, du möchtest …«, fing Sam an.

»Nein, ich sollte. Es ist ein Sollen, Sam, nicht nur ein Möchten.«

»Okay«, sagte Julianne und ergriff meine Hand. »Sam, du hast morgen früh eine OP. Ich werde mit unserer Tochter hierbleiben.«

Sam nickte. »Natürlich. Natürlich«, sagte er und nahm Juliannes Schlüssel, die sie ihm hinhielt. Er umarmte uns beide und verschwand dann durch die Glastür auf den inzwischen dunklen Parkplatz.

Julianne redete mit einer der Frauen hinter der Anmeldung, dann bedeutete sie mir, ihr zu folgen. Wir gingen zum Aufzug und fuhren in den zweiten Stock.

Dieses Wartezimmer war dunkel und leer. Julianne schaltete das Licht ein, und wir setzten uns auf ein Art Bank. Sie brachte mich dazu, mich hinzulegen. Den Kopf auf ihrem Schoß. Mir liefen die Tränen herunter, über meine Nase und auf ihre Jeans. Sie strich mir mit den Fingern durch die Haare, sagte jedoch nichts.

»Ich hatte solche Angst«, flüsterte ich. »Ich wusste nicht, wie ich ihm verzeihen, wie ich ihn lieben sollte. Ich wusste nicht, was ich tun sollte, damit es funktioniert. Es kommt mir vor, als hätte ich darauf gewartet, dass mein Leben anfängt, und Blackwell war die Warteschleife. Ich dachte, Weston sei ein Teil davon. Ich konnte mir nicht vorstellen, dass irgendetwas von hier Teil meines neuen Lebens sein könnte.«

»Dich hat verletzt, was du in den Tagebüchern gelesen hast. Das kam zu den jahrelangen Verletzungen, die du sowieso schon erduldet hattest. Niemand macht dir einen Vorwurf. Nicht einmal Weston. Das ist an seinem Verhalten deutlich abzulesen. Hat er dir eigentlich gesagt, warum er sich darauf eingelassen hat, Alder zu helfen?«

»Nur dass sie ihm die Möglichkeit geboten hat, etwas zu tun, das er sowieso wollte.«

»Oh«, sagte sie nur und legte ihre Hand sanft auf meine Stirn.

»Er bringt mich dazu, zu viel zu fühlen. Mein ganzes Leben lang habe ich aufgepasst, damit niemand an mich rankommt. Meine Gefühle für ihn machen mir Angst.«

»Ruh dich aus, Liebes. Morgen früh sieht alles schon ganz anders aus.«

Ich lag da, versuchte, mich zu entspannen, aber obwohl ich körperlich so müde war, konnte ich die Augen nicht schließen. Ich hatte zu viel Angst vor schlechten Nachrichten beim Aufwachen. Stunden vergingen, und ich merkte, wie Juliannes Hand leicht und ihr Atem ganz gleichmäßig wurde.

Ich hörte Schritte auf dem Fliesenboden im Flur und auf dem Teppich im Wartezimmer. Als ich hochschaute, stand Veronica in der Tür.

»Rate mal, wer wach ist?«, flüsterte sie lächelnd.

Ich setzte mich auf und weckte dabei Julianne.

»Geht's ihm besser?«, fragte ich.

»Er hat nach dir gefragt. Er will nicht wieder einschlafen. Ich habe gehofft, dass du noch hier wärst.«

»Kann ich zu ihm?«, fragte ich und beugte mich vor.

Veronica trat einen Schritt beiseite. »Er liegt auf 210.«

Ich sprang von meinem Platz auf und versuchte, nicht über den Flur zu rennen, während ich die Zimmernummern auf den Türschildern las, bis ich Westons Zimmer erreichte. Es war dämmrig darin, und ich trat langsam ein.

Er saß im Bett, und seine Gestalt richtete sich noch ein bisschen weiter auf, sobald er mich erkannt hatte.

»Erin«, sagte er mit brüchiger Stimme. Er klopfte auf die dünne blaue Decke und wollte offenbar, dass ich mich neben ihn setzte.

In seiner Hand steckte eine Infusionsnadel, von der ein Schlauch zu einem Beutel mit Flüssigkeit an einem Ständer führte. In seiner Nase steckte eine Kanüle, die hinter seinem Ohr befestigt und mit einem Gerät an der Wand verbunden war, aus dem er offenbar Sauerstoff bekam.

Er war immer noch blass und wirkte in dem hellblauen Krankenhausnachthemd beinahe zerbrechlich. Seine Füße reichten bis ans Ende des Bettes.

Ich setzte mich neben ihn, so wie ich es mir gewünscht hatte, seit wir im Krankenhaus angekommen waren. Aber jetzt wollten mir die richtigen Worte nicht über die Lippen.

Er hielt den Kopf weiterhin an mehrere Kissen gelehnt, die ihn stützten.

»Haben wir gewonnen?«, fragte er.

Ich lachte kurz auf. »Wen kümmert das?«

»Mich. Ich möchte wirklich nicht darauf verzichten, mit dir auf den Ball zu gehen.«

Ich schüttelte den Kopf. »Das spielt keine Rolle. Ich gehe mit dir, wenn du wirklich noch willst.«

Er runzelte die Stirn. »Verdammt! Wenn ich gewusst hätte, dass ein Asthmaanfall genügt, damit du mit mir hingehst, hätte ich schon vor Wochen einen bekommen.« Er zwinkerte mir zu.

»Das ist nicht lustig.«

Er verzog das Gesicht. »Ich hätte nie zugelassen, dass sie dich auf dem Ball blamieren, Erin. Ich habe zugestimmt zu versuchen, dass du mich magst und mit mir auf den Ball gehst. Aber ich hätte nie zugestimmt, dass sie dich demütigen.«

»Nicht jetzt«, sagte ich. »Warte, bis du dich besser fühlst.«

»Ich muss wissen, dass du das verstehst. Nein. Mehr noch. Ich muss wissen, dass du mir glaubst. Ich habe zugestimmt, dir näherzukommen, aber das war nur eine Ausrede, Erin. Alder war bereit, mir etwas zuzubilligen, wonach ich mich schon lange gesehnt hatte … ohne dich dafür zu schikanieren. Sie *wollte* ja, dass du auf den Ball kommst, also hat sie sich zurückgenommen. Wie alle anderen auch.«

»Was war dann los, an dem Tag an der Ecke mit den beiden Erins und Brady? Oder als sie im Dairy Queen vorbeikam?«

»Hätte sie komplett von dir abgelassen, fürchtete sie, du würdest ahnen, was sie vorhatten.«

»Was *ihr* vorhattet. Du erzählst das immer noch so, als wärst du daran nicht beteiligt gewesen.«

»Es war die einzige Möglichkeit, mit dir zusammen zu sein, ohne dich noch mehr zur Zielscheibe zu machen. Welche andere Möglichkeit hätte ich denn gehabt?«

»Es ging nicht nur darum, *mich* vor Schaden zu bewahren.«

»Okay, ich gebe es zu. Ich wollte mit dir zusammen sein und das einfach nur genießen. Ich wusste, sie würden uns nicht in Ruhe lassen. Damals hielt ich das für die perfekte Lösung. Wenn du einen Home willst, dann musst du eben manchmal auch eine Base ›stehlen‹.«

»Das ist aber kein Spiel, Weston. Wenn es nicht so gelaufen wäre, wie du wolltest …«

»Wenn ich wirklich den Eindruck gehabt hätte, es wäre nicht zu vermeiden gewesen, was sie für den Ball ausgeheckt hatten, hätten wir unsere eigene Feier veranstaltet. Auf unserer Überführung. Nur du und ich. Ich hätte nichts riskiert. Du hast recht, das hätte ich dir nicht verheimlichen sollen, und es war auch kein Spiel. Aber letztlich hätte es nun mal keine Möglichkeit gegeben, mit Alder Schluss zu machen und mit dir zusammen zu sein. Das wäre schrecklich gewesen. Ich hätte dich verloren. Du hättest entschieden, dass es das nicht wert ist. Du hättest mich gemieden, bis du aufs College gegangen wärst, und fertig.«

Ich schaute zu ihm hoch. Er sah aus, als bereite ihm der Gedanke körperlichen Schmerz.

»Aber alles hat sich geändert. Da hättest du es mir sagen sollen.«

»Ich konnte es nicht riskieren, Erin. Ich denke, weil ich vorher schon verrückt nach dir war, habe ich mir das alles ausgedacht, um mit dir zusammen sein zu können. Ich hätte es nicht für möglich gehalten, dich noch mehr zu lieben, aber so ist es gekommen. Ich war in Panik. Wusste nicht, was ich tun sollte.«

»Sag mir die Wahrheit. Selbst wenn sie furchtbar ist. Selbst wenn es gar nicht mehr um mich geht. Etwa weil die Erins Halbschwestern waren.«

Sein Kinn berührte fast seine Brust, als er zu mir herabsah. »Das weißt du auch?«

»Ich habe alle Tagebücher gelesen. Ich weiß alles.«

Er überlegte kurz und schüttelte ehrfürchtig den Kopf. »Verrückt, sich vorzustellen, wie anders alles gelaufen wäre, wenn es irgendwie ohne den Unfall rausgekommen wäre.«

»Das will ich gar nicht. Es würde mich irre machen, mir die Was-wäre-wenns auszumalen, wenn es schon so viele Was-passiert-ists gibt, mit denen man zurechtkommen muss. Ich will einfach nur die ganze Wahrheit darüber wissen, was passiert ist, Weston. Wenn ich die kenne, dann habe ich das Gefühl, wir können alle weitermachen.«

»Sogar wir beide?«, fragte er.

Ich zuckte an seiner Brust mit den Schultern und lächelte schwach. Meine Augen hatten sich inzwischen an das dämmrige Licht gewöhnt, und ich konnte sehen, wie es hinter seinen Augen arbeitete.

»Okay, hier ist die ganze Wahrheit: Ich habe mir seit der Middle School den Kopf darüber zerbrochen, wie ich es schaffen könnte, mit dir zusammen zu sein«, sagte er. »Dann fing unser letztes Schuljahr an. Mir blieb nicht mehr viel Zeit, und meine Verzweiflung wuchs. Denkst du, Sonny war schlau genug, sich diesen Plan selbst auszudenken? Oder wer, meinst du, hat ihr den Samen dafür in ihren verzogenen Kopf gesetzt?«

»Dann war es also dein Einfall, mich auf dem Abschlussball zu demütigen?«, sagte ich und kämpfte um einen ruhigen Ton.

Er runzelte die Stirn und schien von meiner Schlussfolgerung enttäuscht. »Nein, natürlich nicht. Ich habe nur ihre Eifersucht ausgespielt. Manchmal habe ich Alder damit geärgert. Ich sorgte dafür, dass sie es mitbekam, wenn ich dich ›verstohlen‹ ansah. Eines Abends hatten wir einen Riesenkrach deswegen. Sie meinte, ich bekäme nie Gelegenheit, mit dir zusammen zu sein, weil du es nie wagen würdest, ihr in die Quere zu kommen. Da fiel es mir wie Schuppen von den Augen. Als das nächste Mal das Gespräch auf dich kam – was ja oft der Fall war –, zog ich die beiden damit auf. Ich sagte, ich könnte dich dazu bringen, mich zu daten.«

Ich hob eine Augenbraue.

»Sonny sagte das Gleiche wie Alder«, erklärte er weiter. »Dass du nicht den Nerv dazu hättest. Mehr brauchte ich nicht. Diesen einen Moment.

Ich wettete, dass ich dich dazu bringen könnte, mit mir auf den Ball zu gehen. Nachdem auch Brady sich einmischte, kam das Gespräch auf den Film *Carrie*. Dann haben sie versucht, mich zu überreden. Da habe ich zugestimmt, aber ich hatte immer vor, dir nahezukommen, ohne dass du dafür schikaniert wirst. Damit wir es auch genießen konnten.«

»Und nach dem Ball?«, fragte ich.

»Diese Frage wollte ich dir auch schon stellen. Was passiert nach dem Sommer?«, sagte er und schob seine Finger in meine. »Ich werde jedes Wochenende nach Oklahoma fahren, wenn's sein muss. Ich weiß, dass du diese Vorstellung von einem Leben nach Blackwell hast. Aber du kannst immer noch machen, was du dir vorgenommen hattest, als es mit uns anfing. Ich möchte doch nur mit dir zusammen sein. Ich möchte mit dir gemeinsam Blackwell hinter uns lassen. Ich möchte dabei sein, wenn du wirst, was immer du möchtest.«

»Wir werden es herausfinden«, sagte ich. »Keiner von uns hat doch schon auch nur einen Schimmer davon, was er sein möchte.«

Er drückte meine Hand. »Alles, was ich bin, ist das, was wir sind.«

Meine Unterlippe begann zu zittern. Ich hatte mich ihm gegenüber so schrecklich verhalten, und jetzt lag er in einem Krankenhausbett und versuchte, alles wieder in Ordnung zu bringen. »Du solltest nicht nett zu mir sein. Ich verdiene keine besondere Aufmerksamkeit von dir mehr.«

»Hast du eine Vorstellung davon, wie lange ich dich schon liebe, Erin?«

Ich lächelte, während mir die Tränen in den Augen brannten. »So lange, wie ich dich schon liebe.«

Er zog mich an sich, und ich legte mich neben ihn in sein Krankenhausbett. Dabei bemerkte ich die Umrisse von Veronica und Julianne im Türrahmen.

Weston schlang beide Arme um mich, holte tief Luft und legte sein Kinn auf meinen Kopf. Bald merkte ich, wie er sich entspannte und das Piepen des Monitors, der seinen Herzschlag überwachte, in einen langsamen, gleichmäßigen Rhythmus überging.

Veronica legte einen Arm um Julianne, und gemeinsam traten sie aus dem Türrahmen zurück auf den Flur.

Ich lehnte mein Kinn an Westons Brust. Am kommenden Wochenende war der Ball, zwei Wochen danach Zeugnisvergabe. Das Einzige, worüber ich mir noch Sorgen machte, war das Gespräch, das ich mit Gina führen musste. Alles andere fühlte sich an wie ein weicher Pyjama und ein frisch bezogenes Bett. Weston und ich würden den ganzen Sommer miteinander verbringen können, bevor wir aufs College gingen. Und zum ersten Mal schien mir, dass er zu meinem Anfang gehörte, nicht zu einem Happy End.

Teil 3

Kapitel 1

Geh nach Hause. Mach das Licht aus. Und bring dich um.

Ich riss die Lider auf, und meine Augen irrten durch den dunklen Raum. Sorge, Furcht und Panik stellten sich wieder ein, als ich die nackten weißen Wände des Krankenhauszimmers erkannte. Die grünen Ziffern auf dem Display der Infusionspumpe verbreiteten einen unheimlichen Schimmer, und ich rief mir die Ereignisse des Vortags wieder in Erinnerung.

Es war der furchterregendste Augenblick meines Lebens, als Sanitäter Weston auf einer fahrbaren Trage von der Spielerbank wegschoben. Vor meinen inneren Augen liefen permanent weitere Schreckensszenen ab: Als ihm das Inhalationsspray aus der Hand fiel, die Sirene des Krankenwagens, der zum Krankenhaus raste – in meinem Kopf herrschte ein einziges Durcheinander.

Ich schloss die Augen und verdrängte mit purer Willenskraft die schrecklichen Erinnerungen und Gefühle. Westons gleichmäßiger Atem und das Stakkato-Piepen seiner Lebensfunktionen auf den Monitoren ließen meine Anspannung allmählich von mir abfallen. Er war am Leben. Alles würde gut werden.

Mein Körper hatte sich an seinen geschmiegt, und

überdeutlich war mir jeder Quadratzentimeter bewusst, an dem meine Haut seine berührte, weil sie nicht vom Krankenhausnachthemd bedeckt war. Es war ganz warm unter der Decke, die die Schwester uns gegeben hatte. Ich lag immer noch in den Armen des Jungen, der mich liebte. Meine Hüfte schmerzte, weil ich schon so lange in dieser Haltung lag.

Durch die Jalousien konnte man schon den Sonnenaufgang erahnen. Weston bewegte sich ein bisschen, und ich wünschte mir trotz der unbequemen Lage, die Nacht würde noch ein bisschen länger dauern.

Veronica Gates saß in dem mauvefarbenen Sessel auf der anderen Seite des Zimmers und las in einer Zeitschrift. Außer ihrer Lesebrille mit dem rechteckigen schwarzen Gestell benutzte sie die Taschenlampenfunktion ihres Handys.

Ich hob den Kopf, woraufhin auch sie aufschaute.

»Guten Morgen«, flüsterte sie fast unhörbar.

Weil ich nicht riskieren wollte, Weston zu wecken, lächelte ich nur zurück. Als ich meinen Kopf wieder sanft an seine Brust zurücklegte, drückte er mich fester und atmete tief ein.

Veronica lachte lautlos, dann kam sie und setzte sich auf den Holzstuhl, der näher am Bett stand. »So hat er immer seinen Teddy festgehalten. Wenn ich versuchte, ihn ihm aus dem Arm zu nehmen, sobald er eingeschlafen war, drückte er ihn genauso fest.«

Sie schlug die Beine übereinander und faltete die Hände, während sie ihren Sohn mit bedingungsloser Liebe im Blick ansah. »Als er einmal in der ersten Klasse nach Hause kam, erklärte er Peter und mir ganz sachlich: ›Ich werde heiraten.‹« Sie imitierte ganz gut die Stimme eines Siebenjährigen und musste bei dieser Erinnerung wieder lachen. »Peter fragte ihn: ›Wann denn?‹, und Weston sagte: ›Später.‹ Ich fragte: ›Und wen?‹, da antwortete er: ›Erin.‹« Sie schaute mich an, um zu sehen, wie ich darauf reagierte. »Damals dachte ich, er meine Alder, aber als er mich bat, dir diese Geschichte nie zu erzählen, war mir klar, dass ich mich geirrt hatte.«

Mir stockte der Atem.

»Das ist schon lange her, also glaube ich nicht, dass es ihm jetzt noch etwas ausmacht.« Sie sah kurz Weston an, dann wieder mich. »Ich bin froh, dass er dich gemeint hat, Erin. Ich glaube, das habe ich dir noch nicht gesagt.«

»Ich bin froh, dass er von seinen Vorsätzen nicht so leicht abzubringen ist«, flüsterte ich.

Weston bewegte sich wieder, und Veronica beugte sich vor, um ihn besser betrachten zu können.

Er stöhnte. »Erin?«

Veronica hob eine Augenbraue und warf mir einen wissenden Blick zu.

»Ich bin hier«, sagte ich.

Mit immer noch geschlossenen Augen beugte er sich ein paar Zentimeter vor, um mit seinen Lippen über mein Haar zu streichen. Die Sonne erhellte den Raum gerade genug, um sichtbar zu machen, was vor zehn Minuten noch im Dunkeln gelegen hatte.

Weston seufzte. »Gut. Geh nicht weg.«

»Tue ich nicht«, sagte ich.

»In diesem Fall besorge ich wohl mal lieber ein Frühstück«, sagte Veronica und stand auf.

»Guten Morgen!«, sagte die Krankenschwester, deren Stimme nach Veronicas rücksichtsvollem Schweigen viel zu laut klang. »Ich bin Amelia. Wie geht es dir heute?« Ihre pinkfarbene Uniform passte perfekt zu ihrer guten Laune.

Veronica sah zu ihr hin, während sie Handtasche und Schlüssel von einem Stuhl nahm.

Amelia hatte eine Menge glänzender langer Zöpfchen zu einem hübschen runden Dutt oben auf dem Kopf aufgesteckt, der ihre winzige, aber rundliche Statur bestimmt zehn Zentimeter größer machte.

Weston blinzelte verschlafen. »Mann, ich war wie benommen.«

»Das machen die Medikamente«, sagte sie. »Ich werde jetzt Blutdruck messen, und dann warten wir, bis Dr. Shuart sich meldet. Ich wette, dass er dich heute entlässt.« Sie zwinkerte mir zu und bedeutete, ich solle Platz machen.

Ich gehorchte und beeilte mich, aus dem Bett zu kommen.

Westons Miene verfinsterte sich. »Geh nicht weg.«

Veronica schüttelte amüsiert den Kopf. »Sie hat dir doch schon gesagt, dass sie das nicht tut, Sohn. Du meine Güte!«

Er beobachtete mich misstrauisch. Die Wärme, die Veronicas Anekdote bei mir erzeugt hatte, verflüchtigte sich rasch wieder.

»Ist das dein Mädchen?«, fragte Amelia und wollte Weston offensichtlich ein bisschen aufziehen.

Weston wandte den Blick nicht von mir ab und wartete offenbar darauf, dass ich diese Frage beantwortete.

»Ich habe gehört, dass sie die halbe Nacht auf dieser schrecklichen Bank im Wartezimmer geschlafen hat und die restliche Zeit in dein Bett gequetscht. Die Nachtschwestern fanden das süß, aber mein Rücken hätte sich bedankt.« Amelia schüttelte den Kopf.

Der Blutdruckmesser brummte, als sie die Manschette aufpumpte. Weston zuckte, weil sie so eng wurde. Als Nächstes steckte Amelia ihm eine Klammer auf einen Finger und schien zufrieden mit den Zahlen, die sie darauf ablas und die mir rein gar nichts sagten.

»Alles gut?«, fragte Veronica.

Amelia nickte. »Als wäre nie etwas vorgefallen.«

Veronica stieß einen kleinen Seufzer aus. »Darf er frühstücken?«

»Selbstverständlich.« Sie gab ihm eine laminierte lange Karte. »Ruf mich einfach mit dem Buzzer, wenn du dich zwischen dem suppigen Haferbrei und den fettigen Rühreiern entschieden hast.«

An Westons Gesicht konnte man ablesen, dass das Angebot auf der Karte nicht besonders verlockend war. Amelia verließ das Zimmer so schnell, wie sie es betreten hatte, und Veronica schob sich den Träger ihrer Handtasche über die Schulter.

»Ich hole mal schnell etwas für uns alle. Biscuits und Gravy von Braum's.«

Weston richtete sich erfreut auf.

»Ich komme mit«, sagte ich.

»Nein, du solltest dableiben«, sagte Weston.

Veronica gab ihrem Sohn noch einen schmatzenden Kuss auf die Wange und griff dann nach ihren Schlüsseln. »Ich rufe Dad an und sage ihm, dass du wach bist.« Ihr Blick fiel auf mich. »Bleibst du hier?«

Ich konnte Weston ansehen, dass er die Gelegenheit nutzen wollte, unter vier Augen mit mir zu reden. Also nickte ich Veronica nur zu.

»Ruft mich unbedingt an, wenn Dr. Shuart vorbeikommt«, sagte sie.

»Na klar«, sagte ich.

Sie trat auf den Flur, schaute links und rechts und ging dann nach links zu den Aufzügen. Man hörte sie noch, als sie das Personal beim Schwesternzimmer grüßte, und kurz darauf klingelte auch schon der ankommende Aufzug.

Ich stand noch in der Ecke, wohin ich mich zurückgezogen hatte, und sah Weston mit unergründlicher Miene eine Hand hinter seinen Kopf legen.

»Biscuits und Gravy, das klingt gut.« Wie auf Kommando begann mein Magen zu knurren, und ich hielt beide Hände auf mein weißes Shirt.

»Du bist die ganze Nacht hiergeblieben«, sagte er, und es klang kein bisschen wie eine Frage.

Ich nickte einmal, verschränkte die Arme und fragte mich, was er mir wohl erst hatte sagen wollen, nachdem seine Mutter weg war.

Gedankenverloren schaute er auf seine Füße hinunter. »Du kannst mich ruhig anlügen. Ich werde dir hinterher keinen Vorwurf machen.«

»Wieso?«, fragte ich.

Er sah mich mit abgrundtief traurigen Augen an. »Ich meine es so, wie ich es gesagt habe. Selbst wenn du nach Stillwater gehst, die OSU liebst und nie wieder hierher zurückkommst, meine Erinnerungen an die nächsten paar Wochen werden mir nicht so viel bedeuten, wenn du darin nicht vorkommst. Ich will dich nicht zu Versprechen überreden, die du nicht halten kannst, Erin … aber im Moment kann ich dir versichern, dass ich auch mit einer Lüge klarkomme. Lüg mich doch einfach an. Lass uns diese Ballgeschichte durchziehen, wie verrückt unseren Abschluss feiern und dann den besten Sommer aller Zeiten haben. Wir steigen einfach in die Achterbahn, fahren mit und tun so, als würde es nie zu Ende gehen.«

»Improvisierst du immer noch?«

Er hob einen Mundwinkel, aber seine Kiefer verspannten sich.

»Nein«, sagte er. »Du warst immer geplant. Das wirst du auch immer sein.«

Ich trat an sein Bett und beugte mich herab. Kurz

bevor unsere Lippen sich berührten, suchte ich seinen Blick, um darin ein Versprechen zu entdecken oder irgendeinen Beweis dafür, dass er die Zukunft sah. Er griff nach meinen Armen und zog mich so nah an sich, dass sein Mund auf meinem lag.

Eines Tages würde er mich vielleicht gehen lassen, aber nicht jetzt. Mit achtzehn und dem ganzen Leben vor uns. Er bat mich, mich im letzten Abschnitt meiner Kindheit zu verlieren, irgendwo in diesem Sommer, der uns gehörte. Ich war schon mein ganzes Leben lang haltlos gewesen, und das, worum er mich jetzt bat, war besonders furchterregend.

Doch als Weston diese Dinge sagte, wurde mir bewusst, dass ich noch nie daran hatte denken wollen, dass mich irgendjemand fand.

»Babe?«, flüsterte er und suchte meinen Blick. Der Monitor, an den er immer noch angeschlossen war, piepte jetzt etwas schneller.

Ob es nun Naivität war oder närrische Hoffnung, die uns glauben ließ, wir gehörten zu der Sorte Menschen, die in dem Paralleluniversum lebten, wo eine Schulliebe halten konnte, ich wollte jedenfalls nicht nur daran glauben. Ich wollte ihm vertrauen, auch wenn es nur bis August sein würde.

»Abgemacht«, sagte ich.

Er antwortete mit einem halben Lächeln, legte eine Hand auf die zerzausten Haare an meinem Hinterkopf und zog mich so dicht an sich, bis seine Lippen meine berührten. Seine Zunge schob sich in meinen Mund – zu einem langsamen, süßen Tanz mit meiner. So besiegelte er das Versprechen, das wir uns gerade gegenseitig gegeben hatten, und zog mich auf sein Bett.

Er vergrub seine Nase an meinem Hals, und ich kicherte. Es war mir egal, ob jemand mich hörte. Er drückte mich fest an sich und wirkte entspannt, erleichtert und vielleicht auch noch ein bisschen benommen von den Medikamenten.

Ein Klopfen an der Tür ließ uns innehalten. Dann drehte ich mich um und sah Dr. Shuart im weißen Kittel über einem karierten Hemd mit offenem Kragen dastehen.

»Und wie geht es Mr. Gates heute Morgen?«, fragte er und trat mit einer Schwester ein. »Ich stelle jetzt mal eine wilde Vermutung auf und behaupte: Dir geht's blendend.«

Ich wurde rot und wich noch mal zu dem Stuhl in der Ecke zurück. Weston schien nicht beunruhigt. Er grinste sogar ziemlich zufrieden.

»Das hier ist Dacia«, sagte Dr. Shuart und drehte eine Schulter ein wenig in ihre Richtung.

Dacia nickte mir zu und lächelte Weston zur Begrüßung an. Dann fuhr sie fort, auf das Blatt Papier zu schreiben, das sie in einem aufgeklappten Ordner vor sich hatte. »Weston ist unser letzter Patient, Doktor. Ihnen bleiben noch zehn Minuten, um vor Ihrem ersten Termin wieder in Ihr Büro zu kommen. Also halten Sie sich im Erdgeschoss nicht zum Plaudern auf, sondern gehen Sie direkt rüber«, erklärte sie in mütterlichem Tonfall.

Dr. Shuart drehte ihr den Rücken zu und hob kurz seine Augenbrauen. »Sie hat mich ganz schön unter ihrer Fuchtel. Passt auf, dass ich im Plan bleibe.«

»Einer muss es ja tun«, murmelte sie, während sie weiterschrieb.

Ich setzte mich auf den Polstersessel und nahm mein Telefon zur Hand, um Veronica per SMS zu informieren. Dr. Shuart plauderte inzwischen mit Weston. Sie besprachen seine Medikamente, und der Arzt erklärte Weston, dass noch eine Atemtherapie nötig sei, bevor man ihn entlassen könne.

Dann winkten er und Dacia mir zu, bevor sie das Zimmer wieder verließen. Mein Telefon meldete sich.

»Deine Mom möchte, dass ich den Arzt bitte, in einer Viertelstunde noch mal wiederzukommen«, sagte ich. »Offenbar ist die Schlange beim Drive-Thru außergewöhnlich lang.«

»Schreibt sie das so?«, fragte Weston skeptisch.

»Vielleicht hat sie auch ›die verdammte Schlange‹ geschrieben.«

»Ich glaube nicht, dass Dacia sich darauf einlässt.«

»Ich glaube, da hast du recht«, sagte ich und schob das Handy in meine hintere Hosentasche. Dann schaute ich auf die Uhr.

»Arbeitest du heute?«, fragte Weston.

»Nur ein Friseurtermin mit Julianne. Aber den werde ich absagen.«

»Du hast doch schon einmal abgesagt. Mach ruhig. Ich will sowieso nicht, dass du mich an diesem dämlichen Inhalator saugen siehst. Da käme ich mir lächerlich vor.«

»Der Termin ist erst in einer Stunde. Außerdem freue ich mich auf Biscuits und Gravy.«

»Du fürchtest, meine Mom wäre sauer auf dich, wenn du mich jetzt hier allein lässt, was?« Er grinste.

»Das auch.«

Mein Handy meldete sich schon wieder. Ich holte es heraus und las die Nachricht, danach ließ ich das Telefon auf meinem Schoß liegen.

»Wer was das?«, fragte Weston.

»Julianne. Sie wollte mich an den Termin erinnern.«

Da kam Veronica keuchend mit zwei Plastiktüten hereingeeilt. Ich stand auf, um ihr zu helfen, und schon fiel mein Telefon auf den Boden.

»Oh-oh!«, sagte Veronica.

Ich drehte es um und seufzte erleichtert, als ich sah, dass das Display unversehrt war. Als ich einen Schritt auf Veronica zumachte, scheuchte sie mich zum Bett. Also setzte ich mich neben Weston. Sie gab jedem von uns einen Styroporbehälter mit Deckel und ein Päckchen mit Plastikbesteck und Serviette.

Kaum hatte er den Deckel geöffnet und die Gabel in der Hand, begann Weston, gierig zu essen. Ich kämpfte mit dem Plastikmesser, um den Biscuit zu zerschneiden. Daher brauchte ich doppelt so lang, um aufzuessen, aber das machte ja nichts. Die Gravy-Soße war sahnig und pfeffrig, und meine Geschmacksknospen sangen Hymnen auf die Südstaatenküchen und denjenigen, der sich diese perfekte Kombination von Fett, Mehl und Milch ausgedacht hatte.

Veronica nahm uns die leeren Behälter, Besteck und Servietten ab und stopfte alles in den kleinen Mülleimer neben der Tür.

Ich griff nach meiner Handtasche und dem Telefon.

»Gehst du?«, fragte sie.

Weston antwortete an meiner Stelle. »Sie hat eine Verabredung mit Julianne. Ich habe nicht zugelassen, dass sie sie absagt.«

»Natürlich nicht«, sagte Veronica. »Schließlich habe ich dich so erzogen.«

Kichernd ging ich zur Tür, aber Weston deutete auf seine Wange. Rasch gab ich ihm noch einen Kuss dorthin, doch er drehte rasch den Kopf und küsste mich mitten auf den Mund. Dabei hielt er mich auch noch an den Handgelenken fest, sodass unsere Lippen eine Weile aufeinander blieben.

Zum zweiten Mal an diesem Morgen wurde ich vor Verlegenheit knallrot. Im Rausgehen vermied ich den Blickkontakt mit Veronica.

Ich war kaum um die Ecke gebogen, als ich Veronica mit ihrem Sohn schimpfen hörte. »Du hast sie nicht gefragt, oder?«

Ich blieb stehen und lehnte mich mit dem Rücken an die Wand. Ein paar Sekunden lang blieb es still, dann musste ich mich sehr anstrengen, um Westons Antwort zu verstehen.

»Ich habe sie schon gefragt, Mom.«

»Dann ist es jetzt offiziell?«

»Wir … wir gehen zusammen auf den Ball.«

»Und?«

»Ich weiß nicht. Frag mich nichts über Erin, Mom. Es ist seltsam.« Nach einer kurzen Pause fuhr er fort: »Ich habe euch übrigens gehört.«

»Die Teddybärgeschichte? Tut mir leid. Ich konnte nicht anders.«

»Die andere auch.«

»Dass du sie als deine künftige Braut bezeichnet hast?« Veronica murmelte noch irgendwas anderes.

Dann sprach wieder Weston. »Ist schon okay. Ich bin froh, dass sie Bescheid weiß.«

»Dann war es so. Du hattest Easter gemeint.«

»So heißt sie nicht mehr, Mom. Aber ja, ich hatte sie gemeint.«

Ich hörte die Bettfedern knarzen.

»Ich hoffe, du weißt, was du tust, mein Sohn.«

»Lass das«, warnte Weston sie.

»Ich möchte doch nur nicht, dass am Ende einer von euch beiden verletzt ist«, sagte sie aufrichtig.

»Ich werde einfach abwarten, bis sie geht, Mom. Mehr kann ich nicht tun.«

Veronica erwiderte nichts darauf, also setzte ich meinen Weg zum Aufzug fort und versuchte, unterwegs nicht über seine Worte zu stolpern.

Kapitel 2

»Mir gefällt's«, sagte Weston und schraubte den Deckel von meiner Flasche mit Fanta Orange.

Die vertrauten Geräusche – das Zischen der Limonade und die unter uns fahrenden Autos – sorgten dafür, dass mein ganzer Körper sich entspannte. Es fühlte sich irgendwie behaglich an, auf einem Quilt aus Denim auf der Ladefläche von Westons rotem Pick-up zu sitzen, an dem kalten Getränk zu nippen und die Kanten der rauen Ladeflächenwanne an meinen Schulterblättern zu spüren. Viel besser, als bei allen anderen auf dem Parkplatz vor dem Baseballgelände zu sein.

»Es fühlt sich richtig kurz an«, sagte ich und fuhr mit den Fingern durch meine lockigen kastanienbraunen Strähnen. Der Friseur hatte gute zwanzig Zentimeter abgeschnitten, aber die Haare reichten immer noch ein Stückchen über die Schultern.

»Es ist glänzender, schwingt mehr und es wirkt dunkler.«

»Lauter gute Sachen«, sagte ich.

Ich presste meine Schultern noch stärker gegen die Ladeflächenwanne, als könnte ich mir dadurch die Einzelheiten besser einprägen. Glücklichsein konnte sich gar nicht besser anfühlen, und selbst wenn der Rest meines Lebens bilderbuchmäßig verliefe – ich wusste, dass ich mich an jede Sekunde unserer Abende auf der Überführung erinnern wollte.

Glühwürmchen schwebten über dem gerade aufschießenden Weizen auf den Feldern zu beiden Seiten der Brücke. Selbst in der Dämmerung sahen die Felder noch wie endlose üppig grüne Wiesen aus. Die Mücken summten, aber wir wedelten sie einfach weg, denn die ungewöhnlich warme Frühlingsluft war uns lieber als die moskitofreie Fahrerkabine des Trucks.

»Du trägst ja die Kette.«

»Ich habe sie nach meinem Friseurtermin zum Juwelier Gose gebracht. Du musstest da ja noch auf deine Entlassung warten.«

»Das hat ewig gedauert«, brummte er.

»Wenigstens geht es dir jetzt besser. Es geht dir doch besser, oder?«

»Könnte nicht besser sein«, sagte er und zwinkerte mir zu. Er beugte sich vor, die Handflächen auf den Quilt gestützt, und stupste mit seiner Nase meinen Kopf zur Seite, um mit der Zunge an meinen Hals zu gelangen.

»Salzig«, flüsterte er, nachdem er meine Haut mit der Zunge gekitzelt hatte.

»Nicht so gut wie Eis«, sagte ich lächelnd.

»Eigentlich ist das sogar noch besser.« Seine Lippen wanderten zu meinem Ohr, von dort rasch zu meiner Wange, und dann war es mit der Sanftheit vorbei, und er stürzte sich auf meinen Mund.

Noch nie hatte sein Truck uns so gute Dienste geleistet. Wir griffen nach Knöpfen, Reißverschlüssen und zerrten Stoff nach oben respektive nach unten. Als Westons plötzlich schwerer atmete, erstarrte ich.

»Was denn?«, fragte er über mich gebeugt.

»Dein Atem.«

»Ich habe meinen Inhalator.« Er kicherte. »Mir geht's prima. Ich schwör's dir.«

»Darauf gebe ich nichts mehr.«

Weston entspannte sich und strich mit seiner Stirn über meine Wange. »Hättest du ein besseres Gefühl, wenn wir langsamer machen würden? Oder möchtest du es gar nicht?«

»Vielleicht sollten wir dir nach deiner Nahtoderfahrung einfach mindestens 48 Stunden Ruhe gönnen.«

Er ließ den Kopf neben meiner Schulter auf die Wanne der Ladefläche fallen. »Und wenn ich dir verspreche, dass mir nichts fehlt?«

»Woher weißt du das? Wusstest du bei dem Spiel, dass du einen Anfall kriegen würdest?«

Er hob den Kopf nicht. »Ich hab's ignoriert.«

»Und ignorierst du's jetzt auch?«

»Nein. Ich weiß nicht. Nein.«

»Wir sollten noch warten.«

Weston atmete langsam tief ein und dann noch langsamer wieder aus. Er nickte. »Was auch immer du sagst, Baby. Das hier ist deine Show.« Er setzte sich auf und reichte mir mit einem etwas betrübten Lächeln meinen BH.

»Sei nicht sauer.«

Er lachte. »Ich bin nicht sauer, Erin. Ich schwör's dir. Ich bin nur gerade in der Blüte meines Lebens und habe mich schon lange auf das hier gefreut. Wochenlang. Über viele lange Wochen«, sagte er mehr zu sich selbst als zu mir. Als Nächstes gab er mir mein Shirt und zog sich dann sein eigenes über den Kopf.

Mein Gesicht verfinsterte sich, als er die perfekte Silhouette seines Oberkörpers verhüllte.

»Was ist?«, fragte er und hielt inne, als er meinen Ausdruck bemerkte.

Ich zuckte mit den Schultern. »Du solltest immer oben ohne gehen. Ich muss nur einen guten Grund dafür finden. Vielleicht verbrenne ich einfach all deine T-Shirts.«

»Ich finde es nicht gut, zum Objekt degradiert zu werden«, sagte er und reckte das Kinn. »Ich bin schließlich ein Mensch!«

»Du bist mein Mensch.«

»Da hast du verdammt recht«, sagte er und schloss mich in die Arme. »Also was jetzt?«, fragte er, nur wenige Zentimeter von meinem Gesicht entfernt.

Am liebsten hätte ich ihn gebeten, zu Ende zu bringen, was wir angefangen hatten, aber ich merkte ihm an, dass er müde war. Wahrscheinlich brauchte er Ruhe.

»Ehrlich gesagt bin ich ein bisschen erschöpft«, log ich. »Ich muss auch noch für die Semestertests lernen. Ich hänge ein bisschen nach.«

»Möchtest du jetzt schlafen oder lernen?«, fragte er mit hochgezogener Augenbraue.

»Beides«, sagte ich und knöpfte meine Shorts zu.

»Du verhätschelst mich nicht zufällig ein bisschen, oder?«, fragte er. »Denn das wäre peinlich und auch ein wenig kränkend. Ich hatte schließlich schon früher Asthmaanfälle, und damals warst du auch nicht da, um mich zu bemuttern. Irgendwie habe ich trotzdem überlebt.«

Ich grinste. »Bring mich nach Hause, damit du was für dein Ego tun kannst.«

Ihm blieb vor Staunen der Mund offen stehen.

»Ich verhätschle dich nicht, sondern ich liebe dich. Das ist ein Unterschied.«

Er runzelte die Stirn. »Wie zum Teufel soll ich da widersprechen?«

»Brauchst du nicht. Und jetzt komm.«

Ich sprang von der Ladefläche, und Weston folgte mir.

Er fuhr mich nach Hause und hielt unterwegs meine Hand. Als er die Fenster runterließ, mussten wir beide lachen, weil meine Haare in alle Richtungen flogen. Weston legte seine Chance-Anderson-Band-CD ein, klopfte mit dem Daumen am Lenkrad den Rhythmus und sang laut mit.

Keine zehn Minuten später standen wir in der Einfahrt der Aldermans, und Weston gab mir einen Gutenachtkuss. Als ich das Haus betrat, musste ich über Juliannes Miene lächeln.

»Du bist aber früh zu Hause«, sagte sie und konnte ihr Staunen nicht verbergen.

»Er war müde«, sagte ich und ließ mich zu ihr auf die Couch plumpsen.

Sie wurde ein Stück in die Höhe gehoben, als ich mich fallen ließ, dann legte sie einen Arm um mich.

»Willst du mir etwa weismachen, dass es seine Idee war, dich so früh nach Hause zu bringen?«

»Nö.«

»Das hätte ich auch nicht gedacht.«

Wir lachten, und Julianne hielt mir die Fernbedienung hin. »Dein Sam wurde in die Klinik gerufen. Was möchtest du sehen?«

Da meldete mein Handy eine Nachricht. Sie kam von Veronica.

Danke Dir.

Sie wusste genauso gut wie Julianne, es war nicht Westons Werk, dass er so früh nach Hause kam.

Ich lehnte mich zurück und schickte als Antwort ein

blinzelndes gelbes Smiley. Weston hatte mir gezeigt, wo sich die Emojis auf meinem Telefon befanden.

»Das nennt man liebevolle Strenge«, scherzte Julianne.

»Er war nicht sehr erfreut darüber.«

»Dann liebst du ihn also, oder?«

Ihre Frage traf mich unerwartet. Ich zuckte zusammen und hatte das Gefühl, als gebe es auf einmal keine Luft mehr im Raum. »Ob ich ihn liebe?«

»Entschuldige«, sagte sie und ärgerte sich sichtlich über sich selbst. »Ich habe vergessen, dass wir … dass wir noch nicht so weit sind. Aber eines Tages, hoffe ich.«

»Ich bin nur … Es hat nichts mit dir zu tun – oder mit dir und mir. Wir verstehen uns prima. Wir machen das gut. Mir gefällt es.«

Die Verlegenheit wurde immer größer.

Julianne musterte mich noch einen Augenblick, dann brachen wir beide in Gelächter aus. Ich musste so lange und so heftig lachen, dass mir die Tränen kamen. Julianne wischte sich auch über die Augen.

»Ach!«, keuchte sie. »Das habe ich schon lange nicht mehr gemacht.« Sie nickte. »Das war mal wieder nötig.«

»Bei mir auch.«

»Ich, äh … ich habe heute mit Dr. Briggs gesprochen. Er meinte, er könnte ab Herbst noch eine Arzthelferin brauchen.«

»Wirklich? Das ist ja fantastisch!«

»Meinst du?«

»Absolut. Ich habe dich doch gestern in Aktion erlebt. Du bist richtig gut. Du hast es immer noch drauf.«

»Ich hatte vergessen, wie gern ich diesen Job mache.«

»Dann solltest du definitiv wieder anfangen.«

»Ich habe es Sam noch nicht erzählt.«

»Dann werde ich auch nichts verraten.«

»Ich wollte einfach warten, bis ich mit dir gesprochen

hatte. Ich habe mir überlegt, nach deiner ersten Woche in Stillwater wieder einzusteigen – nur für den Fall, dass du noch irgendwas brauchst.«

»Du wirst dich langweilen. Du solltest an dem Tag anfangen, wenn meine Vorlesungen losgehen. So können wir gleichzeitig was Neues beginnen.«

Sie zog die Nase kraus und schaute dann kopfschüttelnd auf ihre Hände in ihrem Schoß. »Du bist eine außergewöhnliche junge Frau, Erin. Ich könnte nicht stolzer auf dich sein, selbst wenn ich überhaupt nichts damit zu tun hätte.«

»Das hat alles mit dir zu tun. Dieser Teil von mir hat mir bis jetzt gefehlt.«

Sie schüttelte noch mal den Kopf. »Nein, das hattest du alles schon. Du hättest es mit aufs College genommen, und … es fällt mir schwer, das laut auszusprechen, wegen der Schlussfolgerungen, die man daraus ziehen könnte, aber ich würde lügen, wenn ich behaupten würde, ich wäre nicht froh über die Chance, dich kennenzulernen. Ich bin nicht froh darüber, dass Alder tot ist. Ich vermisse sie. Sie …« Sie verzog das Gesicht. »Viele Jugendliche sind an der Highschool wütend oder treffen die falschen Entscheidungen, aber sie können das später wiedergutmachen. Sie kriegen das in ihrem Kopf und ihrem Herzen wieder auf die Reihe und werden erwachsen. Alder wird nie mehr Gelegenheit haben, sich bei dir zu entschuldigen. Es war für mich nicht leicht, mir das bewusst zu machen, aber ich kann froh darüber sein, dass du hier bist, ohne froh zu sein, dass sie nicht mehr da ist.«

»Da hast du recht.«

Julianne schloss mich in die Arme und drückte mich. »Ich hab dich lieb.«

»Ich dich auch.«

Julianne drückte einen Knopf, und auf dem Bildschirm erschien das TV-Programm. »Okay, *Red Square Death Squad Two, Three Dogs' Journey. The Bloody Ghosts from Hell.* Was für ein Mist ist das denn? Da gibt es über dreihundert Kanäle, und dann haben wir nur das hier oder Silky Soul und Latin Jazz zur Auswahl?«

Ich lachte dreckig. An den Samstagabenden war Julianne ziemlich temperamentvoll.

»Wie wär's mit *Saturday Night Live*?«, fragte ich.

Sie nickte einmal. »Das können wir machen. Ach übrigens, dein Kleid ist wieder da. Ich habe es heute bei Wanda abgeholt. Sie macht die Änderungen für Frocks & Fashions.«

»Oh, danke.«

»Du solltest es eben mal anprobieren, bevor du ins Bett gehst. Für alle Fälle.«

»O-okay.«

»Du gehst doch auf den Ball, oder?«

»Ja.«

»Bist du nervös?«

»Ja.«

»Vertraust du ihm? Ich meine, dass er nicht an Alders Plan festhalten und dich blamieren wird?«

»Ja. Aber ich weiß natürlich nicht, ob alle anderen das genauso sehen.«

»Das möchte ich ihnen geraten haben«, sagte sie, den Blick auf den Fernseher gerichtet. »Das möchte ich ihnen wirklich geraten haben.«

Ich wusste nicht, ob sie ihnen ansonsten eine Ladung verdorbener Kekse backen oder mit dem Finger auf sie zeigen würde, aber es schien ihr ziemlich ernst zu sein.

Während auf dem Flachbildschirm über dem Kamin Sketche gespielt wurden, stellte ich mir vor, was passiert wäre, wenn Alder und Sonny wohlbehalten aus der Spring Break zurückgekehrt wären und Weston sie nicht davon hätte abhalten können, ihren Plan auszuführen. Gina hätte nicht einmal bemerkt, dass ich zum Ball gegangen war, ganz zu schweigen davon, dass sie mich verteidigt hätte, wenn ich mit was auch immer übergossen nach Hause gekommen wäre.

Als alle Darsteller auf die Bühne kamen, um sich zu verabschieden, und der Abspann schon lief, gähnte Julianne und schaute auf ihr Handy. Sie tippte aufs Display und stand auf. »Sam wird in zwanzig Minuten da sein. Bis dahin gehe ich noch kurz aufs Laufband.«

»Ich wollte … ist es okay, wenn ich noch mal kurz wegfahre?«

Sie legte den Kopf schräg und schien erstaunt, bis ich Erkenntnis auf ihrem Gesicht sah. »In die Ferguson Street?«

Ich verzog den Mund. Es war mir unmöglich, sie anzulügen. »Ja. Ich dachte, ich sollte mal nach Gina sehen.«

Sie schluckte. »Versprich mir nur, dass du anrufst, wenn es seltsam wird.«

»Das verspreche ich. Das Schlimmste, was sie mir je angetan hat, war, mich zu ignorieren.«

Julianne machte ein bekümmertes Gesicht und nickte, bevor sie sich zu mir beugte und mich auf die Stirn küsste. »Pass auf dich auf.«

Ich saß in meinem roten BMW. Ohne Licht und mit abgestellter Zündung parkte ich genau dort, wo Westons Truck gestanden hatte, nachdem er mit mir das erste Mal bei unserer Überführung gewesen war. Jetzt saß ich hier, in meiner Designer-Jeans-Shorts und diesem teuren Auto, und sammelte Mut, um an die Tür des Hauses zu klopfen, das hinter mir zu lassen ich mir immer ausgemalt hatte.

Ginas rostiger weißer Malibu war so geparkt, dass die

vordere Stoßstange die Garage hinten auf dem Grundstück, im Schatten der Straßenbeleuchtung, berühren musste. Zwei Streifen aus ungleichmäßigem Schotter bildeten die Einfahrt, und unebener rissiger Beton führte von dort zur Veranda.

Ich umklammerte die Schlüssel in meiner Hand und stieg aus dem Wagen. »Scheiß drauf«, murmelte ich und knallte die Tür hinter mir zu.

Die Stufen fühlten sich an wie flüssiger Teer, als ich sie hochstieg. Auf der obersten blieb ich stehen. Einen Meter vor der kaputten Insektenschutztür. Drinnen spielte Musik, aber mein Herzschlag ersetzte den üblichen zwischen den Mauern dröhnenden Bass. Jeder Schlag schien meinen Brustkorb zu erschüttern.

Ich formte eine Faust aus meinen verschwitzten Fingern und schlug gegen das Plexiglas. Bei jedem Klopfen wackelte der Alurahmen. Nach ein paar quälenden Sekunden versuchte ich es noch mal, aber nichts passierte. Es war noch nicht spät. Ich hätte auch einer ihrer Crystal Meth konsumierenden Kumpel sein können, aber sie machte die Tür nicht auf. Dann musste sie wohl schon im Delirium sein.

Ohne lange zu überlegen, drehte ich den Türknauf. Sie hatte ja niemand mehr, der aufpasste, dass sie nicht zu weit ging, darauf achtete, ob sie überhaupt nach Hause kam oder für Essen im Kühlschrank sorgte. Ich schluckte, weil ich mich davor fürchtete, was mich hinter dieser Tür vielleicht erwartete. Die Vorstellung von dem Zustand, in dem sie sich befinden mochte, entsetzte mich.

»Gina?«, rief ich und trat auf den dreißig Jahre alten braunen Spannteppich.

Niemand zu sehen. Sie befand sich nicht auf der Couch, also musste sie entweder im Bett liegen oder mit dem Kopf über der Kloschüssel hängen. Ich vermutete Ersteres, da im Haus nicht der übliche Gestank nach Kotze und schalem Bier hing wie sonst, wenn sie zu viel getrunken hatte.

»Ich bin's, Erin. Gina?«, rief ich noch mal. Dass meine Stimme so klein klang, war mir noch unheimlicher als Ginas Abwesenheit.

Ich tastete nach der rechteckigen Wölbung in meiner hinteren Hosentasche. Julianne hatte mir aufgetragen, anzurufen, wenn irgendwas seltsam war, aber das Problem bestand darin, dass alles, was Gina betraf, im Vergleich zum geordneten Leben im Hause Alderman seltsam war.

Die Badezimmertür knarrte, als ich sie aufstieß. Das Licht war aus und der kleine Raum leer. Das Waschbecken wirkte so anders als der großzügige Waschtisch in meinem jetzigen Bad bei den Aldermans. Ginas war von Dreck, Rost und Wasserflecken überzogen. Der Hahn tropfte, der Duschvorhang war schimmlig, und der Fußboden schien seit meinem Weggang nicht mehr geputzt worden zu sein.

Ich ging den Flur hinunter und klopfte leise an Ginas Tür. »Ich bin's, Erin«, sagte ich gerade so laut, dass sie es hören musste. »Ich muss mit dir reden.«

Nach ein paar Sekunden ohne Antwort drückte ich auch diese Tür auf. Die Angeln quietschten, während ich in die Dunkelheit spähte.

Als ich das Licht einschaltete, sagte ich noch mal ihren Namen. Die nackte Birne beleuchtete ein ungemachtes Bett mit abgenutzter Blumenbettwäsche, die sie in einem Secondhandladen gekauft hatte, als ich neun gewesen war.

Leichter Regen klopfte rhythmisch auf den Kasten der Klimaanlage vor dem Fenster. Zögernd blieb ich im Türrahmen stehen und fragte mich, wo ich sie noch suchen sollte.

Sitzt Gina vielleicht in ihrem Wagen, und ich habe sie dort übersehen?

Ich machte das Licht wieder aus, schloss die Tür und stand noch auf dem Flur, als ich den Lichtschein bemerkte, der aus meinem früheren Zimmer fiel. Obwohl es nur vier oder fünf Schritte bis zu der Tür waren, kam es mir meilenweit vor. Ich klopfte an das gestrichene Holz, und die Tür gab langsam nach. Gina saß allein auf meinem alten Bett.

Kapitel 3

Das ganze Zimmer war geputzt. Das Bett gemacht. Der grüne Hirtenteppich wirkte gesaugt.

Gina trug noch ihre Schürze vom Lebensmittelladen, nur das Namensschild daran hing schief. Ihre krausen blonden Locken hatte sie offenbar geföhnt und mit Haarspray gebändigt. Sie schaute zu mir hoch, schien aber nicht erstaunt.

»Was machst du hier drin?«, fragte ich.

Sie zuckte mit den Schultern. »Hast du Kippen?«

Ich schüttelte den Kopf. »Wie … wie ist es dir ergangen?«

Sie lachte kurz auf und bemerkte wohl erst jetzt, dass Regen ans Fenster schlug. »Heute Abend sollte es eigentlich nicht regnen.«

»Typisch Oklahoma. Wenn dir das Wetter nicht passt, brauchst du nur einen Tag zu warten, schon ändert sich's.«

»Mein Dad hat das immer gesagt.«

Ihre Worte überraschten mich. Es war das erste Mal, dass sie je meinen Großvater oder überhaupt irgendeinen Familienangehörigen erwähnte.

»Hat er das?«, fragte ich und lehnte meinen Kopf gegen den Türrahmen.

Sie antwortete nicht.

»Hast du irgendjemand, Gina? Und ich meine nicht deinen Dealer. Hast du irgendwelche Verwandten zum Reden?«

»Du warst die Einzige, die noch mit mir geredet hat, nachdem …« Sie schaute aus dem Fenster. »Und wie sich rausgestellt hat, bist du ja nicht mal mit mir verwandt.« Sie schien kurz darüber nachzudenken. »Aber du hattest ja sowieso auch keinen Grund, mit mir zu reden.«

»Ich weiß jetzt, was passiert ist.«

Sie lachte wieder kurz auf. »Wundert mich, dass du nicht schon früher davon gehört hast.«

»Das war nicht fair. Du warst noch so jung. Und man hat dich damit total alleingelassen.«

»Und ich habe es mit dir genauso gemacht«, sagte sie und starrte auf den Fußboden.

»Hast du mit irgendjemand geredet? Über all das? Über irgendwas?«, fragte ich.

Sie schüttelte den Kopf.

Ich löste mich von der Tür und kam aufs Bett zu. Sie beobachtete mich wachsam. Dann setzte ich mich neben sie.

»Red mit mir«, sagte ich.

Sie suchte meinen Blick und schien auf die Grausamkeit gefasst, an die sie sich, an die wir beide uns im Laufe der Jahre gewöhnt hatten.

»Ich weiß nicht einmal mehr, wie das geht«, sagte sie.

»Na ja … wie fühlst du dich nach dieser ganzen Sache?«

»Wie fühle ich mich?«

»Bist du wütend? Erleichtert? Traurig?«

Sie schüttelte langsam den Kopf, dann traten ihr Tränen in die Augen. »Ich habe niemand. Es ist schwer, irgendwas zu fühlen, wenn es da keinen gibt, der es merkt.«

»Ich habe es gemerkt.«

Sie stand auf, hielt die Augen aber gesenkt. »Falls du hergekommen bist, um mir Gewissensbisse zu machen …«

Ich schüttelte den Kopf und stand ebenfalls auf. »Nein. Bin ich nicht. Ich bin hergekommen, weil … es war nicht fair, dass Harry dich alleingelassen hat, als du jung und schwanger warst, und auch nicht, wie sie dich behandelt haben.«

Sie verzog den Mund. »Ich fass es nicht, dass er am Ende doch Zeit mit seinem eigenen Kind verbracht hat und dass diese Schlampe sie mit offenen Armen empfangen hat. Die Ironie an der ganzen Sache ist das Beste.« Das hämische Grinsen verschwand von ihrem Gesicht, und sie blickte endlich zu mir hoch. »Nicht für dich natürlich. Ich habe dein neues Auto gesehen. Sie haben es eilig, dich für die Jahre zu entschädigen, die du mit mir zubringen musstest, was?«

»Sie wollen verlorene Zeit gutmachen.«

»Ist schon okay. Du brauchst mir nix vorlügen. Ich weiß, was ich getan habe.«

»Niemand ist frei von Schuld. Wir haben alle Fehler begangen. Aber ich wollte dich nur wissen lassen, dass ich weiß, dass sie es wissen. Alle wissen es jetzt, aber nicht alle verurteilen dich, Gina. Du bist nicht der Schurke in dieser Geschichte.«

»Aber auch nicht gerade das Opfer.«

»Dann hör doch auf, dich so zu benehmen.«

Sie drehte sich zu mir, schien aber in Gedanken versunken, weil ihr Blick irgendwie ins Leere ging.

»Wir haben jetzt beide einen reinen Tisch. Ich dachte, das solltest du wissen.«

Ginas Mund wurde zu einem Strich. Die Falten um ihre Augen verschwammen. »Ich hätt wissen sollen, dass du nicht meine Tochter bist. Aber wenn der Unfall nicht passiert wäre, wüsste ich es spätestens jetzt ganz genau. Du kommst her, um mir all das zu sagen, nachdem ich so zu dir gewesen bin? Du bist ganz wie Julianne. Du warst schon immer besser als ich, besser als der Dreck hier.« Ihr Blick wanderte die Wand hoch zu den Wasserflecken an der Zimmerdecke und wieder zurück zu mir. »Du siehst hübsch aus.«

»Danke«, sagte ich. »Hast du Lust auf eine Spritztour mit mir? Ich würde dir auch eine Schachtel Zigaretten kaufen.«

Sie schüttelte den Kopf. »Nee. Ich sollte sowieso aufhören. Ich sollte mit einer Menge Sachen aufhören. Reinen Tisch, ja?«

Ich lächelte vorsichtig. »Genau.«

Seit ich ein kleines Mädchen war, hatte ich nicht mehr versucht, Gina zu umarmen. Und da ich nicht annahm, dass sie jetzt dafür empfänglich sein würde, ging ich zurück zu meinem Wagen, ohne mich umzudrehen. Mit jedem Schritt ließ ich eine Zurückweisung oder Kränkung, die sich im Laufe der Jahre angesammelt hatten, zurück.

Hinter dem BMW stand Westons roter Chevy. Er lehnte mit verschränkten Armen an meiner Fahrertür.

»Bist du okay?«, fragte er und breitete die Arme aus. Sie glitzerten vom Regen, genau wie seine Kleider und der Teil seiner Haare, die unter der Baseballcap hervorschauten.

Ich ließ mich in seine Umarmung fallen und schloss die Augen. Er hielt mich und presste seine Finger sanft gegen meinen unteren Rücken.

»Mir geht's gut«, sagte ich und war selbst überrascht, weil es stimmte.

»Jaa?«

Ich schaute zu ihm auf. »Ja. Woher wusstest du …«

Er zuckte mit den Schultern. »Vielleicht hat Julianne mich wissen lassen, wo du hinwolltest.«

Ich grinste. »Na komm, ich fahr hinter dir her nach Hause.«

Mit meiner Fernbedienung entsperrte ich die Türen, und er machte mir die Fahrertür auf. Bevor ich einstieg, drückte er mir noch einen Kuss auf die Wange. Er schloss die Tür, und im Außenspiegel sah ich ihn zu seinem Wagen laufen.

Mein Auto schien mit jeder Bewegung des Scheibenwischers auf der Windschutzscheibe zu atmen, während der Himmel weiterhin kleine Tropfen auf Blackwell herunterspuckte. Die nassen Bremsen quietschten, als ich langsam in die Einfahrt bog und gleichzeitig zur Sonnenblende griff, um das Garagentor per Fernbedienung zu öffnen. Sobald auch die Hinterreifen über die Schwelle gerollt waren, hörte das Klopfen der großen Regentropfen auf.

Weston parkte hinter mir und ließ den Motor laufen. Er warf seine Tür zu und kam zu mir gelaufen. Dann nahm er sein Cap ab und schüttelte die nassen Haare.

Ich hob die Hände und kicherte. »Du solltest dich doch ausruhen.«

»Und du solltest doch lernen.«

»Ich habe ein paar Dinge gelernt«, sagte ich und verschränkte die Finger hinter seinem Hals.

»Was war das überhaupt? Ein Abschluss?«

»So was in der Art«, meinte ich achselzuckend. »Ich weiß auch nicht. Manche Leute brauchen mindestens einen Menschen, der nett zu ihnen ist – selbst wenn es nur einmal vorkommt.«

»Sie war nicht nett zu dir.«

»Ich habe das auch nicht gebraucht.«

Er schob die Hände in seine Hosentaschen. »Nicht mal, als du noch dachtest, sie wäre deine Mom?«

»Ich habe dir doch schon gesagt, dass es sich für mich nie anfühlte, als sei sie meine Mom. Ich kann das nicht erklären. Ich wusste es einfach. Und ich glaube, sie wusste es auch.«

»Das ist keine Entschuldigung dafür, wie sie dich großgezogen hat.«

Zum ersten Mal sah ich die Wut, die Weston Gina gegenüber empfand, in seinen Augen aufblitzen. Er nahm das persönlich. Weston hatte mich aus der Ferne geliebt, während ich in meinem eigenen Zuhause ignoriert worden war. Es war für ihn schwerer gewesen, das mit anzusehen, als für mich, es zu ertragen.

»Du hast recht. Das ist keine Entschuldigung. Aber ich kann an meinem Leben in diesem Haus nicht festhalten, Weston. Es ist an der Zeit, mit all der Wut und den Missverständnissen abzuschließen und sich zu verabschieden.«

»Das ist es dann also? Du hast es einfach überwunden?«

»Ich will mich damit nicht aufhalten. Und das solltest du auch nicht.«

»Du solltest nicht so leichtfertig verzeihen.« Seine Miene verfinsterte sich. »Vor allem mir nicht.«

»Was denn verzeihen?«, fragte ich.

»Dass ich dich so lange nicht habe wissen lassen, dass du geliebt wirst.«

Da öffnete sich die Tür, die ins Haus führte, und Sam und Julianne standen da. In Bademänteln und mit besorgten Gesichtern.

»Sie ist wohlbehalten wieder zu Hause. Alles gut«, rief Weston ihnen zu.

Sam winkte ihm. »Dann sieh du zu, dass du auch wohlbehalten nach Hause kommst.«

»Mach ich«, erwiderte Weston und reckte den Daumen in die Höhe. »Gute Nacht«, flüsterte er mir ins Ohr. »Vielleicht habe ich ja Glück und sehe dich morgen.«

»Du hast Glück.«

»Yes, Ma'am. Das kann man wohl sagen.« Er beugte sich herunter und gab mir einen Kuss, der für Sams und Juliannes Augen viel zu leidenschaftlich gewesen wäre. Dann lief er wieder hinaus in den Regen. Er stieg in seinen Truck, setzte zurück und verschwand um die Ecke. Das Haus der Gates war so nah, dass ich seinen Motor noch hören konnte, bis er in der Garage geparkt hatte.

Sam ging ins Haus zurück. Julianne legte einen Arm um mich, und gemeinsam durchquerten wir den Flur. Sie folgte mir nach oben zu meinem Zimmer.

Als ich es betrat, musste ich unwillkürlich seufzen.

»Wie ist es gelaufen?« Sie stand im Türrahmen und lehnte den Kopf dagegen, so wie ich es in Ginas Haus getan hatte.

»Gut. Weston hat es Abschluss genannt.«

»Würdest du es auch so nennen?«, fragte sie. Ich hörte, wie ihre Stimme brach.

Sie hatte Angst. Angst, mich wieder zu verlieren. Aber es hätte Julianne nicht ähnlich gesehen, mich davon abzubringen oder mich von Gina fernzuhalten. Sie würde mich nie bitten, Bindungen abzubrechen, selbst wenn sie überzeugt war, dass eine fortdauernde Beziehung zu meiner früheren Mutter schmerzhaft sein könnte. Und das alles, weil Julianne von Anfang an deutlich gemacht hatte, mich nach bestem Wissen und Gewissen zu unterstützen. Dafür liebte ich sie am meisten. Sie hatte sich nicht auf mich gestürzt und erwartet, mich bemuttern zu können. Ihre Zuneigung zu mir war leise und zurückhaltend, aber umfassend – genau wie meine für sie.

»Ja«, sagte ich nur.

Juliannes Schultern entspannten sich, und sie lächelte. Ihre mütterliche Intuition ließ sie spüren, dass ich dazu nicht mehr zu sagen hatte. »Okay, Süße. Dann schlaf gut.«

»Nacht.« Ich wartete, bis sie die Tür zugemacht hatte, bevor ich mich auszog und das saubere Bad mit den strahlenden, nichttropfenden Armaturen betrat.

Der Wasserhahn der Dusche ließ sich leicht öffnen, und ich trat unter den heißen Strahl. Während der Raum sich mit Dampf füllte, entspannte ich mich. Zwar konnte ich die Jahre nicht mehr ändern, die ich allein zugebracht hatte, aber sie spielten keine Rolle mehr. Ich war von Liebe umgeben. Sie folgte mir, sorgte sich um mich, erwartete mich, und ich würde sie für den Rest meines Lebens besitzen.

Nachdem ich mich geduscht und eingecremt hatte, kämmte ich mir die nassen Haare aus und schlüpfte in ein Nachthemd. Die Bettwäsche duftete nach Weichspüler, und ich verband diesen feinen Geruch mit Sam und Julianne.

Da leuchtete mein Handy auf. Ich griff danach und ließ gleichzeitig den Kopf aufs Kissen sinken.

Ich möchte rüberkommen.

Ich lächelte und schrieb eine Antwort.

Du bist gerade erst gefahren.

Na und?

Du bist verrückt.

Nur nach Dir.

Ich legte das Handy zurück auf den Nachttisch, schaute an die makellose Zimmerdecke und holte tief Luft. Immer noch konnte ich nicht glauben, wie vollkommen sich mein Schicksal geändert hatte.

Als ich am nächsten Morgen zur Schule fuhr, fühlte es sich an, als sei etwas in mir, das zerbrochen gewesen war, nun wieder ganz. In meinem Herzen und meinem Kopf hatte ich Gina verziehen, und sie wusste das auch. Dieses Ende machte es viel leichter, mich ganz auf einen neuen Anfang zu konzentrieren. Und dieser Anfang hatte mit Weston begonnen.

Er war vor mir da, wartete aber in seinem Truck auf mich. Ich parkte links neben dem Chevy und versuchte, mir ein Grinsen zu verbeißen, als ich sah, wie er sich beeilte, aus seinem Wagen zu springen, um mich zu begrüßen.

Kaum hatte ich meine Tür zugeschlagen, schloss er mich auch schon in die Arme und zeigte der ganzen Schule mit einem einzigen Kuss, dass er mich liebte. »Guten Morgen, stille Biene.«

»Stille Biene?«

»Ich habe dir bestimmt fünf Nachrichten geschickt.«

»Ich saß am Steuer.«

»Du hast eine halbe Stunde gebraucht, um hierherzufahren?«

»Nein.«

Er dachte kurz darüber nach und senkte dabei den Blick. Um seine Augen lagen dunkle Schatten.

»Du siehst müde aus«, sagte ich.

»Wahrscheinlich weil ich spätabends meiner Freundin nachfahren musste, um zu sehen, ob es ihr gut geht«, sagte er und schob seine Hand in meine.

Die Morgenluft war schon warm, und anscheinend

hatte er seine Letterman-Jacke im Truck gelassen, denn er trug nur ein weißes T-Shirt zur Jeans. Er zog mich hinter sich her, aber ich blieb stehen.

»Fühlst du dich besser?«

»Klar«, sagte er grinsend. Er schaute nach links und zog mich dann an sich und hob mich hoch.

Ein Caprice aus den Neunzigern fuhr, ohne auch nur im Geringsten zu bremsen, über die zweite Temposchwelle.

Wir standen mitten auf dem Gehweg. Andere Schüler achteten nicht darauf, wo sie hintraten, weil sie Weston und mich anstarrten. Offenbar auf der Suche nach Anzeichen für eine Auseinandersetzung.

»Wie viel besser?«, fragte ich und legte eine Hand an sein Kinn.

Er blickte sich kurz um, ergriff dann meine Hand und presste sie gegen seine Brust. »Babe, mir geht's prima.« Als ich darauf nicht einging, fuhr er fort: »Wahrscheinlich wirst du mir das noch eine Zeit lang nicht glauben, wenn ich es sage. Aber ich habe schon, seit ich denken kann, Asthma. Davon habe ich mich nie aufhalten lassen. Und das werde ich jetzt erst recht nicht, wo es so viel gibt, für das es sich lohnt, dranzubleiben.« Er drückte meine Hand zärtlich. »Glaubst du mir etwa nicht?«

»Doch. Und genau das macht mir Sorgen. Ich möchte einfach nur, dass du vorsichtig bist. Du hast mir eine Menge Versprechen gegeben. Ich erwarte, dass du sie auch einlöst.«

Jetzt hob er meine Hand an seine Lippen. »Ich habe vor, dir noch ein paar mehr zu geben.« Dann kicherte er und zog mich wieder weiter. »Mir geht's wirklich gut, Erin. Los jetzt, sonst kommen wir zu spät.«

Kaum hatte ich mich in Biologie hingesetzt, fingen Brady und Brendan an zu tuscheln. Ich zog sofort die

Mauern um mich hoch. Als ich die ersten Bemerkungen darüber hörte, was für ein Weichei Weston sei, fiel es mir fast leicht, sie zu ignorieren. Doch zu meinem Erstaunen fuhr Sara herum und packte ihre Stuhllehne.

»Er hätte draufgehen können, ihr Blödmänner! Also haltet gefälligst die Klappe!«

Brady starrte sie ungläubig an.

Er machte gerade den Mund auf, als Lisa Kahle, die einen Tisch weiter saß, sich einmischte: »Also echt. Haltet die Klappe. Das war verdammt ernst, und dass ihr das jetzt benutzt, um Erin zu dissen, ist wirklich das Letzte.«

Brady schaute zwischen den beiden Mädchen hin und her. Er wollte wohl immer noch etwas sagen, aber da kam auch schon Mrs. Merit herein. Atemlos und erschöpft.

»Okay, wir haben diese Woche ein langes Kapitel vor uns, und ich bin mir sicher, ihr wollt alle damit fertig werden, damit es übers Ball-Wochenende keine Hausaufgaben gibt. Schlagt eure Bücher auf Seite 303 auf.«

Ich öffnete mein Buch und schielte zu Sara hin. Unsere Blicke trafen sich, und wir tauschten ein zaghaftes anerkennendes Lächeln.

Der Rest des Tages verlief ziemlich unspektakulär. Abgesehen von den Fragen nach Weston.

Als ich mich in Gesundheitslehre setzte, beugte Weston sich nach vorn, stand von seinem Stuhl auf und umarmte mich von hinten. Er verschränkte die Hände vor meiner Brust und drückte mir einen Kuss auf die Wange.

»Na schön«, sagte Coach Morris, der gerade von seinem Kalender aufschaute, »und jetzt setz dich wieder hin, Gates.«

Die ganze Klasse kicherte, und Weston setzte sich wieder. Ich drehte mich nach ihm um, da zwinkerte er mir zu und versuchte, sein strahlendes Lächeln zu kaschieren.

Zwischen allen Stunden wartete Weston an meinem Spind auf mich und war so gesprächig, als hätte er literweise Kaffee getrunken. Noch nie hatte ich ihn derart sorglos erlebt.

Vor Kunst war er jedoch nicht da, als ich die Kombination am Zahlenschloss meines Spinds einstellte. Ich öffnete die Metalltür, und da klebte an der Rückwand ein überdimensionales Post-it.

DU BIST DIE LUFT, DIE ICH ZUM ATMEM BRAUCHE.

IN LIEBE FÜR IMMER

WESTON

Ich nahm den Zettel heraus. In meinen Augen brannten Tränen, aber ich lenkte mich nicht ab, indem ich an die Lagerhaltung im Dairy Queen dachte oder mich erinnerte, wie viele Löffel M&Ms in einen Blast gehörten. Zwei Tränen liefen mir über die Wangen, und ich machte mir nicht einmal die Mühe, sie wegzuwischen. Zum ersten Mal weinte ich vor Freude.

Ich setzte rasch meinen Rucksack wieder auf und ging ins Klassenzimmer. Weston saß auf seinem üblichen Platz an meinem Tisch. Er hatte ihn nicht aufgegeben, seit er sich das erste Mal dort hingesetzt hatte. Das war damals, als wir versucht hatten, »nur« befreundet zu sein und er mir sein Werk zeigen wollte. Dieses Projekt, das zu dem silbernen Herzen geführt hatte, das jetzt an einer Kette um meinen Hals hing.

Als er meine nassen Wangen sah, reagierte Weston zunächst erschrocken, aber dann hielt ich ihm das Post-it hin. Ich umarmte ihn stürmisch, und er erwiderte meine

Umarmung wie immer, indem er mich noch ein bisschen fester an sich drückte. Gleichzeitig spürte ich seine Wange an meinem Ohr. Als ich mich von ihm löste, wischte er mir mit den Daumen die Tränenspuren unter den Augen weg.

»Das sollte dich eigentlich zum Lächeln bringen.«

Ich lachte und wischte mir selbst über die Augen. »Aber ich lächle doch.«

»Einen Moment lang habe ich mir schon Sorgen gemacht.«

Ich beugte mich zu ihm und flüsterte: »Ich liebe es einfach, von dir geliebt zu werden. Das ist alles.«

»Dann gewöhn dich dran«, sagte er und zog mich auf den Stuhl neben sich.

Kapitel 4

Mrs. Cup kam reingerauscht. »Alle da?«, fragte sie und ließ ihre Augen durch den Raum wandern. »Wo stecken Josh und Noah?«

Zack schaute sich um. »Die sind schon unterwegs.«

Sie schwieg kurz und lächelte. »Ach, diese Jungs immer.« Dann nickte sie. »Okay, wir sehen sie dann ja. Lasst uns aufbrechen. Hat jeder eine Fahrgelegenheit?«

Weston und ich gingen gemeinsam zum Parkplatz. Auf der Fahrt zum Wandgemälde blieb Weston hinter mir, obwohl ich hinter allen anderen nachhing und sicher langsamer fuhr, als es ihm lieb war. An einer Ampel blieb er neben mir stehen und ließ sein Fenster herunter. Sein Radio plärrte, und er nickte im Takt mit dem Kopf. Dann zwinkerte er mir zu.

»Hallo, Hübsche. Netter Wagen.«

Ich schüttelte lachend den Kopf.

»Am Wochenende schon was vor?«

»Schulabschlussball.«

»Ach ja? Hast du schon ein Date dafür?«

»Aber sicher.«

»Trotzdem Lust, mit mir hinzugehen?«

»Du bist zwar schrecklich süß, aber ich gehe schon mit meinem Boyfriend.«

»Das muss ja ein total toller Typ sein, dass er es geschafft hat, dich zu kriegen.«

Ich warf ihm einen fragenden Blick zu. »Soll das jetzt ein Kompliment für dich oder für mich sein?«

Er warf den Kopf in den Nacken und lachte schallend. Da wurde die Ampel grün, und ich trat aufs Gas. Er beschleunigte und scherte kurz vor der ehemaligen Pizzeria vor mir ein.

Mit hochgezogenen Augenbrauen sah Mrs. Cup uns zu der Ziegelmauer schlendern. »Warum seid ihr beide eigentlich immer die Letzten, die hier eintrudeln?«

Weston zeigte auf mich. »Das ist ihre Schuld.«

Mir blieb vor Staunen der Mund offen stehen.

Er haute sich derweil vor Lachen auf die Schenkel.

Mrs. Cup schien auf eine Erklärung zu warten.

»Ich bin Fahranfängerin. Deshalb bin ich noch ein bisschen nervös … und langsam.«

Sie warf Weston einen strengen Blick zu, bevor sie zu der Stelle ging, an der das übrige Material lag, und uns jedem einen Pinsel in die Hand drückte. Weston folgte mir dorthin, wo wir weitermachen sollten, und tauchte dann seinen Pinsel in einen Eimer mit der Aufschrift *Sattelseife Braun*.

Als Weston schon wieder zu kichern begann, drehte ich mich zu ihm um.

»Was ist eigentlich los mit dir? Du hast dunkle Ringe unter den Augen und benimmst dich, als hättest du Limonade geschnüffelt.«

»Ich bin einfach gut gelaunt. Außerdem habe ich ein neues, die Bronchien erweiterndes Medikament verschrieben bekommen. Wahrscheinlich hat es damit zu tun. Arbeitest du heute Abend?«

»Jawoll«, sagte ich und tauchte meinen Pinsel in den Eimer. Dann richtete ich mich wieder auf, um zu hören, was er als Nächstes sagen würde.

»Wenn ich jetzt also so mache« – dabei fuchtelte er mit seinem Pinsel karatemäßig durch die Luft, sodass meine Vorderseite mit brauner Farbe gesprenkelt war –, »wird jeder denken, das sei Schokolade, oder?«

Ich zuckte zusammen. Die Farbtropfen hatten mein Gesicht gesprenkelt, und als ich an mir runtersah, waren die Flecken in einem breiten Streifen, der bis zu meiner Jeans hinunterreichte, verteilt.

»Weston Gates!«, schrie Mrs. Cup.

Instinktiv tauchte ich meinen Pinsel in den Eimer und schnalzte damit in Westons Richtung, der daraufhin vorne genauso getüpfelt war wie ich.

»Erin Eas-Alderman!«, kreischte Mrs. Cup jetzt.

Der ganze Kurs brach in Gelächter und schrille Schreie aus, als das Farbspritzen weiter um sich griff.

»Nein! Stopp! *Stopp!*«, brüllte Mrs. Cup und fuchtelte mit den Armen.

Einander jagend schleuderten wir unsere Pinsel durch die Luft und vermischten die Farben, weil wir einfach in den nächstbesten Eimer eintauchten.

»Nicht auf das Wandbild! Geht von der Wand weg!«, rief Mrs. Cup und postierte sich zwischen uns und der Mauer.

Wir bewegten uns in Richtung Parkplatz, weg von der Mauer, aber dann riss Mrs. Cup erschrocken die Augen auf und rannte mit erhobenen Armen auf die andere Seite.

»Nicht die Autos! Bleibt von den Fahrzeugen weg! Stopp! Hört sofort damit auf!«

Da hielten alle keuchend inne. Grinsend sahen wir einander an, bunt wie eine Tüte zusammengeschmolzener Bonbons.

»Nachsitzen! Für alle!«, sagte Mrs. Cup und stieß jedes Wort einzeln hervor. Dann ließ sie die Arme fallen. »Wie wollt ihr so überhaupt wieder in die Autos einsteigen?«

»Ich kann nicht nachsitzen. Ich muss arbeiten.« Ratlos sah ich Weston an.

Er zuckte nur entschuldigend mit den Schultern.

»Ihr werdet alle zu Fuß zurück zur Schule gehen. Und zwar sofort.« Mrs. Cup zeigte mit dem Finger nach Süden, und wir seufzten im Chor.

Wir hatten vielleicht ein Viertel der Strecke zurückgelegt, als der Verkehr nach Schulschluss einsetzte. Mrs. Cup folgte am Ende der Gruppe, wohl um sicherzugehen, dass wir zusammenblieben und direkt zur Schule gingen. Kaum hatten unsere Mitschüler uns erkannt, begann ein Hupkonzert, und ironische Bemerkungen wurden gerufen.

Weston traten Schweißperlen auf die Stirn, und seine Wangen wurden ganz rot.

»Bist du okay?«, fragte ich leise.

»Klar«, meinte er abfällig. Aber das Strahlen war aus seinen Augen verschwunden.

»Weston …«

»Ich werde müde, aber es geht mir gut. Ich schwör's dir.«

Ich nickte und ergriff seine Hand. Obwohl er einen Kopf größer war als ich, konnte ich spüren, wie er sich auf mich stützte. »Das ist Blödsinn. Du solltest dich nicht so anstrengen.«

»Erin …«

»Nein«, sagte ich und holte mein Handy aus der Tasche. Ich schickte Julianne eine Nachricht, in der ich kurz die Situation und Westons Verfassung beschrieb.

Sie antwortete sofort und schrieb, sie wäre gleich da.

»Mrs. Cup?«, sagte ich und drehte mich zu ihr um.

Sie zeigte nach vorn, damit ich weitermarschierte. »Lauf weiter, Erin.«

»Ich verstehe, dass Sie sauer sind, das sind Sie zu Recht. Wir haben das Nachsitzen alle verdient. Aber Weston war am Wochenende erst im Krankenhaus, und er fühlt sich nicht gut. Ich glaube, er sollte nicht die ganze Strecke zurück zur Schule laufen.«

Mrs. Cup blieb stehen. »Du meine Güte, da hast du recht. Tut mir leid, Weston.« Sie sah sich hilfesuchend um.

»Das Dairy Queen ist gleich da vorn«, sagte ich. »Ich arbeite dort. Er kann sich da ein bisschen ausruhen. Ich habe meiner Mom schon eine SMS geschickt. Sie müsste gleich kommen.«

Mrs. Cup nickte. »Dann passt nur auf… wenn ihr über die Straße geht.«

Ich nickte und zog Weston mit mir. Die Sonne brannte auf den schwarzen Asphalt des Parkplatzes vom Dairy Queen. Frankie stand hinter dem Fenster und machte auf dem Absatz kehrt. Als wir näher kamen, hielt sie uns schon die Hintertür auf.

»Ach du liebe Zeit! Was ist denn mit ihm passiert?«, fragte sie und riss erschrocken die Augen auf.

»Ich glaube, ihm wurde es zu warm«, sagte ich und warf ihr mein Handy zu. »Schreib Julianne eine SMS, damit sie weiß, dass wir jetzt hier sind.«

Frankie nickte und machte die Tür hinter uns zu.

»Du machst viel zu viel Wirbel«, sagte Weston.

»Na und?«, sagte ich und tauchte ein Tuch in eiskaltes Wasser, bevor ich ihm damit das Gesicht abwischte.

Er zuckte zusammen, als der kalte Stoff seine Haut berührte.

»Ich mache dir ein extragroßes Eis mit Cherry-Dip, dann kannst du mir ja vielleicht verzeihen«, sagte ich mit einem ironischen Grinsen.

Weston lachte mühsam auf.

»Das ist gar keine schlechte Idee. Vielleicht hat er Unterzucker«, sagte Frankie und hielt auch schon eine Waffel unter die Softeismaschine. Dann tauchte sie den Turm aus Vanille mit der perfekten Spitze in den Behälter mit Kirschüberzug und gab Weston das Eis.

Er biss gleich die Spitze ab und summte zufrieden. »Viel besser als Nachsitzen«, meinte er mit vollem Mund.

Als Julianne eintraf, hatte sich Westons Gesichtsfarbe schon wieder normalisiert.

»Hallo, Leute«, sagte sie und ergriff Westons Handgelenk. Dann schaute sie auf ihre Armbanduhr und lächelte ihn eine halbe Minute später an. »Der Puls ist schon mal gut.«

»Erin hat mich gezwungen, ein Eis zu essen, anstatt nachzusitzen«, erklärte Weston mit schläfriger Stimme. »Eigentlich sollte ich dafür mit ihr Schluss machen.«

»Hat das Nachsitzen irgendwas damit zu tun, dass du voller Farbe bist?«, fragte Julianne und beugte sich zu ihm, während sie in seine Pupillen schaute.

Frankie verschränkte die Arme. »Danach wollte ich mich auch gerade erkundigen.«

Der Drive-Thru-Schalter piepte, und Frankie ging ans Fenster, um den Kunden zu begrüßen, während sie uns aus dem Augenwinkel weiter beobachtete.

Ich wand mich unter Juliannes fragendem Blick. »Wir haben so eine Art Farbschlacht am Wandgemälde angefangen.«

»Du hast das gemacht?« Juliannes Stimme klang eine Oktave höher.

»Ich war das«, meldete Weston sich und reckte sein Eis in die Höhe, als wollte er aufzeigen. »Sie hat sich nur revanchiert.«

Julianne schlug die Hand vor den Mund, um ein Lachen zu unterdrücken. Dann machte sie ein gleichmütiges Gesicht und richtete sich wieder ganz auf. »Na schön, Weston. Ich bringe dich jetzt in die Praxis von Dr. Briggs, damit er dich durchcheckt. Deine Mom trifft sich dort mit uns.« Dann wandte sie sich an mich. »Arbeitest du jetzt oder gehst du nachsitzen?«

Ich schaute Frankie an.

»Komm einfach danach«, sagte sie.

»Danke«, sagte ich. »Ich fürchte, wenn ich nicht käme, würde sie vielleicht härtere Maßnahmen ergreifen. Ich möchte ja keinen Schulverweis.«

»Dann komm«, sagte Julianne und ging mit uns hinaus.

»Ich muss wirklich nicht zum Arzt«, sagte Weston und schien sich schon über die bloße Vorstellung aufzuregen.

»Sag das deiner Mom«, meinte Julianne.

Sie brachte mich zu meinem Wagen, der immer noch bei der Mauer parkte. Lethargisch und unzufrieden gab Weston mir einen flüchtigen Kuss auf die Wange, bevor er mit Julianne wegfuhr.

Als ich in die Klasse kam, stand Mrs. Cup auf. »Wie geht's Weston?«

»Jul- meine Mom hat ihn in die Praxis von Dr. Briggs gebracht. Nur für alle Fälle.«

Mrs. Cup nickte und setzte sich wieder an ihr Pult. Sie sank so unglücklich auf ihrem Stuhl zusammen, als würde das schlechte Gewissen sie jeden Moment auffressen.

Nach einer halben Stunde entließ unsere Kunstlehrerin uns, und ich beeilte mich zu meinem Auto. Ich fuhr sogar ein bisschen schneller als sonst, um zur Arbeit zu kommen.

Frankie war total im Stress, deshalb band ich mir schnell meine Schürze um und schob das Fenster auf.

»Du siehst ein bisschen albern aus mit der Schürze, wo du doch von Kopf bis Fuß voller Farbe bist«, meinte Frankie kaugummikauend.

»Wahrscheinlich«, sagte ich nur und nahm die Bestellung eines kleinen Jungen vor meinem Fenster entgegen.

Nachdem der Ansturm sich gelegt hatte, begann Frankie mit Putzen. Ich schnappte mir einen Lappen und half. Wir schrubbten Schokosirup und Erdbeersoße weg. Dann überkam mich ein seltsam fremdes Gefühl, als befände ich mich in einem Traum, den ich schon kannte.

»Was ist?«, fragte Frankie.

»Nichts«, sagte ich.

Sie schnitt eine Grimasse. »Jetzt habe ich dich wer weiß wie lang nicht gesehen, und du willst mir was vormachen? Im Ernst?«

»Es würde schrecklich klingen, wenn ich es ausspreche.«

»Mach's trotzdem.«

Ich seufzte. »Es fühlt sich eigenartig an, hier zu sein.«

Ihr Gesicht nahm einen Ausdruck an, den ich sonst nur bei ihr gesehen hatte, wenn die Erins vorbeigekommen waren. »Eigenartig, weil du schon so lange nicht da warst und aus der Übung bist? Oder eigenartig, weil du zu gut für diesen Job bist?«

»Frankie!«, stöhnte ich.

Nachdem ihre Wangen nicht mehr nur leicht gerötet, sondern knallrot waren, wandte sie sich kurz von mir ab, holte tief Luft und sah mich dann wieder an. »Tut mir leid. Du hast mich ja gewarnt, aber ich war trotzdem nicht drauf vorbereitet.«

»Denkst du das wirklich von mir?«

»Vielleicht warte ich ja nur darauf, dass du dich in Alder verwandelst. Einfach … weil sich bei dir in so kurzer Zeit so viel verändert hat, aber bei mir alles gleichgeblieben ist. Das irritiert mich.«

»Kann ich mir vorstellen«, sagte ich und hatte immer noch diesen Jammerton in der Stimme. Ich versuchte, ihn abzustellen, aber jedes Mal, wenn ich den Mund aufmachte, klang ich wie ein verzogener Fratz.

Kein Wunder, dass es ihr vorkam, als würde ich mich in Alder verwandeln. Im Moment klang ich schon ein bisschen wie sie.

Frankie legte den Kopf schräg und pustete sich die Ponyfransen aus der Stirn. »Ich weiß. Du hast recht«, meinte sie kopfschüttelnd. »Deine ganze Welt steht kopf, und ich tue mir selber leid, weil du ein paar Liter Farbe auf deiner Hundert-Dollar-Jeans hast und es noch nicht mal erwähnst.«

Ich schaute an mir runter. »Die ist aber nicht so teuer, oder?«

Sie nickte.

Erschrocken starrte ich auf den kunterbunten Jeansstoff. »Warum hat Julianne dann nichts gesagt?«

»Hat sie die für dich gekauft?«, fragte Frankie in neutralem Ton. »Na klar hat sie das. Du hast dein Leben lang, so wie wir alle, nur im Secondhandladen gekauft. Warum habe ich bloß gedacht, du wüsstest, was du da anhast?«

»Wie kriegt man Farbe aus Jeans wieder raus?«, fragte ich und beeilte mich, einen Lappen anzufeuchten. Aber es war zu spät. Die Farbe war schon getrocknet.

»Wie ist das so, wenn man sich um nichts Sorgen machen muss?« Frankie bemühte sich, nicht verbittert zu klingen, aber es gelang ihr nicht.

»Ich habe immer noch Sorgen. Sam und Julianne haben auch Sorgen. Nur eben andere.«

»Ach ja?«

»Eigentlich haben sie die gleichen Sorgen wie du,

außer der, Sachen nicht zahlen zu können. Sie sorgen sich um mich. Sie machen sich Sorgen über ihre Zukunft, über ihre Freunde, die Arbeit – solches Zeug. Geld zu haben, lässt die großen Probleme nicht verschwinden.«

»Wart's ab«, sagte sie und hob einen Zeigefinger. »Vielleicht vergieße ich noch mal Tränen des Mitleids für die Reichen dieser Welt.«

Ich warf meinen Lappen nach ihr und musste grinsen. »Was ich vorhin gemeint habe, war, dass mein Leben irgendwie zweigeteilt ist – zwischen damals und jetzt. Das hier war vor Sam und Julianne ein riesiger Teil meines Lebens.«

»Und Weston?«

»Nein. Er ist das Einzige, was Teil von beidem war. Er ist die Brücke, er hat mich hinübergetragen.«

»Heute hast du ihn getragen.«

»Das eine Mal war ich ihm schuldig – oder fünfzig davon.«

Wir putzten weiter und bedienten vielleicht noch ein halbes Dutzend Kunden, bevor wir zumachten.

»Mitfahren?«, fragte Frankie um der alten Zeiten willen.

»Nein danke«, sagte ich, ohne das Offensichtliche auszusprechen.

»Adios, Bitchachos!«

Ich winkte ihr und stieg in meinen Wagen. Lachend und kopfschüttelnd. Nachdem ich den Knopf für die Zündung gedrückt hatte, sprang der Motor brummend an. Ich war erst nach der Zeugnisverleihung wieder zum Arbeiten eingeteilt, und auch wenn ich Frankie und das Dairy Queen vermissen würde, war es jetzt nicht mehr mein sicherer Hafen. Das war nun mein neues Zuhause, das waren meine Eltern und Weston. Sie alle gaben mir das Gefühl, beschützt und in Sicherheit zu sein.

Die Gedanken an Weston, Sam und Julianne, Gina, Frankie und die ungeheuren Veränderungen wirbelten durch meinen Kopf, aber es passierte nicht aus Versehen, dass ich am Haus der Aldermans vorbei und direkt zu Weston fuhr.

Sein Truck parkte auf der Straße. Die Tage waren jetzt schon länger, sodass der kirschrote Lack in der untergehenden Sonne pink- und orangefarben schimmerte. Ich kletterte auf die Ladefläche des Chevy und klappte die Kühlbox auf. Aus dem Eiswasser fischte ich eine Fanta Orange und dann noch eine.

Die Nachbarn mussten einen neuen Hund haben, denn ein junger Schäferhund bellte und sprang hinter dem Zaun herum, während ich den gewundenen Pfad von der Einfahrt zur Haustür entlangging. Den hatte ich noch nicht oft genommen, denn meistens kam ich mit Weston durch die Garage.

Der beleuchtete Klingelknopf blinkte, als ich ihn drückte, und gleichzeitig ertönte eine feierliche Melodie, die mich an Kirchenglocken erinnerte. Kurze Zeit später öffnete Veronica mir mit einem freundlichen Lächeln, aber müdem Blick. Kaum hatte sie mich erkannt, trat sie einen Schritt zurück, öffnete die Tür weit und winkte mich herein.

»Er ist unten«, sagte sie und blieb mit ihrem Blick an meiner bunt bespritzten Kleidung hängen.

»Das ist schon trocken«, versicherte ich ihr.

»Das hoffe ich«, meinte sie und klang eher amüsiert als tadelnd.

Mit den Händen auf den Hüften und kopfschüttelnd ließ sie mich an sich vorbei. Problemlos fand ich meinen Weg ins Untergeschoss. Bei jedem Schritt wurde das vertraute Flattern in meinem Bauch stärker. Das war nicht die Schwerkraft, die mich nach unten zog. Es war eine unwiderstehliche Kraft, die auf der Ladefläche eines roten Chevy entstanden und von smaragdgrünen Augen genährt worden war. Ich fragte mich, ob dieser leichte Schwindel, der mich jedes Mal überkam, kurz bevor ich Weston traf, irgendwann nicht mehr derart intensiv sein würde. Und mir wurde bewusst, wie schrecklich es für mich sein würde, falls es eines Tages dazu kam.

Ich hatte erst die Hälfte der Treppe zurückgelegt, als Westons Gesicht sichtbar wurde. Er saß auf der Couch, hatte sich zu mir gedreht und die Episode irgendeiner Realityshow im Fernsehen angehalten. Sein Ellbogen stützte sich auf ein kleines Kissen neben ihm. Es waren keine Farbkleckse mehr zu sehen, seine Haut wirkte strahlend sauber, aber vom Abschrubben leicht gerötet.

»Hey«, sagte er und ließ mich nicht aus den Augen, bis ich vor der Couch stand.

Bevor ich etwas sagen konnte, packte er mich und zog mich zu sich herunter, bis ich mit dem Rücken auf den Kissen lag. Er drückte mir einen warmen, feuchten Kuss auf die Lippen. Seine Hände schoben sich unter mich, pressten meinen Körper an ihn, während seine Zunge meinen Mund erforschte. Ich fuhr mit den Fingern durch sein Haar und öffnete die Beine, damit er sich dazwischen legen konnte.

Als er sich wieder von mir löste, waren wir beide außer Atem.

»Sorry«, sagte er, den Blick immer noch auf meine Lippen gerichtet.

»Was war das denn gerade?«

»Du duftest nach Eis«, sagte er nur und strich mir eine Locke aus dem Gesicht.

»Wie fühlst du dich?«, fragte ich.

Die Gier verschwand aus seinen Augen, und er setzte sich mit einem frustrierten Seufzer auf. »Gut, Erin.«

Ich richtete mich ebenfalls auf. »Hab ich was Falsches gesagt?«

Er sah mich an, und seine Miene wurde wieder freundlicher. »Das bin ich heute schon ungefähr hundert Mal gefragt worden.«

»Was war denn die Ursache?«

»Irgendeine Dehydrierung wegen dem neuen Bronchodilator. Das passiert nur einem Bruchteil eines Prozents der Leute, die das Mittel nehmen. Total außergewöhnlich. Aber mir geht's wirklich wieder gut. Zwei Beutel Kochsalzlösung und ich war wie neu.«

»*Zwei* Beutel?« Da erst bemerkte ich auf seiner Hand das Pflaster über der Stelle, wo er die Infusion bekommen hatte.

Weston schaute in eine Ecke des Zimmers, wo Wand und Decke aneinanderstießen, dabei mahlten seine Kiefer unter dem Bartschatten.

»Warum bist du so sauer auf mich?«

»Ich will einfach über normale Sachen reden. Du gibst mir das Gefühl, ein Invalide zu sein. Dabei liege ich ja nicht im Sterben.«

»Darf ich mir keine Sorgen mehr machen? Du bist doch erst vor ein paar Tagen mit dem Krankenwagen eingeliefert worden.«

»Na und?«, giftete er mich an.

Ich richtete mich kerzengerade auf. »Ich lasse mir nichts mehr gefallen, schon vergessen? Nicht mal von dir.«

Meine Äußerung ließ ihn innehalten, dann drehte er langsam den Kopf in meine Richtung. Seine Augen waren vor Staunen groß wie Untertassen. »Wer hat dir denn in die Suppe gespuckt?«

»Du! Ich habe mit ein bisschen Knatschigkeit gerechnet, aber du packst ja gleich die große Keule aus.«

Auch darüber schien er nachdenken zu müssen. Dann seufzte er und rieb sich die Schläfen. »Wow. Ich hab mich in den letzten Tagen ganz schön an dir ausgelassen, was?«

»Die Frage erübrigt sich ja wohl, oder?«, sagte ich mit hochgezogenen Augenbrauen.

Er schielte zu mir rüber und begann zu lachen. »Nicht, dass ich dich so nicht auch lieben würde, Babe, aber du bist schon ein bisschen reizbar heute.«

»*Ich* bin reizbar?«, rief ich, und meine Stimme klang eine ganze Oktave höher. »Ich bin reizbar«, wiederholte ich tonlos und starrte geradeaus.

Ein unterdrücktes Lachen kam aus Westons Mund, bevor er in schallendes Gelächter ausbrach. Er zog mich an sich und drückte einen Kuss hinter mein Ohr. »Ich habe gerade einen Blick auf unser Für-immer werfen dürfen, und das ist schon irgendwie beachtlich.«

Das war nicht fair. Wie sollte ich ihm weiter böse sein, wenn er solche Sachen sagte?

Er schob seine Finger zwischen meine und drückte dann meine Hand nur ein winziges bisschen. Gleichzeitig drängelte er sich mit der Schulter zwischen mich und die Lehne der Couch. Mit wissendem Blick schaute er mir von unten in die Augen. »Gehst du am Samstag trotzdem mit mir auf den Ball?«

»Willst du denn noch, dass ich mitgehe?«

Er schüttelte den Kopf, als habe meine Gegenfrage ihn enttäuscht. »Ich wünschte, ich würde dich zum Atmen brauchen, Erin. Dann wärst du wenigstens halb so oft bei mir, wie ich es gern hätte.«

Mein dankbares Lächeln spiegelte sich in seinem Gesicht. Er küsste meine Hand und lehnte sich wieder zurück in die Kissen, bevor er einen Knopf auf der Fernbedienung drückte.

Kapitel 5

»Wahnsinn«, keuchte Frankie mehr, als sie sprach.

Julianne presste sich mit ebenso geschocktem Gesicht eine Hand ans Herz. Beide hatten mich gerade in dem roséfarbenen Ballkleid aus meinem Bad kommen sehen.

»Ist es nicht zu eng?«, fragte Julianne und kam auf mich zu. »Der Reißverschluss ist ja noch nicht mal ganz zu.«

»Nein, ich bin nur …«

»Du siehst umwerfend aus«, sagte Julianne mit feuchten Augen. Sie schloss den Reißverschluss und strich mir eine rostrote Strähne zurück, die aus dem tiefen seitlichen Knoten gerutscht war, zu dem die Friseurin meine Haare hochgesteckt hatte. Allerdings erst nachdem sie sie eine halbe Stunde gelockt hatte.

Das ist nur fürs Volumen, hatte sie mir versichert. *Vertrau mir.*

»Weston wird sich in die Hose machen«, sagte Frankie. Sie schnaubte, anscheinend amüsiert von dieser Vorstellung.

»Nein, denn Sam hat erwähnt, dass er schon mindestens viermal auf der Toilette war, seit er hier ist«, bemerkte Julianne.

»Ist er nervös?«, fragte ich.

»Außer sich«, sagte sie und zwinkerte mir grinsend zu.

Ich drehte mich ein weiteres Mal, um sicherzugehen, dass der durchsichtige Stoff am Rücken nicht zu tief endete. Außerdem befühlte ich die Strasssteine dort.

»Hör auf«, mahnte Frankie. »Da ist nichts zu sehen, was man nicht sehen sollte. Keiner kann über dich in diesem Kleid auch nur das geringste Negative sagen.«

Meine Lippen waren mit pinkfarbenem Lippenstift und Gloss geschminkt, meine Wimpern schwarz getuscht, die Wangen passend zum Kleid mit Rouge betont. Julianne hatte Emmy, eine Visagistin aus der Nachbarstadt, kommen lassen, die unglaublich viel Zeit darauf verwendet hatte, mein Gesicht zu bemalen. Ich sah zwar noch wie ich selbst aus, allerdings in der Version eines Cover-Models.

»Nun?«, sagte Julianne. »Dein Sam wartet unten mit der Kamera. Veronica ist auch mit ihrer da. Wollen wir mal zu ihnen gehen?«

»Wenn ich es in diesen Schuhen bis nach unten schaffe«, sagte ich und kam zögernd auf sie zu.

Sie nahm meine Hand und führte mich auf den Flur. Bevor ich den oberen Treppenabsatz erreicht hatte, schoben sich Julianne und Frankie an mir vorbei und eilten nach unten, damit sie dort Aufstellung nehmen und meinen sehr wahrscheinlichen Sturz die Treppe hinunter besser sehen konnten. Ich umklammerte das Geländer und machte den ersten Schritt. Bevor sie mich sehen konnten, hörte ich aufgeregtes Geflüster, dann ein kollektives Luftschnappen. Julianne griff vor Aufregung nach Veronicas Arm, obwohl sie gleichzeitig versuchte, Fotos zu machen.

Weston starrte mich an, aber ich konnte sein Gesicht nicht deuten. Er verzog keine Miene, sondern schaute mich nur an, bis ich die letzte Stufe verließ. Als ich auf ihn zutrat, holte er tief Luft.

»Na?«, sagte Peter und stieß seinen Sohn mit dem Ellbogen an.

Weston machte den Mund auf, um etwas zu sagen, aber es kam kein Ton heraus. Er schüttelte nur den Kopf.

Alle anderen lachten leise.

Da öffnete Weston einen Karton und schob mir das kleine Bukett fürs Handgelenk über den linken Arm. Die rosafarbenen Rosen passten zu dem Sträußchen, das ich an sein Revers stecken würde. Sam gab mir das kleine Gesteck, das ich am Vorabend besorgt hatte. Es war noch kalt, weil wir es im Kühlschrank aufbewahrt hatten. Die Innenseite des Behälters war ein wenig beschlagen, und die kleinen Tropfen sahen aus wie winzige Strasssteinchen.

Nach Dutzenden von Bildern – drinnen, draußen, noch mal drinnen, mit Eltern, miteinander und neben der weißen Limo, die Weston mir versprochen hatte – duckte ich mich endlich, um in den Wagen zu steigen. Louis, der Fahrer, schloss die Tür, nachdem Weston sich neben mich gesetzt hatte.

»Ich hab noch nie in einer Limo gesessen«, sagte ich und schaute mich um.

Auf der Lederbank, auf der wir saßen, hätten mindestens drei Personen Platz gehabt, die andere uns gegenüber erstreckte sich fast über die gesamte Länge der Limousine. Die dunkel getönten Scheiben blockten das Sonnenlicht ab, und die vielen kleinen Lichter im Dachhimmel wechselten langsam zwischen allen Farben des Regenbogens. Auf der Fahrgastseite standen Tumbler und Weingläser in Vertiefungen aufgereiht neben einem Kübel voller Eiswürfel. Ich fragte mich, was der Fahrer sich wohl gedacht hatte, das Schüler der Highschool mit dem Eis machen würden.

Sollten wir es zerbeißen?

»Ich hab auch noch nie in einer gesessen«, gestand Weston.

»Echt jetzt?«

Er zuckte mit den Schultern. »Letztes Jahr habe ich das Cabrio von den Huttons genommen. Aber das war zu nervig. So ist es viel besser.«

Im letzten Jahr war Weston mit Alder zum Ball gegangen. Ich hatte gearbeitet, aber all die schicken Autos und Limos am Dairy Queen vorbeifahren gesehen, als sie sich in einer langen Schlange zur Highschool bewegten. Ich erinnerte mich daran, Weston und Alder in dem glänzenden weißen Cabriolet erblickt zu haben. Keiner von beiden hatte gelächelt, und ich hatte mich gefragt, wie es wohl sein musste, auf dem Weg zum Ball neben Weston Gates zu sitzen.

Jetzt konnte ich es herausfinden.

»Wie war es im letzten Jahr?«

»Öde«, sagte er lächelnd.

»Warum wolltest du dann dieses Jahr wieder hin?«

»Weil du Ja gesagt hast.«

Ich verzog den Mund, schüttelte den Kopf und knibbelte an den künstlichen weißen Nägeln. Sie nervten mich, und das schon seit heute Mittag, als Julianne mich zur Mani- und Pediküre gebracht hatte. Es war mir ein Rätsel, warum Frauen sich diese Dinger auf ihre eigenen Nägel kleben ließen. Meine Hände waren für den Rest des Tages praktisch nutzlos gewesen, obwohl ich sogar darum gebeten hatte, sie so kurz wie nur möglich zu machen.

»Du bist immer schön, aber ich liebe das Kleid und alles andere an dir«, sagte Weston und drückte meine Hand.

»Mir gefallen dein Anzug und deine Krawatte.«

Beides war schwarz, aber der Anzug maßgeschneidert. Die Hosenbeine waren deutlich enger, als ich das bei den Anzughosen gesehen hatte, die Sam oder Peter zur Arbeit trugen. Westons strubbeliges braunes Haar war ein paar Zentimeter kürzer als sonst, aber nicht gegelt und an den Kopf geklatscht, wie das die meisten Jungs taten, wenn sie sich chic machten. Es sah ganz weich aus, und am liebsten wäre ich mit meinen Fingern durchgefahren.

Westons Blick ruhte mit so viel Zuneigung auf mir, dass mir das Blut in die Wangen schoss. Ich schlang die Arme um seinen Bizeps und lehnte mich an ihn. Seine Lippen berührten meine Schläfe.

»Das wird nicht das letzte Mal sein, dass wir in schicken Klamotten im Fond einer Limo sitzen«, flüsterte er.

Ich wusste, was er meinte. Er liebte es, auf unsere Zukunft anzuspielen, und obwohl ich es gleichzeitig aufregend und furchtbar erschreckend fand, genoss ich den stillen Moment, den wir jetzt zusammen hatten. Wir wohnten nicht weit von der Highschool entfernt, also blieben uns nur ein paar kostbare Minuten allein, bevor wir neben der Aula aussteigen und uns vor fast der ganzen Stadt in den Grand March, den großen gemeinsamen Einmarsch, einreihen würden.

Ich drückte seinen Arm fester, als könnte ich den Augenblick so festhalten.

Weston missverstand diese Geste als Nervosität und legte seine Hand beruhigend auf meine. »Entspann dich. Wir schaffen uns nur Erinnerungen. Genieß es einfach.«

»Das tue ich schon.«

Viel zu bald blieb die Limo stehen, und die Tür öffnete sich.

Lisa Kahles Vater hielt uns mit einem freundlichen Lächeln die Tür auf. Er war einer der vielen Väter, die beim Parken halfen, die Limos einwiesen und die verschiedenen Cabrios sowie sogar einen Kleinbus für Ballbesucher parkten. »Bitte aussteigen«, sagte er und trat beiseite.

Weston stieg aus und streckte mir seine Hand entgegen. Ich stieg ebenfalls aus und hakte mich bei ihm unter. Gemeinsam gingen wir um die Limo herum.

»O Gott«, flüsterte ich.

Hunderte von Menschen säumten den Weg, der zur Mensa führte, wo der Ball wie jedes Jahr stattfand. Blitzlichter und Kameraklicken, die jeder Horde Paparazzi zur Ehre gereicht hätten, begannen, noch bevor wir einen Schritt gegangen waren. Eltern, Großeltern, Geschwister und Schüler aus den unteren Klassen drängten sich in fünf Reihen hinter den Absperrbändern.

Mit seiner freien Hand tätschelte Weston meine. Ich lockerte meinen Klammergriff, als mir bewusst wurde, dass ich meine Finger regelrecht in seinen Arm gebohrt hatte. Wir blieben stehen, um uns fotografieren zu lassen, dann winkte Lisas Vater uns, weiterzugehen.

Weston führte mich zum nächsten Haltepunkt, wo Dutzende Menschen ihre Handys, Kameras und Videokameras hochhielten. Die Blitze flammten auf wie Stroboskope. Ich war froh, dass Weston das alles schon vertraut war, auch wenn ich eigentlich nicht weiter darüber nachdenken wollte.

»Alles wird gut, Erin. Das verspreche ich dir«, sagte er. Er lächelte in die Kameras und beugte sich herunter, um mich auf die Wange zu küssen.

Die Leute um uns herum gerieten geradezu außer sich, aber es fühlte sich nicht an, als täten sie das, weil sie unser Verhalten süß fanden, sondern eher weil es der Stoff war, über den man hinterher tratschen konnte.

»Das ist ja schrecklich. Warum tun die Leute das?«,

zischte ich ihm zu, während ich weiter gezwungen lächelte.

Weston lachte in sich hinein und führte mich weiter. Wir gingen langsam, und ich beschloss, mir keine weiteren Gedanken darüber zu machen, warum so viele Blicke auf uns gerichtet waren. Lieber konzentrierte ich mich darauf, mit den hohen Absätzen zu gehen. Die vielen Fotos waren mir unangenehm, aber noch unangenehmer wäre es gewesen, vor allen Leuten hinzufallen.

Es dauerte gute zehn Minuten, bis wir das Hauptgebäude erreicht hatten, doch es kam mir vor wie zehn Stunden. Kaum waren wir um die Ecke gebogen, tauchten Peter, Veronica, Sam und Julianne auf. Julianne berührte Sam am Arm, bevor sie die Kamera vors Gesicht nahm, um noch ein paar Bilder zu machen. Ihre Augen schwammen in Tränen. Veronica fotografierte ebenfalls, dann drückte sie Julianne an sich.

Alle winkten uns, bevor die Tür aufschwang und Weston und ich eintraten. Die Lampen waren gedimmt, und aus den Lautsprechern des DJ in der Ecke tönte laute, fröhliche Musik.

Ein Weg zu den Tischen war von roten Lichtern und künstlichen Flammen gesäumt; das Ganze sollte an einen Lavastrom erinnern. Der andere Weg war blau mit weißen, flackernden Lichtern und durchscheinenden Zacken aus künstlichem Eis. Auf der Feuerseite des Raums waren die Tische mit roter und schwarzer Tischwäsche eingedeckt und die Wände mit rotem Stoff verkleidet. Auf der anderen Seite war alles weiß oder hellblau dekoriert, und es hingen Kaskaden aus weißem satinartigem Stoff von der Decke bis zum Boden, die an schimmernde Gletscher erinnerten. In der Mitte des Raums stand eine riesige Eisskulptur in Form glitzernder Flammen, die in die Luft schlugen und von innen rötlich erleuchtet wurden; in die andere Hälfte waren diamantförmige Muster geschnitten, die bläulich schimmerten. Die große Tanzfläche war auf einer Seite von kurzen Säulen abgegrenzt, aus denen Flammen aus rotem und orangefarbenem Papier flatterten, auf der anderen von hohen weißen Säulen, die bläuliches Licht reflektierten.

Ich wusste nicht genau, wer für die Dekoration der Mensa als Ballsaal verantwortlich war, und ich hatte natürlich auch keinen Vergleich, aber es sah geradezu magisch aus und kam mir überhaupt nicht wie meine Highschool vor.

Weston führte mich an einen Tisch, und ich setzte mich, bevor ich zu ihm aufschaute.

»Wer wird mit uns zusammen am Tisch sitzen?«, fragte ich und deutete auf die freien Stühle uns gegenüber.

Weston half mir, mich näher an den Tisch anzurücken, und setzte sich dann achselzuckend neben mich. »Wer immer sich anständig benehmen kann.«

»Und jetzt?«, fragte ich.

Die Servicekräfte, lauter Zehntklässler, die von der Oberstufe handverlesen worden waren, beeilten sich, Wasser an die zahlreichen Tische zu bringen. Ich rückte ein Stückchen beiseite, als eine von ihnen ein Glas Eiswasser neben mein Gedeck stellte. Sie lächelte mich nervös an. Auf ihrem hellblauen T-Shirt waren das Motiv des Balls und das Schulwappen zu sehen. Es bildete einen tollen Kontrast zu ihrem krausen kupferroten Haar.

Weston lehnte sich zu mir und flüsterte: »Wenn alle sitzen, serviert man uns das Essen, danach tanzen wir und gehen wieder nach Hause.«

»Das ist alles?«

»So in etwa.«

Ich entspannte mich. »Okay, das kriege ich hin.«

Er hob meine Hand an seine Lippen und küsste meine

Knöchel. Dann hielt er sie fest und legte sie in seinen Schoß.

Innerhalb einer halben Stunde füllte sich der Raum mit gesprächigen Oberstufenschülern. Auf den beiden Stühlen uns gegenüber nahmen Brian Frederick und Janelle Hunt Platz. Ihr gelang es irgendwie, mich gleichzeitig wütend und gelangweilt anzustarren, doch Brian wirkte gut gelaunt und gesprächig. Er unterhielt sich mit Weston über Football und verschiedene Trainer. Janelle ließ ihren Blick in der Hoffnung auf einen besseren Platz durch den Raum schweifen. Ich hoffte, dass sie fündig würde.

»Arbeitest du noch bei DQ?«, fragte Brian, und seine runden Wangen bewegten beim Sprechen seine ebenso runden Augen.

»Ja«, sagte ich nur und bemühte mich, unter Janelles giftigem Blick nicht zusammenzuzucken.

Es ärgerte sie sichtlich, dass er mich angesprochen hatte.

Jemand lachte dreckig im Vorübergehen, dann sah ich, dass es Brady Beck war.

Er klopfte mit der Hand auf unseren Tisch und nickte Brian zu. »O Mann. Pech gehabt.«

Brian schnitt eine Grimasse, während er Brady nachsah. »Das ist einfach nur unhöflich, Alter.« Er schüttelte den Kopf und schien sich nichts aus Bradys Bemerkung zu machen. »Ich habe mich schon gefragt, wie es sein muss, mit Frankie zu arbeiten. Sie wirkt total verrückt!«, sagte er lachend.

»Sie ist ziemlich witzig«, meinte ich.

Janelle seufzte und verdrehte die Augen. Wieder ließ sie ihren Blick schweifen und berührte dann Brian am Arm. »Da drüben sind noch zwei freie Plätze!«, sagte sie drängend.

Brian verschluckte seine nächste Bemerkung und schien verzweifelt darum bemüht, das Benehmen seiner Begleiterin zu kaschieren.

»Keiner zwingt dich, hier zu sitzen«, sagte Weston. »Und wenn du vorhast, rumzuzicken, wäre es mir sogar lieber, du gehst.« Seine Finger drückten meine, und seine Wangen färbten sich rötlich, was man sogar in seinem gebräunten Gesicht sah.

Janelle antwortete nicht, sondern richtete ihre Aufmerksamkeit auf die Dekoration. Dann winkte sie ihren Freunden auf der anderen Seite des Raums zu.

Brian schaute entschuldigend und wollte gerade den Mund aufmachen, vermutlich um das Thema zu wechseln, doch da stellte unsere Bedienung auch schon Teller mit Essen vor Janelle und mich. Janelle schien froh über die Ablenkung, aber sie bedankte sich nicht bei der schüchternen, schlaksigen Rothaarigen, die für uns zuständig war.

Kurze Zeit später brachte sie zwei weitere Teller.

»Vielen Dank«, sagte ich.

Das Mädchen lächelte und schien sich über die Anerkennung zu freuen. »Sehr gerne.«

»Ich bin froh, dass sie diesen Mopp zu einem Pferdeschwanz gebunden hat«, knurrte Janelle. »Ich will ihre Haare nicht in meinem Essen finden. Die sehen ja aus wie rote Schamhaare.«

Brian schnitt eine Grimasse. »Sie gibt sich doch echt Mühe, Janelle. Lass sie in Frieden.«

Während wir in unserer fettigen Hähnchenbrust und den langweiligen grünen Bohnen herumstocherten, schauderte Weston. »Wow, das ist …«

»Wenigstens das Weißbrot ist gut«, sagte Brian kauend.

Ich musste grinsen. Brian war nett.

Janelle ließ ihr Besteck auf den Teller fallen. »So widerlich wie jedes Jahr. Ich wünschte, sie würden uns in einem Restaurant essen und erst danach zum Tanzen herkommen lassen.«

Nach dem Dessert stellte sich der DJ vor und hieß uns auf dem Ball willkommen. Er stellte die Aufsichtspersonen vor und nannte die Sponsoren. Dann legte er ein peppiges Stück auf und forderte zu einem Formationstanz auf. Ich gehörte zu den wenigen Mädchen, die nicht auf die Tanzfläche stürmten. Wer die Schritte nicht draufhatte, beeilte sich kichernd, sie zu lernen.

Weston schaute mich lächelnd an. Es schien ihm nichts auszumachen, neben mir zu sitzen. Einen Arm hatte er auf die Lehne meines Stuhls gelegt.

Brian beugte sich vor und fragte laut, um die Musik zu übertönen: »Freust du dich schon auf die Duke?«

Weston schüttelte den Kopf. »Ich gehe nicht auf die Duke.«

»Was?«, fragte Brian irritiert.

»Ich gehe aufs Art Institute of Dallas«, sagte Weston stolz.

»Seit wann das denn?«

»Seit ich mich da beworben habe und genommen wurde.«

»Ist dein Dad sauer?«, fragte Brian.

Weston schüttelte wieder den Kopf. »Er war überrascht.«

»Kann ich mir vorstellen«, meinte Brian und zog die Augenbrauen hoch. Auf seiner Stirn standen schon ein paar Schweißperlen, und er zerrte an seinem Hemdkragen.

»Ich muss das hier ausziehen, sonst schmelze ich.« Damit zog er seine Smokingjacke aus und hängte sie über die Rückenlehne.

Weston machte es ihm nach und schaute dann mich an. »Möchtest du tanzen?«

Ich schüttelte den Kopf.

Der Song endete, und eine Ballade ertönte aus den Boxen. Stühle wurden quietschend über den Steinboden zurückgeschoben, als die Jungs aufstanden, um sich zu ihren Damen auf der Tanzfläche zu gesellen.

»Ach, komm schon«, sagte Weston und flehte schamlos mit seinen wunderschönen Augen.

»O-okay«, sagte ich und ergriff seine Hand.

Weston fand einen freien Platz und drehte mich einmal um meine eigene Achse, bevor er mich an sich zog. Dann nahm er meine Hände und legte sie um seinen Hals. Ich verschlang die Finger. Nun legte er seine Hände auf meinen unteren Rücken und machte den ersten Schritt zur Seite.

»Ich kann nicht tanzen«, sagte ich.

Weil Weston mich offensichtlich nicht gehört hatte, stellte ich mich auf die Zehenspitzen und wiederholte die Worte näher an seinem Ohr.

Da schmiegte er seine Wange an meine und gab mir einen Kuss auf die Stirn. »Ich auch nicht, aber ich werde mit dir tanzen.«

Ich ließ meine Schläfe an seiner Wange ruhen und mich von ihm zur Musik hin- und herwiegen. Wir waren ein bisschen steif und überhaupt nicht graziös, aber es kümmerte mich nicht, wer uns dabei zusah und was diejenigen sich denken mochten.

Das Einzige, was eine Rolle spielte, war, dass ich mit Weston Gates zusammen war. Das hatte ich mir vorher oft ausgemalt, unter anderem im Vorjahr, als ich Eis verkaufte, anstatt den Ball zu besuchen. Jetzt war ich hier mit genau dem Menschen, von dem ich immer geträumt hatte. Und mein einziges Ziel bestand darin, in diesen wenigen Minuten ganz präsent zu sein und sie auszukosten, solange sie eben dauerten. Jede einzelne Sekunde davon.

Ich konnte mir vorstellen, dass Weston das Gleiche dachte, während er mich sanft an sich drückte.

»Ich habe lange versucht, nicht auf diesen Abend mit dir zu hoffen«, flüsterte er mir ins Ohr. »Aber je mehr ich es versuchte, desto öfter musste ich daran denken. Ich war mir nicht sicher, wie ich es anstellen sollte, aber durch irgendein Wunder bist du jetzt hier. In meinen Armen. Ich will nicht über die Zeugnisvergabe oder diesen Sommer nachdenken. Nicht einmal darüber, was in zwei Stunden sein wird. Genau jetzt erlebe ich die beste Zeit meines Lebens. In diesem Moment bist du mein ganzes Universum, und alles strahlt an seinem richtigen Platz.«

Er strich mit den Fingern über die Glitzersteine auf meinem Kleid und lächelte.

Ich zog ihn noch enger an mich und versuchte, die Welt anzuhalten, sodass die Zeit stehen blieb. Denn ich wünschte, wir könnten irgendwie für immer so bleiben.

Als ich eine kleine Gruppe von Jungs erblickte, die nur ein paar Schritte von uns entfernt zusammenstanden, wusste ich, sie würden das nicht zulassen.

Kapitel 6

»Mein Gott, Gates, habt ihr kein Zuhause?«, sagte Brady, der mit seinen Freunden am Rand der Tanzfläche stand.

Weston hob nur eine Faust und streckte ihm den Mittelfinger hin, bevor er seine Hand wieder auf meinen Rücken legte. Er sah Brady nicht mal an.

Weil er es anscheinend nicht aushielt, so wenig beachtet zu werden, kam Brady ein paar Schritte auf uns zu und reckte den Hals in Westons Richtung. »Ich erinnere mich noch daran, wie du letztes Jahr auf dieser Tanzfläche Alder bei jeder Gelegenheit betatscht hast.«

Weston hörte auf zu tanzen und sah über meinen Kopf hinweg, wahrscheinlich ins Nichts.

»Weston«, mahnte ich, »lass nicht zu, dass er alles kaputt macht. Nichts anderes hat er doch im Sinn.«

Er holte tief Luft, machte einen Schritt zur Seite und tanzte weiter.

Brady schaute sich um und nickte seinen Freunden zu. Dort standen Micah und Brendan, Tyson und Andrew. Tyson war der Einzige, der die Szene, die Brady zu machen versuchte, anscheinend nicht witzig fand.

Da drehte sich Brady auch schon wieder zu uns. »Besorgst du's Erin heute Abend so, wie du's letztes Jahr mit

Alder gemacht hast? Von hinten auf der Ladefläche von deinem Truck?«

Ich erstarrte.

Brady begann zu lachen. »Das hat er doch schon, oder? Was, Erin? Hast du echt gedacht, das wäre was, das er nur mit dir macht?«

»Wo ist deine Begleiterin, Brady?«, zischte Weston.

Inzwischen beobachteten uns alle, die um uns herum tanzten. Außerdem kamen sie näher, um besser hören zu können.

»Im Unterschied zu dir habe ich Prinzipien. Und die einzigen beiden Mädchen, die es wert gewesen wären, sind erst kürzlich von uns gegangen. Du erinnerst dich doch noch an sie, oder? Deine Freundinnen seit Kindertagen? Deine Freundin? Das Mädchen, dem du gesagt hast, du würdest es heiraten?«

Mein Gesicht musste Bände sprechen, und Bradys Augen leuchteten vor Genugtuung.

»Hat er dir die Eines-Tages-werden-wir-heiraten-Rede etwa auch schon gehalten? Anscheinend. Die kommt ihm ja so leicht über die Lippen wie *Ich liebe dich.*«

Der Song war zu Ende, und Weston drehte sich zu Brady um.

Da kam Brian dazu und schob eine seiner breiten Schultern zwischen die Kontrahenten. »Kommt schon, Jungs. Wir sind auf unserem Abschlussball. Also benehmt euch zivilisiert.«

Weston machte einen Schritt und beugte sich bis auf wenige Zentimeter an Bradys Gesicht heran. »Wenn du versuchst, ihr diesen Abend zu versauen, schwöre ich dir, dass deine Eltern dir einen neuen Smoking kaufen müssen, nachdem ich mit dir fertig bin.«

»Ja, die paar Hundert Kröten werden uns umbringen«, ätzte Brady.

Weston nahm meine Hand und führte mich zum Tisch zurück. Ich stand neben Weston, während er einen Schluck von seinem Eiswasser nahm.

Brian folgte uns. »Mach dir keine Gedanken, Mann.«

Weston stellte sein Glas wieder ab. »Der versucht doch nur davon abzulenken, dass er allein hier aufgekreuzt ist.«

Ich drehte mich um und spürte vom Hals bis zur Taille eine kalte Flüssigkeit auf meiner Haut. Brady stand mit einem leeren Glas da. Die rote Bowle, die darin gewesen war, tropfte jetzt von meinem Kinn und dem Kleid. Er machte große Augen, während ich die Arme vom Körper weghielt.

Weston wollte sich auf Brady stürzen, aber ich hob eine Hand und legte sie Weston auf die Brust: »Weston, das war ein Versehen!«

Bradys Miene veränderte sich von erschrocken zu selbstgefällig. »Es war zwar keine Jauche, aber ich bin mir sicher, Alder wäre damit auch sehr zufrieden.«

Da holte er ein zweites Glas hinter seinem Rücken hervor und begann, mir den Inhalt über den Kopf zu gießen, bevor Weston ihn zu Boden riss.

»Nein! Hör auf, Weston!«, rief ich, während die rote Flüssigkeit von meinem Haaransatz tropfte.

Aufsichtspersonen kamen aus allen Ecken herbeigerannt, und bald rauften nicht mehr nur Weston und Brady, sondern es hatte sich ein ganzes Knäuel aus fuchtelnden Armen und zappelnden Beinen gebildet.

Coach Morris gelang es schließlich, sich ins Zentrum vorzuarbeiten und alle auseinanderzuzerren. Am Ende hatte er die beiden Kontrahenten jeweils am Kragen gepackt. »Was zum Teufel ist bloß in dich gefahren, Weston?«, sagte er und schien Brady kaum zu beachten.

»Sehen Sie sie doch an!«, rief Weston mit wildem Blick.

Er zeigte auf mich, und Coach Morris blinzelte, als er sah, dass ich voller Bowle war.

»Warst du das, Beck?«, fragte Coach Morris und riss Brady am Kragen.

Bradys Mund blutete, und seine Augen begannen bereits zuzuschwellen.

»Das war ein Versehen! Sie hat mich beim Umdrehen angestoßen!«, jammerte er.

»Und sich das Zeug selbst über die Haare gekippt?«, fragte der Coach und wurde rot vor Zorn.

Er ließ Weston los und schleppte Brady zum Eingang. Dort fiel kurz Licht von den Straßenlaternen herein, als die Tür auf- und gleich wieder zuging.

Coach Morris kam allein wieder zurück und zeigte auf Weston. »Tut mir leid, Gates, du auch. Aber ich möchte, dass du wartest, bis er vom Parkplatz verschwunden ist.«

Westons Miene wurde ernst. »Ich hatte ihr versprochen, Brady so was in der Art nicht durchgehen zu lassen. Und jetzt sehen Sie sie an!«

»Weston«, sagte ich und berührte ihn am Arm.

»Sehen Sie sie an!«, schrie er jetzt.

Der Blick des Coachs wurde traurig. Er griff sich einen Stapel Servietten vom erstbesten Tisch und gab sie mir. »Es tut mir schrecklich leid, Erin. Du siehst trotzdem noch toll aus.«

»Vielleicht riecht sie jetzt wenigstens besser«, murmelte Janelle.

Weston wollte den Mund aufmachen, aber Coach Morris hob die Hand.

Dann zeigte er auf Janelle. »Raus.«

»Was?«, kreischte sie.

»Nimm deine Sachen und geh. Noch irgendjemand, der sich den Abend versauen möchte?«

Die Menge zerstreute sich, und Janelle griff mit Tränen in den Augen nach ihrer Clutch.

Sie wartete auf Brian. »Lass uns gehen!« Ihre Stimme brach, während sie dazu mit dem Fuß aufstampfte.

Brian schüttelte jedoch den Kopf. »Blöd, dass du nicht netter zu Erin warst. Sonst würde Weston dir vielleicht eine Mitfahrgelegenheit anbieten.«

»Brian!«, jammerte sie.

Brian klopfte Weston auf die Schulter. »Ich hätte das Gleiche getan. Tut mir leid, dass ihr alle gehen müsst.«

Weston nickte, dann ging Brian auf die andere Seite des Raums, Janelle machte auf dem Absatz kehrt und stampfte zum Ausgang, wobei sie sich ihr Handy ans Ohr hielt.

»Ich bin …«, fing Weston an, aber er konnte vor lauter Wut nicht weitersprechen.

Coach Morris winkte uns zu. »Okay, Gates. Jetzt sollte er weg sein. Ich begleite euch raus. Tut mir leid, Erin.«

Ich schüttelte den Kopf, und meine Haut fühlte sich von Sekunde zu Sekunde klebriger an. Peinlich war es mir nicht, und ich fragte mich, ob das noch käme. Aber ich machte mir mehr Sorgen um Weston als um mich. Er hatte sich schon so lange auf den Abschlussball gefreut, und jetzt mussten wir vorzeitig gehen.

Wir hielten uns auf dem Weg zur Limo an den Händen. Und obwohl der Fahrer entsetzt wirkte, als er sah, was Brady aus meinem Kleid gemacht hatte, sagte er nichts.

Weston hielt meine Hand ganz fest und sagte kein Wort, bis wir bei mir zu Hause durch die Haustür traten.

»Sag ihnen nichts«, bat ich ihn, bevor ich die Treppe hinauflief.

Ich konnte Juliannes und Sams gedämpfte Stimmen

und auch Westons hören, bevor ich die Tür zu meinem Zimmer schloss und aus dem Kleid schlüpfte. Ich legte es ordentlich aufs Bett, dann kickte ich die Schuhe von meinen Füßen und eilte unter die Dusche.

»Erin?«, rief Julianne im Flur.

»Ich bin in einer Minute wieder unten!«, rief ich so fröhlich, wie es mir eben gelingen wollte.

»Bist du okay? Was ist denn passiert?«

»Nichts. Es war nur einfach überwältigend.«

Sie antwortete nicht darauf.

Wasser lief mir über Haut und Haare, vermischte sich mit der Bowle und bildete einen hellroten See um meine Füße, der jedoch sogleich im Abfluss verschwand. Ich verteilte Shampoo auf meinem Haar, schäumte es rasch auf und spülte es gleich wieder aus. Das Gleiche machte ich mit meiner Haut, bis sich nichts mehr klebrig anfühlte.

Ich machte das Wasser aus und riss das Handtuch vom Haken. Kaum war ich aus der Dusche, rubbelte ich hastig meinen Körper und meine Haare trocken, dann schlüpfte ich in ein gemütliches T-Shirt, Jeans und flache Ballerinas.

Als ich die Treppe runterkam, stand Weston an der Haustür. Die Hände in den Hosentaschen seines derangierten Smokings vergraben. Ein Knopf war bei dem Handgemenge abgerissen, und von seiner Brust war mehr zu sehen als zuvor. Rote Flecken unterschiedlicher Größe sprenkelten sein Hemd, und ich zuckte zurück, weil ich wusste, dass es nicht sein Blut war.

»Bist du okay?«, fragte er leise.

Ich nickte und versuchte, sein Hemd und die Fliege einigermaßen gerade zu richten.

»Erin? Was ist passiert?«, fragte Sam.

»Ich habe Julianne schon oben gesagt, dass der Ball

einfach zu überwältigend war. Weston hat zugestimmt, mich nach Hause zu bringen, damit ich mich wieder umziehen konnte.«

Julianne beobachtete mich, aber meine Worte schienen ihre offensichtliche Besorgnis nicht zu beseitigen. »Erin, Süße, warum sieht Weston aus, als wäre er in eine Schlägerei geraten?«

Weston wollte etwas sagen, aber ich warf ihm einen warnenden Blick zu.

»Erin …«, fing Sam an, aber da klingelte es an der Tür.

Weston trat einen Schritt beiseite und machte die Tür auf, vor der Lynn Beck mit Brady sowie Peter und Veronica auf der Veranda standen. Eines von Bradys Augen war zugeschwollen, dem anderen drohte offenbar das Gleiche. Auf seiner dicken Oberlippe hatte sich eine dunkle Blutblase gebildet.

»Schön zu sehen, dass es aufgehört hat zu bluten«, bemerkte Weston.

»Weston!«, sagte Veronica entsetzt. »Warst du das?«

»Da hast du verdammt recht, und wenn er noch mal Bowle über sie kippt – nein, wenn er sich Erin noch mal auf drei Meter nähert, dann kann er das Gleiche noch mal haben«, fauchte Weston.

Brady sah lächerlich aus, wie er so mit den diversen Blessuren hinter seiner Mutter stand. Ich konnte nicht erkennen, ob es ihm peinlich war oder ob er sich freute, dass sie ihn als lebenden Beweis mitgebracht hatte. Aber jedenfalls war er nicht so gesprächig wie sonst.

»Über sie gekippt – *wie bitte*?«, sagte Julianne, und ihre Stimme klang auf einmal eine Oktave höher. Geschockt schaute sie mich an.

Sie lief die Treppe hinauf und kam sofort wieder heruntergerannt, eine Hand vor den Mund geschlagen. Sie nahm mich in die Arme und sah Sam an. »Ihr Kleid ist mit Bowle getränkt. Brady hat die über sie gekippt!« Ihre Stimme brach in einer Mischung aus Trauer und Wut.

»Sie ist hier nicht das Opfer!«, rief Lynn und zeigte auf mich. »Sie hat einen überflüssigen Streit zwischen diesen Jungs angezettelt! Die beiden waren einmal befreundet, aber inzwischen hat sie Westons Meinung über meinen Sohn vergiftet!«

Julianne hielt mich weiterhin an sich gedrückt.

Peter schaute Weston an und sagte: »Brady sagt, du hättest ihn angegriffen, nachdem Erin in sein Glas Bowle reingelaufen sei. Stimmt das?«

Weston geriet schon wieder außer sich. »Brady hat sein Glas über Erin ausgeschüttet und dann versucht, ihr noch einen über den Kopf zu gießen.«

Lynn schnaubte. »Das war ein Versehen. Sie lügt.«

»Ich habe es gesehen«, sagte Weston. »Alle haben es gesehen. Deshalb hat Coach Morris ihn auch rausgeworfen.«

Sam schob seine runde Brille hoch. »Lynn, ich denke, ihr geht jetzt besser.«

Lynn verzog angewidert das Gesicht. »Mein Sohn wurde angegriffen, und da forderst du *uns* auf zu gehen? Ihr schuldet uns eine Entschuldigung!« Dann richtete sie ihren Blick auf mich. »Ich kann gar nicht mehr glauben, dass ich mich wirklich gefreut habe, dass du dich so gut machst. Ich wollte dich im Club sogar für einen Preis nominieren. Wie kannst du nachts noch ruhig schlafen, nachdem du solche Lügen über meinen Sohn verbreitet hast?«

»Lass Erin in Ruhe«, sagte Sam. »Wenn du irgendwas zu sagen hast, sag es mir.«

»Du bist Abschaum!«, zischte Lynn, und ihre Augen waren ganz schmal.

Da trat Julianne auf die Veranda, ziemlich nah an Lynn und Brady heran. »Lynn, beweg deinen arroganten Arsch von meinem Rasen runter – und zwar sofort.«

Lynn fiel die Kinnlade runter, sie packte Brady am Arm und zerrte ihn hinter sich her zu ihrem Geländewagen. »Das wird Folgen haben!«, keifte sie noch, und ihre kurzen Haare hüpften bei jedem ihrer energischen Schritte.

Peter kicherte. »Ihr ist aber schon klar, dass wir Anwälte sind, oder?«

Veronica starrte wütend dem Wagen nach, während Lynn wegfuhr. »Sie vergisst, wie viel ich weiß. Brady kommt nach Hause und lacht darüber, wie er die Kids in der Schule tyrannisiert, und sie lacht mit ihm. Sie ermutigt ihn sogar noch. Sie denkt, die stünden alle unter ihnen und ihrer Familie. Davon ist sie felsenfest überzeugt. Sie findet Grausamkeit witzig, und jetzt besitzt sie die Frechheit, so zu tun, als wäre er unschuldig. Das ist erbärmlich.«

»Ich bin nur enttäuscht wegen diesem Preis«, bemerkte ich. »Auf den hätte ich mich echt gefreut.«

Unsere Eltern brachen in so schallendes Gelächter aus, dass unsere Mütter sich die Tränen abwischen mussten.

»O Erin«, sagte Julianne und umarmte mich. »Du bist unglaublich.«

Weston fand es nicht komisch. Ich nahm seine Hand und drückte sie.

Da klopfte Veronica ihm auf die Schulter. »Ich glaube, äh … wir können den Abend noch retten. Meinst du nicht, mein Sohn?«

Weston brauchte einen Moment, um zu begreifen, was sie meinte, aber dann leuchteten seine Augen. »Das können wir!«

Er zog mich über den Rasen, und ich war froh über

meine flachen Schuhe. Wir betraten das Haus seiner Eltern, und er zog mich weiter bis vor die Tür zum Untergeschoss.

»Warte hier«, sagte er. Dann verschwand er nach unten, und wenige Augenblicke später drang Musik von unten herauf. Als er die Tür aufmachte, hatte er seine Haare glatt gestrichen und lächelte wieder. Er streckte mir die Hand hin. »Komm.«

»Was ist denn los?«, fragte ich.

Weston führte mich die Treppe hinunter, und ich schnappte nach Luft.

»Was … wann hast du das alles gemacht?«, fragte ich.

Der ganze Raum war mit orangefarbenen, roten, blauen und weißen Luftschlangen dekoriert. Der Beistelltisch sah aus wie eine Feuerstelle. An den Wänden hingen blinkende weiße Lichterketten.

Er grinste übers ganze Gesicht. »Ich war mir nicht sicher, ob du wirklich mitkommen würdest, das hier war der Plan B.«

»Du dachtest, ich würde einen Rückzieher machen?«

»Bis wir uns an den Tisch setzten.«

»Also hast du … für uns unseren eigenen Ball vorbereitet?«

Er schob die Hände in seine Taschen und zuckte mit den Schultern. »Mom hat mir geholfen.«

Ich fiel ihm um den Hals. »Ich liebe dich. Ich bin so …«, ich musste mich kurz sammeln, »verliebt in dich. Ich weiß ja nicht, warum du mich so liebst, aber ich bin ein Glückspilz.«

»Meinst du?«, sagte er.

Aus dem Radio kam ein langsamer Song, und Weston verschränkte die Hände hinter meinem Rücken.

Ich schaute zu ihm auf. »Es tut mir so leid, dass du deinen letzten Ball nicht zu Ende feiern konntest.«

»Braucht es nicht. Das hier ist besser. Wir hätten nach dem Einzug über den roten Teppich gleich hierherkommen sollen.«

Ich würde ihm nicht sagen, dass ich genauso empfand. Stattdessen lehnte ich meine Wange an seine Brust und erlaubte mir zum ersten Mal an diesem Abend, mich zu entspannen. Niemand beobachtete uns, niemand urteilte, überlegte sich eine Gemeinheit oder fiese Gerüchte. Da waren nur wir beide, bei ihm zu Hause, genau so wie unsere Geschichte begonnen hatte.

Er berührte mein Ohr mit seinen Lippen. »Alles, was Brady gesagt hat, war gelogen.«

»Ich weiß«, sagte ich leise.

Hier war keiner, der ihm vorschrieb, wo seine Hände zu sein hatten oder ob er mich jetzt schon zu lange küsste. Auch das gefiel mir an unserem eigenen Ball. Sein Mund wanderte meinen Hals hinunter und zog am Ausschnitt meines Shirts, um meine Schulter zu kosten. Ich fuhr mit den Fingern durch sein Haar und schaute in seine Augen, als er sich wieder von mir löste. Da erwiderte er meinen Blick mit solcher Intensität, während er mich an sich zog, dass ich mich nicht mehr in dem Moment verlor, sondern mich quasi fallen ließ.

Der nächste Song begann, und wir schaukelten vor und zurück. Es spielte keine Rolle, ob ich tanzen konnte, zu nah bei ihm stand oder auf seine Zehen trat. Was für eine Erleichterung, was für eine Befreiung! Ein schnelleres Lied erklang, und Weston begann herumzuspringen und seinen Kopf zu schütteln. Ich beobachtete ihn kurz mit hochgezogenen Augenbrauen, dann machte ich mit, hob die Arme über den Kopf, schüttelte meine Haare und sprang im Kreis herum. Wir waren frei und glücklich. Er akzeptierte mich wie niemand sonst. Das hatte er immer schon getan. Sein Lachen und mein Kichern erfüllten den Raum. Ich hatte erst ein paarmal so heftig und lange gelacht und jedes Mal zusammen mit Weston. Bislang war er meine liebste Gesellschaft, bei Tag wie bei Nacht.

Als der Song zu Ende war, keuchten wir atemlos und grinsten beide albern.

Als ein bekanntes langsames Stück begann, streckte er die Arme nach mir aus. »Weißt du, was das Beste an dem hier ist? Ich muss keine Sorge haben, dass jemand beim Tanzen abklatscht.«

»Ich würde sowieso mit niemand außer dir tanzen wollen.«

Weston lockerte seine Fliege, und ich half ihm, sie auszuziehen. Diese kleine Bewegung löste eine Lawine zarter Küsse aus. Kräftige Hände griffen nach meiner Haut. Die Berührung wurde intensiver, drängender. Ich ging rückwärts zur Couch, zog ihn mit mir, während sein Mund an meinem lächelte. Wir setzten uns gemeinsam auf die abgenutzten Kissen, die wir schon so oft benutzt hatten, aber diesmal war es anders, und wir wussten es beide.

Es war so ein Klischee – der vorhersehbare Sex in der Prom Night. Aber meine Jungfräulichkeit hatte ich ihm ja sowieso schon überlassen. In dieser aufregenden Phase unseres Lebens gab es so viele erste und letzte Male, dass alles zu verschwimmen schien. Mit achtzehn ging es ausschließlich darum, in der Gegenwart zu leben, denn man konnte nie wissen, ob unsere Jugend nicht bereits vorbei war, wenn wir die Augen das nächste Mal aufschlugen. Aus diesem Grund brachen wir Regeln, begingen Fehler, bogen absichtlich falsch ab. Wir verlebten die letzten Tage, in denen sich fast alles rechtfertigen ließ. Wenn wir eines Tages zurückschauen würden, auch wenn es schmerzte, konnten wir sagen, wir waren doch noch Kinder.

All das sagte ich mir, während Weston mir mein Shirt über den Kopf zog. Kurz hielt ich den Atem an und schloss die Augen ganz fest. Das Herz hämmerte in meiner Brust, aber ich zwang mich, da zu sein und mein Leben nicht weiter mit gesenktem Kopf zu leben.

Das Erste, was ich sah, als ich meine Augen wieder öffnete, war schiere Bewunderung in Westons Augen. Dieser Blick versprach, dass egal, was zwischen diesem Moment und dem Rest unseres Lebens noch passierte, ich nie vergessen würde, wie ich mich in dieser Sekunde Unendlichkeit gefühlt hatte.

»Du bist… so schön.« Er verhedderte sich in den Worten, weil er so gefesselt davon war, mich auszuziehen.

Seine Berührung war ehrfürchtig und vermittelte mir den Eindruck, sein allerwertvollster Besitz zu sein. Nach achtzehn Jahren Sehnen nach Freiheit konnte ich an nichts anderes denken, als zu dem Mann zu gehören, den es nach mir verlangte, als brauche er mich zum Atmen. So viele widerstreitende Gedanken und Gefühle in meinem Kopf, aber sie alle führten zum selben Verlangen.

Ich konnte nicht sprechen. Ich hätte sowieso nicht gewusst, was. Das Einzige, was ich wusste, war, dass diese Nacht uns gehörte und er mir.

Ich streckte die Hand aus und spürte, wie sich sein herrlich definierter Körper anspannte. Ich wollte ihn auch ausgezogen. Meine Finger waren ungeschickt, als ich an den Knöpfen nestelte. Auf jedes Stück Haut, das ich freilegte, drückte ich einen Kuss. Dann griff ich mit jeder Hand nach einer Seite des Hemds und zog es über seine Schultern. Weston befreite seine Arme davon, löste seinen Blick jedoch keine Sekunde von meinen Augen.

Er mochte mich schön finden, aber er war perfekt.

»Leg dich für mich da hin.« Seine Bitte klang fast flehend.

Ich lehnte mich auf der Couch zurück und hielt kurz den Atem an, als er sich auf mich legte. Die Wärme seines Körpers umfing mich und brachte meine Beine zum Zittern. Wenn sonst nichts passierte, würde es auch schon genügen.

Doch das ist erst der Anfang. Dieser Gedanke ließ mich erschauern.

Weston drückte einen Kuss auf meine Wange, und sein warmer Atem kitzelte mich am Ohr. »Nichts in meinem Leben wird jemals so verdammt süß sein«, sagte er, bevor ich sein ganzes Gewicht auf mir spürte.

Kapitel 7

In der Woche vor der Zeugnisverleihung wurde auf den Fluren der Blackwell High flüsternd darüber spekuliert, warum Weston Brady auf dem Ball niedergeschlagen hatte. Manche meinten, ich hätte Weston mit Brady betrogen, andere behaupteten, Brady hätte versucht, beim Tanzen abzuklatschen, und Weston sei vor Eifersucht ausgerastet, und einige kamen der Wahrheit tatsächlich ziemlich nahe.

Frankie hatte mich bis zu den Sommerferien aus dem Dienstplan des Dairy Queen gestrichen, und nachdem die Baseballsaison schon zu Ende war, hatte Weston gebeten, dass wir in dieser Woche mit einem Auto zusammen zur Schule fahren.

Ich hörte seinen roten Chevy schon auf der Straße dröhnen, bevor ich die Treppe nach unten gelaufen war. Als ich die Tür aufmachte, kam er angejoggt und warf mich im Spaß auf den Holzboden im Flur.

»Was wird das denn?«, meinte Julianne kichernd und schaute auf uns herab.

Weston schüttelte sich vor Lachen, während er je ein Bein links und rechts von meinem Oberkörper hatte und meine Arme festhielt. »Ich wollte dich gar nicht von den Beinen holen!«, sagte er. Mit einer einzigen Bewegung zog er mich wieder hoch und gab mir, immer noch kichernd, einen dicken Kuss auf die Wange.

»Ich wünsche dir auch einen guten Morgen«, sagte ich und schmiegte mein Gesicht an seine Lippen.

Julianne musterte uns kurz und versuchte, tadelnd zu wirken. »Kommt schon. In der Küche warten Biscuits mit Gravy.«

»Ja!«, rief Weston und zog mich durch den Flur hinter sich her.

Seine Stimmung war seit dem Ball schon total gegensätzlich gewesen. Am Vorabend war er am Telefon still und ein wenig gekränkt gewesen, als wir über das Herbstsemester gesprochen hatten. Jetzt war er dagegen fast manisch.

Julianne schnitt zwei Biscuits für Weston und mich auf und verteilte reichlich Gravy darüber. Kaum standen die Teller vor uns, langte Weston zu.

Julianne verschränkte die Arme vor der Brust. »Denkt dran, sollte Brady …«

»Er wird überhaupt nichts zu ihr sagen«, unterbrach Weston sie mit vollem Mund. »Mach dir keine Sorgen.«

Julianne runzelte die Stirn. »Um dich mache ich mir auch Sorgen. Du hast Glück, wenn du nicht vom Unterricht suspendiert wirst.«

Weston schaufelte sich einen weiteren großen Bissen in den Mund. »Die können mich nicht suspendieren, wenn sie es nicht auch mit Brady tun. Und Brett und Lynn würden das nicht akzeptieren, also bin ich aus dem Schneider.«

»Na schön«, sagte Julianne und lehnte sich neben dem Herd an die Arbeitsplatte, »aber falls er irgendwas anfängt, bringst du ihn zum Schweigen, ja?«

»Genau«, sagte Weston nickend.

»Aber nicht, indem du die Situation zum Eskalieren bringst, bitte.«

»Yes, Ma'am.« Er nickte wieder.

»Ich komme wirklich zurecht«, begann ich.

»Zwischen den Kursen bin ich an ihrem Spind«, erklärte Weston.

»Aber was ist mit den Kursen, die sie zusammen mit Brady hat oder mit seinen Kumpels?«, fragte Julianne.

»Ich bin auch noch hier«, sagte ich, etwas lauter als eigentlich beabsichtigt.

Julianne legte sich eine Hand auf den Mund. »O entschuldige, Süße.«

»Ich mache das schon sehr lange«, sagte ich. »Das ist nicht mein erstes Rodeo. Ich kann mit Brady fertigwerden. Ich brauche niemand, der ihn zum Schweigen bringt.«

Julianne machte einen Schritt auf uns zu. »Ich bin nur einfach … es ist so kurz vor Schluss. Ich möchte, dass du aus dieser letzten Woche nur gute Erinnerungen mitnimmst.«

»Danke«, sagte ich und holte tief Luft. »Aber ihr könnt mich nicht dauernd beschützen. Ihr könnt nicht dafür sorgen, dass nichts Negatives passiert. Ich bin sowieso besser dafür gerüstet, mit Brady und Typen von seinem Kaliber klarzukommen.«

»Das bedeutet aber nicht, dass du dich mit ihnen herumschlagen musst. Erst recht nicht in dieser Woche«, sagte Weston.

»Ich brauche jedenfalls niemand, der für mich in den Ring steigt«, sagte ich in etwas zu scharfem Ton.

»Du brauchst überhaupt niemand«, sagte Weston und schob seinen fast leeren Teller zu Julianne. »Danke fürs Frühstück.«

»Sehr gern«, sagte sie.

»Ich warte im Wagen«, murmelte er, bevor er uns in der Küche zurückließ.

Ich schüttelte den Kopf.

»Ist alles okay?«, fragte Julianne.

»Gestern Abend war er sauer, heute Morgen ist er zuerst aufgekratzt, jetzt wieder sauer. Ich komme bald nicht mehr mit.«

»Das ist nicht leicht«, antwortete sie.

Ich merkte ihr an, dass sie eine richtige Antwort vermied.

»Hab ich was nicht mitbekommen?«, fragte ich.

Sie zögerte. »Ich ... ich weiß nicht, Schatz. Ich kann mir nicht mal vorstellen, was ihm alles durch den Kopf geht.«

»Aber du hättest da eine Idee, oder?«

Julianne schluckte und schien ihre Worte zu bedauern, noch bevor sie sie aussprach. »Vielleicht fällt es ihm schwer, so starke Gefühle für dich zu haben, wenn ... wenn er nicht weiß, wie du dazu stehst.«

»Aber er weiß doch, was ich für ihn empfinde. Ich wüsste nicht, was ich sonst tun könnte, damit er sich besser fühlt. Außer ihm Versprechen geben, die ich nicht halten kann.«

»Er macht sich eben Sorgen darüber, was sein wird, wenn das Herbstsemester losgeht. Jungs sind genauso emotional wie Mädchen. Nur dass sie Gefühle nicht immer so intensiv erleben wie wir. Und wenn sie es tun ... nun ja, dann wissen sie irgendwie nicht, wie sie damit umgehen sollen.«

»Offensichtlich«, sagte ich und stand auf.

»Ich habe deinen Rucksack gestern Abend neben die Haustür gestellt.«

»Danke.« Ich winkte ihr zu, bevor ich den Flur durchquerte.

Ich schnappte mir den Rucksack, schlüpfte in die Träger und ging zu Westons Truck. Er stand neben der offenen Beifahrertür und schaute auf sein Telefon, in das er mit den Daumen irgendwas tippte.

Ich stieg ein, bekam aber auf mein leises Dankeschön keine Antwort.

Als Weston hinter dem Steuer saß, streckte er die Hand nach mir aus. Ich ergriff sie nicht, und da sah er mich an.

»Rede mit mir«, sagte ich.

Er hielt mir immer noch die Hand hin. Ich schaute ihn erwartungsvoll an.

Er seufzte. »Worüber soll ich mit dir reden?«

»Über deine Stimmung gestern Abend. Deine total entgegengesetzte Laune heute Morgen. Deine Stimmung jetzt. Was du denkst. Worüber du dir Sorgen machst. Über alles, was du nicht aussprichst. Ich möchte, dass du es rauslässt.«

»Das wird länger dauern, als wir bis Unterrichtsbeginn Zeit haben.«

»Dann kommen wir eben zu spät.«

Weston überlegte kurz, dann schaltete er die Automatik auf Drive und fuhr wortlos vom Bordstein weg. Auch wenn ich die meiste Zeit in meinem eigenen Kopf gelebt hatte und nicht ganz begriff, was besonders geschwätzige Menschen dauernd zu sagen hatten, war das Schweigen geradezu erstickend.

Nachdem wir auf dem Parkplatz der Schule eine freie Lücke gefunden hatten, stieg Weston aus und half dann mir aus dem Wagen. Er ging auf das Gebäude zu, aber ich rührte mich nicht. Da drehte er sich um und ließ die ausgestreckten Hände auf seine Schenkel fallen.

»Komm schon, Babe. Wir kommen noch zu spät.«

»Warum willst du nicht mit mir darüber reden?«, fragte ich.

»Weil das ein langes Gespräch wird und wir zum Unterricht müssen.«

»Du hättest gestern Abend mit mir drüber reden können.«

»Da war es spät.«

»Dann wartest du also nur noch auf den geeigneten Moment?«

»Ja.«

»Dann ist es wichtig.«

»Ja.« Er schüttelte den Kopf. »Nein. Ich weiß nicht. Wenn du darüber reden willst, schätze ich, werden wir drüber reden.«

Meine Augen wurden schmal. »Sag mir einfach, warum du heute Morgen so gut drauf warst und was sich plötzlich geändert hat.«

»Ist egal. Ich hatte nur eine blöde Idee, und gerade ist mir klar geworden, dass sie keine Rolle spielen wird.«

»Was wird keine Rolle spielen?«

Es klingelte zum Unterricht, und Weston seufzte. »Jetzt komm, Erin. Wir können später drüber sprechen.«

Eine laute Debatte begann in meinem Kopf. Darin dominierten die Worte *warte*, *Geduld* und *jetzt*.

Weston streckte mir die Hand hin. Ein Teil von mir hätte sich am liebsten in seine Arme gekuschelt, ein anderer seine Hand am liebsten weggeschlagen. Da wurde mir klar, dass meine Gedanken und Gefühle genauso widersprüchlich waren wie sein Verhalten. Also konnte ich ihm schlecht einen Vorwurf für das machen, was sich gerade in seinem Kopf abspielte.

»Versprochen?«, fragte ich.

»Versprochen«, sagte er und hielt mir wieder die Hand hin.

Zusammen gingen wir durch die Doppeltüren und dann den Flur hinunter zu meinem Spind. Weston gab mir noch einen flüchtigen Kuss, bevor er zur B Hall lief und ich mich zu Bio beeilte.

Brady saß schon auf seinem Platz und kritzelte in sein Heft. Er nahm mich kaum zur Kenntnis. Die Schwellung um seine Augen war zurückgegangen, aber es war immer noch gut zu sehen, dass Weston mehr als einen Volltreffer gelandet hatte.

Mrs. Merit warf mir einen Blick zu, machte aber weiter mit dem Austeilen des Lernmaterials für die Abschlussprüfung. »Das wird ein Fünftel eurer Note ausmachen, meine Damen und Herren. Falls ihr vorhabt, am Samstag an der Zeugnisverleihung teilzunehmen, empfehle ich euch, dass ihr euch die Zeit nehmt, all euer Wissen mit diesen Unterlagen aufzufrischen.«

Ich nahm das Blatt zur Hand und sah darauf alle Fragen des Tests und dazu die richtigen Antworten. Mrs. Merits Unterlagen umfassten immer die Fragen und Antworten in richtiger Reihenfolge. Ich fragte mich, ob die Abschlussprüfung sich überhaupt davon unterscheiden würde. Aber egal, die Antworten auf alle Fragen auswendig zu lernen, würde genügen.

»Hast du die Bowle wieder aus deinem Kleid gekriegt?«, fragte Sara.

Ich runzelte die Stirn.

»Aus deinem Ballkleid. Ich habe gehört, Brady hätte sein Glas verschüttet – oder besser: auf dich geschüttet.«

Ich nickte.

»Hat er dir wirklich was über den Kopf gegossen?«

Bradys Gesicht tauchte hinter Saras Schulter auf. Er starrte mich mit dem Auge an, das weniger zugeschwollen war. Ich schaute zu Sara zurück und wieder auf das Papier vor mir.

»Wenn es stimmt, hat er diese Veilchen verdient. Und wenn nicht, verdient er sie wahrscheinlich trotzdem.«

»So was verdient niemand«, sagte ich leise.

Sara schien erstaunt, sagte aber nichts mehr. Sie warf nur einen Blick über ihre Schulter zu Brady, der jedoch wegschaute. »Von nun an, darauf möchte ich wetten, wird er seine Getränke von dir – und von allen anderen, denen er so was antun würde – fernhalten.«

Ich presste die Lippen zusammen und studierte weiter die Fragen, während Mrs. Merits Stimme im Hintergrund dröhnte. Es fiel mir schwer, mich zu konzentrieren, weil so viele Gedanken durch meinen Kopf wirbelten.

Der Rest des Schultags schien sich ewig hinzuziehen, aber dann packten Weston und ich endlich neben dem Wandgemälde unsere Malsachen aus. Mrs. Cup beobachtete uns mit Adleraugen. Kaum hatte sie den Eindruck, wir führten unsere Pinsel nicht ganz kontrolliert, erneuerte sie ihre Drohung, uns durchfallen zu lassen, falls wir die Farbe für irgendwas anderes als diese Wandmalerei benutzten.

Nachdem wir fertig waren, hielt Weston mir die Beifahrertür auf, und ich stieg ein. Er schaute mich an, und ich sah das Gewitter, das sich in seinem Blick zusammenbraute. Den ganzen Tag über war er ziemlich still gewesen, und ich war mir nicht sicher, wann er sich wohl entschließen würde, mit mir über das zu reden, was ihn dermaßen beschäftigte.

Er ließ mich warten, bis wir im Untergeschoss seines Elternhauses waren.

»Hast du Hausaufgaben?«, fragte er.

»Ich muss für die Abschlussprüfungen lernen.«

»Ich auch«, sagte er und machte sich an der Sohle seines Schuhs zu schaffen. Er schwieg eine Weile, dann seufzte er tief. »Was wäre, wenn ich …« Seine Miene verfinsterte sich.

»Was wäre, wenn du was?«, fasste ich nach.

Im Raum war es still. Der Fernseher war schwarz. Peter und Veronica arbeiteten noch. Das Untergeschoss erschien mir etliche Meilen tief unter der Erde und nicht nur die Treppe vom Erdgeschoss runter zu liegen. Er wollte mir das, was er bislang für sich behalten hatte, in der Privatsphäre seines eigenen Zimmers, auf seinem Terrain sagen. Dort, wo er sich sicher und gefasst fühlte. Ich schluckte. Zum ersten Mal fürchtete ich mich davor, was er mir gleich eröffnen würde.

»Machst du mit mir Schluss?«, fragte ich.

Er verzog angewidert das Gesicht und wandte sich kopfschüttelnd von mir ab. »Dafür müssten wir ja erst mal richtig zusammen sein.«

»Was soll das denn bitte heißen?«, sagte ich und merkte, wie sich die Härchen in meinem Nacken aufstellten. Jeder Quadratzentimeter meiner Haut schmerzte. Es fühlte sich an, als wären die Narben, die sich im Laufe der Jahre gebildet hatten, verschwunden, und ich kam mir völlig schutzlos vor.

Weston bereute seine Bemerkung sofort und ergriff meine Hände. »Das habe ich nicht gemeint. Ich wollte nur sagen, dass du nicht wirklich mir gehörst. Oder wenigstens fühlt es sich nicht so an.«

Ich stand auf. »Was machen wir denn dann gerade?«

Weston zog mich wieder neben sich auf die Couch. »Ich drücke das alles falsch aus. Den ganzen Tag überlege ich schon, wie ich es formulieren soll. Die ganze Woche, und dann verbocke ich es trotzdem.«

»Was verbockst du? Was ist bloß los mit dir?«

Er holte tief Luft. »Es macht mir total Angst, wenn du von August redest. Ich stelle mir vor, dass unsere Beziehung nur noch am Telefon und in den Ferien existiert, und das macht mir eine Scheißangst, okay? Ich dachte, vielleicht … Ich habe überlegt, mich auch an der OSU zu immatrikulieren. Denn wenn ich vielleicht mit dir zusammen an der O-State wäre …«

»Was?«

»Aber dann hast du heute Morgen … Ich habe mich daran erinnert, dass …«

»Dich woran erinnert?«

Er atmete so heftig aus, als hätte ihn jemand in die Magengrube geschlagen. »Du brauchst mich nicht, Erin. Und das macht mir eine Scheißangst.«

Ich dachte über seine Worte nach. Er sah verletzt aus. Und obwohl ich ehrlich sein wollte, kam es mir unredlich vor, dem Mann wehzutun, den ich liebte.

Vorsichtig wählte ich meine Worte. »Warum denkst du, dass ich dich nicht brauche?«

Er schaute weg. »Du brauchst niemand. Ich habe … ich komme zu spät. Ich habe zu lange gewartet. Du musstest Mauern um dich errichten. Du hast Pläne für deine Zukunft geschmiedet, in denen ich nicht vorkomme. Vielleicht ist es erbärmlich, dass ich mir Möglichkeiten überlege, um dich nicht zu verlieren, aber ich bin eben endlich dort, wo ich sein möchte.«

»Du möchtest in Dallas sein.«

»Ich möchte mit dir zusammen sein.«

»Weston, Paare gehen andauernd auf verschiedene Colleges. Man wird sich daran gewöhnen müssen, sich nicht dauernd zu sehen, aber es wird nicht das Ende der Welt sein.«

»Siehst du?« Diesmal war er derjenige, der aufsprang. Er zeigte mit dem Finger auf mich, während er auf und ab ging. »Da. Genau das meine ich. Ja, ich mache mir Sorgen, dass wir unterschiedlicher Wege gehen, dass wir uns auseinanderleben, dass du jemand anderen kennenlernst. Du etwa nicht?«

Ich schüttelte den Kopf. »Nein.«

»Die Tatsache, dass du dir keine Gedanken darüber machst, bringt mich fast um, Erin. Dann frage ich mich, ob du mich überhaupt liebst.«

Die Haut um seine Augen war gespannt, und ich konnte seine Halsschlagader pulsieren sehen.

»Du möchtest, dass ich dir Versprechen gebe, die ich nicht halten kann. Du hast selbst gesagt, wir würden das hier improvisieren. Ich improvisiere. Und ich weiß nicht, was sich geändert hat – oder *warum*.«

Er schnappte sich die Fernbedienung vom Tisch und schleuderte sie durchs Zimmer. Das schwarze Plastik zersprang in hundert Stücke, die in alle Richtungen flogen. Ich zuckte zusammen und schlug die Hände vor Mund und Nase.

Weston verschränkte die Finger auf seinem Kopf, während er weiter auf und ab ging, die Wangen vor lauter Frust gerötet. »Übers Improvisieren sind wir vielleicht schon ein Stück hinaus, Erin! Meinst du nicht? Ich meine, was ist das hier eigentlich für dich? Nur ein Zeitvertreib, bevor du aufs College gehst?«

»Nein!«, sagte ich.

Ich war einerseits gekränkt, wollte andererseits aber auch so gern, dass er sich besser fühlte. Ich wollte ihm seine Ängste nehmen, doch gleichzeitig wusste keiner von uns mit Sicherheit, was kommen würde. Er würde wissen, dass ich log, wenn ich ihm etwas anderes sagte.

Ich stand auf, nahm seine Hände und legte seine Arme um mich. »Hör auf! Hör damit auf.« Ich bemühte mich um einen ruhigen Ton. Als ich meine Wange an seine Brust drückte, hörte ich das leise Pfeifen seiner Atmung deutlicher, und es machte mir Sorgen.

Er schaute mir in die Augen und schien irgendwas darin zu suchen. »Bist du schon auf die OSU festgelegt?

Die University of North Texas ist nicht mal eine Stunde von dort weg, wo ich sein werde. Sie ist eine der größten staatlichen Unis des Landes. Nächstes Jahr könnten wir uns eine Bleibe irgendwo auf halber Strecke suchen …«

Ich schüttelte den Kopf. »Ich habe die Zulassung schon. An der UNT habe ich mich nicht mal beworben. Die Studiengebühren für jemand aus einem anderen Bundesstaat wären immens.«

»Sam und Julianne zahlen das, schon vergessen? Die UNT ist eine tolle Universität, die alles bietet, was die OSU auch hat. Aber in der Nähe von Stillwater gibt es keine Kunstakademie. Bewirb dich doch einfach, und …«

»Ich werde meine Eltern nicht ausnehmen, damit ich für dich bequemer erreichbar bin.«

»Für mich?«, sagte er ungläubig.

»Und jetzt redest du schon vom Zusammenziehen? In einem Jahr? Ich glaube, ich wäre eher darauf gefasst gewesen, dass du mit mir Schluss machst.«

Weston stand vor Staunen der Mund offen, und ich zuckte bedauernd zusammen.

»Ich will schon mein ganzes Leben lang an die OSU, Weston. Bitte versuch doch, das zu verstehen.«

»Und ich liebe dich schon mein ganzes Leben lang.«

Ich ließ mich wieder auf die Couch fallen und schlug die Hände vors Gesicht. Nach einigen Augenblicken des Schweigens schaute ich zu ihm hoch. Er hatte sich nicht gerührt.

»Was soll das hier werden? Ein Ultimatum? Wenn ich nicht auf die UNT gehe, was passiert dann?«

Er setzte sich neben mich. »Es ist kein Ultimatum. Ich hatte gehofft, du fändest das spannend. Du hast dich doch noch für kein Hauptfach entschieden. Ich verstehe einfach nicht, wieso du nicht stattdessen da hingehen kannst. Wenn du aus Blackwell weg willst, kann ich dir versprechen, dass dir an der UNT weniger Leute von hier über den Weg laufen werden als an der OSU.« Als ich darauf nicht einging, legte er nach: »Wusstest du, dass Brady auf die OSU gehen wird?«

»Nein, tut er nicht«, sagte ich kopfschüttelnd.

»Die Becks sind beide Alumni der OSU.«

»Das heißt aber noch nicht, dass ...«

»Er wird auf die OSU gehen, Erin. Er hat die Zulassung schon. Er geht da hin. Und ich kann dich nicht vor ihm beschützen, wenn ich in Dallas bin.«

»Es ist ein großer Campus.«

»Erin ...«

»Nein. Du wirst mich nicht einschüchtern, damit ich tue, was du willst. Ich habe keine Angst vor ihm. Ich hatte noch nie Angst vor ihm – oder vor irgendjemand.«

»Worum geht's denn dann? Welche Rolle spielt es, dass du Blackwell verlässt, wenn du dort mit denselben Leuten zu tun hast?«

»Das ist nicht die Highschool. Es wird anders sein. Ich bezweifle, dass ich ihn dort jemals sehen werde.«

»Warum bist du in dieser Sache bloß so stur?«

»Ich bin nicht stur! Es ist nur etwas, das ich tun will!«

»Du warst doch noch nie auf diesem gottverdammten Campus, Erin! Woher weißt du, ob er das ist, was du willst?«, schrie Weston. Die Adern an seinem Hals zeichneten sich deutlich unter der geröteten Haut ab. Er drehte sich von mir weg. Dann stand er auf und begann, wieder auf und ab zu tigern. Die Finger hatte er wieder auf seinem Kopf verschränkt.

»Du hast mich doch auch geliebt, bevor du Zeit mit mir allein verbracht hast. Manche Dinge weiß man eben einfach.«

Weston machte kehrt und setzte sich auf den Beistelltisch direkt vor mir. Er beugte sich vor und umfasste meine Knie. »Das tue ich ja. Ich liebe dich so. Ich möchte einfach nicht nur ein Zwischenstopp auf dem Weg fort von hier sein.«

»Das bist du auch nicht«, versicherte ich ihm, aber meine Stimme klang ein bisschen zu verzweifelt.

»Keine Beziehung funktioniert, wenn sie nicht Priorität hat. Erst recht keine Fernbeziehung. Ich fürchte, wenn es nicht einfach ist, sondern zu viel Arbeit, wirst du mich eines Tages anrufen und mir sagen, es ist vorbei. Ich muss wissen, dass du mich brauchst, Erin. Wenn nicht, bist du nicht engagiert genug, damit es auch funktioniert.«

»Weston? Hörst du mir nicht zu? Ich sage dir doch …«

»Alles, nur nicht das, was ich hören will.«

Ich runzelte die Stirn. »Du willst ein Versprechen.«

»Ich könnte dieses Versprechen geben. Hier und jetzt kann ich dir versprechen, dass ich das hinkriege. Ich kann dir versprechen, dass ich nicht aufgeben werde.«

Ich spürte Tränen in meinen Augen brennen. »Das ist doch so, als wenn man verspricht, nicht zu sterben oder nie jemand wehzutun. Manche Dinge liegen außerhalb unserer Macht. Du kannst nicht versprechen, dass wir zusammenbleiben werden, weil du nicht weißt, wie du in einem Jahr empfinden wirst.«

»Doch, Erin. Das kann ich.« Er betrachtete mich lange, dann spannte sich sein Kiefer an. »Glaubst du nicht an mich oder nicht an uns?«

»Noch vor ein paar Monaten hast du eine andere Erin geliebt.«

Er starrte mich böse an. »Du weißt, dass das nicht stimmt.«

»Ich bin nicht schwierig, Weston. Ich bin realistisch. Ich versuche, dir nicht wehzutun.«

»Dann versprich, dass du es probieren wirst.«

»Natürlich werde ich es probieren.«

Er berührte meine Stirn mit seiner und war sichtlich unzufrieden mit den Worten, die er mich gerade gebeten hatte zu sagen. »Uns bleibt nicht mehr viel Zeit. Ich zähle schon die Tage runter, bis wir packen und jeder in eine andere Richtung wegfährt. Das fühlt sich endgültig an. Ich weiß nicht, was in einem Jahr passieren wird, aber ich weiß, dass ich nie über dich hinwegkommen werde. Und ich werde alles tun, damit ich es erst gar nicht versuchen muss.«

»Weston«, flüsterte ich und holte tief Luft. Eine einzelne Träne lief mir über die Wange. »Ich kann das nicht für dich tun. Ich muss es für mich machen.«

Er verzog das Gesicht, als fühle er einen körperlichen Schmerz. Dann sagte er flehend: »Ich weiß, dass wir noch Highschoolkids sind und es verrückt ist, so zu empfinden, aber das College bedeutet nur vier Jahre meiner Zukunft. Der Rest bist nur du.«

Ich holte noch mal tief Luft und berührte seine Wangen mit meinen Händen. »Eines Tages wirst du auf mein Diplom der Oklahoma State an der Wand unseres Hauses irgendwo in Texas schauen. Und dann erinnere ich dich an unsere letzte Woche der Highschool und deine unnötige Sorge.«

Er lachte einmal freudlos auf und schaute so tief in meine Augen, dass meine inneren Mauern dem nicht standhielten. »Das klingt ein wenig wie ein Versprechen.«

Ich biss mir auf die Lippe. »Es ist eine Prophezeiung.«

Er blickte zu Boden und dann mit einem gezwungenen Lächeln wieder in mein Gesicht. »Ich nehme, was ich kriegen kann.«

Kapitel 8

Ich runzelte die Stirn, während Julianne mir den rotbraunen Doktorhut auf dem Kopf feststeckte. Ich fühlte mich damit kein bisschen vollendet.

»Wer ist eigentlich auf die Idee gekommen, dass wir ausgerechnet an dem Tag, an dem wir uns klug fühlen sollen, Hüte tragen, mit denen wir so dämlich aussehen?«, fragte ich.

Julianne kicherte.

Sam verschränkte die Arme vor der Brust und lehnte sich gegen den Türrahmen. »Ich finde, du siehst damit sehr hübsch und unglaublich klug aus.«

Ich rang mir ein Lächeln ab. »Danke.«

»Mich erstaunt eher, dass dein Gehirn unter diesem Hut Platz findet«, meinte Sam und schob seine runde Schildpattbrille hoch.

Julianne lachte auf, dann presste sie die Lippen aufeinander und schüttelte den Kopf, während sie meine Haare feststeckte.

»Sehr witzig«, sagte ich und versuchte, nicht mitzulachen.

Julianne gab mir einen Kuss auf die Wange. »Fertig«, sagte sie und stellte sich neben ihren Mann.

Sam drückte sie an sich.

Meine Mutter hielt sich eine Hand vor den Mund und lehnte ihre Schläfe gegen Sams Schulter. »Sieh sie dir an.«

»Das tue ich«, sagte Sam leise.

Ihr Ausdruck war diese Mischung aus traurig und froh, an die ich mich inzwischen gewöhnt hatte, denn sie trauerten einerseits um die Tochter, die sie verloren, und freuten sich andererseits über die, die sie gewonnen hatten.

Da klingelte Juliannes Handy. Sie meldete sich in munterem Ton: »Hi, Veronica.« Doch dann flüsterte sie plötzlich und trat rasch auf den Flur hinaus. »Ich weiß nicht … ja, sie ist hier. Keine Ahnung. Ich bin mir sicher, dass sie das könnte, aber … natürlich. Natürlich. Bis dann.« Sie kam zurück und schaute zwischen Sam und mir hin und her. »Weston geht's … nicht so gut.«

»Sein Asthma?«, fragte ich und war schon auf dem Sprung.

Sie schüttelte den Kopf.

»Was ist denn los?«, fragte Sam.

»Er ist verzweifelt«, sagte Julianne.

Ich wusste, was sie meinte, und Sam offenbar auch. Ich sah es seinem Blick an.

»Ich weiß nicht, was ich tun soll, damit er sich besser fühlt. Ich habe es schon versucht«, sagte ich.

»Ich bin mir gar nicht sicher, ob irgendjemand das kann«, meinte Sam. »Das ist etwas, woran er vielleicht selbst arbeiten muss.«

»Er hat überlegt, sich an der OSU einzuschreiben«, sagte ich.

»Er hat was?«, sagte Sam und stieß sich vom Türrahmen ab.

»Dann hat er mich gebeten, dass ich mich an der

University of North Texas immatrikuliere. Denn das ist weniger als eine Stunde vom Art Institute of Dallas entfernt.«

Julianne warf Sam einen Blick zu, bevor sie wieder mich ansah. »Möchtest du das denn selbst?«

Nach kurzem Zögern schüttelte ich den Kopf. »Nein. Ich möchte an die OSU.«

»Dann solltest du deine Meinung auch nicht ändern«, sagte Sam.

Ich zupfte an meinen Nägeln herum. »Er hatte gute Argumente. Er meinte, das Angebot an der UNT sei gleich, aber in der Nähe der OSU gebe es keine vergleichbare Kunstakademie. Da ich mich noch für kein Hauptfach entschieden habe, versteht er nicht, warum ich nicht die andere Uni nehme.«

»Er muss es auch nicht verstehen«, sagte Sam. »Mir sind seine Gefühle ja nicht entgangen. Ich habe seine Furcht bemerkt. Ich kann mir auch nicht vorstellen, wie mir an seiner Stelle zumute wäre«, sagte er und sah seine Frau liebevoll an. »Ich bin mir sicher, dass er sich Sorgen macht, weil man ja nie weiß, was passiert, wenn man so intensiv für jemand empfindet. Aber er muss dich gehen lassen, Erin. Wenn es so sein soll, wird es auch funktionieren.«

»Er muss sie gar nicht gehen lassen«, sagte Julianne. »Sie können beide dafür sorgen, dass es sofort funktioniert, wenn sie es beide so wollen.«

Ich nickte.

»Ist es das, was du willst?«, fragte Julianne.

»Ich liebe ihn. Aber ich liebe mich auch.«

Julianne seufzte und kam die paar Schritte auf mich zu, um mich auf ihre unvergleichliche Weise zu umarmen. »Genau das sollst du ja.«

»Er wird schon klarkommen«, erklärte Sam. »Ich habe

den Eindruck, dass eine Menge Dinge ihn verunsichern. Er hat eben einige große Veränderungen vor sich. Ihr beide.«

Julianne drückte mich noch mal, bevor sie mich losließ. Lächelnd strich sie die Quaste an meinem Hut glatt. »Vielleicht könntest du noch mal bei ihm vorbeischauen, bevor wir losfahren. Ihn aufmuntern. Das soll doch ein Freudentag sein.«

Ich nickte und ging an ihr und Sam vorbei auf den Flur, dann die Treppe hinunter. Die Haustür quietschte ein wenig, als ich sie öffnete und in den strahlenden Sonnenschein hinaustrat. Mit jedem Schritt wurde mein Herz schwerer, und mein Kopf füllte sich mit Gedanken daran, was mich erwarten mochte, wenn ich das Haus der Gates betrat. Die Sätze von Sam und Julianne hallten in meinem Kopf wider.

Er ist verzweifelt.

Du solltest deine Meinung für niemand ändern.

Er macht sich Sorgen.

Er muss sie nicht gehen lassen.

Ist es das, was du willst?

Er wird schon klarkommen.

Ich klopfte an die schwere Holztür und wartete. Als nach einer ganzen Minute niemand kam, klopfte ich wieder. Ich wartete, und nichts passierte.

Also drehte ich den Türknopf und hörte Stimmen aus dem hinteren Teil des Hauses, wahrscheinlich aus dem Wohnzimmer. Ich trat ein und schloss hinter mir die Tür wieder.

Westons Stimme klang verschwommen, obwohl er laut sprach. Peter und Veronica versuchten anscheinend, ihn zur Vernunft zu bringen. Er klang extrem verzweifelt.

»Kannst du nicht einfach versuchen, den Tag zu genießen?«, flehte Veronica. »Du ruinierst ihn ja sonst nicht nur dir, Weston. Sondern ihr genauso.«

»Das ist doch auch nicht der letzte Tag, den du mit ihr verbringst«, sagte Peter in entnervtem Ton. »Ihr habt noch den ganzen Sommer vor euch.«

»Haben das Sam und Julianne gesagt? Wissen sie irgendwas?«, fragte Weston.

»Nein«, sagte Peter. »Weston, jetzt beruhig dich doch. Du strengst dich sonst zu sehr an.«

Ich hörte, wie etwas geschüttelt wurde, dann nahm Weston einen Stoß aus seinem Inhalator.

»Das war's«, sagte Weston und klang niedergeschmettert. »Ich habe zu lange gewartet. Wir hatten nicht genug Zeit.«

»Genug Zeit wofür?«, fragte Veronica.

»Damit sie Gefühle für mich entwickeln konnte, die stark genug sind. Sie empfindet nicht so wie ich.«

»Weston, du bist achtzehn. Du hast noch dein ganzes Leben vor dir«, schimpfte Peter. »Erin ist ein süßes Mädchen, aber sie ist nicht das Einzige. Wenn sie es sich anders überlegt, kannst du das auch tun.«

»Du checkst es nicht«, sagte Weston. »Du checkst es einfach nicht. Wenn du Mom je so geliebt hättest, wie ich Erin liebe, dann würdest du so was nicht zu mir sagen.«

»Weston!«, rief Veronica.

Ich verzog mich aufs Klo und presste dort meinen Rücken gegen die Wand. Wenn sie erfuhren, dass ich ihr Gespräch mit angehört hatte, wäre es ihnen peinlich und mir auch. Ich musste also wieder raus, bevor sie merkten, dass ich mich selbst hereingelassen hatte.

Westons nächste Worte hörte ich wieder nur gedämpft.

Dann sagte Peter: »Ich weiß, dass es besser ist, nur für

kurze Zeit so zu fühlen als überhaupt nicht. Aber ich weiß auch, wenn du weiter so drängelst, treibst du sie nur von dir weg.«

Während ich den Flur entlangschlich, antwortete Weston darauf: »Ich kann nicht anders. Ich liebe sie. Ich habe sie schon immer geliebt. Ich weiß gar nicht, wie es sich anfühlt, das nicht zu tun. Jetzt, wo ich weiß, wie es ist, mit ihr zusammen zu sein, werde ich nie mehr darüber hinwegkommen. Ich glaube auch nicht, dass ich das tun sollte. Alle sagen mir andauernd, dass ich sie ziehen lassen muss. Aber warum sollte ich mir das antun? Ich weiß schon, wie es sich anfühlt zu ersticken – Luft zu holen und doch keine Luft zu kriegen, egal wie oft und intensiv man es versucht. Ihr nennt mich melodramatisch und sagt, dass ich überreagiere, aber ich weiß, wie es sich anfühlt, wenn man meint, sterben zu müssen. Und zwar mehr als einmal. Aber das hier … das ist schlimmer.«

Ich schlüpfte zur Haustür hinaus, schlug eine Hand vor den Mund und konnte mich gerade noch am eisernen Geländer festhalten, bevor meine Knie nachgaben. Mit jedem stockenden Atemzug musste ich an seine Worte denken, an das Leid und die Panik in seiner Stimme.

Nachdem ich mich ein paar Minuten lang wieder gefasst hatte, ballte ich eine Hand zur Faust und schlug gegen das Holz. Weston hatte sich so auf die letzten Tage an der Highschool gefreut, und ich würde jetzt nicht dafür sorgen, dass er irgendwas bedauerte. Selbst wenn nur ich hier noch improvisierte, er musste ein paar schlichte Worte von mir hören, und ich würde sie ihm sagen. Ich mochte mich zwar davor fürchten, sie laut auszusprechen, aber das machte sie ja nicht weniger wahr.

Als niemand auf mein Klopfen reagierte, klingelte ich und lauschte auf das Läuten, das mich an die Glocken einer Kathedrale erinnerte.

Veronica öffnete mit müdem Gesicht die Tür. »Erin«, sagte sie erleichtert.

»Kann ich reinkommen?«, fragte ich.

Sie machte einen Schritt zur Seite und öffnete die Tür noch weiter. »Ja bitte. Er ist im Familienzimmer.«

Ich eilte durch den Flur, an der Tür zum Untergeschoss und an der Küche vorbei. Zwei Meter von Weston entfernt blieb ich abrupt stehen. Er drehte mir immer noch den Rücken zu.

»Weston?«, sagte ich und war mir gar nicht sicher, ob er mich überhaupt sehen wollte.

Er drehte sich um. Seine Augen waren geschwollen, die Wangen gerötet. »Haben sie dir gesagt, du sollst kommen?«

Ich schüttelte den Kopf und hoffte, dass er die Lüge glaubte. Ich wollte ihn nicht noch mehr aufregen. »Ich wollte dich sehen.«

»Aber nicht so. Ich bin ein nervöses Wrack.«

»Du bist aufgeregt. Das sind wir alle. Das ist doch okay.«

Er stemmte die Hände in die Hüften und schaute zu Boden. Seine Brust hob und senkte sich mit jedem tiefen Atemzug, während er versuchte, sich zu beruhigen. »Manchmal glaube ich, ich spinne. Ich meine … Ich wusste schon, dass ich verrückt nach dir bin, aber … verdammt. Ich habe das nicht im Griff. Das macht mir so eine Scheißangst.«

»Rede mit mir«, sagte ich.

»Das ist das Ende, oder? Uns bleiben noch die paar Wochen des Sommers, und dann ist es vorbei.«

»Nein«, sagte ich kopfschüttelnd. »Warum glaubst du mir denn nicht?«

Seine Augen irrten durch den Raum und blieben dann wieder an mir hängen. »Ich habe gewartet, zugehört und beobachtet. Ich habe gehofft, dass du mir sagen wirst, was ich hören muss. Dabei weiß ich nicht einmal genau, was das sein sollte, Erin. Ich weiß nur, dass es mir mit jedem Tag, der verstreicht, schlechter geht.«

»So soll es aber nicht sein«, sagte ich kleinlaut. »Es soll dir nicht schlecht gehen. Wir sollten schöne Erinnerungen sammeln, schon vergessen?«

Er nickte und streckte die Arme nach mir aus. Ich ging die paar Schritte auf ihn zu und schmiegte mich an seine Brust, wo er mich in die Arme schloss.

»Hey«, flüsterte ich und hoffte, meine Stimme würde ihn trösten. Ich klammerte mich an seine rostbraune Robe für die Abschlussfeier und versuchte, so zu tun, als hätte ich nicht jeden einzelnen quälenden Gedanken gehört, den er gerade gestanden hatte.

Er vergrub sein Gesicht in meinem Nacken, und sein Atem ging stoßweise. Seine Verzweiflung wuchs, und es war frustrierend zu sehen, dass er sich immer schlechter zu fühlen schien, je mehr ich versuchte, ihn aufzumuntern. Also musste ich meine Strategie ändern.

»Weston«, sagte ich streng und zwang ihn, mir in die Augen zu sehen. »Ich habe darüber nachgedacht, was wir letztens besprochen haben.«

Er hielt den Atem an.

»Du hast dich getäuscht. Du hast überhaupt kein bisschen recht.«

»Das … ist … verdammt«, sagte er und runzelte die Stirn.

»Ich brauche dich doch.«

Er lehnte sich ein bisschen zurück und sah mich fragend an.

»Ich weiß, du denkst, dass ich dich nicht brauche, und das ist meine Schuld. Vielleicht wollte ich dich nicht brauchen. Aber ich habe es gebraucht, dass du jeden Tag auf ein Eis zum Dairy Queen gekommen bist, damit ich diesen einen Moment nur mit dir und mir erlebte. Ich habe es gebraucht, dass du an diesem einen Abend, als ich nach Hause ging, neben mir stehen geblieben bist. Ich habe es gebraucht, dass die Überführung der erste Ort war, an dem ich mich je sicher fühlte. Ich habe es gebraucht, dass du mich am Baseballplatz vor allen geküsst hast. Ich habe es gebraucht, dass du bei meiner ersten Fahrt mit einer Limo dabei warst. Vielleicht brauche ich es sogar, dass du Angst hast, mich zu verlieren, weil ich entsetzliche Angst davor habe, dich zu verlieren.«

»Aber du … du benimmst dich gar nicht so.« Die Worte schienen einen schlechten Nachgeschmack in seinem Mund zu hinterlassen.

»Ich möchte nicht darüber reden, wie wir das nach dem Sommer hinkriegen werden, weil ich überhaupt nicht daran denken will. Ich möchte nur, dass es funktioniert. Ich will einfach, dass wir es hinkriegen.«

Weston runzelte die Stirn. »Ich werde nirgendwo hingehen.«

»Doch, das wirst du. Und ich auch. Wir werden uns in ein paar Monaten verabschieden, aber ich werde mich einfach darauf konzentrieren, dass es nicht für immer ist. Die OSU wird mein zweites Zuhause und Dallas deins. Meine neuen Freunde werden auch deine sein. Und selbst wenn wir Erfahrungen nicht gemeinsam machen, werden sie etwas sein, über das wir beim Telefonieren am Abend lachen können. Wir gehen in verschiedene Richtungen, aber wir können uns immer wieder treffen. Wir beide sind die Homebase.«

Er nahm den albernen Doktorhut ab, legte eine Hand um mein Kinn, beugte sich herab und presste seine Lippen auf meine. Er bat um keine weiteren Versprechen mehr und forderte mich nicht auf, die Uni zu wechseln.

Er hatte nur die Bestätigung gebraucht, dass ich genauso viel Angst hatte wie er, weil die Liebe nun mal etwas wunderbar Furchterregendes war.

Dann setzte Weston sich seinen Hut wieder auf und holte so tief und langsam Luft, als könne er seit Wochen zum ersten Mal wieder durchatmen.

»Es tut mir leid«, sagte er zu mir.

Peter und Veronica kamen herein und wirkten erleichtert, ihren Sohn wieder entspannter zu sehen.

»Es tut mir leid«, sagte er auch zu ihnen. »Irgendwie hat mich heute Morgen noch vor Sonnenaufgang die Erkenntnis wie ein Schlag getroffen. Und dann wurde es immer dunkler. Je näher der Zeitpunkt rückte, desto schlechter fühlte ich mich.« Er berührte die silberne Kette, die er unter meiner Robe hervorblitzen sah, dann zog er den herzförmigen Anhänger hervor.

»Das ist erst der Anfang, nicht das Ende«, sagte ich.

Veronica hielt Westons Quaste in der Hand, und ihre Mundwinkel bewegten sich ein Stückchen nach oben. Ich war mir nicht sicher, wie viel von unserer Unterhaltung sie gehört hatten, aber sie konnten sehen, dass Weston in weitaus besserer Verfassung war.

»Vergiss das hier nicht«, sagte sie und befestigte die Quaste oben auf seinem Hut.

»Ist dann alles okay?«, fragte Peter. Als Weston nickte, klimperte Peter mit den Schlüsseln. »Na dann los. Die Großeltern warten schon.«

Weston fuhr mit seinen Eltern zur Highschool, ich mit meinen. Die Familien Gates und Alderman trafen sich auf dem Parkplatz, und Weston und ich gingen in den Musiksaal, während unsere Eltern sich mit Westons Großeltern in die Aula begaben.

Weston plauderte mit seinen Kumpeln vom Baseball und Football und hielt meine Hand. Ich lauschte dem aufgeregten Geplänkel im Saal. Schüler umarmten einander, einige der Mädchen tupften sich die Augen mit Papiertüchern, passten aber auf, dass ihre Mascara nicht verschmierte. Alle waren glücklich, vielleicht so glücklich, wie ich sie noch nie gesehen hatte.

Mrs. Pyles steuerte mit ihrem unverwechselbaren liebenswürdigen Lächeln und strahlend blauen Augen auf mich zu. »Sieh dich nur an!«, sagte sie. »Bist du aufgeregt?«

»Eigentlich nicht«, sagte ich.

»Du wirst als eine der Ersten aufgerufen werden.«

»Oh. Wegen des Namens Alderman?«

»Ich denke schon.«

Darüber hatte ich noch gar nicht nachgedacht. Vielleicht würde es für viele seltsam sein, den Namen Erin Alderman aus dem Lautsprecher zu hören, obwohl die Erin Alderman, die sie kannten, gestorben war.

»Hättest du es lieber, wenn sie Easter sagen? Ich kann da noch Bescheid geben.«

»Könnten Sie vielleicht darum bitten, dass man Erin Easter Alderman sagt?« Allerdings war ich mir selbst nicht sicher, ob das richtig war.

»Aber klar.« Mrs. Pyles zwinkerte mir zu. »Das werde ich gleich erledigen.«

Ich nickte. »Danke schön.«

Bevor sie verschwunden war, zupfte ich an ihrer Strickjacke. Sie drehte sich um und rührte sich nicht, als ich sie umarmte. Die Geste war wohl unerwartet, aber nicht unwillkommen.

»Für alles. Danke.«

Sie erwiderte meine Umarmung. »Aber gerne, Süße. Ich freu mich so für dich.« Lächelnd machte sie auf dem Absatz kehrt und eilte in die Aula.

Brendan, Brady, Micah und Andrew standen in einer

Ecke zusammen. Bradys Augen waren inzwischen nicht mehr geschwollen, aber die Veilchen waren noch sichtbar, auch wenn die violetten Flecken stellenweise schon gelb wurden. Ich vermutete, dass die Spuren seines Zusammenstoßes mit Weston erst in ein paar Wochen komplett verschwunden sein würden.

Die Oberstufenberaterin Mrs. Hunter war in der Menge kaum zu sehen, aber ihre Stimme dröhnte durch den Saal. »Okay, alle mal herhören! Zeit fürs Aufstellen!«

So, wie wir es am Freitagvormittag geübt hatten, stellten sich nun alle vierundachtzig Schüler unseres Jahrgangs ohne großes Durcheinander in alphabetischer Reihenfolge auf. Das aufgeregte Geschnatter wurde noch lauter, nachdem alle ihre Plätze eingenommen hatten. Brady stand nur fünf Leute von mir entfernt, aber es fiel mir leicht, so zu tun, als wäre er gar nicht da. Mit Kiki Abrams auf der einen und Charlena Arnt an meiner anderen Seite war ich abgelenkt genug.

Kiki betupfte sich vorsichtig die Augen. »Ich kann gar nicht glauben, dass mich das so mitnimmt. Ich dachte, es würde mir nichts ausmachen, und jetzt heule ich schon den ganzen Tag.«

»Ich nicht«, bemerkte Charlena trocken. »Nichts wie raus hier.«

Ich lächelte und war froh, dass es mir nicht als Einziger so erging.

Das Orchester begann zu spielen, und dann wurde es still im Saal. Kiki folgte Mrs. Hunter durch die Doppeltür nach draußen. Die Sonne brannte schon heiß auf uns herunter, aber es kam mir trotzdem wie eine Befreiung vor. Wir marschierten in einer Reihe über den Fußweg an der Südseite zum Foyer vor der Aula. Die Schlange wickelte sich auf, bis alle in dem herrlichen kühlen klimatisierten Vorraum standen, wo wir auf das Zeichen warteten einzutreten.

Ich hielt nach Weston Ausschau, und als unsere Blicke sich trafen, winkte er und zwinkerte mir zu. Ich winkte zurück, und es fühlte sich seltsam an, zwischen so vielen unserer Klassenkameraden zu stehen, während er nicht an meiner Seite war.

Da stießen Mrs. Hunter und Coach Morris die Türen auf, und wir gingen durch den Mittelgang bis zu den ersten sechs Reihen, die für uns reserviert waren. Bevor ich in der ersten Reihe Platz nahm, sah ich die Hände von Sam und Julianne, die mir aus dem Meer der Köpfe zuwinkten. Ich winkte zurück und setzte mich.

Wenige Augenblicke später flüsterte eine vertraute Stimme mir ins Ohr: »Hallo, meine Schöne. Was hast du später noch vor?«

Sofort verspürte ich Erleichterung. Weston saß genau hinter mir.

»Was auch immer du vorhast«, flüsterte ich zurück.

Er berührte mit seinen Lippen die Haut hinter meinem Ohr, dann hörte ich, wie er sich wieder setzte.

»So süß«, sagte Kiki mit vielsagendem Lächeln.

Direktor Bringham sprach als Erster. Nach vielen weiteren Reden vieler Leute, darunter der Jahrgangsbeste und -zweitbeste, setzten sich auch der Hausmeister und der Direktor wieder hin. Mit einem Mikro in der Hand steuerte Coach Morris auf die Tonkabine hinten in der Aula zu, um von dort aus die Namen aufzurufen. Ich stand mit der ersten Reihe auf, und wir stellten uns vor den Stufen auf, die zur Bühne hinaufführten.

»Laura Kathryn ›Kiki‹ Abrams«, tönte die Stimme von Coach Morris aus den Lautsprechern.

Die Menge brach in Applaus aus, wobei einzelne Leute zusätzlich Jubelrufe ausstießen. Eine halbe Sekunde lang fragte ich mich noch, ob eine peinliche Stille eintreten würde, nachdem mein Name genannt worden war.

»Erin Easter Alderman.«

Nach einer winzigen Pause, die offensichtlich der Überraschung über den Namen geschuldet war, brach erneut Applaus aus, und Sam und Weston sprangen auf, um für mich zu jubeln.

»Gut gemacht!«, rief Sam.

Julianne schoss ein Dutzend Bilder.

»Huuu! Erin!«, schrie Weston. »Klasse, Baby!«

Ich stieg die Stufen hoch, schüttelte Direktor Bringham die Hand und überquerte die Bühne, um zum Hausmeister zu gelangen. Mit meiner Rechten schüttelte ich die Hand, mit der Linken nahm ich mein Zeugnis entgegen. Hinten auf der Bühne waren wieder Stuhlreihen aufgestellt. Dort nahm ich meinen Platz neben Kiki ein.

»Charlena Nicole Arnt«, rief Coach Morris.

Die Menge applaudierte wieder.

Einer nach dem anderen wurden die Schüler aufgerufen, gingen über die Bühne und setzten sich dort wieder. Als Weston an die Reihe kam, ging mein Jubel im Geschrei seiner Teamkollegen aus der Baseball- und Footballmannschaft unter. Er kam wieder genau hinter mir zum Sitzen und beugte sich erneut vor, um mich zu küssen – diesmal auf die Wange.

Weitere Namen folgten, und die Reihen vor der Bühne leerten sich. Meine Kehle begann, eng zu werden, meine Augen brannten. Dieses Gefühl überraschte mich selbst. Ich hatte die Tage bis zu diesem Ereignis gezählt. Aber ich empfand es nicht bittersüß oder sogar als Erleichterung. Eher spürte ich alles, was ich seit der Vorschule bis zu diesem Moment empfunden hatte, auf einmal. Jede Erinnerung, jedes Lächeln, jede Träne, jede Enttäuschung, jeden Triumph unter dem grellen Scheinwerferlicht.

Nachdem die Formalitäten erledigt und wir alle draußen waren, konnte Mrs. Hunter das Chaos noch so lange bändigen, bis der Countdown zum Hochwerfen unserer Doktorhüte begann. Der offizielle Fotograf machte seine Kamera bereit, ebenso alle Eltern, Freunde und andere Familienangehörige. Dann rissen wir uns alle kollektiv die Hüte von den Köpfen und warfen sie in die Luft.

Als die Kopfbedeckungen wieder herabfielen, zog Weston mich in seine Arme und ließ auf dem Höhepunkt der Feier die ganze Welt um uns mit einem unglaublichen Kuss stillstehen. Darin waren unsere ganze Liebesgeschichte, unsere Zukunft und unsere Vergangenheit enthalten. Und es passierte vor beinahe allen Menschen, die wir kannten. Als er sich schließlich langsam wieder von mir löste, begannen sich alle um uns herum wieder zu bewegen. Es schien, als hätten sie nicht bemerkt, dass wir gerade einen dieser Momente erlebt hatten, die man nur in der Erinnerung richtig festzuhalten vermag.

Weston legte einen Arm um meine Schulter und wirkte so viel glücklicher als am selben Morgen bei sich zu Hause.

»Und jetzt?«, fragte ich.

»Es gibt eine Abschlussparty am Staudamm mit allem Drum und Dran, Fassbier und Lagerfeuer, und es gibt einen stillen Abend auf unserer Überführung mit Fanta Orange, Sternschnuppen und Glühwürmchen. Die Dame darf wählen.«

»Oh, das ist eine schwierige Entscheidung«, sagte ich und strahlte übers ganze Gesicht.

Kapitel 9

Die Zikaden sangen in hohen Tönen und machten dem Zirpen der Grillen auf den Weiden rund um die Überführung Konkurrenz. Die Scheinwerfer des fließenden Verkehrs nach Nord und Süd leuchteten unter uns, und die Windstöße einzelner Schwerlaster verstärkten die leichte Brise, die durch das Gras strich. Die über uns blinkenden Sterne machten den Abend perfekt.

Weston lag neben mir, und ich benutzte seinen Arm als Kissen. Kaum hatten wir die gekühlte Fahrerkabine seines Chevy verlassen und den Quilt aus Denim auf der Ladefläche ausgebreitet, war mir aufgefallen, dass die Hitze nicht wie sonst um diese Jahreszeit mit Sonnenuntergang nachgelassen hatte. Obwohl ich nur ein weißes Spitzen-Tanktop und Shorts trug, legte sich die schwüle Wärme auf meine Haut. Ich spürte, wie ich am Haaransatz schwitzte und an allen Stellen, wo unsere Haut sich berührte – und das waren viele.

Weston hatte aus der mit Eis gefüllten Kühlbox eine Dose Fanta gefischt, sie aufgerissen und mir gegeben, bevor wir es uns gemütlich gemacht hatten. Jetzt nippten wir abwechselnd daran, schauten in den Himmel und lauschten auf die Geräusche des Sommerabends.

Die Zeugnisverleihung selbst hatte nicht lang gedauert, aber die Hunderte von Fotos, das Zusammenstehen, die höflichen Verabschiedungen, das Umarmen und Lächeln waren ja nur das Vorspiel zu den Familienfeiern, Geschenkübergaben und den zahllosen Fragen bezüglich meiner und Westons Zukunft gewesen, auf die ich noch keine Antwort wusste. Meine Wangen schmerzten richtig von dem stundenlangen dankbaren und höflichen Lächeln. Der kräftezehrende Austausch von Freundlichkeiten war sicher immer noch besser, als allein zu sein, aber man musste sich auch erst einmal daran gewöhnen.

Die Vorstellung, was ich wohl getan hätte, wenn mein Leben keine so dramatische Wendung genommen hätte, brachte mich rasch dazu, das Brennen in meinen Wangen gern zu ertragen und dankbar dafür zu sein, dass sich überhaupt Leute für die Zukunft, die ich vor mir hatte, interessierten.

Trotzdem war es der beste Teil des Tages, mit Weston an meinem absoluten Lieblingsplatz zu sitzen. Gedankenverloren spielte er mit meinen Haaren, während sein Blick über die Millionen von Sternen am Himmel glitt. Außerhalb der Stadt waren sie viel besser zu sehen, sodass ich jedes Mal, wenn wir an unserem Platz auf der Überführung nach oben schauten, vor Staunen nach Luft schnappte.

»Ich liebe dich«, sagte Weston unvermittelt. Seine Stimme war ganz ruhig. Es schien nicht der Beginn eines schwierigen oder ernsten Gesprächs zu sein. Er wollte es offenbar nur laut aussprechen.

Ich grinste von einem Ohr zum anderen.

Noch vor ein paar Monaten war Weston nur ein Wunsch gewesen, unerreichbar, aber jetzt lag ich in seinen Armen. Die verzweifelten Worte, die er heute Morgen zu seinen Eltern gesagt hatte, gingen mir schon den ganzen Tag über dauernd durch den Kopf. Zwischen Händeschütteln und Posieren für Fotos war mir die Realität des Geliebtwerdens – von Weston, Sam und Julianne – und die damit verbundene Verantwortung bewusst geworden. Liebe in jeglichem Umfang erforderte Verständnis, war ein Geben und Nehmen, bedeutete Zugeständnisse und Kompromisse. Liebe machte viel mehr Arbeit als Alleinsein, aber sie war es absolut wert.

Ich schielte zu Weston hinüber. Er brauchte mich. Er war der Junge, den ich verstohlen angesehen hatte. Ich hatte auf die nächste Gelegenheit gewartet, bei der unsere Blicke sich begegnen würden. Genau wie ich gehofft hatte, er würde bemerken, dass ich seine Cherry-Dip-Waffel besonders groß machte, damit er es als eine Art Liebeserklärung verstand. Nun war ich diejenige, die er verzweifelt halten wollte, diejenige, die er für seine Zukunft brauchte. Ob es uns bestimmt war, einander so sehr zu lieben, spielte keine Rolle, solange unsere Liebe Teil der unablässigen Vorwärtsbewegung innerhalb der unbegrenzten Zeitspanne war, die vor uns lag.

»Ich liebe dich auch«, sagte ich.

Von der Straße unterhalb, aber nicht vom Interstate Highway, kam ein Wagen auf uns zu und erregte meine Aufmerksamkeit. Ich hob den Kopf und sah zwei Scheinwerfer sich der Überführung von der Straße im Osten nähern.

»Was, wenn das der Sheriff ist?«, fragte ich.

Weston wirkte unbeeindruckt. »Dann wird er uns sagen, dass wir hier wegfahren sollen. Keine große Sache.«

Als das Fahrzeug sich näherte, erkannte ich, dass es ein Pick-up war, der noch vor der Brücke stehen blieb. Ich hob die Hand, um meine Augen gegen das blendende Licht abzuschirmen. Alle vier Türen der Fahrerkabine öffneten sich gleichzeitig, und ein paar dunkle Gestalten stiegen aus.

Weston setzte sich ebenfalls auf und sprang auf den staubigen Asphalt hinunter. »Shit«, zischte er.

»Du verpasst die Party!« Brendan trat aus dem Lichtkegel, sodass man ihn genauer erkennen konnte. In der Hand hielt er eine Dose Natural light und schwankte von einem Bein aufs andere, um sich aufrecht zu halten.

Brady, Andrew, Micah und Tyson standen auf der anderen Seite, jeder mit einer eigenen Dose Bier in der Hand. Tyson wirkte ein bisschen entnervt. Andrews Augen waren glasig, und er musste sich genau wie Brendan einige Mühe geben, um auf den Beinen zu bleiben.

»Sieht aus, als hättet ihr für heute Abend alle schon genug«, sagte Weston. Er klang zurückhaltend. Offenbar versuchte er, beiläufig zu klingen, aber in seiner Stimme lag eine Spur Nervosität.

»Willst du ein Bier?«, fragte Brendan und warf Weston eine Dose zu.

Der ließ sie neben seinen Füßen auf den Boden fallen. »Nicht wirklich.«

»Was is'n bloß los mit dir, Gates?«, fragte Andrew. »Du ziehst nie mehr mit uns rum. Und deinen Humor hast du auch verloren, seit du mit ihr zusammen bist.« Er zeigte auf mich, aber sein ausgestreckter Arm verfehlte mich ein bisschen.

»Pack zusammen, Erin. Wir suchen uns einen anderen Platz, wo es nicht so voll ist«, sagte Weston.

Ich schloss die Kühlbox und begann, die Decke zusammenzufalten.

»Du bist dir wohl zu gut, um mit uns abzuhängen, was?«, sagte Brendan. »In was für ein verdammtes Weichei du dich verwandelt hast, Gates.«

Weston hielt mir die Hand hin und half mir von der

Ladefläche herunter. Dann klappte er den Rand hoch und arretierte ihn. »Wir packen's, Jungs. Schönen Abend noch.« Damit zog er die Schlüssel aus seiner Tasche.

Brady machte einen Schritt nach vorn. »So, wie du dieser Schlampe nachrennst, seit die beiden gestorben sind, hast du quasi auf Alders Grab gespuckt.«

Weston schob sich schützend vor mich. »Warum bekümmert dich das so, Brady? Du weißt, was ich für Alder empfunden habe und was nicht.«

»Das weiß ich«, sagte Brady, und seine Worte klangen ziemlich undeutlich. Die glasigen Augen wurden schmal. »Weil ich verdammt noch mal dein bester Freund war. Und jetzt kenne ich dich nicht mal mehr, Mann.«

»Na und? Willst du mich verprügeln? Hast du diese Typen mitgebracht, um mir die Fresse zu polieren? Was soll das denn bringen?«, fragte Weston.

Tyson schüttelte den Kopf. »Ich schlage mich nicht mit Weston, Alter. Das ist nicht mein Streit.«

Brady schnaubte in seine Richtung. »Feigling.«

»Leck mich«, sagte Tyson. »Wes ist mein Freund. Ich helfe dir nicht, nur weil du …«

»Halt gefälligst die Schnauze!«, brüllte Brady.

Weston starrte Brady an. »Du warst in Alder verknallt. Deshalb bist du so wütend.«

Brady schleuderte seine Bierdose auf Weston, der schützend vor mir stand. Sie verfehlte knapp seine Schulter, schlug am Boden auf und verfärbte den Staub mit einer kleinen schäumenden Pfütze.

»Du weißt einen Dreck«, sagte Brady und kam noch einen Schritt näher. »Du hast sie nie verdient. Jetzt ist sie tot. Und du vögelst diese dreckige Nutte!« Die letzten Worte schrie er und zeigte mit vier Fingern auf mich.

»Komm«, sagte Weston und griff sanft nach meinem Arm. »Lass uns fahren, bevor es hier noch hässlicher wird.«

»Zu spät«, rief Brady und lachte dreckig. »Das Hässliche hast du schon mitgebracht.«

Weston fuhr herum, aber ich hielt ihn am T-Shirt fest. Er zog an dem weißen Stoff.

»Du möchtest los?«, fragte Brady und streckte die Arme von sich. »Na komm schon.«

»Du bist immer noch ziemlich lädiert vom letzten Mal. Bist du dir da echt sicher?«, fragte Weston.

»Weston, bitte. Lass uns einfach fahren«, sagte ich und merkte, wie meine Hände zitterten.

Selbst wenn Tyson sich nicht beteiligte, wären es immer noch vier gegen einen.

»Halt's Maul, Smartiestitte. Du stehst mir schon bis hier«, sagte Brady und hielt sich eine Hand auf die Höhe seiner Stirn. »Du ziehst in Alders Zimmer ein und spielst Zuhause mit ihren Eltern. Es ist verdammt widerlich, wie sie ihre Tochter anscheinend vergessen haben und dich ihren Platz einnehmen lassen, als hätte sie nie existiert. Dabei wirst du nie Alder sein. Scheißegal, wie viel sauteure Seife du benutzt oder wie viele Markenjeans Julianne dir kauft. Du wirst immer der Secondhand-Unterschichtenbalg einer Cracknutte sein, der so tut, als wäre er einer von uns.«

Weston ballte die Hände zu Fäusten.

»Bitte, Weston«, flehte ich. »Bitte bring mich nach Hause.«

Weston schüttelte den Kopf und machte einen Schritt zur Seite, obwohl ich immer noch an seinem T-Shirt zog.

»Ich weiß zwar noch nicht, wie, aber ich werde beweisen, dass das ein Irrtum war«, sagte Brady. »Alders Eltern werden sich schämen, und dieser Abschaum aus der Gosse wird wieder dahin verschwinden, wo er hingehört.«

Weston lachte bitter auf. »Ein Irrtum? Darauf hoffst du? Sieh sie dir doch an, Brady. Sie ist Julianne wie aus dem Gesicht geschnitten!«

»Doch, das ist ein verdammter Irrtum!« Brady spuckte die Worte geradezu aus. Danach wischte er sich mit dem Handrücken über den Mund.

Weston löste behutsam meine Hand von seinem Shirt. »Wenn du etwas über Irrtümer hören willst, Brady, dann solltest du vielleicht mal deine Eltern fragen.«

Bevor Brady die Beleidigung verarbeiten konnte, stürzte Weston sich auf ihn, und beide gingen zu Boden. Brendan und Andrew mischten sofort mit.

»Nein! Jungs!«, brüllte Tyson und streckte den Arm aus, um Micah davon abzuhalten, sich auch noch ins Getümmel zu stürzen. »Lasst das!«, rief er und zerrte an Andrew.

Brendan taumelte zurück, holte mit seinem Stiefel aus und trat Weston von Brady weg. Weston krümmte sich kurz und versuchte dann, auf die Knie zu kommen.

Da holte Brady mit einem Arm aus und verpasste Weston einen heftigen Kinnhaken. Weston stützte sich mit beiden Händen auf den Boden.

»Aufhören!«, kreischte ich.

Brady drehte sich mit finsterer Miene zu mir, hielt meinen Blick fest und trat Weston gleichzeitig so heftig gegen den Kopf, dass er mit dem Gesicht nach unten fiel.

Brendan tat es ihm gleich, nur dass er Weston mit seiner Stiefelspitze zwischen den Rippen traf. Andrew folgte ihrem Beispiel. Jedes Mal, wenn Weston versuchte, sich aufzurappeln, traten sie ihn wieder.

»Das reicht jetzt!«, brüllte Tyson, und die Adern an seinem Hals traten hervor.

Ich schob mich an ihnen vorbei und warf mich auf Westons Körper. Er war so viel größer als ich, dass ich ihn kaum zudecken konnte. Die Augen hielt ich geschlossen, und ich war gefasst auf den nächsten Tritt.

»Verdammt noch mal, wag es bloß nicht!«, hörte ich Tyson wieder schreien.

Ich schaute hoch und sah, wie er auf Brady zeigte, der Anstalten machte, uns erneut zu attackieren.

»Steigt in den Truck!«, befahl Tyson.

Ihre Augen waren nicht mehr glasig vom Alkohol, und die Erregung, sich gegen ein Opfer zusammenzurotten, schien auch bereits verflogen. Ich klammerte mich an Weston, der zunächst die Luft anhielt und dann stöhnte.

Er schaute zu Brady hoch. »Das ist noch nicht erledigt, Beck.«

»Darauf kannst du verdammt noch mal Gift nehmen«, entgegnete der, bevor er den anderen folgte und in den Pick-up stieg.

»Bist du okay?«, fragte Tyson, der neben uns aufragte.

»Ich werd's überleben«, sagte Weston.

Tyson nickte kurz und gesellte sich zu den anderen, bevor der Pick-up schwungvoll wendete und uns mit Schotter bespritzte. Weston versuchte noch, mich zu schützen, aber seine Bewegung war zu langsam.

Als die roten Rücklichter von Bradys Truck in der Ferne nicht mehr zu sehen waren, stützte Weston sich auf seine Knie und spuckte aus. Auf seinen Lippen blieb Blut zurück, das er mit dem Handrücken abwischte.

Ich zog den Saum meines Tanktops hoch und wischte ihm Schmutz und Blut vom Gesicht.

»Das muss aufhören«, sagte ich mit brechender Stimme.

»Ja, das wird es auch«, sagte Weston in leisem, drohendem Ton.

»Nein. Keine Schlägereien mehr«, bat ich.

»Und wenn du ihm alleine in Stillwater begegnest?

Glaubst du, ich lasse dich da hin, wenn ich weiß, dass er auf Blutvergießen aus ist?«

»Müssen wir jetzt darüber reden?«

»Wann denn? Er war zwar schon immer ein Scheißkerl, aber das ist eine ganz neue Dimension. Ich hätte nie gedacht, dass er den Mumm dafür hat«, sagte Weston und spuckte noch mal aus.

Ich half ihm beim Aufstehen. »Bekommst du schlecht Luft?«, fragte ich.

»Nein«, sagte er und dehnte seine schmerzenden Muskeln.

»Brady hat dir gegen den Kopf getreten«, sagte ich besorgt.

»Hab ich gemerkt«, knurrte er.

»Wir sollten dich zu Julianne bringen und sie dich anschauen lassen. Nur für alle Fälle.«

Weston wollte noch protestieren, aber da hatte ich mir schon seine Schlüssel genommen. Er reagierte nicht schnell genug, um mich aufzuhalten.

»Du hast keine Wahl. Ich fahre.«

»Du hättest das nicht tun sollen«, sagte er.

»Sie davon abhalten, dir die Rippen zu brechen?«, fragte ich und half ihm zur Beifahrerseite.

Langsam stieg er ein und ließ sich grunzend auf den Sitz fallen.

»Ich konnte doch nicht nur dastehen und zuschauen.«

»Mach dir keine Sorgen. Ich kümmere mich darum«, sagte Weston.

»Nein, das wirst du nicht«, widersprach ich, bevor ich die Tür zuschlug. Ich ging auf die andere Seite und sagte leise zu mir selbst: »Das werde ich tun.«

Kapitel 10

»Andrew, Brendan und Brady, was?«, sagte Frankie. »Der ganze verdammte Misthaufen.« Sie schüttelte den Kopf und starrte durch ihr Fenster nach draußen. »Anscheinend«, sie schüttelte wieder den Kopf und ballte die Fäuste auf der Theke, sodass ihre Knöchel weiß hervortraten, »hat der Ball noch nicht gereicht. Wir sollten Brady die Eier langziehen.«

Ich schnaubte.

»Und wenn ich mit ihm fertig bin, ist er kein Kerl mehr«, knurrte sie. »Dieser kleine Scheißer. Der soll es bloß nicht mehr wagen, an mein Fenster zu kommen. Dem mache ich nie mehr eine extra Spitze auf sein Eis.«

»Oh, da wird er jetzt wohl alles bereuen«, meinte ich todernst.

Sie drehte sich zu mir. »Was wird Weston tun?«

»Nichts. Zumindest habe ich ihn darum gebeten.«

»Und glaubst du, dass er auf dich hört?«

»Das will ich ihm raten«, brummte ich, mehr zu mir selbst.

Sie hob eine Augenbraue. »Sieh einer an, kaum hat sie die Highschool abgeschlossen, ist sie erwachsen und abgeklärt.«

Ich seufzte. »Das wird noch böse enden. Die können sich doch nicht immer weiterprügeln. Irgendwann wird sich einer richtig verletzen. Und Weston keuchte sowieso schon … hinterher. Das hat mir Angst gemacht.«

»Fürchtest du, dass er beim nächsten Mal wieder einen Asthmaanfall kriegt?«

»Ja.«

»Da könntest du recht haben«, sagte sie.

Ich staunte. Frankie unterstützte mich zwar immer, aber sie war eigentlich nie einer Meinung mit mir.

»Tyson hat Glück, dass er nicht mitgemacht hat«, sagte sie. Sie wackelte mit ihrem Zeigefinger vor meiner Nase. »Ich kenne seine Mutter. Sie erlaubt ihren Kindern nicht, sich so aufzuführen.«

»Er hat sie zum Aufhören gebracht. Wenn nicht … ich glaube nicht, dass Brady sich darum geschert hätte, dass ich mich zwischen Weston und seinem Fuß befand.«

Frankie zischte wütend, aber als wir ein Auto parken hörten und sie die Frau erkannte, die über den Parkplatz kam, wurden ihre Wangen knallrot.

»Frankie«, warnte ich sie.

Lynn trat vor mein Fenster und wartete mit arroganter Miene.

Frankie stand neben mir und starrte sie finster an, während ich mein Fenster aufschob.

»Was darf's sein?«, fragte ich und versuchte zu klingen, als sei sie eine x-beliebige Kundschaft. Ich wusste, dass sie etwas im Schilde führte, sonst hätte sie einfach den Drive-Thru genommen.

»Wie geht's Weston?«, fragte Lynn.

Ich starrte sie ausdruckslos an.

Sie grinste.

»Was willst du, Lynn?«, giftete Frankie. »Bestellen oder gehen?«

»Brady hat eine strahlende Zukunft vor sich, Easter. Deine Zukunft dagegen«, sagte sie und ließ ihren Blick über die Wände des Dairy Queen wandern, bevor sie wieder mich ansah, »passt dagegen perfekt in dieses kleine Fenster.«

Frankie schnaubte. »Bist du etwa den ganzen Weg vom Country Club hierhergekommen, um sie zu verhöhnen? Wie alt bist du noch mal?«

»Ich wollte Easter nur zum Highschoolabschluss gratulieren. Eine Schande, dass deine Mutter nicht zu der Feier kommen konnte.«

»Julianne war da«, sagte ich.

»Deine richtige Mutter«, sagte Lynn emotionslos. »Die, die in dieser Mülltonne haust, in der du aufgewachsen bist.«

Frankie sah mich an. »Was nützt die schicke Angebervilla, wenn doch nur Flachwichser drin wohnen?«

Ich verbiss mir ein Lachen, aber Lynn starrte Frankie aus schmalen Augen an.

»Du bist doch die Witzfigur der Stadt, Frances. Du wirst es zu nichts mehr bringen. Du hast immer noch denselben Job wie zu Highschoolzeiten, und deinen Kindern wird es genauso gehen, weil du dir keine anständige Ausbildung für sie leisten kannst.«

»Vielleicht«, sagte Frankie. »Aber ich kann und werde einen Weg finden, sie aufs College zu schicken. Du hast dagegen deinen Sohn zu einem grausamen Menschen erzogen. Und wenn die meisten Leute aus dieser Stadt sich an ihn erinnern, wird ihnen nicht der Name Beck einfallen oder wie erfolgreich oder erfolglos er sein wird, sondern nur, dass er ein widerliches, gehässiges Arschloch war. Leb du erst mal damit.«

Damit knallte Frankie das Fenster zu. Ein paar Sekunden lang überlegte Lynn, ob sie noch irgendwas durch die Glasscheibe sagen sollte, doch dann machte sie auf dem Absatz kehrt und stapfte zu ihrem Wagen zurück.

Frankie wandte sich ab und lehnte sich mit dem Rücken gegen die Theke. »Mein Gott, wie ich diese Zicke hasse!«

Ich holte tief Luft und blies mir eine Haarsträhne aus dem Gesicht. »Ich habe das Gefühl, sie kann sich selbst nicht leiden. Veronica meinte, Lynn würde mit den Gemeinheiten, die Brady über andere sagt oder ihnen antut, angeben. Wer ermutigt seine Kinder denn schon bewusst, so etwas zu tun?«

»Lynn Beck eben«, sagte Frankie und schaute sich nach einer Beschäftigung um.

Der Rest unseres Arbeitstages verlief hektisch, aber ohne besondere Vorkommnisse. Der Baseballplatz lag verlassen da, und es war schon ein wenig bitter zu wissen, dass Weston nie mehr dort in seinen Pick-up springen und herüberfahren würde, um vor meinem Fenster aufzutauchen.

Ich begann mich daran zu gewöhnen, in ein Zuhause zu kommen, das schön und sauber war und weder nach Hasch noch nach kaltem Tabakrauch stank, aber aufzuwachen und nichts weiter zu tun zu haben als arbeiten, fühlte sich auch seltsam an.

Die ersten paar Tage unseres letzten Sommers vor dem Leben in der richtigen Welt kamen mir vor wie ein einziges langes Wochenende. Doch als die Tage sich aneinanderreihten, schienen sie zu viel Zeit zu bieten, um darüber nachzudenken, welch wundervolle und zugleich eigenartige Wendung mein Leben genommen hatte. Warum das alles passiert war, wie viel Glück ich plötzlich hatte – und ob sich das Blatt vielleicht noch einmal wenden würde.

Zu viel Zeit, das hieß lange Tage, aber bevor ich mich versah, stand auch schon der 4. Juli, der Unabhängigkeitstag, bevor. Julianne und ich verbrachten viel Zeit mit Kochen und Dekorieren des Hauses und des Vorgartens für die Nachbarschaftsparty, die Sam und Julianne jedes Jahr veranstalteten.

Auch Weston half den Großteil des Tages seiner Mutter, aber ab dem späten Nachmittag waren alle draußen. Man naschte Fingerfood und plauderte darüber, wie oft der Rasen gegossen werden musste.

Dieser Sommer war besonders heiß, und da der Stadtrat von Blackwell offiziell den Wasserverbrauch eingeschränkt hatte, färbte sich das Gras vielerorts schon goldbraun. In einem südlichen Bundesstaat, wo Temperaturen um die vierzig Grad zu dieser Jahreszeit keine Seltenheit waren, hatte ich von solchen Beschränkungen schon gehört. Klagen über den Wassermangel für Rasenflächen waren jedoch kein Gesprächsthema mit Gina gewesen, und das Ganze kam mir ein bisschen befremdlich vor.

»Wahnsinn, ist das heiß«, sagte Weston und umarmte mich im Vorbeilaufen.

Sein Haaransatz war schweißnass, und die Wangen in seinem ansonsten bronzefarbenen Gesicht leuchteten rot. Seine hübschen grünen Augen versteckte er hinter einer Fliegersonnenbrille. Das war ungefähr das Einzige, was ich am Sommer nicht mochte.

Weston sah schon eine Woche nach der Zeugnisverleihung nicht mehr wie ein Weißer aus. Und meine blasse Haut legte sich gerade den vierten Sonnenbrand dieses Jahres zu.

»Vergiss den Sonnenschutz nicht«, sagte Julianne im Vorbeigehen und drückte mir ein Spray mit LSF 70 in die Hand.

Ich verzog das Gesicht. Ihre eigene Haut schimmerte

in einem prachtvollen Olivton. Sam dagegen strich sich gerade einen dicken weißen Sunblocker auf die Nase und trug einen breitkrempigen Panamahut.

Das ist seine Schuld.

»Erin!«, rief Julianne. »Erin, komm und sag Mrs. Schrimshire Hallo!«

Ich schnitt eine Grimasse, und Weston klopfte mir aufmunternd auf den Rücken.

»Ich versuche ja, Partys zu mögen. Ich versuche es echt«, sagte ich, bevor ich Weston stehen ließ.

Dann ging ich zu Julianne, um eine Dame zu begrüßen, die alt genug war, um sich keine Gedanken über die direkte Sonneneinstrahlung mehr machen zu müssen. Unterwegs schnappte ich mir noch ein Glas mit Eiswasser.

»Du bist einfach zauberhaft!«, sagte Mrs. Schrimshire und lächelte dabei so, dass man praktisch ihr komplettes künstliches Gebiss sah.

Ich reichte ihr das Glas. »Hier«, sagte ich und klang mehr verlegen als höflich. »Es ist ja so heiß.«

Mrs. Schrimshire kicherte, nahm das Glas entgegen und nippte zittrig daran. »Was für ein braves Mädchen Sie da haben.«

»Ja, das haben wir«, sagte Julianne und strahlte vor Stolz. »Erin, Mrs. Schrimshire lebt schon am längsten von allen in dieser Nachbarschaft. Ihr Mann war ein Anwalt hier in der Stadt. Die Gates haben seine Kanzlei übernommen.«

»Natürlich vermisse ich auch Ihre andere Erin. Wie kommen Sie damit zurecht, meine Liebe?«, fragte Mrs. Schrimshire und fasste Julianne am Arm.

Julianne lächelte. »Ich vermisse sie auch.«

»Das muss so eigenartig sein … wenn man so glücklich ist, weil man die eigene Tochter zurückbekommt, und gleichzeitig diejenige vermisst, die man großgezogen hat.«

»Das ist es auch«, sagte Julianne, und ich fand, dass sie sehr souverän mit dem unangenehmen Thema umging.

»Es ist so nett, Sie kennenzulernen«, sagte ich und bemühte mich, höflich zu lächeln.

Julianne zwinkerte mir zu.

»Die Rippchen sind fertig!«, rief Sam aus unserem Garten.

Daraufhin wanderte die halbe Straße in Richtung Grill, und Julianne bedeutete mir, mich mit ihr zusammen der Prozession anzuschließen.

»Tut mir leid«, sagte ich. »Ich bin schrecklich in so was.«

»Sei nicht so streng mit dir. Du schlägst dich prima, und du siehst toll aus.«

Julianne musterte mich von meinem geflochtenen seitlichen Zopf und dem weißen Sommerkleid bis hinunter zu den dunkelblauen Sandalen. Sie hatte das Kleid gekauft und mir geholfen, die dazu passenden Schuhe auszusuchen.

»Kannst du nicht mit mir aufs College kommen und mir helfen, die richtigen Outfits zusammenzustellen?«

»Zu den Kursen am College trägst du Joggingklamotten. Und kein Make-up. Versuch außerdem, dich nicht zu duschen. Sonst wirst du schief angeschaut«, sagte sie scherzhaft.

»Na, Gott sei Dank«, sagte ich und half ihr, die Teller zu verteilen, die Sam rasch mit dem Grillfleisch füllte.

Da tauchte Weston neben mir auf. »Die Johnsons haben doch einen Pool«, sagte er und zog an mir.

»Wage es bloß nicht!«, drohte Julianne. »Sie hat ewig gebraucht, um den Zopf so hinzukriegen, und sie will vor dem Feuerwerk bestimmt nicht wie eine gebadete Maus aussehen.« Sie sah mich an. »Oder etwa doch?«

Ich schüttelte den Kopf.

Julianne sah Weston spaßeshalber tadelnd an. »Die Gören aus der Nachbarschaft springen alle auf einmal in den Pool.« Sie piekte ihn mit einer Plastikgabel. »Denk nicht, ich wüsste das nicht.«

Weston lachte. »Na schön. Dann komm, Babe, lass uns bis Sonnenuntergang ein schattiges Plätzchen suchen.«

»Liegestühle stehen in der Garage«, rief Julianne uns nach.

Weston holte zwei davon und trug sie in den Schatten des Hauses. Während die Sonne auf die Straße brannte, aßen und plauderten die Nachbarn unter den Bäumen. Die jüngeren Kinder, die unempfindlich gegen die Hitze zu sein schienen, jagten einander und warfen Papierbällchen, die knallten, wenn sie auf den Boden aufschlugen.

»Jetzt sehe ich, wie benachteiligt ich gewesen bin«, sagte ich, während ich die Kinder beobachtete, die schrien, wenn ein Bällchen ihre Füße traf.

»Meinst du das im Ernst?«, fragte Weston.

Ich hätte gern seine Hand genommen, aber meine Handfläche war verschwitzt und seine vermutlich auch.

»Nein.«

»Ich denke oft darüber nach.«

»Darüber, was ich verpasst habe?«

»Ich frage mich, wie anders du wärst, wenn du bei deinen richtigen Eltern aufgewachsen wärst.«

»Denkst du, dann hätte ich mich wie Alder benommen?«

Er schüttelte den Kopf. »Nein. Ich wette, du wärst genauso. Vielleicht ein bisschen entspannter bei geselligen Anlässen …« Er verstummte und lachte nur noch.

»Das kann ich nicht bestreiten«, sagte ich.

Weston hielt mir eine Flasche hin, und ich nahm sie lächelnd in Empfang.

»Direkt aus der Kühlbox«, sagte Weston stolz.

»Wenn ich an diesen Sommer zurückdenke, werden meine Erinnerungen aus der Ladefläche deines Pick-ups, der Überführung, der Hitze, die mich zum Schmelzen bringt, und Fanta Orange sein.«

»Wir werden auch noch andere Erinnerungen zusammentragen«, sagte Weston. »Ich habe einen Haufen gefalteter Kartons in der Garage gesehen.«

»Ja, aber ich bin mir nicht sicher, was sie denken, womit ich sie füllen soll.«

»Mit dem ganzen Zeug, das deine verrückte Mutter dir gekauft hat. Mom sagt, Julianne hätte schon euer Gästezimmer komplett mit Sachen fürs Studentenwohnheim vollgestellt.«

Ich nickte. »Eine thermoaktive Memoryschaum-Matratzenauflage, Besteck und biologisch komplett abbaubares Putzmittel. Das ist so ziemlich alles.«

»Das kann noch nicht alles sein! Mom sagt, das ganze Zimmer sei voller Zeug!«

»Handtücher. Desinfektionsmittel. Ein oder zwei Plaids von Pottery Barn.«

»Ein Plaid?« Er grinste. »Das ist einfach überzogen.«

Ich lachte laut auf. »Warum schnüffelt denn deine Mom in Juliannes Gästezimmer rum? Das ist ja abartig.«

Weston schnaubte. »Julianne ist eben sehr stolz auf deine Ausstattung.«

»Offensichtlich.«

Ich sah zu meinen Eltern hin, die aßen, sich unterhielten, lachten und glücklich wirkten – aber auch verschwitzt. Niemand wollte bei diesem Wetter einen anderen wirklich berühren. Das war ganz praktisch, wenn es um Nachbarn ging, aber nicht so schön für herzliche

Menschen wie Sam und Julianne. Ich konnte ihnen ansehen, dass sie sich zwischendurch gern umarmt hätten, aber damit wohl auch lieber bis nach Sonnenuntergang warteten.

»Ich könnte jetzt wirklich eine extragroße Waffel mit Kirsch-Dip vertragen. Aber ich habe ja leider keine Beziehungen mehr zum Dairy Queen.«

»Ich arbeite noch dort. Also tu nicht so, als bekämst du nicht jedes Mal eine Waffel mit Dip, wenn ich Dienst habe.«

Weston lehnte seinen Kopf zu mir, berührte mich aber nicht mit seinen feuchten Haaren. »Weil du mich liebst.«

»Ja, genau.«

Er schwieg gedankenverloren. »Warum nennst du es immer noch Sams und Juliannes Haus? Es ist doch auch dein Haus.«

»Nicht wirklich.«

»Doch. Wirklich. Das Haus meiner Eltern ist mein Haus.«

»Du hast auch dein ganzes Leben lang dort gewohnt.«

»Also kommt es dir nur seltsam vor, es so zu nennen?«

Ich zuckte mit den Schultern. »Anscheinend.«

»Kommt es dir auch seltsam vor zu sagen, ich gehör zu dir? Denn mir kommt es nicht seltsam vor zu sagen, du gehörst zu mir.«

Ich presste meine Lippen zusammen und versuchte, nicht zu lächeln. »Manchmal morgens nach dem Aufwachen trifft es mich wie ein Schlag, dass das alles wirklich passiert. Dann frage ich mich, warum du zu mir gehörst.«

»Weil du liebenswert und klug und wunderschön bist. Und unverwechselbar.«

»Und weil ich dir extra große Eiswaffeln mit Kirsch-Dip mache?«

»Genau«, sagte er nickend.

Er lehnte sich entspannt in seinem Liegestuhl zurück, und die Sonne schickte pink- und orangefarbene Strahlen über den Himmel. Ich dachte an das Wandgemälde und daran, dass unsere Malereien noch lange, nachdem wir Blackwell verlassen hatten, zu sehen sein würden.

Dann ging die Sonne unter, und die Sterne wurden sichtbar, einer nach dem anderen. Endlich hörte man die ersten Feuerwerkskörper knallen. Muster aus roten, weißen und blauen Funken überzogen den Himmel.

Kinder kreischten vor Begeisterung, die Erwachsenen machten Aah und Ooh.

Weston streckte die Hand aus und berührte meinen silbernen Anhänger. »Wirst du den abnehmen, wenn du in Stillwater bist?«

»Nein«, sagte ich. »Warum sollte ich?«

Er zuckte mit den Achseln. »Keine Ahnung. Vielleicht weil du keine alten Sachen in deinem neuen Leben haben willst.«

»Das ist doch mein neues Leben«, sagte ich und schob meine Hand in seine.

Kapitel 11

Weston und ich verbrachten unsere Tage und Abende am Privatsteg der Gates am Lake Ponca, auf unserem Platz an der Überführung und auf der Couch im Untergeschoss seines Elternhauses. Ein paarmal besuchte er mich auch, wenn ich bei Dairy Queen arbeitete.

Frankie lernte ein neues Mädchen namens Jordan an, und nach wenigen Wochen war es nicht mehr wirklich nötig, dass ich Platz in dem kleinen Raum wegnahm, in dem wir zusammen arbeiteten. Außerdem würde ich in weniger als einer Woche aufs College gehen.

An meinem letzten Tag bei DQ war Frankie sehr still. Der Ansturm nach dem Footballtraining und der Bandprobe war schon vorbei, und ich fing gerade an, sauber zu machen.

Da fuhr ein Truck auf den Parkplatz der Baseballanlage. Es war Westons roter Chevy, und er ließ den Motor ordentlich aufheulen, bevor er auf seinem Stammplatz stehen blieb. Er wartete kurz, setzte dann aber zurück, überquerte die Straße und parkte auf dem Asphalt. Genauso, wie er es Hunderte Male getan hatte, seit er den Führerschein besaß.

Mein Herz schlug heftig. Er trug zwar nicht seine

Baseballuniform, aber ein T-Shirt und Baseballshorts. Seine gebräunten langen Arme wölbten sich unter den Ärmeln.

Lächelnd trat er an mein Fenster. Ich zog es auf. Ihn zu fragen, was er wollte, war eigentlich überflüssig, aber so war unser Ritual. Es war das letzte Mal, dass er hergefahren war und eine Bestellung bei mir aufgab.

»Was darf's sein?«, fragte ich ein bisschen wehmütig.

»Hi, Erin«, sagte er und schaute mich unter seinen Stirnlocken hervor an. Seine smaragdgrünen Augen strahlten, während er versuchte, nicht zu grinsen.

»Hi.«

»Ich hätte gern eine Waffel mit Kirsch-Dip. Extra groß.«

»Kommt sofort«, sagte ich und wandte mich ab.

Jordan und Frankie sahen zu, wie ich eine Waffel nahm und sie unter die Softeismaschine hielt. Ich füllte eine extragroße Portion ein und versah sie mit meinem allerletzten Schnörkel. Dann drehte ich mich wieder um und tauchte das Eis in die Kirschsoße. Die zähflüssige Masse wurde sofort hart. Dann reichte ich Weston das Eis vorsichtig nach draußen.

»Danke, Babe«, sagte er und nahm einen großen Bissen von der Spitze, wie er es immer tat. »Ich wollte dein letzter Kunde sein.«

Er legte ein paar Dollar auf den Tresen, und ich gab ihm sein Wechselgeld. Dann zwinkerte er mir zu, bevor er lässig zu seinem Truck zurückschlenderte.

»Das war ja widerlich«, meinte Frankie. »Ich bin so froh, dass heute dein letzter Tag ist, damit ich eure grotesken Liebesbekundungen in der Öffentlichkeit nicht mehr mit ansehen muss.«

»Strenggenommen waren das doch gar keine Liebesbekundungen«, sagte Jordan. Doch sie zuckte zusammen, als Frankie ihr einen drohenden Blick zuwarf.

Ich verschränkte die Arme. »Wie geht es eigentlich Mark? Jedes Mal, wenn ich hier war, ist er mindestens einmal zum Drive-Thru gekommen.«

Sie schnaubte. »Er ist wunderbar. Angeblich liebt er mich und meine verrückten Kinder. Er möchte zusammenziehen. Aber ich habe gesagt, noch nicht.«

»Noch nicht?«, fragte ich.

»Er ist nett. Ich mag ihn sehr. Aber noch nicht.«

»Klingt vernünftig.«

»Ich kann immer noch nicht glauben, dass du mich verlässt«, jammerte Frankie und wandte sich ab, um die leeren Becher aufzufüllen. »Ich meine, ich wusste ja, dass das kommt. Ich wusste, dass du hier nicht versauern willst, aber ohne dich wird es einfach nicht mehr dasselbe sein.«

»Danke für die Blumen«, sagte Jordan und schob ihre Brille mit dem schwarzen Gestell höher.

»Es geht nicht immer nur um dich, Langfinger«, giftete Frankie.

Jordan sah sie verwirrt an, aber Frankies Augen wurden ganz schmal.

»Denk nicht, ich würde nicht sehen, dass du dir jedes Mal im Vorbeigehen ein paar M&Ms einwirfst.«

Jordan schüttelte den Kopf. »Hab ich gar nicht. Ich …«

Frankie zeigte mit ausgestrecktem Finger auf sie. »Dein Glück, dass du dabei wenigstens einen Plastiklöffel benutzt. Sonst wäre es nämlich unhygienisch, und Patty würde dich rauswerfen, weil du die Toppings verschmutzt.«

Jordan wollte wieder protestieren, aber ich legte ihr besänftigend eine Hand auf die Schulter. »Sie wird langsam warm mit dir.«

»Nein, werde ich nicht«, knurrte Frankie und schnappte sich einen nassen Putzlappen.

Tut sie doch, formte ich lautlos mit den Lippen.

Jordan nickte, machte dabei aber ein ziemlich verzweifeltes Gesicht.

Ich erinnerte mich an meine ersten Arbeitstage mit Frankie. Sie hatte mich oft angeschnauzt, mir vorgeworfen, Süßigkeiten zu naschen, und mir am Ende angeboten, mich mit dem Auto mitzunehmen.

Jordan war ein stiller Typ, so wie ich, und sie würden prima zurechtkommen.

Patty kam mit einem strahlenden Lächeln herein. Ich nahm meine Schürze ab und hängte sie ein letztes Mal auf den Haken.

»Ich kann gar nicht hinsehen«, sagte Frankie und drehte mir den Rücken zu.

»Ich dachte, ich komme vorbei, um mich zu verabschieden«, sagte Patty.

Sie umarmte mich, und da drehte auch Frankie sich wieder um und umarmte mich gleichzeitig.

Beide hielten mich länger fest als erwartet, also ließ ich den Blick noch einmal durch den Raum wandern, bis sie mich losließen. Ich klopfte Frankie auf die Schulter.

»Wir werden dich hier vermissen, Kindchen. Hab Spaß am College«, sagte Patty und zwinkerte mir zu. »Besuch uns doch mal, wenn du es schaffst.«

Ich nickte. »Danke, Patty, für ...« Die Liste wäre zu lang geworden. »Für alles. Du warst immer wirklich gut zu mir.«

»Du hast es auch immer verdient«, sagte Patty.

»Jetzt raus hier«, schnüffelte Frankie. »Genieß den Rest deines Sommers.«

Ich umarmte die beiden noch mal, winkte Jordan zu und ging durchs Hinterzimmer, während ich schon meinen Autoschlüssel zückte.

Weston war vom Parkplatz aus Richtung Norden abgebogen, also wusste ich, dass er nicht nach Hause gefahren war.

In meinem BMW drückte ich den Knopf für die Zündung und lauschte dem anspringenden Motor, als mein Telefon eine Nachricht meldete. Gleich darauf eine zweite.

Eine SMS war von Weston, die andere von Sam. Beide erkundigten sich, wie mein Tag gewesen sei. Ich grinste. Sie waren mir die liebsten Männer des ganzen Universums.

Ich antwortete beiden, dass ich traurig, froh und auf dem Heimweg sei. Dann stellte ich die Automatik auf Drive. Hinter dem Steuer meines leuchtend roten BMWs zu sitzen machte mich nicht mehr nervös. Meine Hände zitterten nicht mehr, sobald er sich in Bewegung setzte. Ich konnte problemlos die Spur wechseln, und manchmal überschritt ich die Geschwindigkeitsbegrenzung sogar um eine oder zwei Meilen pro Stunde.

Als ich zu Hause eintraf, stieg Julianne auch gerade aus ihrem Wagen. Sie sah in einem dunklen Hosenanzug fantastisch aus. »Hallo, Süße!«, trällerte sie. »Wie war's bei der Arbeit?« In der großen Garage hallte ihre Stimme.

»Gut. Ein bisschen traurig. Und wo warst du?«

»In der Klinik«, sagte sie mit strahlendem Blick. »Formalitäten erledigen.«

»Dann machst du es wirklich?«, fragte ich.

»Ja«, antwortete sie wie aus der Pistole geschossen. Dann verblasste ihr Lächeln ein wenig. »Ist das okay?«

»Na klar!«, sagte ich mit etwas zu hoher Stimme. »Absolut. Ich freu mich so für dich.«

Ihr Lächeln kehrte zurück, und sie seufzte erleichtert. »Bist du dir sicher, dass du mich nicht brauchen wirst? Du ziehst doch schon um in …«

»Ich komme klar. Außerdem kann ich dich doch auch anrufen, nicht wahr?«

»Genau!«, sagte sie und nickte lebhaft. »Äh … wegen Abendessen? Ich hätte große Lust auf Los Potros.«

»Ich eigentlich auch.«

Sie winkte mir, ihr ins Haus zu folgen. »Dann rufe ich Sam an. Er könnte mit seinem letzten Patienten gegen fünf fertig sein, wenn wir Glück haben.«

»Ich geh nur schnell …« Ich deutete die Treppe hinauf.

»Ja klar. Wasch dir das Eis ab. Ich bin hier unten, und wir können aufbrechen, sobald du fertig bist«, sagte sie und war schon fast in der Küche. Im Gehen nahm sie sich die Ohrringe heraus.

»Ich brauche nicht lange«, sagte ich und wollte schon die Treppe hochlaufen.

Sie winkte ab. »Lass dir Zeit. Ach, Erin?«, rief sie dann.

Ich blieb stehen. Sie klang anders, aber trotzdem vertraut. Offenbar war sie nervös. Verunsichert.

»Ja?«, fragte ich.

»Kannst du kurz herkommen?«

Ich folgte ihr in die Küche. Mit einem zaghaften Lächeln hielt sie ein rechteckiges Blatt Papier in der Hand.

»Was ist das?«, fragte ich.

Sie hielt es mir hin. »Das hat Sam gefunden. Es ist total seltsam. Ich hatte bis jetzt gar nicht daran gedacht.«

Ich stand neben ihr und schaute auf das Foto in ihrer Hand. Es zeigte Julianne in einem Krankenhausbett. Ihr Gesicht war gerötet, verschwitzt, und sie schien überglücklich zu sein.

»Das sind wir«, sagte Julianne, und Tränen traten ihr in die Augen. »Sam hat das unmittelbar nach deiner Geburt gemacht, bevor sie dich weggeholt haben. Das bist du, Erin. Du und ich.«

Ich starrte das Bild eine ganze Minute lang an. Mein Haar war darauf ganz dunkel und dicht. Julianne wirkte so glücklich. Man sah es daran, wie sie mich im Arm hielt. Es war unser erstes gemeinsames Foto und unser letztes … bis vor Kurzem.

Dann schaute ich auf ein gerahmtes Bild neben der Kochinsel. Ein Foto von Sam, Julianne und mir. Weston hatte es direkt nach der Zeugnisverleihung gemacht. Ich trug meinen Doktorhut und den Talar. Sam und Julianne strahlten. In dem eleganten Rahmen war das Wort *Familie* eingraviert.

Ich spürte, wie sich in meinem Hals etwas zusammenzog, und fiel Julianne um den Hals.

Sie erwiderte meine Umarmung und lachte leise, offenbar erstaunt.

»Ich hab dich lieb, Mom.«

Julianne hielt kurz die Luft an, dann drückte sie ihre Wange gegen mein Haar. »Ich habe dich auch lieb, mein Schatz. Du warst immer meine größte Freude.«

Da hörte man die Hintertür auf- und zugehen, dann Sams Schritte auf dem Flur. Wie angewurzelt blieb er im Türrahmen stehen. »Alles in Ordnung?«

Julianne schniefte. »Sie hat ihre Mom lieb.«

Sam ließ erleichtert die Schultern sinken und lächelte.

»Meinen Dad habe ich auch lieb.«

Er verzog das Gesicht, und seine Unterlippe begann zu zittern. Die Aktentasche ließ er einfach fallen und kam die paar Schritte auf uns zu. Dann schloss er Julianne und mich in seine Arme.

Das war schon meine zweite traurige Umarmung an diesem Tag. Aber was mich noch mehr erstaunte, war, dass es sich gut anfühlte. Ich war nicht verlegen und fühlte mich nicht gezwungen. Ich konnte nicht nur akzeptieren, dass ich geliebt wurde, sondern auch, dass ich es wert war und diese Liebe verdiente.

»Wir gehen zum Abendessen zu Los Potros«, sagte ich mit erstickter Stimme.

Sam und Julianne ließen mich los und lachten.

»Ich will mich nur noch schnell duschen«, meinte ich und zeigte nach oben.

Sam nickte mit tränenfeuchten Augen. »Gute Idee. Du riechst schon.«

Spaßeshalber schlug Julianne auf seinen Arm.

»Ich bin in einer Viertelstunde fertig«, versicherte ich.

»Okay, Süße«, sagte Julianne.

Während ich die Treppe hinaufging, hörte ich Julianne Sam nach seinem Tag fragen.

»Ich hab dich wie verrückt vermisst«, sagte er.

Ich musste grinsen, bis ich in mein Zimmer kam. Unsere Familie war ein Zirkel aus Stärke und Zuneigung, und das machte mich besonders stolz darauf, ein Teil davon zu sein.

Ich schrubbte mir Milch, Zucker und Schokosirup von den Händen, verteilte Seife auf meinem ganzen Körper und stellte mich nur so lange unter den heißen Wasserstrahl, bis alles wieder abgewaschen war.

Als ich mir noch die Zähne putzte, summte mein Handy, das ich auf die Ablage gestellt hatte. Eine Nachricht von Weston, der fragte, ob ich heute zum Abendessen schon etwas vorhätte.

Ich antwortete ja und ließ ihn wissen, dass ich mit meinen Eltern ausging.

Er antwortete nicht darauf.

Ich kämmte mir noch die Haare aus, schlüpfte in ein grünes Sommerkleid und weiße Schuhe mit Keilabsatz. Auf Make-up verzichtete ich aus Zeitgründen. Und ich ließ auch meine Haare feucht.

Als ich wieder in die Küche kam, plauderten Julianne und Sam dort. Sie wirkten unglaublich glücklich und verliebt und trugen noch dieselben Sachen wie vorhin.

»Du siehst hübsch aus«, meinte Sam.

»Danke. Meint ihr, wenn Weston sich noch mal per SMS meldet, könnte er mit uns zum Essen kommen? Ich glaube, er hat gehofft, etwas mit mir zusammen zu machen.«

»Sicher, Honey«, sagte Julianne und nahm ihre Handtasche von der Arbeitsplatte. »Sag ihm doch, er soll gleich dorthin kommen.«

Ich folgte den beiden zu Sams Wagen. Sobald ich angeschnallt auf der Rückbank saß, schrieb ich Weston eine weitere Nachricht.

Im Restaurant bekamen wir fast sofort einen Platz. Der Weg dorthin führte uns vorbei an den besetzten Tischen mit Leuten aus unserer kleinen Stadt. Die starrten uns nach, denn es herrschte immer noch große Neugier auf unsere neue Familie.

Die kleinen Triangel, die an Schnüren von der Decke hingen, klirrten leise im Luftzug der Klimaanlage.

»Hat Weston irgendwas geantwortet?«, fragte Julianne.

Ich schaute auf mein Telefon. *Nichts*. Ich schüttelte den Kopf.

»Wahrscheinlich hilft er noch seinem Vater«, meinte Sam, der schon die Speisekarte vor sich hatte.

»Warum liest du das überhaupt?«, neckte Julianne ihn. »Du bestellst doch sowieso immer das Gleiche.«

»Tue ich nicht«, verteidigte sich Sam.

Julianne hob nur eine Augenbraue. Da kam ein Kellner an unseren Tisch und brachte hausgemachte Chips und eine Schüssel Salsa.

»Wasser, Señor Alderman?«, fragte er.

Julianne zwinkerte mir zu.

Sam nickte.

»Pollo loco ohne Bohnen?«, fragte der Kellner weiter.

Sam tat so, als würde er nochmals die Speisekarte studieren, während wir geduldig warteten. Dann nickte er. »Ja, Carlos, danke.«

Julianne kicherte, und ich versuchte, ein Lächeln zu unterdrücken.

»Gibt es in Stillwater auch ein Los Potros?«, fragte Sam.

»Ich glaube nicht, Señor«, antwortete der Kellner. »Nein.«

Sam sah mich mit sehr ernster Miene an. »Dann kannst du nicht auf die OSU.«

»Ach, hör auf!«, sagte Julianne lachend.

Carlos wartete.

»Wir nehmen das Gleiche«, sagte Julianne.

Der Kellner nickte. Er kannte uns schon gut genug, um zu wissen, dass wir jedes Mal das Gleiche bestellten.

Da meldete sich mein Handy.

Nein danke.

»Ist Weston schon unterwegs?«, fragte Julianne. »Vielleicht hätten wir mit dem Bestellen auf ihn warten sollen?«

Ich schüttelte den Kopf.

»Er macht bestimmt etwas mit seinem Vater«, sagte Sam.

Ich hielt ihnen mein Telefon hin, um ihnen seine Nachricht zu zeigen. Sie wechselten einen vielsagenden Blick.

Sam zuckte mit den Schultern. »Ich bin mir sicher, dass Peter ihn gut beschäftigt.«

Der Kellner brachte das Wasser und einen kleinen Kessel mit geschmolzenem weißem Käse.

Sam tauchte einen Chip in den Käse und summte

beim Kauen zufrieden. »Warum? *Warum* schmeckt das so gut?«

»Weil es mit Liebe zubereitet ist«, erklärte Carlos grinsend.

Nachdem der Kellner wieder gegangen war, verfinsterte sich Juliannes Miene. »Bin ich die Einzige, der diese Nachricht irgendwie untypisch für Weston vorkommt?«

»Julianne …«, warnte Sam.

»Ach komm, Sam. Er ist total verrückt nach unserer Tochter und fragt, ob sie Pläne fürs Abendessen hat. Als sie ihm dann vorschlägt mitzukommen, sagt er ›Nein danke‹. Also nein. Irgendwas stimmt da nicht.«

»Schatz …«, sagte Sam in noch strengerem Ton.

Aber Julianne hatte schon ihr eigenes Handy gezückt und tippte eine Nachricht.

»Du schreibst doch nicht etwa Weston … oder?«, fragte ich erschrocken.

Sie zog die Nase kraus. »Nein. Ich schreibe Veronica.«

Da entriss Sam seiner Frau das Telefon und ließ es verlegen in seinen Schoß fallen.

Julianne blieb vor Staunen der Mund offen stehen.

»Warum lassen wir Erin das nicht selbst klären, Liebling?«, sagte Sam in dem Ton, den er nur anschlug, wenn er ärgerlich war, aber höflich bleiben wollte.

»Was denn klären?«, fragte ich und ließ meinen Blick zwischen meinen Eltern hin- und hergehen.

Julianne lehnte sich zurück und seufzte. »Ich meine es schon wieder zu gut, nicht wahr?«

Sam beugte sich vor und küsste seine Frau auf die Wange. »Das ist eine der vielen Eigenschaften, die ich an dir liebe … aber ja.«

Er gab ihr sein Telefon zurück, und sie steckte es weg.

»Wisst ihr etwas von Weston, das ich nicht weiß?«, fragte ich.

Julianne schüttelte den Kopf. »Nein, aber vielleicht ist dir schon aufgefallen, dass das meine Schwäche ist. Gib mir ein Problem, und ich zeige dir die Lösung. Dein Dad hat mich schon oft gebeten, etwas dagegen zu tun.«

Sam klopfte ihr wohlwollend auf die Schulter.

Ich senkte den Blick und fragte mich, was um alles in der Welt mit Weston sein konnte. Ich hatte mir nicht allzu viele Gedanken darüber gemacht, aber Julianne hatte recht. Die Nachricht klang irgendwie nicht nach ihm. Wahrscheinlich gab es da ein Problem zu lösen, aber ich war mir nicht sicher, ob mir die passenden Worte dafür einfallen würden.

Für alle Fälle schrieb ich ihm noch eine Nachricht.

Wir sind im Los Potros.
Wenn Du Hunger hast, komm doch vorbei.

Weston antwortete nicht. Also schrieb ich noch mal.

Bist Du sauer?

Immer noch keine Antwort.

Bist Du nur beschäftigt?
Und kannst Du mich wenigstens wissen lassen,
ob mit Dir alles okay ist?

Mit mir ist alles okay.

Ich knallte das Telefon neben mich auf die Sitzbank.

Sam und Julianne wirkten überrascht. Etwas ratlos streichelte Sam weiter Juliannes Schulter und streckte dann den Arm über den Tisch, um meine Hand zu tätscheln. Die Stimmung unseres netten Familienausflugs war schnell den Bach hinuntergegangen.

Ich zwang mich zu einem Lächeln und reckte das Kinn. »Darum kümmere ich mich später. Ich bin okay. Und Weston ist es wahrscheinlich auch. Wir sollten jetzt unser Essen genießen. So viele davon haben wir ja nicht mehr vor uns.«

Juliannes Augen füllten sich mit Tränen, und ihre Unterlippe begann zu zittern.

»O nein. Nein, nein«, sagte ich und hob die Hände. »So habe ich das nicht gemeint.«

»Liebling, bitte«, sagte Sam.

Alle, die uns bis zu diesem Moment noch nicht angestarrt hatten, taten es jetzt.

Ich hielt mir die Hände vor die Augen und senkte den Kopf.

Sam lachte kurz auf, sodass Julianne und ich ihn entgeistert anstarrten.

»Das ist das wahre Leben, meine Lieben.« Er lachte noch mal. »Wir sind eben eine echte Familie.«

Kapitel 12

Ich saß neben Weston in der Fahrerkabine seines Pick-up-Trucks und schaute geradeaus in den Nachthimmel. Der Motor war aus, und das Geräusch der Autos, die gelegentlich unten vorbeifuhren, erinnerte mich daran, dass ich mich eigentlich an meinem Lieblingsplatz befand. Im Moment war er das allerdings nicht.

Weston hatte kaum mit mir gesprochen, seit wir uns vor einer halben Stunde in der Einfahrt von Sam und Julianne getroffen hatten. Auch auf weitere SMS hatte er nicht geantwortet, und er wirkte mehr als nur ein bisschen genervt, als ich zu ihm in den Wagen stieg. Ich würde das Schweigen nicht brechen. Was auch immer ihn quälen mochte, diesmal musste er es selbst in Ordnung bringen.

Er seufzte, sagte aber nichts. Eine weitere Minute verstrich, dann noch eine. Es wurde langsam stickig, außerdem hing alles, was wir nicht aussprachen, in der Luft.

»Bist du böse?«, fragte er schließlich.

»Und du?«

Er drehte den Kopf zu mir und schluckte. »Warum sollte ich böse sein?«

Nach ein paar Sekunden stummem Staunen drehte

ich mich zu ihm. »Wenn nicht, warum benimmst du dich dann so, als wärst du es?«

»Ich bin nicht böse.«

»Bist du nicht?«

»Ich bin … nervös.«

Ich verzog das Gesicht. »Wovon redest du bloß?«

»Ich bin heute Brady begegnet.«

»Oh.«

»Beim Juwelier Gose.«

»Oh?«

»Er sagte, er würde dir erzählen, was ich dort gemacht habe, und da kam mir die Befürchtung, du könntest angepisst sein. Obwohl es«, er rutschte unbehaglich auf seinem Sitz herum, »obwohl es nicht so gemeint ist.«

Jetzt hatte er die Augen wieder nach vorn gerichtet, hielt aber einen Arm zwischen uns hoch. Er hatte seinen Abschlussring zwischen Daumen und Zeigefinger. Das war ein breiter Goldring mit schwarzer Gravur – das Datum unseres Abschlusses auf der einen, ein Baseball auf der anderen Seite. Der Stein war ein Granat, der für die Farbe und den Geist unserer Schule stand, The Maroon Spirit. Der Ring war deutlich schmaler, als ich ihn in Erinnerung hatte. Und zu klein, um auf irgendeinen seiner Finger zu passen.

Ich hob eine Augenbraue. »Du … hast deinen Ring verkleinern lassen?«

»Damit er auf deinen Finger passt.«

»Die Kette reichte nicht?«

Er sah mich enttäuscht an. »Brady hatte recht. Du bist angepisst.«

»Ich bin nicht … angepisst. Ich denke nur, du hättest mich vielleicht fragen können, bevor du etwas so … Einschneidendes tust.« Ich hob meine Hände und spreizte die Finger. »Ich trage keine Ringe, Weston.«

Er ließ seine Hand fallen.

»Es ist eine wirklich süße Geste«, sagte ich.

»Ich hatte mir alles so schön ausgedacht. Erst als Brady mich daran erinnert hat, fiel es mir wieder ein. Du bist … du.«

»Was soll das denn heißen?«, fragte ich gekränkt.

Er ließ die Schultern hängen und schaute aus dem Fenster. Kopfschüttelnd. »Nichts.« Dann ließ er den Kopf gegen die Kopfstütze fallen und atmete resigniert aus.

»Du hast mich gebeten zu sagen, dass ich dich brauche. Das habe ich getan, weil es so ist. Du hast mich um Versprechen gebeten. Die habe ich dir gegeben. Jetzt möchtest du einen Ring an meinen Finger stecken.«

»Doch nur, bis ich auf einen richtigen gespart habe.«

»Einen richtigen Was?«

Er sah mich wieder erwartungsvoll an, bis bei mir der Groschen fiel.

Geräuschvoll schloss ich den Mund. »Nein. *Nein*. Das will ich nicht. Noch nicht.«

»Keine Sorge. Dafür werde ich eine Weile brauchen. Die, die ich bei Gose gesehen habe, waren teuer.«

Mein Mund wurde trocken, und ich hatte das Gefühl, nicht genug Luft zu kriegen. »Warum bist du bloß so besessen davon, mich an die Kette zu legen? Ich habe mein ganzes Leben lang darauf gewartet, von hier wegzukommen und frei zu sein, aber du kannst es anscheinend kaum erwarten, mich wieder anzuleinen!«

Weston wirkte auf einmal sehr müde. »Okay. Du bist angepisst.«

»Ich bin nicht angepisst! Ich kann nicht … ich liebe dich, aber ich kann das nicht … du musst damit aufhören!«

»Sag es ruhig.«

»Was soll ich sagen?« Mein eigener Ton erschreckte mich mehr als das, was er gesagt hatte.

»Du fängst bald an zu packen. Ich habe schon damit gerechnet, dass du es irgendwann vorher noch sagen wirst.«

Ich verspürte einen geradezu körperlichen brennenden Schmerz in der Brust. »Warum tust du das bloß? Warum versuchst du, mich wegzustoßen? Muss wirklich alles genau so sein, wie du das willst, oder gar nicht?«

Weston hielt den Ring hoch. »Sieht das danach aus, als wollte ich dich wegstoßen?«

Ich schaute auf den Ring und es brach mir das Herz. »Warum ist das so schwer?« Ich senkte den Blick. »Es sollte nicht so schwer sein.«

»Nein, das sollte es nicht.«

Ich schielte zu ihm hin. »Kannst du nicht einfach Geduld haben? Das ist viel für mich.«

Seine Kiefer mahlten. »Du fährst übermorgen. Ich will nicht… wenn du den Ring nicht willst, ist das in Ordnung. Ich hätte es besser wissen sollen. Erin… ich…« Aus seinem Mund kam kein Ton. »Ich werde dich einfach ziehen lassen. Ich glaube, das ist das Beste.«

»Machst du jetzt mit mir Schluss?«, fragte ich. »Weil ich den da nicht tragen will?«

»Spielt das noch eine Rolle?«

Ich schnaubte, als hätte mir jemand einen Schlag verpasst. »Ich verstehe nicht, was hier gerade passiert.«

Mit zusammengebissenen Zähnen starrte er geradeaus. »Möchtest du, dass ich dich nach Hause bringe?«

Ich zuckte zusammen. »Ja.«

Er ließ den Motor aufheulen, schaltete die Automatik auf Drive und schoss auf die andere Seite der Überführung. Dort riss er das Lenkrad herum, legte eine 180-Grad-Wende hin und trat das Gaspedal durch. Wir flogen praktisch bis zu meinem Haus. Er bog nicht in die Einfahrt, sondern blieb nur eben so lange am Bordstein stehen, bis ich ausgestiegen war. Ich konnte nicht einmal mehr die Tür schließen, aber er raste so schnell davon, dass die Bewegung sie von selbst zuschlagen ließ.

Westons Truck verschwand um die Ecke, und ich beeilte mich nach drinnen, damit ich nicht hörte, ob er nach Hause oder weiter fuhr. Ich wollte es gar nicht wissen.

Als ich die Treppe hinaufging, versuchte ich, so leise wie möglich zu sein, aber kaum war ich oben angekommen, rief Julianne meinen Namen.

»Alles in Ordnung?«

»Nein«, sagte ich und ließ mich seufzend auf die oberste Stufe fallen. »Er ist wütend auf mich – wieder mal.«

»Was ist denn passiert?«

»Er hat seinen Abschlussring verkleinern lassen. Er wollte, dass ich ihn trage. Er hatte alles geplant und es sich als etwas Besonderes vorgestellt, aber ich bin ausgeflippt und habe alles ruiniert. Ich glaube, er hat mit mir Schluss gemacht.«

Julianne blies die Backen auf, atmete langsam aus und sah sehr nachdenklich drein. »Meine Güte!«

»Genau.«

»Möchtest du, dass ich Dad wecke?«

»Nein«, sagte ich und hasste meinen jammernden Ton. »Wir hatten so einen schönen Sommer. Und ich habe Weston alles gesagt, was er hören wollte. Ich denke, wir können das hinkriegen. Aber nichts davon genügt. Er möchte eine Kette um meinen Hals und einen Ring an meinem Finger. Und jetzt redet er schon von richtigen Ringen.«

»*Richtigen?*«

»Erst später«, stellte ich klar.

Julianne nickte erleichtert. »Oje, ihn hat's schlimm erwischt.«

»Im wahrsten Sinne des Wortes.«

Julianne schnaubte lachend. »Vielleicht täusche ich mich ja, aber es kommt mir vor, als würdet ihr die gleiche Diskussion wieder und wieder führen.«

»Bis zum Erbrechen.«

»Okay, dann hat er vielleicht recht. Vielleicht ist es an der Zeit für eine Pause. Du wirst die nächsten Tage genug mit Packen beschäftigt sein, und dann ziehst du nach Stillwater. Sobald du dich eingerichtet hast und dir deine Kurse ausgesucht hast, kannst du ihn ja mal anrufen.«

Ich runzelte die Stirn. »Mir kommt es so vor, als sei das genau, was er will. Mir kommt es vor, als würde er mich von sich stoßen – unbewusst, aber trotzdem irgendwie mit Absicht.«

»Er stellt dich auf die Probe.«

Ich zeigte mit dem Finger auf sie. »Genau.«

»Weil er unsicher ist.«

»Ja.« Einen Moment lang dachte ich darüber nach. »Du hast recht. Wir brauchen etwas Freiraum. Er muss damit klarkommen. Ich kann das nicht für ihn tun.«

Sie lehnte ihre Wange an mein Knie. »Ich kann ihn gut verstehen.«

»Meinst du, er ist auch so ein Problemlöser?«

»Er möchte alles hübsch wohlgeordnet, so wie es für ihn einen Sinn ergibt. Oder wie dein Dad gesagt hat, er versucht, die einzige Sache zu kontrollieren, die er kontrollieren kann, weil ihm alles andere so unerreichbar erscheint.«

»Dann sollte ich ihm das nicht ankreiden. Sollte ich ihn nicht trotz allem lieben?«

»Das kannst du schon, aber nicht zu Lasten deiner eigenen Bedürfnisse.«

Mir war elend zumute. »Das ist alles viel zu erwachsen für mich. Ich fühle mich nicht imstande, damit umzugehen.«

»O doch, das bist du. Und genau das ist das Problem. Die Dinge wären so viel einfacher, wenn du dich wie eine typische Achtzehnjährige verhalten, den Ring an deinen Finger stecken und lieber früher als später um einen Diamanten betteln würdest. Er braucht ein bisschen, um aufzuholen und die Dinge aus einer vernünftigen Perspektive zu betrachten, aber das kommt noch.«

»Er tut mir leid«, sagte ich. »Er verdient jemand, der wegen solcher Sachen außer sich gerät.«

»Mir tut er nicht leid«, sagte Julianne ohne Zögern. »Du gehst klug damit um. Später wird er dich dafür respektieren.«

»Meinst du?«

»Ich weiß es. Er ist gerade in Panik. Das wird vorübergehen.«

Ich umarmte meine Mutter, dann eilte ich in mein Zimmer und ließ mich mit dem Mobiltelefon in der Hand aufs Bett fallen.

Du bist gerade in Panik. Das wird vorübergehen.

Nach ein paar Minuten ohne eine Antwort legte ich das Handy auf meinen Nachttisch.

Regen begann, gegen das Fenster zu prasseln. Der Donner war nur in weiter Ferne zu hören. Aber es dauerte nicht lange, da blitzte es draußen, sodass es in meinem Zimmer flackernd hell wurde.

Ich versuchte, nicht an Weston zu denken, aber das war unmöglich. Ein paar Dinge, die ich bereute, aber vor allem schöne Momente kamen mir in den Sinn. Einst hatte ich mir ausgemalt, wie es sein müsste, von Weston

Gates geliebt zu werden. Jetzt hatten sich die Verhältnisse umgekehrt, und die Liebe war eine lächerliche Achterbahn, ein Ultimatum, eine Sackgasse – zumindest das, was davon noch übrig war.

Es brach mir das Herz, als meine Gedanken so düster wurden wie die Nacht zwischen den Blitzen. Er hatte mir doch nur seinen Ring schenken wollen. Das war für eine jugendliche Schwärmerei doch nicht ungewöhnlich.

Warum hatte ich so gekränkt auf jeden seiner Versuche reagiert, mich festzuhalten?

Es kam mir vor, als hätten wir zwei sehr verschiedene Gespräche geführt. Abgesehen von Ringen, Halsketten und Versprechen … Ich setzte unsere Beziehung aufs Spiel, weil ich mich weigerte, ihn statt auf meine auf seine Weise zu lieben.

Kann ich wirklich den Jungen aufgeben, von dem ich schon geträumt habe, noch bevor ich wusste, was Liebe ist?

Da überfiel mich eine schreckliche Ahnung.

War es schon zu spät?

Leises Klopfen an der Tür ließ mich den Kopf heben.

»Noch was gehört?«, flüsterte Julianne im Türrahmen.

»Nein. Hast du was von Veronica gehört? Ist er zu Hause?«

Sie nickte. »Er ist zu Hause.«

Ich ließ meinen Kopf wieder aufs Kissen fallen. »Gut.«

»Er wird wieder zu sich kommen. Versuch, ein bisschen zu schlafen«, sagte sie mit ihrer sanften Mom-Stimme. Dann verschwand sie wieder auf den dunklen Flur.

Der Donner rollte über unser Haus. Lauter als zu Beginn des Gewitters. Ein Teil von mir wollte über den vom Regen durchtränkten Rasen laufen und an seine Tür hämmern, bis er mir aufmachte. Aber wir durchlebten dieses Hin und Her nun schon seit fast drei Monaten. Er war verzweifelt, und ich begann, mich verletzt zu fühlen.

Trotz der bedrückenden Gedanken sang mich der Regen endlich doch in den Schlaf. Ich träumte von smaragdgrünen Augen, sanften Fingerspitzen auf meiner Haut und einem einsamen leeren Zimmer im Studentenwohnheim.

Als ich die Augen aufschlug, wartete ich auf Erleichterung oder das Gefühl einer zweiten Chance, eine winzig kleine Hoffnung. Aber es gab nichts davon.

Ich drehte mich auf die Seite, ignorierte die zwitschernden Vögel auf den Ästen vor meinem Fenster und den Sonnenschein, der durch die zarten Vorhänge hereinfiel. Alles, was Weston je zu mir gesagt hatte, ging mir durch den Kopf wie der Abspann eines Kinofilms. Ich hörte seine angenehm tiefe Stimme in meiner Erinnerung. Und ich vermisste ihn bereits. Da schoss meine Hand unter der Decke hervor zum Handy auf dem Nachttisch. Fast fürchtete ich mich, darauf zu schauen.

Schließlich tat ich es und erblickte genau das, womit ich gerechnet hatte: nichts. Ich fragte mich, was er wohl gerade tat – ob er wach war, sich zur Ablenkung mit irgendetwas beschäftigte, ob er an mich dachte oder versuchte, ebendas zu vermeiden, ob er schon bereute, seinen Ring für meinen Finger passend gemacht zu haben.

»Erin?«, rief Sam von unten. »Aufstehen und los geht's, Zuckerschnecke! Wir haben viel vor heute!«

Die Stunden vergingen zäh mit Organisieren, Packen und Einkaufen. Es wäre nett gewesen, wenn das Einpacken mich von meinen Gedanken an Weston abgelenkt hätte, aber es fühlte sich nur an, als entferne er sich immer weiter von mir.

Am Tag des Umzugs füllte Sam Juliannes Geländewagen randvoll mit Schachteln und Taschen und packte mindestens zweimal neu ein, bis er mit dem Ergebnis endlich zufrieden war.

»Ich werde nicht weinen«, sagte Julianne. »Es ist nur eine Autofahrt. Wir sind schon hundert Mal nach Stillwater gefahren. Diesmal ist es auch nicht anders. Wir werden nur … unser einziges Kind … ich werde doch weinen«, sagte sie und atmete plötzlich stoßweise.

»Nein, wirst du nicht«, sagte Sam und gab ihr ein großes Glas mit Strohhalm. »Kamille. Trink das und denk daran, wie großartig deine Tochter sich machen wird und wie viel Geld sie verdienen wird, um dich und mich eines Tages in der schicksten Seniorenresidenz unterzubringen.«

Ich grinste.

»Also? Es wird Zeit, Kindchen«, sagte Sam.

Julianne presste ihre Lippen zu einem Strich zusammen, stieg auf der Beifahrerseite ein und knallte die Tür hinter sich zu.

»Wird sie klarkommen?«, fragte ich und schaute mich um.

»Ja. Und du?«

Ich ging ein paar Schritte in den Vorgarten und schaute die Straße hinauf und hinunter. Westons Truck war nirgends zu sehen.

Sam winkte mich mit verständnisvoller Miene zurück. »Jetzt komm, Süße. Zeit zum Aufbruch.«

Ich nickte resigniert. »Ich dachte, er würde sich wenigstens verabschieden.«

»Ihm bleibt ja noch Zeit. Vielleicht kommt er morgen noch vorbei. Er bricht ja erst in ein paar Tagen auf.«

»Ich habe morgen die Orientierungsveranstaltung«, sagte ich und öffnete die Fahrertür meines BMWs.

Sam sah zu, wie ich einstieg, und schob sich seine runde Schildpattbrille auf der Nase zurecht. »Versuch, dir darüber keine Sorgen zu machen, Süße. Es ist am besten, wenn du dich jetzt aufs College konzentrierst. Vom heutigen Tag hast du so lange geträumt. Ich möchte, dass du jetzt einfach daran denkst.«

Ich nickte.

Sam ging zum Geländewagen und stieg neben Julianne ein. Er setzte aus der Einfahrt zurück und fuhr dann ein Stück vor, bis ich das Gleiche getan hatte. Am Stoppschild hielten wir beide, dann bog er nach Osten auf die Chrysler Avenue ab.

Kapitel 13

Eine Stunde und fünfzehn Minuten lang allein im Auto zu sitzen, lenkte mich auch nicht gerade von Weston ab. Es war zwar der Tag, von dem ich lange geträumt hatte, aber die Dinge lagen doch sehr anders, als ich es mir vorgestellt hatte. Mein Aufbruch war keine Flucht. Ich sagte nur Auf Wiedersehen und war mir nicht sicher, wie ich das finden sollte.

Das Radio schien zu wissen, wie niedergeschlagen ich war, denn die DJs spielten alle traurigen Songs von ihren Listen. Und die fröhlichen erinnerten mich nur daran, dass nichts mich aufheitern konnte. Dadurch fühlte ich mich noch schlechter.

Sam fuhr auf den Parkplatz meines Wohnheims. Die meisten Parkplätze waren besetzt, also stellte er sich direkt neben einen Baum. Wahrscheinlich kein legaler Platz. Er sprang aus dem Wagen und dirigierte mich hinter sich.

»Heute werden sie uns das schon verzeihen«, sagte er mit einem zuversichtlichen Lächeln. Das verblasste, als er meinen Gesichtsausdruck bemerkte. »Zuckererbse, komm mal her.«

Er zog mich in seine Arme, und dann blieb auch Julianne neben uns stehen.

Ich schaute sie an und sah, dass ihre Augen genauso feucht und gerötet waren wie meine. Ich schniefte und wischte mir über die Augen. Julianne machte es ebenso.

Dann nickte sie. »Okay, wir schaffen das.« Sie senkte das Kinn und nahm mein Gesicht in ihre Hände. »Das ist heute ein guter Tag. Ein *großartiger* Tag.«

Nachdem ich mich angemeldet, meine Papiere und die Schlüssel bekommen hatte, kehrte ich zu meinen Eltern zurück, die neben dem offenen Geländewagen warteten.

»Los geht's. Jetzt ist es so weit. Der Tag ist gekommen«, sagte Sam und hielt einen gefüllten Wäschekorb über seinen Kopf.

Julianne begann zu kichern, dann stimmte auch ich ein.

Ich stapelte zwei kleinere Kisten übereinander und hob sie aus dem Wagen.

»Gott sei Dank gibt es einen Aufzug.« Julianne schnaufte, als sie eine Schachtel hochhob. »Das ist eben Bennett Hall.« Sie lächelte. »Es ist das Beste. Das Boone Pickens Stadium ist gleich nebenan, außerdem gibt's dort das beste Essen.«

Ich warf Sam einen anerkennenden Blick zu. »Ihr wisst, wie gern ich was Gutes esse.«

»Das habe nicht ich zu verantworten«, gab Sam zu. »Für diesen Treffer aufgrund von Insiderwissen musst du dich bei Mom bedanken.«

Ich setzte mein charmantestes Lächeln auf und schenkte es Julianne.

»Hatte ich dir nicht gesagt, dass wir uns um dich kümmern würden?«, meinte sie und schien sehr zufrieden mit sich selbst.

»Lass mich das tragen, Julianne«, sagte eine tiefe Stimme hinter dem Geländewagen.

Weston trat hervor, streckte die Arme aus, und mein Herz machte einen Sprung.

Julianne packte ihm den Karton in die Arme und stellte gleich noch einen zweiten obendrauf. »Schön, dass du dich sehen lässt, Wes.«

»Ja, Ma'am«, sagte er nur.

Julianne schnappte sich ein paar Taschen und folgte Sam zum Gebäude.

»Hi«, sagte ich und kam mir wegen dieser unverbindlichen Begrüßung sofort blöd vor.

Seine Augen verrieten keine Regung. »Ich hatte heute sowieso nichts vor. Also dachte ich mir, ich wäre ja ein wirklich mieser Kerl, wenn ich dir nicht beim Umzug helfen würde.«

»Danke«, sagte ich, und es klang ziemlich kleinlaut.

»Es hat nichts zu bedeuten. Ich komme nur als ein Freund.«

Ich nickte, und dann gingen wir zusammen über den Parkplatz in die Eingangshalle. Sam hielt den Aufzug für uns an, während Julianne die Papiere studierte, in denen stand, welches Zimmer ich hatte und wie man dorthin kam.

»Zweiter Stock«, verkündete sie. »Zweihundertsiebenunddreißig.«

Sam drückte den Knopf, und Weston und ich versuchten, uns mit allen Sachen mit hineinzuquetschen. Unsere Arme berührten sich unweigerlich, und ich sehnte mich nach seiner warmen, glatten Haut.

Dann öffnete die Aufzugtür sich wieder. Ich trat auf den Flur und sah mich suchend um. Sam ging an mir vorbei. Julianne folgte ihm, und Weston bildete die Nachhut.

Im Zimmer stellte Sam seine Sachen ab, ebenso Julianne. Sie packte jedoch sofort einen Stapel Bettwäsche aus, gab sie mir und warf Weston die Matratzenauflage zu.

»An die Arbeit!«, sagte Julianne lächelnd.

Zu dem kleinen Apartment gehörten eine voll eingerichtete Küche, Waschmaschine und Trockner, und es kam mir riesig vor.

»Ich fühle mich gerade ein bisschen überwältigt«, sagte ich.

Sam legte seine Hände auf meine Schultern. »Du meinst, überglücklich. Das ist ein großartiger Tag, schon vergessen? Wir gehen jetzt deine restlichen Sachen holen.«

»Ich helfe«, sagte Weston und machte einen Schritt nach draußen.

Da legte Julianne eine Hand an ihre Brust. »Wir haben packen geholfen. Du kannst ihr beim Auspacken helfen.«

Weston nickte nur knapp.

Nach ein paar Augenblicken peinlicher Stille nahm Sam seine Frau bei der Hand und schloss die Tür hinter ihnen.

Weston öffnete den Reißverschluss der durchsichtigen Plastikhülle, in der die Matratzenauflage steckte, und breitete sie auf der Matratze aus. Ich faltete das passende Laken auseinander, und er streckte die Hände aus, um mir zu helfen.

»Danke noch mal«, sagte ich, während wir gemeinsam das Bett bezogen.

»Das ist eine hübsche Bleibe.«

Mir fiel nichts Originelles ein, was ich dazu hätte sagen können, also sagte ich überhaupt nichts.

»Wirkt ziemlich groß für dich allein.«

Ich wurde rot. »Willst du mich kränken oder mir ein schlechtes Gewissen machen?«

Er seufzte. »Weder noch.«

Stumm machten wir das Bett fertig und begannen mit dem Auspacken der Kisten. Sam und Julianne kamen und gingen. Weston hängte eine Lampe auf und packte dann die Putzmittel und die Küchensachen aus, während ich die Klamotten einräumte.

Nachdem alles oben war, half Sam Julianne beim Bilderaufhängen und Gemütlichmachen.

Weston stand etwas ratlos herum, bevor er sich schließlich auf das Sofa setzte. »Habt ihr das hier auch gemietet?«, sagte er und breitete die Arme auf den Kissen der Rückenlehne aus.

»Nein, das Apartment ist möbliert«, sagte Julianne.

Weston bemühte sich, unbeeindruckt zu wirken. »Ich bin mir ziemlich sicher, dass mein Apartment in Dallas nicht im Entferntesten so aussehen wird.«

Sam lachte leise. »Und ich bin mir fast sicher, dass deine Eltern dafür sorgen werden, dass du es gut und schön hast.«

»Ich gehe doch nicht auf die Duke, schon vergessen?«, meinte Weston grinsend.

»Das habe ich schon gehört. Peter erwähnte auch, dass er stolz auf deine Entscheidung ist und darauf, dass du an ihr festgehalten hast. Er hat auch mit einigen deiner Kohlezeichnungen angegeben, vor allem mit der von meiner Tochter.«

Ich hielt den Atem an. Weston sah aus, als hätte Sam ihm einen Schlag versetzt.

»Äh … die hängt nicht mehr.«

In diesem Moment fühlte ich mich, als hätte man mich geschlagen. Ich sah mich nach dem nächsten Stuhl um und setzte mich.

Sam schaute um sich. »Wir, äh … haben noch ein paar Sachen vergessen.«

»Was denn?«, fragte Weston. »Ich geh sie holen.«

»Mülltüten zum Beispiel«, sagte Julianne. »Meersalz und schwarzen Pfeffer für die Mühlen.«

Weston sah mich an. »Meint sie das im Ernst?«

Ich zuckte mit den Achseln.

Sam zog am Arm seiner Frau. »Komm, Schatz, dann können wir schneller sein als die anderen Eltern, die auch was vergessen haben.«

Sie verließen rasch den Raum und ließen Weston und mich mit zu vielen Gefühlen in einem geräumigen Zimmer zurück, in dem es vor Anspannung kaum auszuhalten war.

Ich schlug die Hände vors Gesicht. »Du brauchst nicht zu bleiben. Du kannst auch gehen.«

»Danke«, sagte er und stand auf.

»Ich meine, du *musst* nicht«, korrigierte ich mich panisch. »Ich wollte nur sagen, dass, wenn du nicht bleiben willst… Ich wollte mich verabschieden, aber ich habe nicht erwartet, dass du uns hilfst. Ich weiß das zu schätzen.«

»Wir haben uns schon verabschiedet. Du tust das ja schon seit Monaten.«

Ich sank gegen die Rückenlehne. »Das stimmt nicht.«

»Du trägst sie also noch.«

Ich berührte die Kette und spürte, wie ich rot wurde. »Sollte ich sie ablegen? Ich weiß wirklich nicht, wie man das macht.«

»Mach, was du willst«, fauchte er.

Ich verschränkte die Arme vor meinem Bauch. Es war schon so lange her, dass ich mich vor jemand hatte schützen müssen, der versuchte, mich zu verletzen, dass ich außer Übung war.

Weston hob die Hände und ließ sie gleich wieder fallen. Er trug seine üblichen roten Baseballshorts, ein dunkelblaues T-Shirt und eine umgedrehte rote Baseballkappe, unter der seine strubbeligen braunen Haare hervorschauten. »Ich will mich nicht streiten. Ich werde einfach …« Er zeigte auf die Tür, holte seine Schlüssel raus und wandte sich ab.

»Du kannst nicht dauernd gehen«, sagte ich und stand auf.

Er drehte sich um, das Kinn entschlossen vorgeschoben. »Was?«

»Du kannst mir nicht dauernd das Herz brechen und mir dann auch noch die Schuld daran geben.«

Seine Augenbrauen schossen in die Höhe, und er zeigte theatralisch auf seine Brust. »*Ich* habe *dein* Herz gebrochen?«

»Dies wird das letzte Mal sein, dass ich dich herkommen lasse. Wenn du mich verlässt, dann verlasse ich dich auch.« Eine heiße Träne lief über meine Wange, aber ich wischte sie weg.

Weston schüttelte mit angewiderter Miene den Kopf. »Ich weiß nicht mal, warum ich überhaupt hergekommen bin.« Er griff nach dem Türknauf.

»Weil du mich liebst!«, sagte ich mit brechender Stimme. »Und du weißt, dass ich dich liebe! *Warum* also? Ich weiß immer noch nicht, was ich falsch gemacht habe!«

Weston starrte mich an, als stünde ich in Flammen.

Ich ging einen Schritt auf ihn zu. »Weil ich deinen Ring nicht an meinen Finger gesteckt habe? Weil ich nicht mit dir zusammenziehen will? Du bist im Unrecht«, sagte ich und zeigte auf ihn. »Ich weiß noch nicht das Geringste über Liebe, aber du bist im Unrecht. Du bist es, der mir wehtut … und du … ohne Grund. Wir waren glücklich. Wir waren zusammen, und jetzt sind wir es nicht mehr. Ich habe das nicht zu verantworten«, sagte ich nach Luft ringend. »*Du* hast *mich* verlassen.«

Weston senkte den Blick. Sein Adamsapfel hüpfte, während er schluckte. Dann umklammerte er den Türknauf fester. »Genieß Stillwater.« Er schwieg kurz. »Und das meine ich so, wie ich es sage.«

Nachdem er die Tür hinter sich zugemacht hatte, packte ich das Erstbeste, was ich zu fassen bekam – einen Bilderrahmen –, und schleuderte es aus purem Frust gegen die Tür. Das Glas zersplitterte, und ich schlug eine Hand vor meinen Mund. Julianne hatte mir den Rahmen gekauft, weil er so ähnlich aussah wie unser Familienbild zu Hause, nur stand darauf *Happy*. Jetzt lag Happy in Scherben auf dem Boden.

Er hatte mich verlassen.

Ich lief ans Fenster. Sam und Julianne hielten Weston auf dem Parkplatz auf. Er hatte die Hände in die Hüften gestemmt und trat von einem Fuß auf den anderen, als könne er nicht stillstehen.

Sam legte ihm eine Hand auf die Schulter, während Julianne ins Gebäude eilte. Weston drehte seine Cap um und zog sich den Schirm tief in die Augen. Dann ließ er den Kopf hängen. Sam zog ihn an sich, und Weston schien ihn fest zu umarmen.

Der Gedanke an den zerbrochenen Bilderrahmen ließ mich zur Tür rennen, aber ich wusste nicht, wo der Besen war. Außerdem klopfte Julianne bereits.

Ich öffnete die Tür langsam und schämte mich, als ihr Blick auf die Scherben am Boden fiel.

»Oh, Erin«, sagte sie und kauerte sich zu mir. Sie hob die großen Stücke auf und ging dann zum Schrank auf dem Flur.

»Es tut mir so leid«, sagte ich, »ich glaube, ich hatte einen kleinen Wutanfall.«

»Was hat er denn zu dir gesagt?«

»Nicht viel. Das Reden habe großteils ich übernommen. Er hat das mit dem Verlassen gemacht. Darin ist er inzwischen ziemlich gut.«

Julianne verzog das Gesicht. »Er ist so verloren und verwirrt. Tut mir leid, dass er das an dir auslässt.«

Sam klopfte an die Tür, die noch ein Stück offen stand. »Habt ihr's?«, fragte er.

Er holte die Kehrschaufel aus dem Schrank und hielt sie so, dass Julianne die letzten Scherben aufkehren konnte.

Minuten später waren der Boden wieder sauber und die Spuren meines Zorns in einer meiner neuen Mülltüten verschwunden. Ganz so, als sei Happy nie passiert.

»Ich weiß, dass es dir jetzt schwerfallen wird, das zu glauben«, sagte Sam, »aber er tut sich selbst am meisten weh. Er versucht, sich nichts daraus zu machen, ob es dir etwas ausmacht oder nicht. Wir Jungs sind einfach nicht so tough wie unsere Gegenspielerinnen. Wir schlagen um uns wie Kleinkinder beim Laufenlernen und hauen alles um, während wir versuchen, unser Ziel zu erreichen. Bei allem, was uns auch nur im Geringsten Angst macht, heulen wir, als gäbe es kein Morgen mehr.«

Julianne und ich mussten kichern.

»Das ist so wahr«, sagte sie kopfschüttelnd. »Erinnerst du dich noch an damals, als …«

»Ja«, fiel Sam ihr ins Wort. »Lass uns gar nicht daran rühren.« Er sah mich an. »Dieser Junge wird noch dahinterkommen, was er getan hat, und wenn er auch nur einen Funken Verstand hat, wird er auf Knien angerutscht kommen und dich um Verzeihung bitten.«

»Er wird nicht mal bitten müssen«, sagte ich und berührte meine Kette, während ich aus dem Fenster blickte.

»Die Vorlesung ist beendet«, sagte Professorin Kelly und schüttelte ihre blonden Locken.

Ich packte meine Sachen zusammen und folgte der Herde auf den Flur. Dann ging ich die Treppe runter und zum Ausgang Richtung Bennett Hall.

Der Herbst war in Oklahoma immer unberechenbar. Die Ferien zu Thanksgiving begannen morgen, und obwohl gerade die Sonne schien, konnte es durchaus am nächsten Tag einen Temperatursturz um knapp zwanzig Grad geben.

Das Wetter war im Moment zwar warm, aber der unerbittliche Wind wehte schon kühl. Ich zog meine Jacke enger und lief mit gesenktem Kopf zurück in mein Studentenheim.

Ich hatte zwar ewig davon geträumt, eines Tages an der Oklahoma State University zu studieren, aber niemals wäre mir in den Sinn gekommen, für die Ferien nach Hause zu fahren. Aber Julianne würde einen Truthahn zubereiten, und Sam hatte angeboten, mich abzuholen, nachdem er irgendeinen fadenscheinigen Grund gefunden hatte, um am letzten Tag vor den Ferien in Stillwater zu sein.

Ich überquerte gerade die Hall of Fame Avenue und wandte mich dann nach Osten in Richtung Bennett Hall. Da kam jemand angerannt und lief ein paar Schritte neben mir, bevor ich aufschaute.

Ich erstarrte. »Brady«, sagte ich nur.

Er überragte mich und grinste hämisch. »Die OSU muss ja ziemlich verzweifelt sein, wenn man heutzutage schon jeden zulässt.«

Ich schob die Hände in die Taschen und starrte ihn böse an. Damals hatte ich nicht zugelassen, dass Weston Vergeltung dafür übte, wie sie ihn attackiert hatten. Ich hatte uns allen mehr Gewalt ersparen wollen. Aber dass mir Brady an diesem Ort über den Weg laufen mochte, das hatte ich seit dem Tag meiner Einführungsvorlesung im Hinterkopf gehabt. Einer Sache war ich mir allerdings immer sicher gewesen. Ich würde Brady Beck nie mehr erlauben, mich einzuschüchtern.

»Tja«, sagte ich und setzte meinen Weg fort, »es ist eine staatliche Einrichtung.«

Brady folgte mir.

»Einer der Jungs aus meiner Verbindung hat mich nach dir gefragt, als er rausgekriegt hat, wo du auf der Highschool warst. Ich habe ihm gesagt, du hättest hoch ansteckenden Herpes.«

»Wie besonders reif von dir.«

Brady zwang mich, stehen zu bleiben, indem er meine Jacke festhielt.

Ich riss mich los, und er blinzelte irritiert. »Das hier ist nicht die Highschool, Brady. Niemand interessiert, wer deine Eltern sind oder was für einen Truck du fährst. Es interessiert noch nicht mal jemand, ob du ein Arschloch bist. Nicht mal mich. Aber das ist der Rest meines Lebens, und du bist dazu nicht eingeladen.«

Brady lachte kurz auf. »Das ist alles? Das war deine große Ansprache?«

Ich legte den Kopf schräg. »Ist es das, was du möchtest? Eine Ansprache? Theatralik?« Ich schüttelte den Kopf. »Ich muss dich nicht hassen, um mich besser zu fühlen, und da stehst du jetzt und bettelst darum, dass ich dir ein bisschen Aufmerksamkeit schenke. Rennst mir nach, um ein paar jämmerliche Brösel von irgendwas aufzupicken.«

Brady verlagerte sein Gewicht von einem Fuß auf den anderen.

»Hast du gehört?«, fragte ich und beugte mich zu ihm vor, ohne auch nur zu blinzeln. »Ich hasse dich nicht, Brady. Ich empfinde rein gar nichts für dich.«

Er starrte mich voller Ekel an. »Na, ich hasse dich jedenfalls, du hässliche Fotze.«

Ich schaute ihm direkt in die Augen. »Ich weiß. Das hatten wir doch schon. Können wir jetzt beide mit unserem Leben weitermachen? Oder brauchst du noch mehr von meiner Aufmerksamkeit?«

»Fuck you«, stieß er hervor und ging weg.

Ich atmete tief aus und setzte meinen Weg zur Bennett Hall fort. Mit jedem Schritt fühlte ich mich tausend Pfund leichter, denn ich wusste, selbst wenn Brady mich jemals wieder ansprache, hätte er meine Worte von vorhin immer im Hinterkopf. Der Präzedenzfall war geschaffen, und jede weitere Interaktion zwischen uns würde meine Theorie nur bestätigen. Ich wusste, dass Brady zu stolz war, um es dazu kommen zu lassen. Sein Stolz war sogar stärker als sein Bedürfnis, ein Mobber zu sein.

Als ich mich meinem Wohnheim näherte, wurde das Gedränge von Studenten, die kamen und gingen, immer dichter.

»Erin!«, rief mich eine hohe Stimme aus der Menge.

Rebecca, meine Zimmernachbarin mit den kupferroten Haaren, schob sich an Kommilitoninnen vorbei, um zu mir zu gelangen. »Hey!« Egal ob sieben Uhr morgens oder Mitternacht, sie war immer gut aufgelegt.

»Letzte-Chance-Party heute Abend im Animal House von Lambda Chi.«

»Nein danke«, sagte ich und zog die Tür zur Eingangshalle auf.

»Ach, komm schon, Erin, bitte!«, sagte sie.

Rebecca stammte aus Hobart, Oklahoma, einem Städtchen mit sogar noch weniger Einwohnern als Blackwell. Und sie hatte einen ausgeprägten Südstaatenakzent.

»Ich muss lernen. Du nicht?«, fragte ich.

»Ja«, sagte sie, aber es klang eher wie eine Frage als wie eine Antwort.

Ich schüttelte den Kopf. »Auf dieser Party wird es nichts geben, was so wichtig ist wie meine Prüfung für Musikverständnis. Im Moment stehe ich auf einer Zwei.«

»Zweier sind doch gut, Erin!«

»Meine Eltern bezahlen meine Ausbildung. Wenn dann eine Zwei das Beste ist, was ich zustande bringe, okay, aber ich schulde es ihnen und mir selbst, dass ich auf diese Prüfung lerne, um zu sehen, ob ich es nicht noch besser kann.«

Rebecca zog eine Schnute. »Du verbringst zu viel Zeit mit deinem Studienberater.«

Als wir den Aufzug betreten hatten, drückte Rebecca den Knopf für den zweiten Stock. »Ich muss auch lernen. Ich hatte nur gehofft, du würdest es mir ausreden.«

»Du wusstest, dass ich das nicht machen würde.«

»Klar, deshalb habe ich wahrscheinlich auch dich gefragt und nicht Hannah Matthews.«

Hayden Wentz schlüpfte noch herein, bevor die Türen sich schlossen.

Rebecca richtete sich sofort gerade auf, und ihr ironisches Grinsen verschwand.

Hayden musterte uns kurz und versuchte, nicht zu sehr zu keuchen, obwohl er gerade gerannt war. Er nickte kurz. »Danke.«

»Gehst du heute Abend auf die Lambda-Chi-Party?«, fragte Rebecca.

»Klar«, sagte er. »Ich bin einer der Initiatoren, also muss ich quasi.«

»Oh«, sagte Rebecca nur und schlug die Augen nieder. Dann sah sie mich wieder flehend an.

»Nein«, sagte ich.

»Nein was?«, fragte Hayden mit plötzlicher Neugier.

»Ich will nicht hingehen.«

»Okay«, sagte er irritiert. »Ich habe dich ja auch nicht

gefragt, obwohl ich's mir durchaus vorstellen könnte. Ich habe ehrlich gesagt sogar dran gedacht, aber ich war nicht… ist ja auch egal.«

Rebecca blieb der Mund vor Staunen offen.

»Was? Nein«, sagte ich übereifrig. »Sie… ich meinte nicht, dass du mich gefragt hast. Ich habe ihr nur gesagt, dass ich… ist ja auch egal.«

Rebecca begann zu kichern, und ich schloss peinlich berührt die Augen.

Da ging die Aufzugtür auf, und ich sprang geradezu hinaus auf den Flur. Rebecca folgte mir, immer noch kichernd.

»O mein Gott«, murmelte ich.

»Hast du das gehört? Er mag dich!«

Ich zog die Nase kraus. »Er kennt mich doch nicht mal.«

»Okay, dann findet er dich eben attraktiv. Du solltest hingehen.«

Ich schob den Schlüssel ins Schloss und rüttelte ein bisschen daran, bevor ich den Türknauf drehte. »Gib's auf, Bec. Mach, was du willst, aber ich gehe nicht hin.«

Ich machte die Tür hinter mir zu, lehnte mich dagegen und schloss die Augen.

Ich war nicht blind. Hayden war der attraktivste Typ von Bennett Hall, aber er war auch ein Riesenidiot. Er stammte aus Tonkawa, einem winzigen Ort, der nur fünfzehn Autominuten durch Wiesen und Felder von Blackwell entfernt lag.

Aber selbst wenn ich mich nur einen Augenblick lang zu irgendjemand hingezogen fühlte, musste ich schon an Weston denken. Und genau das versuchte ich die meiste Zeit zu vermeiden. Bestimmt war das auch ein Grund dafür, warum Sam nach Stillwater kam, um mich abzuholen. Meine Eltern schienen zu fürchten, ich würde nicht heimkommen, damit ich nicht riskieren musste, Weston zu begegnen.

Ich stellte den Rucksack auf den Boden, zog die Jacke aus und ließ mich in meinen Sessel fallen. Allein in einem Apartment dieser Größe zu wohnen, gab mir ein Gefühl, als wäre ich wieder bei Gina. Nur dass es hier viel sauberer war.

Als ich mit den Hausaufgaben fertig war, brachte ich mich noch auf den neuesten Stand bezüglich meiner Lieblings-TV-Serie und beantwortete offene Fragen von Sam und Julianne in den sozialen Netzwerken. Dann putzte ich die sauberen Arbeitsplatten, bis sie noch sauberer waren, und wischte die makellosen Fliesen, bis sie noch makelloser waren.

Den absoluten Tiefpunkt erreichte ich, als ich den Kühlschrank von innen auswischte, nur weil er fast nicht mehr nach dem biologischen Reinigungsmittel roch, das mich an zu Hause erinnerte.

Mein Handy meldete sich, und ich zerrte es aus meiner hinteren Hosentasche. Hailey aus dem Kurs Musikverständnis fragte nach meinen Notizen und ob ich ins Animal House gehen würde.

Ich tippte ein kurz angebundenes *Nein* und legte das Telefon weg. Als es gleich wieder Laut gab, seufzte ich. Diesmal war es eine Gruppennachricht von Alex, Anna und Renee aus meinem Kurs Humanwissenschaften.

Nö. Ich geh nicht hin.

Ich aktivierte die Bildschirmsperre, legte das Telefon aufs Beistelltischchen und setzte mich. Es war schön, Freunde zu haben, aber das College machte es einem zu leicht, zu viele auf einmal zu bekommen. Das war auch eines der Dinge, mit denen ich nicht gerechnet hatte.

Da meldete sich mein Handy erneut, und ich stöhnte. Das Knöpfchen klickte, als ich es auf stumm schaltete. »Nein, ich gehe nicht auf die Party, wer auch immer du sein magst«, sagte ich laut.

Grimmig starrte ich auf meinen Rucksack. Ich wusste, dass meine Unterlagen sich da drin befanden und ich sie bald herausholen und anfangen musste zu lernen.

Gerade als ich aufgestanden war, überraschte mich ein Klopfen an der Tür. Genervt stapfte ich darauf zu, drehte den Knauf und riss die Tür schwungvoll auf.

»Ich gehe nicht auf die Par-«

Mit einem hoffnungsvollen Grinsen im Gesicht stand Weston vor meiner Tür.

Kapitel 14

»-ty«, beendete ich meinen Satz.

»Welche Party?«, fragte er lächelnd.

Ich wäre fast zurückgesprungen und merkte, wie ich die Stirn runzelte. »Was machst du hier?«

»Ich hab dir doch eine Nachricht geschickt, dass ich komme«, sagte er und schien von meiner Reaktion ernüchtert.

»Wann?«, fragte ich, drehte mich um und warf einen Blick auf mein Handy, das immer noch auf dem Beistelltischchen lag.

»Vom Parkplatz aus. Also vor ungefähr zwei Minuten.« Er wartete darauf, dass ich irgendwas sagte, und zuckte schließlich mit den Achseln. »Kann ich reinkommen?«

»Nein.«

»Oh.«

»Ich muss lernen. Ich habe morgen eine wichtige Prüfung, bevor mein Sam mich abholen kommt.«

»Weiß ich schon. Aber ich habe ihm gesagt, dass ich das übernehme.«

»Was?«

»Das Abholen. Ich bin schon seit ein paar Tagen zu Hause. Ich war auch einige Male bei euch.«

»Sam hat gesagt, du kannst mich abholen?«

»Ja. Ist das okay?« Er schwieg kurz. »Du willst mich wirklich nicht reinlassen?«

»Du bist einen Tag zu früh.«

Er vergrub die Hände in den Taschen seiner Jeans. »Ich weiß. Dann komme ich eben noch mal. Ich konnte nicht noch einen Tag länger warten, um dich zu sehen, Erin. Ich hab's versucht.«

Sein Blick fiel auf meine Kette, und ich schob sie rasch unter den Kragen meiner Bluse.

Da sah er mich unter seinen langen Wimpern mit einem süßen schiefen Lächeln an.

Ich konnte kaum noch atmen. Über drei Monate lang hatte ich hart gekämpft, um seine Augen zu vergessen, sein Haar, das ihm jetzt in die Augen wuchs, und seine weiche, bronzefarbene Haut, die jetzt eher olivfarben war. Er wirkte ein bisschen größer, ein bisschen fülliger und vielleicht sogar ein bisschen älter und erfahrener. Ich fragte mich, welche Erfahrungen er wohl gemacht hatte.

Da ging Hayden vorbei, blieb stehen und erkannte Weston.

»Hey, Alter. Bist du etwa auch hier?«, fragte Hayden. Dann zog er seine eigenen Schlüsse. »Ach, Erin, als ich das vorhin gesagt habe, wusste ich nicht, worüber ihr gesprochen hattet.«

Westons Blick ging zwischen Hayden und mir hin und her, bevor er die Stirn runzelte und einen Schritt zurückwich.

»Nein«, sagte Hayden, der Westons Körpersprache verstanden hatte. »Vorhin ist was im Aufzug passiert…«

Jetzt machte Weston noch einen Schritt zurück und kämpfte sichtlich, um cool zu bleiben. Er schnaufte hörbar durch die Nase, und zwischen seinen Augen bildeten sich zwei tiefe Falten. Ich konnte erraten, was er dachte, aber ich klärte ihn nicht auf. Wenn Weston sich eine Meinung zu etwas gebildet hatte, war es sowieso unmöglich, ihn davon abzubringen.

Hayden hob jetzt abwehrend beide Hände, dann verschränkte er sie auf seinen strubbeligen blonden Locken. »Shit. So habe ich das nicht gemeint. Im Aufzug ist nichts passiert.«

Weston wandte sich ab und wollte gehen, aber Hayden versuchte, ihn aufzuhalten. Da packte Weston ihn am Kragen seiner Jacke und stieß ihn gegen die Wand. Westons Gesicht sagte alles, dazu brauchte er den Mund gar nicht aufmachen.

Hayden hob blinzelnd erneut die Hände. »Jetzt … hör doch mal zu. Ich dachte, sie dachte, ich hätte sie zu der Party heute Abend eingeladen. Es war nur ein einziges Missverständnis. Das war uns beiden peinlich. Wir stiegen aus dem Aufzug, und es war super peinlich. Mehr nicht. Ich schwör's dir.«

Weston sah mich fragend an.

Ich nickte.

Da ließ Weston seine Jacke los, und Hayden wich einige Schritte zurück.

»Tut mir leid«, sagte er zu Weston. Dann schaute er zu mir. »Echt, total leid.«

Ich schüttelte den Kopf, um Hayden wissen zu lassen, dass es okay war, aber er nahm kaum Notiz davon, sondern drückte hektisch auf den Knopf, um den Aufzug zu rufen. Dann ging die Tür auf, und ich sah ihn mehrmals auf die Taste zum Schließen der Tür drücken.

Weston hatte sichtlich Mühe, wieder runterzukommen. »Tut mir leid, Erin. Darauf war ich einfach nicht vorbereitet. Ich wusste, dass du möglicherweise jemand datest, aber diese Reaktion von mir selbst hatte ich nicht erwartet. Ich bin genauso überrascht wie du.«

»Ich bin nicht wirklich überrascht«, sagte ich.

Das verletzte ihn.

»Ich frage dich das jetzt zum letzten Mal, Erin, dann gehe ich. Kann ich reinkommen?«

»Nein«, sagte ich ohne Zögern.

Er rauschte einfach an mir vorbei, und ich holte scharf Luft.

»Was zum Teufel glaubst du eigentlich, das du da machst?«, sagte ich und fuhr herum.

Weston kam wieder auf mich zu, griff um mich herum, drückte die Tür zu und machte wieder einen Schritt zurück. »Ich habe meine Meinung geändert.«

»Tja, das kannst du aber nicht. Ich muss lernen.«

»Was?«

»Musikverständnis.«

»Ich liebe Musik.«

»Nein, Weston, das ist schwieriger, als es klingt. Ich muss mich anstrengen. Ich muss in dieser Prüfung gut abschneiden, und sie ist morgen früh.«

»Dann helfe ich dir«, schlug er verzweifelt vor.

Meine Augen wurden schmal und misstrauisch.

»Ich schwör's dir!«

»Du weißt, ich könnte Sam anrufen. Er würde dich dazu bringen zu gehen.«

Weston ging zur Couch und verschränkte die Arme. »Aber nicht ohne Streit.« Er setzte sich einfach.

Ich seufzte. »Für so was habe ich keine Zeit.«

»Dann lass uns loslegen.« Er holte sein Handy raus und tippte irgendwas hinein. »Pfefferoni?«, fragte er.

»Du weißt, dass ich Pfefferoni mag, aber ich brauche deine Hilfe nicht.«

»Du willst doch nicht wirklich, dass ich gehe«, sagte er

so selbstgefällig, dass ich am liebsten irgendwas nach ihm geworfen hätte.

Doch ich starrte ihn nur an, unfähig, darauf zu antworten.

Er tippte weiter in sein Handy. »Ich bestelle Pizza. Die wird in vierzig Minuten da sein.«

Ich griff nach meiner Tasche und stellte sie auf den Sessel, bevor ich wütend den Reißverschluss aufzog und darin nach meinem Ordner suchte.

»Deine Tasche sieht schwer aus. Schleppst du die überall mit hin?«

Ich schloss die Augen und schnaubte. »Warum bist du hier, Weston?«

Er antwortete nicht, also schielte ich zu ihm hin.

»Das weißt du doch.«

»Dann sag es, damit wir das hier hinter uns bringen können.« Auf einmal brannte meine Brust, und meine Knie wurden weich, während die Übelkeit wie eine Welle über mich hereinbrach.

Aber was immer ich fühlte, Weston war schlimmer dran.

»Ich verdiene das«, sagte er nickend. »Erst lernen. Später reden. Oder auch nicht. Wir müssen nicht. Du schuldest mir nichts.«

Ich betrachtete ihn misstrauisch. »Was willst du überhaupt?«

Einer seiner Mundwinkel bewegte sich nach oben. »So bist du nicht.«

»Gut.«

Er lachte freudlos auf. »Ich vermisse dich, Erin. Ich dachte, ich käme über dich hinweg, aber es gelingt mir nicht. Ich habe allerdings viel nachgedacht und viel mit anderen Mädchen geredet, die nie du waren und es nie sein werden.«

Ich zuckte zusammen. Dieses Geständnis schmerzte mich.

»Alle haben mir versichert, es würde besser werden – meine Kommilitonen, meine Dozenten, meine Eltern … deine Eltern.«

»Du hast mit meinen Eltern gesprochen?«

»Aber so hat es sich nicht entwickelt. Es wird nie besser werden. Ich habe mich immer gefragt, wie lange es dauern würde. Jetzt frage ich mich, wie lange ich es noch aushalte.«

»Das ist nicht komisch«, sagte ich.

»Ich meine, in Texas. Ich wusste, es würde schwer, ohne dich dort zu sein. Aber dich überhaupt nicht mehr zu haben, ist noch schlimmer.«

»Das war deine Entscheidung«, sagte ich.

»Da hast du recht. Genau wie du damit recht hast, wenn du sagst, *ich* habe das getan.«

Ich wurde unruhig. Das schreckliche Gefühl von damals, als er mich verließ, blubberte um meine Füße herum. Es drohte, meine Beine hinaufzukriechen.

»Hasst du mich?«, fragte er.

»Ich versuche es – Tag für Tag.«

Er nickte. »Auch das habe ich verdient.«

»Hast du …«, fing ich an und hasste mich schon dafür. »Hast du … in Texas jemand gedatet?«

»Das kommt drauf an. Falls es dich eifersüchtig macht und du mich dann zurückhaben willst, ja. Falls es dich eifersüchtig macht und du mich dadurch nur noch mehr hasst, dann nein.«

»Sag mir einfach die Wahrheit.«

Er senkte die Augen ins Nichts. »Ich konnte mich nicht mal dazu bringen, irgendjemand auch nur richtig anzusehen. Dann hätte ich dich nur noch mehr vermisst. Und es war sowieso schon die Hölle.«

»Mir ging's genauso.«

»Niemand?«, fragte er mit einer winzigen Spur von Hoffnung im Blick.

Ich schüttelte langsam den Kopf und war mir nicht einmal sicher, ob er es sehen konnte.

»Erin«, sagte er nachdenklich, vorsichtig, »was wäre, wenn ich sagen würde, ich hab's verbockt und dass es mir leidtut?«

»Das hast du schon gesagt.«

Er nickte und sah mir direkt in die Augen. »Was, wenn ich dir sagen würde, dass ich dich liebe und es mir egal ist, wie es wird – ob wir nur Freunde, wieder zusammen oder irgendwas dazwischen sind, wenn ich dich nur nicht mehr vermissen muss?«

»Du wirst mich immer vermissen. Wir wohnen vier Autostunden auseinander.«

»Die bin ich doch gerade gefahren. Das ist gar nichts, wenn ich auf dem Weg bin, dich zu sehen. Erin …«, er wählte seine Worte sehr vorsichtig, »ich liebe dich nach wie vor. Ich habe versucht, damit aufzuhören. Ich habe versucht, dich zu hassen, zu vergessen, dir zu verzeihen …«

»Was denn?«, fuhr ich dazwischen.

Sein Gesicht verfiel. Er sah verzweifelt aus. »Dass du mich auf eine Art und Weise geliebt hast, über die ich nicht hinwegkomme. Du bist das Beste, was ich je aufgegeben habe.«

Meine Fassung war dahin. Ich schlug die Augen nieder und zupfte an meinen Nägeln. »Wir können die Zeit nicht zurückdrehen, Weston. Und darüber denke ich jeden Tag nach. Ich vermisse es. Dabei bin ich mir nicht einmal sicher, ob ich dich wirklich kenne.«

»Wir sind aus den Gefühlen von damals herausgewachsen«, sagte er mit einer Überzeugung, die ich an ihm noch nie erlebt hatte. »Ich liebe dich nicht mehr … auf dieselbe Weise. Die war selbstsüchtig und ungeduldig und hatte viel zu wenig mit dir zu tun.« Er senkte sein Kinn. »Und wenn ich dich anflehe?« Er rutschte nach vorne und ging vor mir auf die Knie. Dann wischte er mir mit dem Daumen eine Träne weg, die gerade über meine Wange rollte. »Damals hatten wir uns gerade erst verliebt. Mit Verlieben bin ich jetzt fertig, Erin. Ich liebe dich – ohne Erwartungen, ohne Forderungen. Verdammt, nur mit der Hoffnung, dass du meine Liebe erwiderst.«

Ich musste lachen. »Sam hat gemeint, wenn du zurückkämst, dann würdest du es auf Knien tun.«

»Ich lege mich auch vor dir auf den Boden, wenn du möchtest.«

Meine Lippen wurden zu einem Strich, weil ich ein Lächeln zu unterdrücken versuchte.

»Bitte?«, sagte er mit Verzweiflung in der Stimme. Die grünen Seen seiner Augen erforschten mein Gesicht und begannen, feucht zu schimmern. »Erin?«

Er war so nah. Ich meinte, seine Finger schon auf meiner Haut zu spüren. Die alten Wunden, die vernarbt, aber nicht verschwunden waren, warnten mich, dass der Mensch, der da vor mir kniete, mir Schmerzen bereitet hatte. Die Dinge, die er mich hatte fühlen lassen, waren hässlich, und ich sollte ihn zwingen zu gehen und mich in Ruhe zu lassen.

Aber diese Narben waren nur oberflächlich. Darunter lagen mein blutendes Herz, meine Seele und die Erin, die unabhängig von vorangegangenen Verletzungen verzeihen und lächeln konnte. Diese geschützten Teile von mir hatte außer Weston noch nie jemand berührt.

»Ich möchte, dass du bleibst«, flüsterte ich.

Er atmete überrascht aus und schien kaum glauben zu können, was er da eben gehört hatte. »Wie bitte?« Unsere Blicke begegneten sich, er beugte sich vor und verharrte keine drei Zentimeter von meinen Lippen entfernt.

»Du hast mich gehört«, sagte ich leise.

»Ich habe deinem Dad versprochen, das nicht zu tun. Ich habe ein Hotelzimmer.«

Ich biss mir auf die Unterlippe und schaute auf seinen Mund. »Bleib.«

Er runzelte die Stirn, und ich sah ihm an, wie er mit sich kämpfte. »Was wird morgen passieren?«

Ich öffnete meine Beine, zog ihn näher an mich und legte die Hände auf seine Schultern. Sie waren breiter als in meiner Erinnerung. Dann strich ich seine Arme entlang bis zu den Fingern, die er zärtlich um mein Kinn gelegt hatte. Ich ergriff sie und legte sie auf meinen Rücken, wobei ich den Blick nicht von ihm abwandte.

Sein Mund blieb dicht vor mir, und ich schmeckte jeden seiner erregten Atemzüge.

»Ich möchte nur wissen, dass du mich noch liebst. Wenn du mich willst, Erin … gehöre ich ganz dir.«

»Ich liebe dich.« Meine Stimme war nur ein Hauchen.

Sein Körper spannte sich an, bevor er mich in seine Arme nahm und direkt ins Schlafzimmer trug. Dort legte er mich aufs Bett, als sei ich schwerelos. Vor mir stehend zog er sein Shirt aus. Als seine muskulöse Brust und das Sixpack an seinem Bauch zum Vorschein kamen, wusste ich, dass er versucht hatte, sich im Gym von seinem Kummer abzulenken.

Ich zog mir meinen Sweater über den Kopf, während er sich die Stiefel von den Füßen zog und seine Jeans aufknöpfte. Er hielt meinen Blick unverwandt fest, während er sich die Hose über die Hüften nach unten zog, sodass die verlockenden V-förmigen Muskeln zum Vorschein kamen.

Weston hielt meine Ferse, während er den Reißverschluss meines weichen Wildlederstiefels aufzog und ihn von meinem Fuß zog. Genauso verfuhr er mit dem anderen Stiefel. Seine Mundwinkel bewegten sich eine Spur nach oben, als er nach dem Saum meiner schwarzen Leggings griff und sie quälend langsam nach unten zog.

Als er sich auf mich legte, steckte die von seiner Haut ausgehende Hitze meine in Brand. Tief aus seiner Kehle drang ein Stöhnen, während er die Augen schloss und mit seiner Zunge meine Lippen nachfuhr. Ich öffnete den Mund und ließ sie in meinen eindringen, während ich stumm bat, er möge die verlorene Zeit wiedergutmachen.

Seine Finger strichen leicht über meine sensible Haut und fanden ihren Weg unter mein Tanktop, bevor sie sich zwischen meinen Rücken und die Matratze schoben. Mit einer einzigen geschickten Bewegung öffnete er meinen BH und bedeckte gleichzeitig meine Haut mit flüchtigen Küssen. Nachdem er mir mein Top, den BH und den Slip ausgezogen hatte, trennten uns nur noch seine Boxershorts, die allerdings auch nicht mehr viel verbargen.

Entspannt lehnte ich meinen Kopf zurück und breitete die Arme aus, während sein Mund jeden Zentimeter meines Körpers neu entdeckte.

»Ich habe dich so vermisst«, flüsterte er gegen meine empfindliche Haut.

Ich konnte jeden seiner Atemzüge und jedes Lächeln spüren, genau wie seine Entscheidung, sich weiter nach unten zu bewegen. Meine Finger krallten sich ins Laken, ich schloss die Augen und bat ihn weiterzumachen. Als er das tat, seufzte ich vor Glück.

Kapitel 15

Ich stieß die Doppeltüren des Nordtrakts auf. So müde und wund, wie ich mich fühlte, war ich mir nicht sicher, ob es am Ende für eine Eins reichen würde, aber sollte ich ein paar Pünktchen weniger als erhofft erreicht haben, war es das dennoch wert gewesen.

Es dauerte mir viel zu lang, um zu Bennett Hall zu gelangen, und zwar nicht wegen des kalten Winds. Als der Aufzug endlich stehen blieb, stürzte ich fast durch die Tür auf den Flur.

Kaum hatte ich die Schwelle überschritten, fiel ich in Westons Arme, und sein Mund lag auf meinem. Sein Rucksack stand gepackt neben der Tür, meinen Koffer hatte er offen bereitgelegt.

»Ich habe noch Klamotten dort. Julianne wollte nicht, dass ich dauernd etwas hin- und herkarren muss.«

»Zahnpasta?«, fragte Weston.

»Ja«, sagte ich, nachdem ich eine halbe Sekunde lang überlegen musste.

»Fährst du bei mir mit?«

Ich lächelte. »Das war doch der Plan, oder?«

Er bückte sich, warf seinen Rucksack über die Schulter und hielt mir seine Hand hin. Ich nahm noch meine

Geldbörse von der Arbeitsplatte in der Küche und ließ einen letzten Blick durch mein Apartment schweifen. Weston hatte alles aufgeräumt, während ich meine Prüfung geschrieben hatte.

Als ich die Tür abschloss, stand Weston hinter mir und hielt mich umschlungen, während er an meinem Nacken knabberte. Ich musste kichern und schaffte es irgendwann trotzdem. Dann liefen wir nach unten und zum Parkplatz.

Glänzend, wunderhübsch und leuchtend rot erwartete uns das Fahrzeug, mit dem ich meine schönsten Erinnerungen verband. Nachdem ich auf der Beifahrerseite eingestiegen war, zog er mich ein Stück zu sich herüber, bis ich ganz dicht neben meinem Boyfriend, meiner ersten Liebe und – falls Weston sich in seiner Kindheit nicht getäuscht hatte – dem Mann, den ich eines Tages heiraten würde, saß.

Auf der Heimfahrt unterhielten wir uns über die Kunsthochschule in Dallas, Westons neue Wohnung, seine verrückten Mitbewohner und seine Lieblingsprofessoren. Die Fahrt kam uns fast zu kurz vor, als wir vor dem Haus meiner Eltern parkten.

Sam und Julianne waren draußen – mehrfach hatten sie sich nach unserer voraussichtlichen Ankunftszeit erkundigt – und empfingen uns mit offenen Armen. Julianne kreischte und klatschte in die Hände und riss mich fast um, als wir uns in der Mitte des Rasens trafen. Sam kam dazu und schloss uns wie immer in eine herzliche Familienumarmung.

»Unser Mädchen ist zu Hause! Sie ist wieder zu Hause, Sam!«, rief Julianne.

»Ja, das ist sie!«

Nachdem sie mich losgelassen hatten, sahen sie Weston und mich erwartungsvoll an.

Als Antwort legte Weston einen Arm um meine Schultern und zog mich an sich. Ich schlang gleichzeitig meine Arme um seine Taille.

Da klatschte Julianne erneut in die Hände und schien mehr als erfreut. Sie umarmte uns beide gleichzeitig.

»Nun«, sagte Sam, »kommt rein, kommt rein. Julianne hat einen so riesigen Truthahn zubereitet, dass wir am nächsten Thanksgiving nur die Reste aufzuwärmen brauchen.«

Meine Eltern gingen Hand in Hand voran, aber Weston bedeutete mir, kurz zu warten.

Er nahm mich zum Schutz gegen die Kälte in seine Arme. Sein Atem hinterließ weiße Wölkchen. »Ich hätte nicht zu hoffen gewagt, dass ich noch mal mit dir im Arm das Haus deiner Eltern betreten würde.«

Weston griff an meinen Hals und ließ das kleine silberne Herz über seine Hand gleiten, bevor es wieder an seine angestammte Stelle rutschte.

»Ich weiß nicht, wie wir es hingekriegt haben«, sagte er. »Es könnte alles Zufall sein, oder vielleicht musste es so kommen, aber ich weiß, dass ich jetzt kein Risiko mehr eingehen werde.«

»Es war ein Zufall, dass ich meine Eltern zurückbekommen habe«, sagte ich, stellte mich auf die Zehenspitzen und küsste ihn auf den Mund.

Er schloss die Augen, wie um diesen Moment festzuhalten. »Und durch irgendein Wunder habe ich eine zweite Chance bekommen.«

»Haben *wir* eine zweite Chance bekommen«, korrigierte ich ihn.

Er griff seufzend in seine Tasche. »Du musst den hier nicht tragen«, sagte er und hielt mir seinen Abschlussring hin. »Ich möchte einfach nur, dass er dir gehört.«

Ich streckte ihm meine linke Hand hin, und seine smaragdgrünen Augen strahlten.

»Wirklich?«

Als ich nickte, lachte er nervös und schob den Ring über meinen Finger. Er passte perfekt, und Weston lächelte stolz.

»Zeig mir mal deine Handfläche«, sagte er.

Ich drehte meine Hand um, und in schwarzer Schrift, die zur Gravur auf dem Ring passte, stand dort das Wort, das mein Leben, unsere Liebe und alles dazwischen am besten charakterisierte. Es war mein absolutes Lieblingswort.

HAPPENSTANCE

Dank

Wie immer gebührt meinem Mann Jeff und meinen Kindern großer Dank für ihr Verständnis und ihre Geduld. Schreiben ist kein Nine-to-five-Job, und oft küsst mich die Muse abends, nachts, an den Wochenenden oder in den Ferien. Ich genieße die großartigste Unterstützung zu Hause, und ohne die – da bin ich mir ganz sicher – würde es auch künftig keine weiteren Bücher von Jamie McGuire geben.

Ich danke Cecil und Patty Stuever nicht nur für die Erlaubnis, dass ich Teile dieser Geschichte in ihrem Dairy Queen spielen lassen durfte, sondern auch für die Beantwortung einiger wichtiger Fragen.

Ich danke der Autorin Teresa Mummert dafür, dass sie mich an Folgendes erinnert hat: Die Dinge, die uns inspirieren, sind nicht immer schön, doch das sollte uns nicht davon abhalten, sie niederzuschreiben und mit anderen zu teilen.

Ich danke Autumn Hull für ihre unglaubliche, immerwährende Unterstützung und ihrer Firma Wordsmith

Publicity für das professionelle und tadellose Marketing.

Ich danke meinem ehemaligen Schuldirektor Dan Bringham dafür, dass er mir ein paar toughe Fragen zum Thema Highschool beantwortet hat. Das lag für mich schon siebzehn Jahre zurück. Und obwohl er inzwischen schon pensioniert ist, half er mir sehr bereitwillig und mit viel Geduld.

Ich danke Dr. Lisa Vandermeer-Kahle, die meine verblassende Erinnerung aufgefrischt hat.

Ich danke auch Jerry Mann. Ich erinnere mich noch genau an den Tag, als ich vor seinem Schreibtisch saß und er mir freundlich vorschlug, fünf Dollar darauf zu wetten, dass ich auf meine Zeit an der Highschool zurückblicken und mir wünschen würde, sie wäre noch nicht vorbei. Inzwischen ist er schon verstorben. Er gehört übrigens zu den wenigen Dingen aus der Highschool, die ich mir zurückwünschen würde.

Immer wenn sich in der Grundschule eine bestimmte Klassenkameradin über mich ärgerte, verlangte sie von den anderen Kindern, dass sie mich mieden. Valerie Clark und Lisa Coffey spielten in der Pause trotzdem immer mit mir, obwohl sie es eigentlich nicht sollten. Mein achtjähriges Ich bedankt sich dafür bei euch, und ich bin euch bis heute dankbar.

An der Middle School machte sich meine Lehrerin in Naturwissenschaften vor der ganzen Klasse über mich lustig. Ich erinnere mich nicht mehr an den Grund, aber ich weiß noch, dass Tammy Starks ihr sagte, so könne sie mich nicht behandeln. Und zwar sogar nachdem ihr gedroht worden war, sie würde zum Direktor geschickt. Ich fand das damals ungemein mutig, und daran hat sich bis heute nichts geändert. Ich danke dir.

Ebenfalls in der Middle School wurde ich einmal mit einem Trick in einen Park gelockt, wo der Klassentyrann mich verhauen wollte. Mr. Mike Garcia sah die Horde, blieb stehen und unterband das Ganze, bevor es zu Handgreiflichkeiten kam. Er ließ mich auch nicht zu Fuß nach Hause gehen, weil er wusste, sie würden mich verfolgen, sondern fuhr mich heim. Ich weinte die ganze Fahrt über, und er versicherte mir, das Leben würde nicht immer so bleiben. Danke, Mr. Garcia. Sie hatten recht.

Als ich in der achten Klasse auf eine neue Schule kam, verpasste Walleen Littlebear ihren Bus, um mich nach Hause zu begleiten, weil zwei Mädchen auf mich losgehen wollten. Danke für das Gefühl von Sicherheit, das du mir gegeben hast.

An der Highschool legte sich Bridget Saint mit der Homecoming Queen an, um meine Ehre zu retten. Und Ryan Feddersen sorgte dafür, dass die Proben des Chors nicht zu einem Beliebtheitswettbewerb ausarteten. Danke dafür.

Selbst als Erwachsene brauchen wir manchmal andere, die für uns einstehen. Ich danke euch, Abbi Glines, Fred LeBaron, Danielle Lagasse, Kelli Spear, Jessica Landers, Jennifer Armentrout und Kristi Browne.

Es ist sicher nicht immer leicht, den Mund aufzumachen, aber ich werde es den genannten Menschen nie vergessen. Manchmal brauchen eben auch Kämpfernaturen einen Beschützer.